KB092664

패트릭 멜로즈 소설 5부작
PATRICK MELROSE NOVELS

모유

에드워드 세인트 오빈

공진호 옮김

현대문학

「패트릭 멜로즈 소설 5부작」에 쏟아진 찬사

멜로즈 시리즈는 신랄한 명문과 짜릿한 재미로 이루어진 영국 현대소설의
금자탑이다.

데이비드 섹스턴, 《이브닝 스탠더드》

소설 첫 줄부터 완전히 빠져들었다. 재치 있고 감동적인 소설이며 강렬한
사회 희극적 요소를 갖춘 작품이다. 나는 책을 덮고 울었다. 정말 예상치 못
했던 그 이유가 무엇이었는지 누설할 생각은 전혀 없다.

안토니아 프레이저, 《선데이 텔레그래프》

놀랍도록 신랄한 재치. 저자의 문장이 지닌 활기, 즉 보석 세공과 같은 글의
조탁과 도덕적 확신은 등장인물들이 희구하는 치유를 상징한다. 그만큼 좋
은 글은 그 자체가 건강함의 척도이다.

에드먼드 화이트, 《가디언》

헤로인 중독과 알코올 중독, 간통, 이외에도 '자멸'이란 말은 가장 가볍고
완곡한 표현일 정도로 파멸적인 다양한 행동의 파도를 넘나드는 항해, 그
출발점이 된 비참한 항구로 돌아가지 않으려고 필사적인 노력을 기울이는
선원의 항해도와 같은 소설, 이것이 바로 패트릭 멜로즈의 이야기다. 이 시
대를 그리는 가장 통찰력 있는 소설, 세련되고 재미있는 소설이다. 놀랍다.

프랜신 프로즈, 《뉴욕 타임스》

에드워드 세인트 오빈은 당대 최고의 영국 소설가일 것이다.

앨런 홀링허스트

아름답고, 마음을 아프게 하면서도 웃기는 비극적인 소설이다.

마리엘라 프로스트루프, 《스카이 매거진》

세인트 오빈 소설의 가장 큰 기쁨은 세련되고 명료한 산문을 읽는 데 있다. 그것은 수학 공식과 마찬가지로 언어도 정확하고 아름다운 것은 반드시 진리를 가리킨다는 거의 초자연적인 느낌을 준다. 세인트 오빈 소설의 인물들은 비상한 표현력을 갖추었다. 그래서 그의 소설을 읽는 기쁨은 그들의 재치 있는 대화에 있다.

수지 페이, 《파이낸셜 타임스》

유머와 비애, 날카로운 비판, 고통, 기쁨뿐 아니라 이 모든 것을 연결하는 온갖 감정이 녹아 있는 멜로즈 소설들은 21세기가 낳은 걸작이다. 저자 세인트 오빈은 이 시대 최고의 문장가이다.

앨리스 세볼드

에드워드 세인트 오빈은 프루스트처럼 하나의 세계를 창조했다. 제정신이라면 아무도 그 세계에서 살고 싶지 않을 테지만 그곳은 실재하는 생생한 세계, 유쾌하고 위험하게 공허한 세계처럼 느껴진다. 소설의 장래성에 대한 확신이 흔들린다면 세인트 오빈을 바라보는 게 가장 좋을 것이다.

앨런 테일러, 《헤럴드》

이 비범한 소설을 구성하는 근본적인 계획은 끊임없이 탐구적인 자기 교정의 행위다. 이것은 이 소설의 긴박한 감정적 강도의 원천이며, 그 구성을 결정짓는 원칙이다. 뛰어난 사회 풍자적 요소가 있다고는 해도 이 시리즈는 현대의 방만한 희극적 소설보다는 고대의 압축적이고 의식적인 시극에 더 가깝다. 놀랍고 극적으로 재미있는 대하소설이다.

제임스 래스던, 《가디언》

오스카 와일드의 재치, 우드하우스의 명료함, 에벌린 워의 신랄한 풍자가 뭉친 만족스러운 소설이다.

제이디 스미스, 《하퍼스》

걸작이다. 에드워드 세인트 오빈은 엄청난 재능을 가진 작가다.

패트릭 맥그래스

아이러니가 아드레날린처럼 쏠고 지나간다. 패트릭은 이지력으로 자신의 곤경을 세련되고 명료하고 냉정하고 격언에 가까운 태도로 처리한다. 재치 있는 안식과 냉소적인 통찰, 문학적 재간으로 넘치는 소설이다.

피터 켐프, 《선데이 타임스》

세인트 오빈의 글이 가진 편안한 매력의 이면에는 맹렬하고 면밀한 지력이 있다. 인물 묘사에 동원되는 재치는 그것이 무의미한 귀족을 향하든 구제 불능의 마약 딜러를 향하든 감칠맛 나게 죽여준다. 세인트 오빈은 실의에 빠지고 지쳐 버린 사람들의 정신과 마음을 분석할 때 완벽한 정신과 의사처럼 힘차고 신중하고 창의적이다. 이야기를 자아내는 능력으로 말하자면 전체적으로나 부분적으로나 독자를 매료시키는 천부적 재능을 가지고 있다.

멜리사 캣술리스, 《타임스》

결국 패트릭에게, 그리고 저자인 세인트 오빈에게 위안을 주는 것은 언어다. 세인트 오빈의 멜로즈 소설들은 이제 중요한 대하소설로 간주될 만하다.

헨리 히칭스, 《타임스》

멜로즈 소설은 블랙 코미디의 요소를 지닌 걸작이다. 세인트 오빈의 문체는 힘차면서 경쾌하다. 비유의 정확성은 짜릿할 정도다. 세인트 오빈은 패트릭의 아들에 대한 이지적이고 다정다감한 사랑을 염두에 두고 소설을 썼다.

캐럴라인 무어, 《선데이 텔레그래프》

세인트 오빈은 감정의 혼돈과 고조된 감각의 혼란, 지적 노력의 위압적 모순을 강력하면서도 미묘하게 전달함으로써 치유에 가까운 짜릿한 효과를 창출한다.

프랜시스 윈덤, 《뉴욕 리뷰 오브 북스》

나이 먹은 사람이 어린 사람에게 가하는 잔인함에 대한 극도의 블랙 코미디. 증오에 차 있고 고통스러울 정도로 솔직하다. 나는 이 책을 읽고 지금까지 서평을 쓰며 경험해 보지 못한 영역에 눈을 뜨게 되었다. 걸작이다!

《타임스》

에드워드 세인트 오빈은 끔찍했던 어린 시절을 눈부시고 충격적인 작품으로 승화시켰다. 멜로즈 소설들은 훌륭한 풍자 문학이다.

《심리학 매거진》

세인트 오빈은 불행했던 인생을 그리는 자서전의 행상이 아니라 정말로 창의적인 작가다. 그렇기 때문에 세련되고 냉소적이며 종종 아주 웃기는 이 책은 이야기를 쓰게 만든 모든 상황을 초월한다. 세인트 오빈의 글을 읽는 것은 즐겁다. 그 글을 이루는 식견은 재미있는 만큼 강력하며 관대하기까지 하다.

《아이리시 인디펜던트》

나는 에드워드 세인트 오빈의 패트릭 멜로즈 소설들을 정말로 좋아한다. 독자들에게 그의 전작을 지금 당장 읽으라고 권하는 바이다.

데이비드 니콜스

기성세대의 죄악에 꺾인 사람들의 인생에 대한 인도적 고찰을 담은 책이다. 세인트 오빈은 영국 소설가의 백미이다.

《선데이 타임스》

앤서니 파월의 『세월이라는 음악의 춤A Dance to the Music of Time』 이후 가장 예리하고 가장 훌륭한 소설이다. 세인트 오빈은 현대 상류 사회의 관습, 제자리를 잃은 감정의 고통과 행복에 대한 희망이라는 살얼음판을 딛고 춤을 춘다.

《사가 매거진》

세인트 오빈은 한 가족 전원을 현미경 아래 놓고, 고통스럽지만 피할 수 없는 복잡한 특징들을 드러내 보인다. 서사시적이면서 개인적이고, 처참하면서 코믹한 그의 소설은 모두 걸작이다.

매기 오패럴

루션에게

2000년 8월

I

　그가 태어날 때 그들은 왜 그를 죽일 듯이 그랬을까? 며칠 동
안 잠을 못 자게 하고, 닫힌 자궁 경관에 자꾸 머리를 들이받게
하고, 탯줄로 목을 감아 조르고, 차가운 가위로 어머니의 배를
서걱서걱 가르더니 그의 머리를 집게로 잡아 목을 좌우로 비틀
고, 집에서 끌어내 때리고, 수술대에 빈사 상태로 누워 있는 어
머니에게서 그를 데려가 불빛으로 눈을 들이비추고 검사를 하
면서 말이다. 이전 세계에 대한 노스탤지어를 파괴시키려고 그
랬는지 모른다. 처음에는 감금으로 넓은 공간을 갈망하게 하더
니, 이제는 그를 죽일 듯이 그랬다. 이렇게 소란한 사막 같은 곳
이라도 그에게 넓은 공간이 주어졌을 때 감사하게 하려고 그랬
을 것이다. 그곳은 그를 감싸고 모든 것이 되어 주었던 그 따뜻

한 전부가 아닌, 오직 어머니의 품이 붕대처럼 그를 감싸는 곳, 두 번 다시 그 전부가 될 수 없는 곳이었다.

커튼이 펄럭이며 방 안에 햇빛이 들어왔다. 더운 오후의 열기에 불룩해졌다가 도로 유리문에 털썩 부딪친 커튼은 밖에서 들어오는 눈부심을 덜어 주었다.

누가 문을 열자 커튼이 툭 들리더니 가장자리가 살랑거렸다. 종이들이 바스락거리고 방이 하얘졌다. 도로 공사의 진동 소리가 조금 더 크게 들려왔다. 문이 덜컹 닫혔고 커튼이 한숨을 쉬듯 잦아들고 방이 어둑해졌다.

"아이, 참, 꽃은 좀 그만 보내지." 어머니가 말했다.

그는 어항 같은 아기침대의 투명한 벽으로 모든 것을 보았다. 활짝 핀 백합꽃의 끈적끈적한 중심이 그를 굽어보았다. 프리지어의 매운 향기가 바람에 실려 그를 덮을 때도 있었다. 그러면 그는 재채기로 그것을 떨치고 싶었다. 어머니의 잠옷에는 여기저기 짙은 주황색 꽃가루가 섞인 핏자국이 있었다.

"고맙기는 하지만……" 어머니는 짜증이 섞인 기운 없는 웃음을 웃었다. "내 말은, 화장실에 그거 놓을 자리가 더 있어요?"

"아뇨, 별로. 장미꽃도 그렇고, 다른 것들도 그 안에 다 넣어 두었거든요."

"아, 정말이지, 견딜 수가 없어, 그저 사람을 기쁘게 해 주겠다고 꽃을 수백 송이 잘라서 이 흰 화병들 속에 욱여넣는다고 생각하면." 그녀는 웃음을 멈추지 못했다. 뺨에 눈물이 흘렀다. "꽃밭 어딘가, 원래 있던 데 그냥 내버려 두지 않고."

간호사는 차트를 들여다보았다.

"진통제 볼테롤 드실 시간이네요. 통증은 커지기 전에 잡아야 해요."

그리고 간호사는 로버트를 바라보았다. 어스름이 깔려 오는 가운데 로버트는 간호사의 파란 눈에 시선을 고정시켰다.

"아기가 바짝 긴장해서 그야말로 나를 자세히 뜯어보네요."

"이상이 없는 거겠죠?" 어머니가 별안간 공포에 휩싸여 말했다.

로버트도 별안간 공포에 휩싸였다. 그들은 이전처럼 한몸은 아니었지만 무력감은 여전히 공유했다. 파도에 쓸려 사람이 살지 않는 해안에 밀려온 느낌이었다. 너무 지쳐 기어오르지 못하고, 거센 파도 소리와 혼동되고 현란한 빛 속에 축 늘어져 있을 뿐이었다. 하지만 그는 사실을 직면해야 했다. 두 사람은 서로 분리되었다. 그는 어머니가 이미 바깥에 있다는 것을 이제 이해했다. 사람이 살지 않는 이 해안은 어머니에게는 새로운 역할이었고, 그에게는 신세계였다.

이상하게도 그는 이전에 이곳을 본 듯한 느낌이 들었다. 바깥 세계가 있다는 것은 줄곧 알고 있었다. 그 바깥은 소리 죽인 수중 세계이며, 그는 사물의 중심에 있다고 생각했었다. 그런데 그

벽이 무너졌고, 그는 자기가 어떤 혼돈 속에 있는지 알게 되었다. 이렇게 망치로 때리듯 밝은 곳에서 어떻게 하면 또 다른 혼돈 속에 처하지 않을 수 있을까? 공기에 살갗이 따끔거리는 이 무거운 대기 속에서 어떻게 하면 이전처럼 발길질도 하고 빙빙 돌기도 할 수 있을까?

어제는 죽는구나 생각했다. 결과가 이런 것을 보면 그의 생각이 맞았는지도 모른다. 엄마에게서 분리되었다는 사실 외에는 아무것도 쉽게 단정할 수 없었다. 그는 두 사람 사이에 다른 점이 있다는 것을 깨닫고, 새롭고 예민한 감각으로 엄마를 사랑했다. 그는 이전에는 엄마와 가까웠다. 그는 엄마와 가까이 있기를 갈망했다. 처음 맛본 갈망은 세상에서 가장 슬픈 것이었다.

"에구, 왜 그러니? 배고파? 그냥 안아 달라는 거야?" 간호사가 말했다.

로버트는 어항 같은 아기침대에서 들어 올려져, 크레바스 같은 침대 사이를 건너, 팔이 멍든 엄마의 품에 안겼다.

"얼마간 젖을 물려 줘 보고 좀 쉬도록 하세요. 지난 이틀 동안 아기도 그렇고 산모도 많이 힘드셨잖아요."

그는 위로할 길 없는 비참한 몰골이었다. 그렇게 많은 의심과 그렇게 많은 긴장감으로는 살 수 없을 것 같았다. 그는 초유를 어머니 몸에 게우고, 뒤이어 속이 빈 아련한 순간, 커튼이 햇빛과 함께 불룩해지는 것을 보았다. 그 모양에 정신을 빼앗겼다.

이곳은 이런 식으로 돌아가는구나. 그들은 어머니로부터 분리된 것을 잊게 하려고 사물을 보여 주고 그의 마음을 빼앗았다.

그래도 그는 자신의 하락을 과장하고 싶지 않다. 구세계는 갈수록 비좁아졌으니 말이다. 마지막에는 그곳에서 벗어나려고 기를 쓰면서도, 이 황량한 땅에 유배되지 않고 도로 확장되어 어린 시절 그 가없는 바다로 돌아가는 상상을 했었다. 어쩌면 꿈속의 그 바다에 가 볼 수 있을지도 모른다, 그와 과거 사이를 가로막는 폭력적인 장막만 없다면.

그는 시럽 같은 잠의 경계에 빠져들고 있었는데, 그 잠이 부유하는 세계로 들어가는 통로인지, 도살장 같은 출산실로 돌아가는 통로인지는 알지 못했다.

"가여운 것, 애가 악몽을 꿨나 봐." 어머니가 그를 쓰다듬으며 말했다. 그러자 그의 울음소리가 잦아들었다.

어머니가 그의 이마에 키스를 하자, 그는 이제 한몸은 아니어도 생각과 느낌은 여전히 같다는 것을 깨달았다. 그는 안도감에 전율하고, 커튼을 유심히 바라보다 빛이 물결처럼 흐르는 모양을 지켜보았다.

그가 한동안 잠들었나 보다. 아버지가 와 있었고 아버지의 이야기가 이미 무언가에 고정된 걸 보면. 아버지는 말을 멈출 줄을 몰랐다.

"오늘 아파트를 몇 채 더 봤는데 정말 우울해. 런던 부동산이 완전 미쳤어. 그래서 마음이 계획 C로 기울고 있어."

"계획 C가 뭐더라? 잊어버렸어."

"이사 가지 않고 부엌에서 침실을 하나 더 짜는 거야. 부엌을 반으로 나누면 청소용구 벽장은 장난감 벽장이 되고, 침대는 냉장고 있는 자리에 놓는 거지."

"청소용구는 어디에 두고?"

"몰라. 어딘가에."

"냉장고는?"

"세탁기 옆 벽장에 들여놓으면 돼."

"안 맞을 텐데."

"그걸 어떻게 알아?"

"그냥 알아."

"아무튼…… 방법이 있을 거야. 난 현실적으로 생각하려는 것뿐이야. 아이가 생기니까 모든 게 달라지네."

그의 아버지가 몸을 가까이 구부리고 속삭이듯 말했다. "여차하면 스코틀랜드로 가지 뭐."

그는 실제적인 역할을 하기 위해서 왔다. 아내와 아들이 혼란과 예민의 웅덩이에 빠져 있으리라 것을 알고 그들을 구해 내겠다는 생각이었다. 로버트는 아버지가 무엇을 느끼는지 느껴졌다.

"와, 아기 손이 정말 작네. 그래도 괜찮아, 정말이야."

그는 새끼손가락으로 로버트의 손을 들어 올려 키스를 했다.
"안아 봐도 될까?"

산모는 아기를 들어 올렸다. "목을 가누지 못하니까 조심해.
목을 받쳐 줘야 해."

그들은 모두 불안했다.

"이렇게?" 아버지의 손은 그의 등뼈를 따라 조금씩 더듬어 올
라와 목 뒤를 받쳐 그를 들어 올렸다. 로버트는 흥분하지 않으
려고 노력했다. 부모를 당황하게 하고 싶지 않았다.

"그럭저럭. 나도 잘 모르지 뭐."

"으응…… 면허 없이 이래도 돼? 강아지 키우는 것도, 텔레비
전 시청도 면허를 받아야 하는데 말이야. 조산사가 가르쳐 줄
수 있을지도 모르지―그 조산사 이름이 뭐야?"

"마거릿."

"그나저나 우리가 어머니한테 가기 전날 밤에 마거릿은 어디
서 자?"

"소파에서 자도 전혀 상관없대."

"소파도 같은 생각인지 모르겠군."

"너무 짓궂게 그러지 마, 마거릿은 지금 '화학 다이어트' 중이
야."

"아주 재미있군. 조산사를 그런 각도에서 보지 못했는데 말이
야."

"마거릿은 경험이 많아."

"누군 그런 경험 없나?"

"갓난아기 경험 말이야."

"아하, 갓난아기 경험!" 아버지가 그의 귀에 대고 키스 소리를 낼 때 까칠한 수염이 그의 볼을 긁었다.

"하지만 우리는 로버트를 정말 사랑하잖아. 그걸로 충분한 거 아닌가?" 어머니의 눈에 눈물이 그렁그렁했다.

"적절한 집도 없는 수습 부모에게 사랑받는 게 충분해? 게다가 평생 휴가를 떠나 있는 외할머니, 그리고 지구의 자원을 축낼 아이가 하나 태어난 것을 온 마음으로 기뻐하기에는 지구를 구하느라 너무 바쁜 친할머니까지 있으니 얼마나 다행이야! 안 그래도 우리 어머니 집은 무당 딸랑이, '동물의 영', '내면의 어린아이'로 넘쳐나서 어린아이만큼이나 큰 것은 아무것도 수용할 수 없어."

"괜찮을 거야. 우리는 이제 부모야, 어린애가 아니야."

"우린 둘 다야. 바로 그게 문제지. 얼마 전에 어머니가 뭐라고 하셨는지 알아? 선진국에서 태어나는 아이는 방글라데시에서 태어나는 아이보다 240배 많은 자원을 소비할 거래. 우리가 방글라데시 아이를 239명 낳는 자제력을 보였다면 어머니는 우리를 더 따뜻이 맞이하셨을 테지. 하지만 쓰레기 매립지를 몇 에이커는 메울 일회용 기저귀를 소비하고, 머잖아 두브로브니크에 사는 가상의 친구와 3목두기* 놀이나 하려고 화성 탐사선을 발사시킬 만큼 강력한 개인용 컴퓨터를 사 달라고 조를 이 거대한 서양인을 어머니는 탐탁지 않게 생각할 거야." 그의 아버지는 말을 잠시 멈추었다. "괜찮아?"

"이렇게 행복했던 적이 없는데, 그냥 너무 공허해." 어머니는 눈물로 빛나는 뺨을 훔치며 말했다.

아기는 어머니가 자신의 머리를 살살 움직여 젖꼭지를 물리자 젖을 빨기 시작했다. 고향에서 흘러나온 가느다란 액체가 그의 입을 채웠고, 그들은 다시 하나가 되었다. 어머니의 심장 박동이 느껴졌다. 새로운 자궁인 양, 평화가 그들을 감쌌다. 결국 이곳은 들어올 때 힘들었을 뿐, 살기 좋은 곳일 것 같았다.

그것이 로버트가 태어난 뒤 처음 며칠에 대해 기억하는 전부였다. 지난달 동생이 태어났을 때 그 기억이 떠올랐다. 떠오른 기억 중 일부는 지난달에 들은 것인지도 모르지만, 그렇더라도 그것은 그가 병원에 있었을 때를 생각나게 했다. 그러니까 그 기억들은 실제로 그의 것이었다.

로버트는 과거에 집착했다. 그는 이제 다섯 살이었다. 다섯 살. 토머스처럼 아기가 아니었다. 로버트는 자신의 유아기가 해

---

* tic-tac-toe. 두 사람이 아홉 개의 칸 속에 번갈아 O나 X를 그려 나가는 게임.

체되고 있다고 느꼈고, 완전한 시민이 되기 위한 잪은 발걸음을 내디딜 때마다 따르는 축하의 고성 속에서 상실의 속삭임을 들었다. 이야기에 지배되기 시작하면서 무슨 일인가 일어나기 시작했다. 초기의 기억이 떨어져 나가고 있었다, 등 뒤의 오렌지색 벼랑이 석판처럼 잘려 바다에 무너져 내리듯이. 들여다보려고 하면 그것은 그를 정면으로 쏘아보았다. 유년기에 유아기는 흔적도 없이 지워지고 있었다. 로버트는 유아기를 되찾고 싶었다. 안 그러면 전부 토머스의 차지가 될 것 같았다.

로버트는 부모와 동생, 마거릿에게서 떨어져 바위가 있는 곳을 지나 자갈이 발밑에서 달가닥거리는 아래쪽 해변으로 뒤뚱 뒤뚱 걸어갔다. 앞으로 내밀어 벌린 손에는 뛰어오르는 돌고래가 그려진 마모된 플라스틱 양동이를 들고 있었다. 반짝반짝 빛나는 조약돌을 주워서 자랑하려고 달려가 보면 빛을 잃었기 때문에 그는 더 이상 그런 돌에 속지 않았다. 그래서 이제는 검은색과 금색의 멋진 자갈밭이 펼쳐진 해변에서 젤리빈 같은 뭉툭한 유리 조각을 찾아다녔다. 그것은 물기가 말라도 멍든 홍조를 띠었다. 유리는 모래로 만들어졌으니 원래 있던 데로 되돌아가는 중이라고 아버지가 그에게 말해 주었다.

로버트는 물가에 이르렀다. 양동이를 큰 바위 위에 올려놓고 파도에 씻긴 유리 조각을 찾기 시작했다. 파도 거품이 발목을 둘렀다가 도로 밀려 나갈 때, 그는 거품이 흩어진 모래펄을 훑어보았다. 첫 번째 파도가 밀려왔다 나간 자리에 놀랍게도 무언가가 보였다. 엷은 녹색이나 탁한 흰색의 흔한 유리알이 아니라 보기 드문 노란색 보석이었다. 그는 모래에 박힌 그것을 빼서 다음에 밀려온 파도에 잔모래를 씻어 낸 다음, 그 작은 콩팥 모양의 호박색 유리알을 집어 햇빛에 비추어 보았다. 식구들과 홍분을 나누려고 위쪽 해변을 바라보았지만 부모는 아기를 중심으로 웅크리고 앉아 있고, 마거릿은 가방을 뒤적이고 있었다.

로버트는 마거릿을 다시 보았을 때 옛날 일이 새록새록 생각났다. 그가 아기였을 때도 마거릿이 그를 돌보았다. 그때는 그가 유일한 자식이었으니 사정이 달랐다. 마거릿은 걸핏하면 자기는 '종합적 수다쟁이'라고 했지만, 사실은 자기 이야기만 했다. 그의 아버지는 마거릿을 일컬어 '다이어트 이론'의 전문가라고 했다. 로버트는 그게 무슨 말인지 몰랐지만, 그래서 마거릿이 살이 많이 쪘나 보다고 생각했다. 이번에는 돈을 절약하기 위해 조산사를 고용하지 않을 생각이었으나 프랑스에 오기 직전에 생각을 바꾸었다. 직업소개소에서 그렇게 단시간에 구할 수 있는 조산사는 마거릿밖에 없다고 했을 때 다시 생각을 바꿀 뻔했다. 어머니가 "마거릿이라도 있으면 도움이 되겠지"라고 하자 아버지는 "입이 딸려 오지 않는다면 그럴지도"라고 말을 보탰다.

로버트가 마거릿을 처음 만난 것은 병원에서 태어나 집에 왔을 때였다. 부엌에서 잠이 깼을 때 마거릿이 그를 안고 아래위로 흔들흔들하고 있었다.

"방금 왕자님 기저귀를 갈아서 엉덩이가 뽀송뽀송할 거예요." 마거릿이 말했다.

"저런, 고마워요." 어머니가 말했다.

그는 마거릿은 어머니와 다르다고 느꼈다. 마거릿의 말은 욕조 물이 수챗구멍으로 빠지듯 했다. 어머니는 이야기하는 것을 사실 좋아하지 않았지만, 이야기를 할 때는 욕조에 받은 물 같은 느낌을 주었다.

"아기가 자기 침대를 좋아해요?" 마거릿이 물었다.

"잘 모르겠어요, 간밤에 우리 침대에서 자서."

"음……" 마거릿은 조용히 으르렁거리듯 말했다. "그럼 나쁜 버릇이 들 텐데요."

"자기 침대에 누이면 가만있지를 않아서."

"그렇다고 사모님 침대에서 재우면 버릇을 영영 못 고칠 거예요."

"'영영'은 긴 시간이에요. 수요일 밤까지만 해도 내 몸속에 있었는데. 나는 직감적으로 얼마 동안은 내가 데리고 자야 한다는 걸 알아요. 따로 재우는 건 차차 해도 돼요."

"사모님 직감에 이의를 제기하고 싶지는 않지만, 저는 이 일을 40년 동안 해 오면서 산모들한테 거듭거듭 고맙다는 말을 들어요. 아기를 안고만 있지 않고 아기침대에 재워 줘서 고맙다는 거예요. 보틀리에 사는 한 엄마한테서 며칠 전에 전화가 왔어요. 실은 아랍인인데, 아주 좋은 사람이죠. 그분이 전화로 그러더군요. '야스민을 데리고 자지 말라는 마거릿 말을 들을 걸 그랬어요. 지금 애 때문에 아무것도 할 수가 없어요'라고. 그분은 제가 다시 와 주었으면 하더군요. 그래서 제가 '미안하지만 다음 주부터 새 일을 시작하게 됐어요, 7월 한 달은 남부 프랑스의 아기 할머니 집에 가 있을 거예요'라고 했어요."

마거릿은 머리를 갑자기 쳐들고 으쓱거리며 서성댔다. 마거릿에게서 빵 부스러기가 떨어져 로버트의 얼굴을 간질였다. 어머니는 아무 말도 하지 않았고 마거릿은 계속 지껄였다.

"무엇보다도 그건 아기에게 공평하지 않다고 나는 생각해요. 아기들은 자기만의 작은 침대를 갖고 싶어하니까요. 물론 나는 아이를 혼자서만 돌보는 일에 익숙해요. 대개 아기와 밤에 지내는 건 바로 나거든요."

아버지가 부엌에 들어와 로버트의 이마에 키스를 했다.

"안녕히 주무셨어요, 마거릿. 눈을 좀 붙였어야 할 텐데, 우리는 못 그랬거든요."

"네, 좀 잤어요, 고마워요, 소파가 사실 꽤 편했어요. 그렇더라도 그 집에서는 독방을 쓸 수 있었으면 좋겠어요."

"그렇게 될 겁니다." 아버지가 말했다. "모두 짐은 다 쌌나? 떠날 준비는 됐어? 택시가 곧 올 텐데."

"저는 짐을 풀 시간도 없었으니 뭐, 다시 쌀 것도 없어요. 밀 짚모자는 따로 챙겼어요. 혹시 그곳의 햇볕이 너무 뜨거울까 봐 꺼냈죠."

"그곳의 햇볕은 언제나 뜨거워요. 우리 어머니는 파멸적인 지구온난화에 버금가는 게 아니면 상대를 안 하시거든요."

"음. 보틀리에도 온난화 현상이 조금 있었으면 좋겠어요."

"거기서 좋은 방을 쓰기 원하면 재단에는 그런 말을 안 하는 게 좋을 겁니다."

"재단이라뇨?"

"아, 네, 우리 어머니가 '지아 초월 재단'이라 걸 만드셨어요."

"그러면 변호사님이 그 집을 물려받지 못한다는 건가요?"

"네."

"너, 아빠 말 들었어?" 마거릿이 말했다. 마거릿의 창백한 얼굴이 로버트의 시야에 커다랗게 달이 뜨듯 떠올라 새로운 활력으로 그의 얼굴에 쇼트브레드 부스러기를 날렸다.

로버트는 아버지의 짜증이 느껴졌다.

"로버트는 워낙 차분해서 그런 건 걱정도 안 돼요." 어머니가 말했다.

모두 동시에 우왕좌왕하기 시작했다. 마거릿은 밀짚모자를 쓰고 앞장섰고, 로버트의 부모는 여행 가방을 들고 낑낑거리며 뒤따랐다. 그들은 로버트를 햇빛이 비쳐 들어오는 밖으로 데리고 나갔다. 그는 매우 놀랐다. 세상은 야심적인 생명의 괴성을 지르는 출산실이었다. 나뭇가지는 벽을 기어오르고 나뭇잎은 나풀거리고 빛이 범람한 하늘에는 산 같은 적란운이 바람에 밀려가고, 그 가장자리는 엷어지며 돌돌 말려 올라갔다. 그는 어머니의 생각을 느끼고, 아버지의 생각을 느끼고, 마거릿의 생각을 느낄 수 있었다.

"로버트가 구름을 좋아하네." 어머니가 말했다.

"로버트는 구름을 못 봐요." 마거릿이 말했다. "초점을 맞추기에는 아직 일러요."

"우리처럼 보지는 못해도 바라보기는 하겠죠." 아버지가 말했다.

마거릿은 웅웅거리는 택시에 오르며 끙 하는 소리를 냈다. 로버트는 제 엄마 무릎에 가만히 누워 있었다. 창밖으로 땅과 하늘이 지나갔다. 이동하는 경치에 열중하고 있으니 자기도 움직이는 것 같았다. 지나쳐 가는 집들의 유리창에 반사된 햇빛이 번쩍였다. 사방에서 진동이 밀려와 그를 스쳐 지나갔다. 건물의 협곡이 갈라지고 그 틈으로 햇빛이 쐐기처럼 들어와 그의 얼굴에 스칠 때 눈꺼풀이 분홍빛을 띤 오렌지색이 되었다.

그들은 그때 그의 친할머니 집에 가고 있었다. 동생이 태어난지 일주일 된 지금도 그들은 그 집에서 지내고 있었다.

2

로버트는 침실 창문턱에 앉아 바닷가에서 주운 구슬들을 가지고 놀았다. 가능한 모든 조합으로 구슬들을 배열해 보았다. (찢어진 데를 봉합한) 방충망 너머의 테라스에는 큰 플라타너스의 농숙한 잎들이 무성했다. 바람이 잎을 스치면 입맞춤하는 듯한 소리가 났다. 불이 나면 창문을 통해 그 나뭇가지를 타고 내려갈 수 있을 것이다. 다른 한편으론 유괴범이 나무를 타고 올라올 수도 있을 것이다. 로버트는 그 다른 한편을 생각해본 적은 없었는데, 이제는 늘 그 생각을 했다. 아기였을 때 그는 플라타너스 아래 아기침대에 누워 있기를 좋아했다고 어머니가 말해 주었다. 이제는 토머스가 부모에게 둘러싸여 바로 그 아기침대에 누워 있었다.

마거릿은 다음 날 그곳을 떠날 예정이었다—아버지는 그렇게 되어 정말 다행이라고 했다. 특별히 하루 휴일을 얻어 마을에 갔던 마거릿은 벌써 돌아와 무슨 참을 수 없는 일을 알리려는지 그들을 향해 돌진했다. 로버트는 어기적어기적 방 안을 한 바퀴 빙 돌아 다시 창문 앞으로 왔다. 사람들은 그가 다른 사람 흉내를 매우 잘 낸다고 했다. 교장 선생님은 더 나아가 그것은 "대단히 상서롭지 않은 재능이니 이를 건설적으로 쓰는 법을 배우기 바란다"고 했다. 마거릿이 외출했다 집에 온 때와 같은 어떤 상황에 호기심이 생기면 로버트는 자기가 원하는 정보는 무엇이든 받아들였다. 그는 좀 더 잘 보려고 방충망에 얼굴을 바짝 갖다 댔다.

"하! 그 정도로 더워요." 마거릿은 뜨개질 전문 잡지로 부채질을 하며 말했다. "방돌에서 코티지치즈를 찾을 수가 없었어요. 슈퍼마켓에 갔더니 사람들이 영어를 한마디도 못 하더라니까요. 내가 '코티지치즈요, 작은 집이란 뜻의 코티지 있잖아요'라고 하면서 길 건너 농가를 가리켰지만, 내가 무슨 말을 하는지 전혀 이해를 못 하더라고요."

"유용한 단서를 그렇게 많이 주었는데, 그 사람들은 놀라울 정도로 멍청한 것 같군요."

"음. 결국은 하는 수 없이 프랑스 치즈를 샀어요." 마거릿은 낮은 돌담에 앉으며 한숨을 쉬었다. "아기는 어때요?"

"토머스가 많이 지친 것 같아요." 어머니가 말했다.

"왜 안 그렇겠어요, 이렇게 더운데." 마거릿이 말했다. "솔직히 난 그 배를 탔을 때 일사병에 걸린 것 같아요. 속까지 바싹 타버렸어요. 토머스한테 물을 많이 먹여요. 더위를 식히려면 그 수밖에 없어요. 저만할 때는 아직 땀을 흘리질 못하니까."

"또 하나 놀라운 걸 간과했네." 아버지가 말했다. "땀도 못 흘리고, 걷지도 못하고, 말도 못 하고, 읽지도 못 하고, 운전도 못하고, 수표에 서명도 못 하고. 망아지는 태어나서 몇 시간이면 서는데 말이야. 망아지가 금융에 취미를 붙이면 태어난 주에 신용 대출을 얻을 수 있을 텐데."

"망아지한테는 은행이 필요 없는걸요." 마거릿이 말했다.

"그렇죠." 아버지는 완전히 지친 목소리로 말했다.

매미가 점점 더 열광적으로 울어 젖히면서 마거릿의 말소리가 들리지 않자 로버트는 자기가 플라타너스 아래 시원한 녹음 속 그 아기침대에 누워 있었을 때를 떠올렸다. 방벽 같던 매미 울음소리가 무너지고 외톨의 부름이 되었다가 다시 광란의 메마른 울부짖음으로 상승하는 것을 듣는다는 게 정확히 어떤 것이었는지 기억이 났다. 그는 소리나 광경, 인상 같은 것들이 도달한 곳에 그대로 머물게 했다. 그가 생각하기에 그것들은 그 시원한 녹음 속에 녹아들었다. 그것이 어떻게 작용하는지 알았던 것은 아니다. 그 자신의 생각과 감정을 알았고 그것을 설명할 필요가 없었을 뿐이다. 그렇게 아기였을 때는 마음속에 떠오르는 생각을 가지고 놀아도 아무도 방해하지 않았다. 그냥 그 아기침대에 누워 있으면 아무도 그가 위험한 짓을 하고 있다는 것을 알 수 없었다. 그는 자신을 자기가 바라보는 사물이라고 상상할 때도 있었고, 자기가 그 사이의 허공에 떠 있다고 상상할 때도 있었지만, 그냥 바라보기만 할 때가, 특별히 누군가가 되지 않고, 특별히 무엇을 바라보지도 않고, 그냥 그렇게 바라보는 가운데 떠다닐 때가 가장 좋았다, 부풀어 불어 낼 볼이 없어도 부는 산들바람, 그렇지만 딱히 갈 데는 없는 산들바람처럼.

그의 동생도 지금 로버트가 쓰던 아기침대에 누워 떠다니고 있을 것 같았다. 어른들은 그렇게 떠다니는 것을 어떻게 보아야 할지 알지 못했다. 어른들은 그게 문제였다. 음식을 공성 망치처럼 들이대는 것으로, 또 자기들의 수면 습관을 가지고, 자기들이 아는 것을 배우게 하고 자기들이 잊어버린 것은 잊어버리게 하는 일에 집착함으로써, 늘 자기들이 관심의 대상이 되고 싶어 했다. 로버트는 잠자는 것이 두려웠다. 노란 구슬의 바닷가랄지, 마른 잔디밭을 사각사각 밟으며 걸어갈 때 발치에서 불꽃처럼 파드닥 하고 날개치며 뛰는 메뚜기랄지, 그런 무언가를 놓칠까 봐서.

그는 할머니 집이 정말 좋았다. 1년에 단 한 번이지만, 태어나서 매년 온 집이었다. 할머니 집은 자아 초월 재단이란 것이었다. 로버트는 그게 무엇인지 사실 알지 못했다. 아무도, 재단을 운영하는 셰이머스 더크조차, 그게 무엇인지 아는 것 같지 않았다.

"너희 할머니는 훌륭한 분이란다. 많은 사람들이 연결되게 도와주셨지." 흐릿하게 반짝이는 눈을 가진 더크가 로버트에게 그렇게 말해 준 적이 있었다.

"뭐하고 연결돼요?" 로버트가 물었다.

"다른 현실하고."

그는 어른들에게 그들이 하는 말이 무슨 뜻인지 묻지 않을 때도 있었다. 그러면 자기가 멍청해 보일 것 같았기 때문이지만, 어떤 때는 어른들이 멍청한 말을 했다는 것을 알기 때문이기도 했다. 이번에는 둘 다였다. 그는 셰이머스의 말에 대해 생각해 보았지만, 어떻게 현실이 더 있을 수 있다는 건지 알 수 없었다. 여러 다른 정신 상태가 있고 그것을 모두 수용하는 하나의 현실이 있을 뿐이었다. 그가 그렇게 말하자 어머니는 "우리 아기 어쩌면 이렇게 똑똑할까"라고 했다. 그러나 예전처럼 그의 이론에 별로 주의를 기울여 주지는 않았다. 이제 어머니는 늘 너무 바빴다. 그들은 로버트가 정말로 답을 얻고 싶어 한다는 것을 알지 못했다.

다시 플라타너스 아래에서 동생이 빽빽 울어 댔다. 로버트는 누가 좀 울음을 그치게 해 주었으면 했다. 로버트는 동생의 유아기가 자신의 기억 속으로 들어와 수중 폭탄처럼 작렬하는 느낌이 들었다. 로버트는 동생의 울음소리를 듣자 자신의 무력함이 생각났다. 이 없는 잇몸의 통증, 자기도 모르게 팔다리에서 일어나는 경련, 엄지로 꾹 누르기만 하면 성장하는 뇌에 닿을 수 있었을 아직 굳지 않은 두개골의 숫구멍. 이름 없는 물체들, 온종일 퍼붓는 물체 없는 이름들을 기억할 수 있을 것 같았다. 그러나 어렴풋이 감지할 뿐인 것도 있었다. 그것은 바로 제멋대로인 진부한 유년기 이전의 세상, 다른 사람보다 먼저 뛰쳐나가 제일 처음 눈을 밟아야만 하는 사람이 되기 이전의 세상, 침실 창밖으로 눈 내린 경치를 바라보는 사람으로서의 형체도 갖추기 이전의 세상이었다. 그때 그의 두뇌는 산딸기가 떨어져 자국 내기를 기다리는 고요한 수정 밭과 같았다.

로버트는 토머스의 눈이 여러 정신 상태를 표현하는 것을 보았다. 그것을 그가 스스로 지어냈을 리 없었다. 그것은 잠깐 보이고 만 피라미드 같은, 빈약한 경험의 사막에서 고개를 쳐들었다. 그것은 어디서 온 것일까? 그는 어떤 때는 코를 킁킁거리는 작은 동물 같다가도 금방 바뀌어 모든 것에 대해 마음이 편한 듯이 오랜 세월의 평온을 발산했다. 로버트는 이 복잡한 정신 상태를 만들어 내는 건 확실히 자기가 아니며, 토머스도 아니라는 생각이 들었다. 다만 토머스는 자기에게 일어나는 일들에 대해 스스로에게 이야기할 수 있기 전까지는 자기가 아는 것을 알지 못할 것이다. 문제는 토머스가 아기라는 것이었다. 아직은 스스로에게 이야기를 할 수 있을 만큼 주의 지속 시간이 길지 않았던 것이다. 로버트가 그 일을 대신해 주어야 할 것이다. 형 좋다는 게 뭐겠어? 로버트는 이미 이야기의 순환에 갇혔다. 기왕이렇게 됐으니, 동생을 끌어들여도 괜찮을 것이다. 어쨌든 토머스는 나름대로 형이 형의 전기를 짜 맞추는 일을 도와주고 있었으니까.

다시 밖에서 매미들과 맞서 우위를 점한 마거릿의 목소리가 들렸다.

"아기를 모유로 키우려면 산모가 체력을 길러야 해요." 마거릿은 쐐 합리적인 말로 시작했다. "다이제스티브 비스킷 있어요? 아니면 리치티 비스킷은요? 사실 당장이라도 그걸 몇 개 먹는 게 좋을 거예요. 그리고 또 점심은 탄수화물이 많은 음식을 푸짐하게 잘 먹도록 해요. 채소는 너무 많이 먹지 말아요. 그런 걸로 생긴 모유를 먹이면 아기 배에 가스가 찰 수 있어요. 맛있는 쇠고기 구이와 요크셔 푸딩을 조금 먹는 것도 좋아요, 감자 구이를 조금 곁들여도 좋고. 그리고 오후 간식으로 스펀지케이크 한두 조각을 먹어요."

"세상에, 그걸 어떻게 다 먹으라고. 내가 알기론 그냥 생선 구이와 채소 구이를 먹으면 돼요." 우아하고 홀쭉하고 지친 어머니가 말했다.

"**약간**의 채소는 괜찮겠죠." 마거릿은 푸념하듯 말했다. "하지만 양파나 마늘이나 너무 매운 건 전부 안 돼요. 그전에 어떤 산모는 내가 쉬는 날 카레를 먹었지 뭐예요 글쎄! 내가 나갔다 와서 보니까 아기가 자지러지게 울고 있더라고요. '나 좀 살려 줘요, 마거릿! 엄마가 내 작은 소화기관에 불을 질렀어요!'라고 하듯이. 나는 개인적으로는 늘 '고기 요리에 채소는 두 스푼, 하지만 채소는 크게 걱정 말아요'라고 하죠."

로버트는 티셔츠 아래 배에다가 쿠션을 넣어 마거릿처럼 꾸미고 방 안을 뒤뚱거리며 돌아다녔다. 머릿속이 일단 누군가의 말로 꽉 차면 그것을 입 밖으로 끄집어내야 했다. 로버트는 연기에 너무 몰두한 나머지 아버지가 방에 들어오는 것도 알아채지 못했다.

"너 뭐 해?" 아버지는 대충 알면서도 물었다.

"마거릿이 되어 보고 있었어."

"마거릿이라니—마거릿은 하나로 충분해. 어서 내려가 간식 먹자."

"난 벌써 이렇게 배가 부른걸." 로버트는 쿠션을 탁탁 두드리며 말했다. "아빠, 마거릿이 떠나도 내가 있으니까, 엄마한테 아기 보는 법에 대해 계속 나쁜 조언을 해 줄 수 있을 거야. 난 아빠한테 월급을 달라고는 하지 않을게."

"저런, 우리 형편이 한결 나아지겠네." 아버지가 로버트를 일으켜 세우려고 손을 내밀며 말했다. 로버트는 끙 하고 앓는 소리를 내고는 비틀거리며 방을 나가 그들끼리의 비밀스러운 농담을 간직한 채 아버지와 함께 아래층으로 내려갔다.

간식을 먹은 뒤 로버트는 함께 밖에 나가기를 거부했다. 그들은 동생의 정신 발달 상태를 추측하며 동생 이야기만 했다. 이층으로 올라갈 때 내딛는 발걸음마다 로버트의 결정은 무겁게 그를 내리눌렀다. 그러다 이층 층계참에 이르렀을 때는 마음이 두 갈래가 되었다. 로버트는 결국 바닥에 주저앉아 난간 사이로 아래를 내려다보며 생각에 잠겼다. 엄마 아빠는 그가 상처를 입고 슬픈 모습으로 대열에서 이탈한 것을 알아차렸을까.

현관 안에 저녁 햇빛이 비쳐 들어와 바닥에 비스듬히 각진 모양을 드리우고 벽을 따라 기어 올라갔다. 햇빛 한 줄기는 거울에 반사되어 따로 벗어나 천장을 비추며 떨었다. 토머스는 그것을 보고 무슨 의견을 말하려고 애를 썼다. 어머니는 토머스가 무슨 생각을 하는지 알고, 그를 거울 앞으로 데려가 햇빛이 거울에 반사되는 지점을 가리켜 보였다.

아버지가 현관 안으로 들어와 마거릿에게 밝은 빨간색 음료를 건네주었다.

"아, 정말 고마워요. 일사병에 걸린 데다 취하면 안 되는데. 두 분이 아기 돌보는 일에 아주 적극적으로 관여하셔서 솔직히 이번 일은 일이라기보다는 휴가에 가까웠어요. 오, 보세요, 아기가 거울에 비친 자신을 넋을 잃고 바라보고 있어요." 마거릿은 붉

그레 빛나는 얼굴을 토머스에게 기울였다.

"우리 아기, 네가 여기 있는지 저기 있는지 헷갈리지?"

"토머스는 자기가 거울 조각에 붙어 있는지 제 몸속에 있는지 알 겁니다." 아버지가 말했다. "토머스는 자아의 거울 단계에 대한 라캉의 글을 아직 읽지 않았으니까 말이죠. 그걸 읽으면 진짜 혼동되기 시작할 거예요."

"아, 뭐 그럼 딴거 말고 피터 래빗 이야기를 해 주는 게 좋겠군요." 마거릿은 혼자서 낄낄 웃으며 빨간색 음료를 마셨다.

"나도 바깥에 같이 있고 싶지만 답장을 써야 할 게 너무 많아요." 아버지가 말했다.

"어유, 아빠가 중요한 답장을 쓰실 거래." 마거릿이 빨간색 음료의 냄새를 토머스의 얼굴에 불어 냈다. "우리 아기, 이제 엄마와 유모로 만족해야겠네."

마거릿은 돌아서 현관문 쪽으로 갔다. 반사되어 천장에 비쳤던 마름모꼴 햇빛이 잠깐 사라졌다 다시 나타났다. 로버트의 부모는 말없이 서로 물끄러미 쳐다보았다.

그들이 밖으로 나가자 로버트는 동생이 주위의 광대한 공간을 느끼고 있으리라 상상했다.

그는 계단을 절반쯤 내려가 현관문 밖을 내다보았다. 금빛 햇빛이 소나무 숲 상단과 올리브 밭의 허연 회갈색 돌담을 차지하고 있었다. 어머니는 맨발로 잔디밭을 걸어가 그들이 가장 좋아하는 후추나무 아래 앉았다. 그리고 책상다리를 하고, 양쪽 무릎을 약간 올리고 치마로 해먹 모양을 만들어 토머스를 뉘었다. 한 손은 여전히 그를 받친 채 다른 손으로는 그의 옆구리를 쓰다듬었다. 어머니의 얼굴은 밝은 색의 작은 잎들이 주위에 어른어른 드리운 그림자로 얼룩졌다.

　로버트는 바깥에 나왔지만 어디에 있어야 할지를 모르고 머뭇머뭇 거닐었다. 아무도 자기를 부르지 않자 그는 마치 처음부터 붕어를 구경하러 연못으로 가려고 했던 것처럼 집 귀퉁이를 돌아서 갔다. 그렇게 돌아가며 흘긋 등 뒤를 보았을 때 반짝반짝 빛나는 팔랑개비들이 눈에 띄었다. 마거릿이 라코스트의 작은 회전목마 타는 곳에서 토머스에게 주려고 산 것이었다. 팔랑개비가 달린 막대기의 *끄트머리*는 후추나무 부근의 땅에 박혀 있었다. 그 금색, 분홍색, 파란색, 초록색 팔랑개비들은 바람이 불면 빙글빙글 돌았다. "색깔과 움직임, 아기들은 그걸 좋아해." 마거릿은 사면서 그렇게 말했다. 로버트는 그것을 동생의 유모차 귀퉁이에서 뽑아 들고 회전목마 둘레를 뛰어 팔랑개비를 돌게 했다. 그것을 쌩쌩 휘두르며 달려가는데 어쩌다 막대기가 부러졌다. 모두 토머스를 대신해서 속상해했다. 그에게 팔랑개비를 즐길 기회가 주어지기도 전에 로버트가 부러뜨렸기 때문이었다. 고의로 그것을 부러뜨렸다고 인정하면 로버트에게 유익하기라도 할 것처럼, 아버지는 로버트에게 많은 질문을, 아니,

같은 질문을 다른 많은 방식으로 던졌다. 너, 질투하는 거 아냐? 너, 동생이 모든 관심과 새 장난감을 받으니까 화난 거야? 그런 거야? 그래? 그런 거였어? 원 참, 로버트는 그건 사고였다고 말을 한 참이었고, 조금도 굽히지 않았다. 실제로 그건 사고였지만, 공교롭게도 그가 동생을 미워하기는 했다. 그의 부모는 그들이 단 세 식구였을 때를 잊었다는 말인가? 그때 그들은 서로를 너무나 사랑했다. 그래서 한 사람만 잠깐 자리를 비워도 마음이 상할 정도였다. 자식이 로버트 하나만 있는 게 무슨 문제였다는 말인가? 그만으론 충분하지 않았다는 말인가? 만족스럽지 않았다는 말인가? 그들은 지금 그의 동생이 있는 잔디에 앉아 빨간색 공을 던지고 받는 놀이를 하곤 했다(로버트는 그 공을 숨겨 두었다. 토머스에게 그것마저 빼앗길 생각은 없었다). 그가 공을 받든 놓치든 그들은 모두 웃었고 모든 게 완벽했다. 어째서 그들은 그것을 망치고 싶었던 것일까?

어쩌면 그는 너무 나이가 많다. 어쩌면 아기들이 더 나은 건지도 모른다. 아기들은 거의 무엇에든 깊은 감명을 받는다. 지금 그가 돌을 던지는 연못만 해도 그렇다. 그는 엄마가 토머스를 연못가로 데려가 물고기를 가리키며 "물고기"라고 하는 것을 본 적이 있다. 로버트가 그만했을 때는 그래 봐야 아무런 소용이 없었다. 설령 동생이 어머니가 가리키는 것을 볼 수 있다 해도 그것이 연못인지, 물인지, 잡초인지, 수면에 반사된 구름인지, 물고기인지 뭔지, 어떻게 그것을 동생이 알기를 기대하는 것일까, 로버트는 의아해하지 않을 수 없었다. 어머니가 "물고기"라고 했을 때 그것이 색깔을 가리키는 것인지 어떤 할 일을 가리키는 것인지 어떻게 안다는 말인가? 그러고 보니 그것은 할수 있는 일일 때가 있었다.

일단 말을 배우면 세상은 묘사할 수 있는 모든 것이라고 생각하게 되지만, 세상은 묘사할 수 없는 것이기도 했다. 어찌 보면 세상은 우리가 아무것도 표현할 수 없었을 때 더 완벽했다. 로버트는 동생이 생기자, 오직 그의 생각만이 그를 인도했을 때는 어땠는지 생각하게 되었다. 일단 언어에 맞물리면 수많은 사람들이 사용해 온 기름 찌든 몇천 개의 단어 꾸러미를 이리저리 섞을 수밖에 없는 노릇이다. 새로움을 느낄 작은 순간들이 있을 수는 있어도 그건 생각의 원료에서 어떤 새로운 생명이 만들어진 것이지 세상의 삶이 성공적으로 번역된 것은 아니다. 생각이 언어와 뒤섞이기 전이라고 해서 세상의 눈부신 빛이 그의 관심의 하늘에 작렬하지 않은 것은 아니었다.

갑자기 어머니의 비명 소리가 들렸다.

"애가 어떻게 됐어요?" 어머니가 소리쳤다.

로버트는 테라스 모퉁이를 돌아서 달려가다 현관에서 뛰어나오는 아버지와 마주쳤다. 마거릿은 잔디밭에 누운 자세로 가슴에 버둥거리는 토머스를 붙들고 있었다.

"괜찮아요, 괜찮아요." 마거릿이 말했다. "보세요, 울음을 멈췄잖아요. 제가 엉덩이로 넘어졌거든요. 훈련받은 대로죠. 나는 손가락이 부러진 거 같은데, 아기가 다치지 않았으니, 이 멍청한 늙은이 걱정은 안 해도 돼요."

"유모가 그런 분별 있는 말을 하는 건 처음이군요." 절대로 불친절한 말을 하지 않는 어머니가 말했다. 어머니는 마거릿의 품에서 토머스를 들어 올려 연신 머리에 키스했다. 화가 나서 신경이 팽팽했다가 아기에게 키스를 하면서 마음이 누그러지기 시작했다.

"토머스 괜찮아?" 로버트가 물었다.

"그런가 봐." 어머니가 말했다.

"토머스가 다치는 거 싫어." 로버트가 말했다. 땅을 바라보고 중얼거리는 마거릿을 내버려 두고 모두 집으로 들어갔다.

다음 날 아침, 마거릿 눈에 띄지 않게 모두 한 침실에 모여 있었다. 로버트의 아버지는 그날 오후 마거릿을 공항에 태워다 주어야 했다.

"아무래도 내려가 봐야겠어." 어머니가 점프슈트 똑딱단추를 잠그고 토머스를 품에 안았다.

"아니!" 아버지가 울부짖듯 말했다.

"어린애처럼 굴지 마."

"어린애가 생기면 어른도 어린애 같아지는 거 몰랐어?"

"난 더 어린애 같아질 시간이 없어, 그건 아버지들에게만 해당되는 특권이야."

"유능한 조산사의 도움을 받으면 그럴 시간이 있을 거야."

"어서, 그러지 말고." 어머니는 토머스를 한 손으로 안고 다른 손을 아버지에게 내밀었다.

그는 그 손을 살짝 잡고는 꼼짝도 하지 않았다.

"난 마거릿에게 말하는 것과 마거릿이 말하는 걸 듣는 것 중 어느 쪽이 더 끔찍한지 결정할 수가 없어." 아버지가 말했다.

"듣는 것." 로버트가 제안했다. "그래서 내가 마거릿이 떠난 뒤에 마거릿 흉내를 내려는 거야."

"고맙기도 하구나 정말." 어머니가 말했다. "이것 봐. 그게 얼마나 엉뚱한 생각이면 토머스가 다 웃잖아."

"그건 웃음이 아니에요, 사모님." 로버트가 투덜거리듯 말했다. "그건 바람이 아기의 작은 옆구리를 괴롭히는 거예요."

모두 웃음을 터뜨렸다. 그러자 어머니가 "쉬잇, 마거릿이 들을라" 했지만 너무 늦었다. 로버트는 그들을 즐겁게 해 주기로 작정했다. 그는 몸을 좌우로 흔들면서 비틀비틀 부드럽게 발을 내디디며 어머니 옆으로 갔다.

"과학으로 내 눈을 멀게 하려고 해 봐야 소용없어요." 로버트가 말했다. "아기가 사모님이 주는 그 혼합 분유를 좋아하지 않는다는 걸 난 알 수 있어요. 그게 유기농 염소 우유로 만든 것이라고는 하지만 말이죠. 사우디아라비아에 있었을 때였어요, 사실 어느 공주님 댁이었는데, 내가 그 사람들에게 '이 혼합 우유는 쓸 수 없고 카우 앤드 게이트*의 골드 스탠더드가 있어야 합니다'라고 하니까 그 사람들이 '마거릿, 당신은 경험이 많으니, 우리는 당신을 전적으로 신뢰합니다' 하더니 그걸 자기네 전용기로 영국에서 공수해 왔죠."

"너는 어떻게 그걸 다 기억하니?" 어머니가 물었다. "겁난다얘. 나는 그때 유모에게 우리는 전용기가 없다고 말했지."

"아, 그 사람들에게 돈은 문제가 안 됐죠." 로버트는 뽐내듯 머리를 약간 흔들고는 말을 이었다. "어느 날 정말이지 **무심코**, 공주의 실내화가 아주 근사하다고 했는데, 나중에 보니 내 방에 그런 실내화가 놓여 있지 뭐예요. 왕자의 카메라도 마찬가지였어요. 사실 정말 난처했어요. 그럴 때마다 나는 '마거릿, 너, 입을 다물고 있을 줄 알아야 해'라고 속으로 말하곤 했어요."

로버트는 손가락을 꼽아 들어 흔들면서 침대에 누운 아버지 옆에 앉더니 슬픈 듯 한숨을 내쉬고 말을 이었다.

"하지만 나도 모르게 그냥 그런 말이 튀어나오지 뭐예요. '어유, 그 숄 아주 멋져요, 천이 부드럽고 멋져요'라고 하고, 그날

★   Cow and Gate. 영국 유제품 회사.

저녁에 보면, 아니나 다를까 그게 침대에 놓여 있는 거예요. 결국 그 모든 것 때문에 여행 가방을 하나 새로 사야 했어요."

그의 부모는 너무 크게 소리를 내지 않으려고 참았지만 킥킥 웃음이 나오는 것을 억제하지 못했다. 그들은 로버트가 연기하는 동안은 토머스에게 전혀 주의를 기울이지 않았다.

"이제 내려가기가 더 힘들게 생겼네." 어머니는 그렇게 말하며 침대에 올랐다.

"불가능해. 방문 주위에 자기장이 둘려 있거든." 아버지가 말했다.

로버트는 문 앞으로 날려갔다가 뒤로 튕겨 나는 시늉을 했다.

"아아!" 그는 소리쳤다. "마거릿 자기장이다! 이 문을 통과할 수 없습니다, 소대장님."

로버트는 얼마간 바닥에 쓰러져 데굴데굴 구르더니 도로 엄마 아빠가 누운 침대에 올랐다.

"우리가 마치 〈몰살의 천사〉* 영화의 저녁 초대 손님 같군." 아버지가 말했다. "며칠 이 방에 있게 될지도. 군대의 구출을 받아야 할지도 모르지."

"우리 감정을 가라앉혀야 해. 마거릿을 친절하게 보내도록 해야지." 어머니가 말했다.

★ El ángel exterminador. 스페인의 루이스 부뉴엘 감독의 1962년 풍자 영화. 귀족들의 야만적 본능과 비밀을 다뤘다.

PATRICK MELROSE NOVELS

아무도 움직이지 않았다.

"우리가 여기서 나가는 게 왜 그렇게 힘들다고 생각해?" 아버지가 물었다. "우리가 마거릿을 희생양으로 삼는 거라고 생각해? 우리는 토머스를 인생의 기본적인 고통으로부터 보호하지 못해서 죄의식을 느끼는 거야, 그래서 마거릿이 그 원인인 체하는 거라고나 할까, 뭐 그와 비슷한 이유 때문이지."

"상황을 복잡하게 만들지 말자, 여보." 어머니가 말했다. "마거릿은 누구보다 따분한 사람이고 토머스를 돌보는 일을 잘하지 못해. 그래서 우리는 마거릿을 보고 싶지 않은 거야."

침묵. 토머스는 잠이 들어서 모두 조용해야 한다는 암묵적 동의가 있었다. 그들은 모두 침대에 편안히 자리 잡았다. 로버트는 깍지 낀 손으로 머리 밑을 받치고 길게 누워 천장의 들보를 찬찬히 살펴보았다. 목조부의 칠과 옹이가 이루는 낯익은 무늬가 드러났다. 처음엔 코가 뾰족하고 헬멧을 쓴 남자의 옆모습을 인정할 수도, 무시할 수도 있었지만, 금세 사나운 눈과 수척한 얼굴 형상이 되자, 그것은 나뭇결로 해체되어 돌아가기를 거부했다. 로버트는 그 방이 친할머니의 방이었을 때 그 천장 아래에 누워 있곤 했기 때문에 그것을 잘 알았다. 할머니가 요양원에 들어간 뒤로는 그의 부모가 그 방을 썼다. 로버트는 할머니의 책상 위에 있던 오래된 은색 틀 액자를 기억했다. 그 액자 속의 사진은 할머니가 태어난 지 며칠 되지도 않았을 때 찍은 것이라서 그는 그것을 신기하게 여겼었다. 사진 속 아기는 모피와 새틴과 레이스에 푹 싸여, 머리에는 구슬 달린 터번을 쓰고 있었다. 그녀의 두 눈은 광적인 강렬함을 지니고 있었는데, 그 아기는 어머니가 사 온 엄청난 양의 물건 속에 파묻혀 공포에 질린 듯이 로버트를 쳐다보았다.

"이 사진을 여기에 두는 이유는 내가 세상에 나왔을 때, 내가 생명의 근원에 더 가까웠을 때를 잊지 않기 위해서란다." 할머니는 로버트에게 그렇게 말했었다.

"무슨 근원이라고요?"

"하나님에게 더 가까운 곳." 할머니는 쑥스러워하며 말했다.

"하지만 할머니는 별로 행복해 보이지 않아요."

"난 내가 그 근원에 가까이 있었던 때를 아직 잊지 않은 사람처럼 보인다고 생각하는데. 하지만 어찌 보면 네 말이 맞아, 나는 내가 물질적 차원에 별로 익숙해지지 않았다고 생각하거든."

"무슨 물질적 차원요?"

"지구 말이야."

"그럼 지구 말고 달에서 살고 싶으세요?"

할머니는 웃으면서 그의 볼을 쓰다듬으며 말했다. "너도 이해하게 될 날이 있을 거야."

지금 그 책상에는 사진 대신 기저귀 갈 때 까는 깔개가 있고 그 옆에는 기저귀 더미와 물그릇이 있었다.

로버트는 할머니가 가족에게 집을 물려주지 않아도 여전히 할머니를 사랑했다. 할머니의 얼굴은 거미줄 같은 주름살투성이였다. 그것은 착하게 살려고 무진장 노력한 결과로 얻은 주름살, 지구나 우주와 같은 정말로 거창한 것들에 대한 걱정으로, 알지도 못하는 무수한 사람들의 고통에 대한 걱정으로, 앞으로 해야 할 일에 대한 하나님의 의견을 걱정하며 얻은 주름살이었다. 로버트는, 아버지가 할머니를 착한 사람으로 생각하지 않고, 할머니가 정말 착한 사람이 되고 싶어 했다는 말도 믿지 않는다는 것을 잘 알고 있었다. 아버지는 '그렇더라도' 그들 모두 할머니를 사랑해야 한다고 로버트에게 누누이 말해 주었다. 그렇게 해서 로버트는 아버지가 할머니를 더 이상 사랑하지 않는다는 것을 알았다.

"토머스가 아까 떨어진 걸 평생 기억할까?" 로버트가 천장을 바라보며 물었다.

"당연히 못 하지." 아버지가 말했다. "사람은 태어나서 몇 주 되지 않았을 때의 일은 기억 못 해."

"나는 기억하는걸." 로버트가 말했다.

"우리 모두 토머스를 안심시켜 줘야 해." 어머니는 로버트가 거짓말하고 있다는 것을 지적하고 싶지 않은 듯 화제를 바꾸었다. 하지만 그는 거짓말한 게 아니었다.

"안심 같은 건 필요 없어." 아버지가 말했다. "사실 다치지 않았잖아, 그러니까 허둥대는 마거릿에게 안겼을 때 요란스럽게 움직이다가 떨어질 수도 있다는 걸 알 수도 없어. 흥분한 건 바로 우리야, 우리는 그게 얼마나 위험했는지 아니까."

"그러니까 안심하게 할 필요가 있지." 어머니가 말했다. "우리가 얼마나 속상했는지 알 테니까."

"그래, 그런 차원이라면." 아버지가 동의했다. "하지만 일반적으로 아기들은 생소함이 보편적인 세계에서 사는 거야. 생전 처음인 일들이 늘 일어나지—놀라운 건 그 일들이 또 일어난다는 거야."

아기들은 아주 좋아, 아기들은 말이 없으니까 아기들에 대해서 거의 아무 말이나 꾸며낼 수 있잖아, 하고 로버트는 생각했다.

"12시네." 아버지는 한숨을 쉬었다.

그들은 모두 마음이 내키지 않아 애를 먹었다. 그곳에서 탈출하려고 애를 쓸수록 점점 더 깊이 침대의 늪에 빠져드는 듯했다. 로버트는 조금만 더 부모를 붙들어 두고 싶었다.

"다른 아기를 보기 전," 로버트는 마거릿 목소리를 흉내 내며 공상에 잠긴 듯 말하기 시작했다. "한두 주 정도 집에 가 있을 경우, 어떤 때는 손이 근질거려요. 아기를 돌보고 싶은 마음이 그만큼 간절한 거죠." 그러더니 토머스의 발을 잡아 집어삼키는 소리를 냈다.

"살살 잡아." 어머니가 말했다.

"로버트 말이 맞아." 아버지가 말했다. "마거릿은 아기 중독 같은 게 있는 거야. 아기들한테 마거릿이 필요하기보다는 마거릿한테 아기들이 필요한 것이지. 아기들한테는 무의식과 탐욕이 허용되니까, 마거릿은 그걸 위장하기 위해 아기들을 이용하는 거야."

그들 인생의 한 시간을 더 마거릿에게 내주기 위해 그 모든 도덕적 노력을 기울였는데도 마거릿이 아래층에서 기다리고 있지 않은 것을 알고 그들은 속은 기분이 들었다. 어머니는 부엌으로 갔고 로버트는 아버지와 소파에 앉아 토머스를 가운데 뉘었다. 토머스는 아무런 소리도 내지 않고 소파 바로 위의 벽에 붙은 그림을 바라보는 일에 몰두했다. 로버트는 토머스 머리 옆에 자기 머리를 갖다 대고 동생이 무엇을 보는지 보았다. 액자에는 보호 유리가 씌워졌기 때문에 로버트는 동생이 그 각도에서는 그림을 보지 못하리란 것을 알았다. 로버트는 자기가 어렸을 때 그와 똑같은 것에 매료되었던 기억이 났다. 액자 유리에 비친 반영을 쳐다보는 동안 그는 등 뒤의 공간으로 점점 더 깊숙이 빨려 들어갔다. 그 반영 속에 출입구, 아니 빛이 들어오는 출입구의 완벽한 축도가 보였고, 그 출입구로는 그보다는 더 작지만 실제로는 더 큰 서양협죽도 숲이 보였다. 유리에 반사된 그 꽃들은 분홍색의 작은 불꽃처럼 보였다. 그의 주의력은 깔때기 모양의 시야를 이루었고, 그 소실점은 서양협죽도의 가지 사이로 보이는 하늘에 닿았다. 그렇게 해서 그의 상상력은 그 소실점을 넘어 하늘로 펼쳐져 나갔다. 그것을 도형으로 그리자면 마치 두 개의 원뿔이 꼭짓점을 서로 맞댄 모양이었을 것이다. 그는 토머스와 그곳에 있었다, 아니, 그렇다기보다 토머스가 그와 그곳에 있었다, 그리고 그 작은 빛의 조각을 타고 영원으로 향하려는데, 느닷없이 꽃들이 시야에서 사라지더니 새로운 이미지가 출입구를 채웠다.

"마거릿이 여기 있어요." 로버트가 말했다.

아버지는 고개를 돌렸고, 로버트는 푸념하는 듯이 몸을 흔들며 그들을 향해 다가오는 마거릿에게서 눈을 떼지 않았다. 그녀는 몇 발자국 떨어진 곳까지 와서 멈추어 섰다.

"토머스 괜찮죠." 마거릿은 묻는 듯 마는 듯했다.

"괜찮은 것 같아요." 아버지가 말했다.

"이 일과 추천서는 별개겠죠?"

"무슨 추천서요?" 아버지가 물었다.

"아, 그렇군요." 마거릿은 약간 마음의 상처를 입고 화도 좀 났지만 전반적으로 품위를 지켰다.

"점심 식사 하실까요?" 아버지가 말했다.

"고맙지만, 점심은 필요 없겠어요."

마거릿은 곧장 계단으로 가서 힘들여 계단을 오르기 시작했다.

로버트는 갑자기 그 광경을 더 이상 견딜 수 없었다.

"가엾은 마거릿." 그가 말했다.

"가엾은 마거릿." 아버지가 말했다. "우리 이제 마거릿 없이 어떡하냐?"

3

로버트는 개미가 돌 탁자 위의 물기 서린 화이트 와인 병 뒤로 사라지는 것을 지켜보았다. 병 표면에 응축된 습기가 갑자기 줄줄이 흘러내리며 물방울로 오돌토돌했던 표면이 반들반들해졌다. 개미가 다시 나타났는데, 얇은 초록색 잔을 통해 확대되어 보였다. 개미는, 점심 식사 후 줄리아가 커피에 탈 때 흘린 반짝이는 설탕 알갱이를 시식하면서 뜨개질하듯 미친 듯이 다리를 꼼지락거렸다. 그들 머리 위로 드리운 캔버스 천 차양이 바람에 힘없이 나풀거리며 매미 울음소리와 박자를 맞추다가 어긋나기도 했다. 어머니는 토머스와 낮잠을 자고 있었고, 루시는 비디오를 보고 있었다. 로버트는 줄리아가 루시한테 가라고 떠밀다시피 했는데도 들어가지 않았다.

"대부분의 사람들은 부모가 죽을 때를 기다리면서 한편으론 커다란 슬픔을 느끼고 또 한편으론 집에 새 풀장을 만들 계획을 세우지." 아버지는 줄리아에게 말하고 있었다. "나는 풀장을 단념해야 할 거라면, 슬픔은 시궁창에나 처박는 게 낫겠다고 생각한 거야."

"그냥 샤먼 행세를 하면서 이 집에서 살면 안 돼?" 줄리아가 말했다.

"안타깝게도 난 이 지구상에서 치유의 힘이라곤 전혀 없는 몇 안 되는 사람에 속하지. 온 세상 사람들이 최근 저마다 내면의 샤먼을 발견하고 있다는 건 나도 알지만, 나는 여전히 우주에 대한 내 물질주의적 개념 속에 갇혀 있거든."

"위선이란 게 있잖아. 내가 사는 데서 조금만 가면 '무지개의 길'이라는 점쟁이 집이 있는데, 내가 거기서 북하고 깃털을 얻어다 줄게."

"벌써부터 내 손가락 끝에 힘이 느껴지는걸." 아버지가 하품을 하며 말했다. "내게도 그들 종족에게 제공할 특별한 재능이 있네 그래. 내게도 초자연적인 놀라운 힘이 있다는 걸 지금에야 알았어."

"바로 그거야." 줄리아는 격려하듯 말했다. "금방 이곳을 운영하게 될 거야."

"처자식 돌보는 것만 해도 벅찬데 무슨 세상을 구하겠다고."

"자식 뒷바라지하는 건 포기의 미묘한 방식일 수 있어." 줄리아는 엄숙한 표정으로 웃음을 지어 보였다. "그들은 원만한 자식, 건강한 자식이 되고, 행복의 유예가 되고, 술을 너무 많이 마시지 않으려 애쓰다 포기하고, 이혼하고, 정신적으로 병이 들지. 부모가 자신들 안에 있는 쇠퇴와 우울에 맞서 싸우는 부분은 쇠퇴와 우울로부터 자식들을 지키는 일에 전용되고. 그러는 동안 자기 자신은 쇠퇴하고 우울해지고."

"난 그 말에 동의하지 않아. 자기 자신만을 위한 싸움일 때는 방어적이고 가혹해지지."

"그건 아주 쓸모 있는 자질이야." 줄리아가 그의 말을 잘랐다. "그렇기 때문에 아이들한테 너무 잘해 주지 않는 게 중요해. 자칫 현실 세계에서 경쟁할 수 없게 되거든. 가령 아이가 나중에 커서 텔레비전 피디나 최고경영자가 되길 원하면 신뢰라든가 진실을 말하는 것, 확실성과 같은 관념으로 아이들의 작은 머리를 가득 채워 봤자 아무 소용없어. 기껏해야 그런 사람의 비서나 되고 말 테니까."

로버트는 그게 정말인지, 아니면 줄리아라서 그런 건지, 엄마에게 물어보기로 했다. 줄리아는 매년 딸 루시를 데리고 놀러 왔다. 루시는 로버트보다 한 살 많고 아주 거만했다. 로버트는 엄마가 줄리아를 별로 좋아하지 않는다는 것을 알았다. 줄리아는 아버지의 옛날 여자 친구였기 때문이다. 엄마는 줄리아를 시기하기도 했지만, 약간 따분하게 여기기도 했다. 줄리아는 자기를 똑똑한 여자로 사람들에게 인식시키고 싶은 마음을 억제하는 법을 몰랐다. "진짜 똑똑한 사람들은 그냥 생각이 드는 대로 말하지. 그런데 줄리아는 자기 말이 어떻게 들리는지 생각한단다"라고 엄마는 로버트에게 말했다.

줄리아는 늘 루시와 로버트를 함께 놀게 하려고 애썼다. 로버트는 그 전날 루시가 키스를 하려고 한 뒤로는 루시와 비디오를 보고 싶지 않았다. 한 번만 더 그렇게 입과 입이 충돌했다가는 앞니가 남아나지 않을 것 같았다. 자기 또래의 아이들과 시간을 보내는 것이 좋다는 의견은 로버트가 그들을 싫어한다는 사실엔 아랑곳없이 계속 관철되었다. 아버지는 여자를 마흔두 살이란 이유 하나만으로 다과에 초대한단 말인가?

줄리아는 또 스푼으로 설탕을 떴다 도로 부었다 하며 장난치고 있었다.

"나는 리처드와 이혼한 뒤로 끔찍한 현기증을 느낄 때가 있어. 갑자기 내가 존재하지 않는 기분이 드는 거야."

"나도 그게 뭔지 알아요!" 로버트가 자기도 어느 정도 아는 화제가 나오자 신나서 말했다.

"네 나이에 그건 대단한 허세 같은데. 방금 우리들이 하는 말을 듣고 그러는 거 아냐?" 줄리아가 말했다.

"아뇨!" 부당한 처사에 황당하다는 목소리였다. "혼자서 안 거예요."

"그건 자기가 불공평한 거야." 아버지가 줄리아에게 말했다. "로버트가 공포를 이해하는 능력은 언제나 제 나이를 훨씬 뛰어넘거든. 그렇다고 그게 로버트의 행복한 생활에 지장을 주지는 않아."

"아뇨, 실은, 지장 있어요." 로버트는 아버지의 말을 바로잡았다. "공포를 느끼는 동안은."

"아! 공포를 느끼는 동안은." 아버지는 상냥하게 웃으며 로버트의 말을 수긍했다.

"그렇구나." 줄리아는 로버트의 손에 손을 얹고 말했다. "그렇다면, 우리 클럽에 든 걸 환영해, 로버트."

로버트는 줄리아의 클럽에 들어가고 싶지 않았다. 그는 손을 치우고 싶었지만, 무례한 아이가 되고 싶지 않아서 그대로 있었다. 그랬더니 온몸이 다 따끔따끔한 느낌이 들었다.

"나는 늘 아이들은 우리보다는 단순하다고 생각했는데 말이야." 줄리아는 손을 걷어 아버지의 팔뚝으로 가져갔다. "우리는 욕망의 다음 대상을 향해 얼음을 부수며 나아가는 쇄빙선 같은데."

"욕망의 다음 대상을 향해 얼음을 부수며 나아가는 것보다 단순한 게 어디 있을까?" 아버지가 물었다.

"그렇게 나아가지 **않는 것.**"

"그건 포기지—그게 보기만큼 그렇게 단순하지 않아."

"애초에 욕망이 있어야 포기를 하든가 말든가 하지."

"아이들은 애초에 욕망이 많아. 하지만 자기 말이 맞는 거 같군. 본질적으로 욕망은 하나야. 그건 사랑하는 사람 곁에 있고자하는 것이지." 아버지가 말했다.

"일반적인 아이들은 〈레이더스〉 영화를 보고 싶어 하지."

"우리는 더 쉽게 산만해져." 아버지는 줄리아의 마지막 말을 무시했다. "대용품의 문화에 더 익숙해지고, 우리가 정확히 누구를 사랑하는지 더 쉽게 혼동하고."

"우리가 그런가?" 줄리아가 웃으며 말했다. "큰일이군."

"어느 정도는."

로버트는 사실 그들이 무슨 말을 하는지 알 수 없었지만, 줄리아는 기분이 좋은 듯했다. 대용품은 상당히 근사한 것임에 틀림없었다. 그런데 그게 무슨 뜻인지 물어볼 겨를도 없이 누군가부르는 소리가 들렸다. 배려심이 느껴지는 아일랜드인의 억양이었다.

"여어!"

"오, 맙소사, 여기 책임자가 오네." 아버지가 중얼거렸다.

"패트릭!" 야자나무와 무지개무늬 셔츠를 입은 셰이머스가 그들에게 다가오며 따뜻하게 말을 건넸다. "로버트!" 로버트의 머리를 요란하게 헝클어뜨리며 그를 반기고, 줄리아에게 인사했다. "만나서 반갑습니다." 거리낌없는 파란 눈을 가진 그는 악수를 하며 줄리아를 빤히 보았다.

"오, 여긴 아주 좋은 자리입니다, 아주 좋죠. 모임이 끝나면 자주 여기 나와 앉아서 웃기도 하고 울기도 하고, 그냥 자신과 혼연일체가 되기도 하고 말입니다. 여기는 확실히 신령한 장소, 엄청난 해방감을 느낄 수 있는 곳이죠. 맞아요." 셰이머스는 다른 사람의 현명한 통찰력에 동의하듯 숨을 내쉬었다. "나는 사람들이 여기서 많은 것을 방출하는 걸 봤죠."

"'많은 것을 방출'한다니까 하는 말인데," 아버지는 남이 쓰던 손수건의 끄트머리를 잡아 돌려주듯 그의 말을 그대로 되풀이해 말을 꺼냈다. "내 침대 옆 탁자 서랍을 열어 보니 '치유의 북' 소책자가 잔뜩 들어서 여권을 넣어 둘 자리도 없던데요. 게다가 옷장에는 『샤먼의 길』이란 책이 수백 권 들어 있어서 신발의 길에 거치적거리고."

"신발의 길." 셰이머스가 기운찬 웃음을 터뜨렸다. "그거 현실에 발을 디디고 있기에 관한 책을 쓰면 아주 좋은 제목이 되겠군요."

"우리가 휴가로 여기 오기 전에 그런 단체 생활의 흔적들은 좀 치워 주실 수 있을까요?" 아버지가 냉정히 빠르게 말했다. "어쨌든 우리 어머니가 매년 8월에는 이 집이 다시 가정집으로 현현하기를 바라시니까요."

"아 물론, 물론." 셰이머스가 말했다. "내가 사과할게요, 패트릭. 케빈하고 아넷이 그랬을 거예요. 그 두 사람이 휴가로 아일랜드에 돌아가기 전에 아주 강력한 개인적 변화를 겪었거든요. 그래서 방을 말끔히 치워 두지 못했나 봐요."

"당신도 아일랜드에 돌아갑니까?" 아버지가 물었다.

"아뇨. 나는 8월 한 달 동안 저 작은 별채에서 지냅니다. 페가수스 출판사가 샤먼이 하는 일에 관한 짧은 책을 써 달라고 해서."

"오, 정말요? 아주 흥미로운데요. 셰이머스 씨도 샤먼이세요?" 줄리아가 물었다.

"신발들을 넣어 두기에 거치적거리는 그 책들이 뭔가 봤는데, 자연스럽게 몇 가지 의문이 생기더군요." 아버지가 말했다. "셰이머스 씨는 20년 동안 시베리아 주술사의 제자였을까? 그곳의 짧은 여름에 보름달이 떴을 때 희귀한 식물을 채집했을까? 산 채로 땅속에 묻혀 세상과 등진 적이 있는 건가? 죽어 가는 사람을 구하는 일에 도움을 줄 혼령들에게 무언가 중얼중얼 빌 때 모닥불 연기에 눈물 난 적이 있을까? 땅 위로 노출된 광대버섯을 먹은 순록의 오줌을 마셔 본 적 있을까? 브라질 아마존 유역의 아야와스카* 샤먼들 틈에서 주술을 배웠나? 하는 겁니다."

★   아마존 유역에서 나는 풀로 만드는 마약으로 원주민들의 의식에서 영매제로 사용된다.

"에, 나는 아일랜드 국립 보건원에서 간호사 훈련을 받았어요."

"그 정도면 산 채로 땅속에 묻히는 경험을 대체하기에 충분한가 보군요." 아버지가 말했다.

"오랫동안 요양원에서 기본적인 일을 했어요. 똥오줌을 못 가려 범벅이 된 환자들을 씻기고, 더 이상 스스로 아무것도 먹지 못하는 노인들에게 음식을 떠 먹여 주는 일 따위."

"그만해요. 우린 방금 점심을 먹었다고요." 줄리아가 말했다.

"당시 내가 처한 현실이 그랬죠. 그때만 해도 가끔 내가 왜 대학에 진학해서 의사가 되지 않았을까 생각했지만, 뒤돌아보면 그때 요양원에서 일했던 게 감사하더라고요. 그 일을 통해서 현실에 단단히 발을 디딜 수 있었으니까요. 홀로트로픽 브레스워크*란 것이 있다는 걸 알고, 스탠 그로프 밑에서 그 연구를 하려고 캘리포니아에 갔었는데, 그때 정말 딴 세상에 사는 것 같은 사람들을 만났어요. 특별히 한 여자분이 생각납니다. 저녁놀색의 드레스를 입은 부인이었는데, 자리에서 일어서더니 '난 베가별 은하계에서 온 타마라입니다, 병을 고치고 가르치러 지구에 왔습니다'라고 하더군요. 그런데, 바로 그 순간, 내 고향 아일

---

* Holotropic Breathwork. 호흡을 통해 비일상적인 의식에 접하고 심신의 온전함을 추구한다는 요법으로, 스타니슬라프 그로프가 LSD를 이용한 환각 요법을 대체하기 위해 개발한 요법의 상표다.

랜드에 있는 노인들 생각이 났어요. 그분들 덕분에 내가 현실에 발을 디디고 살아 왔다는 사실에 대해 감사한 마음이 들었죠."

"그 홀로트로픽…… 뭐라는 거, 샤먼과 관련 있는 건가요?" 줄리아가 물었다.

"아뇨, 별로. 그건 내가 샤먼 일에 흥미를 가지기 전에 하던 거예요. 하지만 모두 연결돼 있죠. 샤먼은 저 너머의 무엇, 저 너머의 차원과 접촉하게 해 주죠. 사람들이 그것과 접촉하면 인생에 근본적인 변화가 일어나요."

"그런데 난 왜 이게 자선으로 간주되는지 이해가 안 돼요. 사람들이 여기에 오려면 돈을 내야 하지 않아요?" 줄리아가 물었다.

"그렇죠, 그렇죠. 하지만 우리는 수익을 재순환해요. 그렇게 해서 케빈이나 아넷 같은 학생들이 장학금을 받아 샤먼 일을 배우는 거죠. 결과적으로 그들은 더블린 도심 주택 단지의 젊은이 그룹을 데려오기 시작했어요. 우리는 교육 과정을 무료로 제공하거든요. 그들이 변화하는 걸 보면 놀라워요. 그들은 트랜스 음악과 북 치는 걸 굉장히 좋아하죠. 나한테 와서 그래요, '셰이머스, 정말 놀라워요, 마약 없이 환각을 경험하는 것 같아요'라고. 그러고는 자기들이 살던 도심으로 돌아가 그 메시지를 전파하고 자기들만의 샤먼 모임을 만들죠."

"환각 경험을 위해 자선이 필요해요?" 아버지가 물었다. "세상

엔 온갖 불행이 있는데, 환각을 겪지 않는 사람들 몇몇이 있다
는 사실은 엉뚱한 구멍을 막는 듯한 기분이 들게 하는군요. 게
다가 사람들이 환각 경험을 하고 싶어 하면 강력한 LSD를 주지
왜 북을 갖고 장난쳐요?"

"누가 변호사 아니랄까 봐 그러시네." 셰이머스가 상냥하게
말했다.

"난 사람들이 취미를 가지는 것엔 찬성이지만, 그런 걸 추구
하려면 편안하게 자기들 집에서 하는 게 좋다고 생각할 뿐이에
요." 아버지가 말했다.

"불행하게도 어떤 사람들 집은 그렇게 편안하지 않아요." 셰
이머스가 말했다.

"나도 그 기분 알아요. 그러니까 생각났는데, 그 책들과 광고
물, 소책자, 자질구레한 장식품들 좀 같이 치울까요?" 아버지가
말했다.

"그럼요, 그럼요."

아버지와 셰이머스가 함께 가려고 일어났을 때 로버트는 자
기가 줄리아와 둘만 남게 되리란 것을 깨달았다.

"나도 도울게요." 로버트는 그들을 따라 테라스 옆을 돌아서
갔다. 아버지는 앞장서 현관에 들어가자마자 바로 멈추어 섰다.

"다른 센터들, 다른 기관들, 치유 단체들, 북 치기 고급 강좌
같은 걸 광고하는 이 펄럭거리는 전단지들—이 모든 게 우리에

겐 소용없습니다. 사실, 이 게시판도 코르크로 되어 있어서 보기 좋고 압정 색도 다양하지만 이것 자체가 여기에 없으면 좋겠어요."

"문제없습니다." 셰이머스는 게시판을 얼싸안듯 들며 말했다.

로버트는 아버지가 더할 나위 없이 절제된 태도를 유지하는 한편, 분노와 경멸에 취한 것을 느낄 수 있었다. 셰이머스의 기분은 어떨까 파악하려고 보니, 얼굴이 어두워져 있었다. 로버트는 그의 얼굴을 슬며시 살펴보았다. 그 결과 그것은 아버지를 동정하는 것이라는 소름 끼치는 결론에 이르렀다. 셰이머스는 자기가 책임자라는 것을 알기 때문에 배신감을 느끼는 자식의 격분을 받아 줄 여유를 가질 수 있었다. 모든 것을 밀어내는 동정심. 그 때문에 패트릭의 격분은 셰이머스에게 아무런 영향도 주지 못했다. 로버트는 주먹과 샌드백 사이에 끼어든 기분이 들었다. 겁나고 무력한 느낌이었다. 아버지가 또 불쾌한 무언가를 가지고 셰이머스를 몰아세우는 사이 로버트는 현관 밖으로 살며시 빠져나갔다.

바깥에는 집 그림자가 테라스 가장자리의 화단으로 번지고 있었다. 그것을 보자 마음 한구석에 자연스럽게 오후가 중간쯤 지났다는 생각이 들었다. 매미들은 쉴 새 없이 긁는 소리를 냈다. 바라보지 않아도 보였고 귀를 기울이지 않아도 들렸다. 그는 자기가 생각하지 않고 있다는 것을 의식했다. 그의 주의력은 대개 한곳에 머물지 못하고 이리저리 튀었지만 지금은 가만히 정지해 있었다. 그는 그 저항을 시험하느라 정신력을 기울였다. 그러나 자칫 다시 핀볼처럼 이리저리 튈 것을 알고 지나치게 애를 쓰지는 않았다. 나른하게 하늘의 무늬를 반사하는 연못처럼 마음이 흐려졌다.

기이한 것은 연못을 상상하자 그것에 비유되던 무아의 경지가 깨지기 시작했다. 그러자 층계 꼭대기의 연못에 가고 싶었다. 진입로와 만나는 그곳에 반원형 석조 연못이 있었다. 연못 속에는 물에 비친 그림자를 방패 삼아 금붕어들이 숨어 있었다. 그래 바로 그거야. 그는 아버지와 셰이머스를 따라 집 안을 돌아다니고 싶지 않았다. 그는 연못에 빵 조각을 떨어뜨리고 싶었다. 그래서 미끈미끈한 주황색 금붕어들이 회전 폭죽 모양을 이루며 수면 위로 뛰어오르는지 보고 싶었다. 그는 부엌으로 달려가 오래된 빵 한 조각을 집어 들고 층계를 달려 올라갔다.

겨울에는 수원에서 물이 배관을 통해 세차게 흘러나와 빠르게 움직이는 금붕어들이 있는 연못에 콸콸 흘러든다고 아버지에게 들은 적이 있었다. 아버지는 그 연못에 넘쳐흐르는 물은 더 낮은 지대의 연못들을 거쳐 계곡의 실개울로 흘러든다고 했다. 그는 언젠가는 그것을 보고 싶었다. 그러나 8월에는 연못이 절반밖에 차지 않았다. 배관 끝에는 녹조가 수염처럼 늘어지다 푸르스름한 연못에 떨어졌다. 말벌과 잠자리가 뿌옇고 미지근

한 수면 가까이 모여들다 수련 잎에 앉아 더 안전한 물을 마셨다. 금붕어들은 먹이로 꼬여 내지 않으면 볼 수 없었다. 가장 좋은 방법은 곰팡내 나는 굳은 빵 조각을 한 손에 하나씩 잡고 비벼서 잘게 부스러뜨리는 것이었다. 단단하게 뭉친 알갱이들은 곧바로 가라앉지만 잔부스러기는 먼지처럼 수면에 머물렀다. 그가 정말 보고 싶은 가장 아름다운 붕어는 빨간색과 흰색 반점이 있는 것이었다. 대부분은 주황색 계통이었다. 작은 검은색 붕어도 몇 마리 있었는데 큰 놈들이 없는 걸 보면 커 가면서 주황색으로 변하거나 죽어 버리는 게 틀림없었다.

그는 빵을 반으로 잘라 양손에 나누어 쥐고 비볐다. 잔부스러기가 부슬부슬 수면에 떨어져 퍼져 나갔다. 붕어는 나타나지 않았다.

사실 그는 그때까지 붕어들이 소용돌이치듯 날뛰는 것을 단 한 번밖에 보지 못했다. 그 후로는 붕어가 아예 보이지 않거나 단 한 마리가 흔들거리다 가라앉는 부스러기를 물속에서 느릿한 동작으로 먹을 뿐이었다.

"붕어야! 붕어야! 붕어야! 어서 와! 붕어야! 붕어야! 붕어야!"

"너, 너의 수호 동물을 부르는 거니?" 누가 등 뒤에서 말했다.

로버트는 문득 동작을 멈추고 획 뒤돌아섰다. 셰이머스가 자애로운 미소를 지으며 그 앞에 서 있었다. 그의 트로피컬 셔츠가 햇빛 속에 밝게 빛났다.

"붕어야! 붕어야! 붕어야!" 셰이머스가 소리쳤다.

"그냥 먹이를 주고 있었어요." 로버트가 우물우물 말했다.

"너, 네가 붕어와 특별히 연결되어 있다고 느끼니?" 셰이머스는 그에게 더 가까이 몸을 수그리고 물었다. "수호 동물이란 그런 것이거든. 인생행로에 도움이 되어 주지."

"난 그냥 붕어가 붕어인 게 좋아요. 붕어들이 나한테 뭘 안 해 줘도 돼요."

"자, 예를 들어서 붕어는 말이다, 깊은 곳에서, 겉으로는 보이지 않는 곳에서, 우리에게 메시지를 가져다준단다." 셰이머스는 손으로 구불구불한 동작을 했다. "아, 여기는 마법의 땅이구나." 셰이머스는 양 팔꿈치를 뒤로 빼고 눈을 감은 채 고개를 좌우로 돌렸다. "내게는 신령한 지점이 저 위 작은 숲에 있는 새들 수반 옆이란다. 너 거기 알아? 너희 할머니가 알려 준 곳인데, 그분에게도 특별한 곳이었어. 내가 여기 처음 여행 왔을 때 바로 그곳에서 비일상적 현실과 접촉했단다."

로버트는 문득 자기가 셰이머스를 혐오한다는 것을 깨달았다. 그런 동시에 그건 불가피하다는 것도 알았다.

셰이머스는 양손을 둥그렇게 모아 입가에 대고 길게 소리를 질렀다. "붕어야! 붕어야! 붕어야!"

로버트는 그를 죽이고 싶었다. 차가 있으면 그를 치어 죽이고 싶었다. 도끼가 있으면 찍어 죽이고 싶었다.

로버트는 안쪽 문이 열리고 곧 방충망 문이 열리는 소리를 들었다. 그러자 어머니가 토머스를 안고 나왔다.

"아, 누군가 했더니. 안녕하세요, 셰이머스." 어머니가 예의 바르게 인사했다. "선잠이 들었는데 잠결에 웬 생선 장수가 집 밖에서 그렇게 소리를 지르나 했어요."

"우리 둘이 물고기를 부르고 있었거든요." 셰이머스가 말했다.

로버트는 어머니에게 달려갔다. 어머니는 로버트와 함께 셰이머스가 서 있는 지점에서 뚝 떨어진 곳으로 갔다. 그리고 연못 가장자리의 낮은 벽에 앉아 토머스를 비스듬히 기울여 물을 볼 수 있게 했다. 로버트는 붕어가 수면으로 떠오르지 않기를 간절히 바랐다. 그러면 셰이머스가 자기의 특별한 힘 때문이라고 생각할 것 같았다. 가엾은 토머스, 그는 주황색 붕어들이 소용돌이치는 것을 보지 못할지 모른다. 빨간색과 흰색의 반점이 있는 큰 붕어들을 보지 못할지 모른다. 셰이머스는 연못과 숲과 새들이 노는 수반과 그 모든 경치를 그에게서 빼앗아 가고 있었다. 사실 가만 생각해 보면, 토머스는 태어났을 때부터 할머니의 공격을 받았다. 그 할머니는 전혀 할머니답지 않았다. 아기침대에 누워 있는 그를 저주한 할머니는 차라리 동화에나 나올 법한 계모 같았다. 할머니는 어떻게 숲속의 수반을 셰이머스에게 보여 줄 수 있었단 말인가? 로버트는 토머스의 머리를 보호하듯

살살 쓰다듬었다. 토머스는 웃기 시작했다. 깊은 데서부터 까르
륵거리는 웃음이었다. 로버트는 자기를 미치게 만드는 이 모든
것들에 대해 동생은 아무것도 모를 뿐더러, 로버트가 그에게 말
하지 않는 한 그는 알 필요도 없다는 것을 깨달았다.

4

조시 패커는 로버트와 같은 반 학생이었다. 그는 (자기 혼자) 로버트와 자기는 가장 친한 친구 사이라고 결정을 내렸다. 아무도 떼어 놓을 수 없는 사이란 것을, 특히 로버트는, 이해하지 못했다. 조시를 오랫동안 떼어 놓을 수 있다면 로버트는 확실히 다른 친구와 가장 친한 친구가 될 수 있을 텐데, 조시는 운동장에서 로버트를 졸졸 따라다녔고, 그의 철자 시험 답안을 몽땅 베꼈다. 게다가 로버트를 제집에 데려가 간식도 함께 먹었다. 학교에 가지 않을 때 조시가 하는 일이라곤 텔레비전을 보는 것뿐이었다. 조시의 집은 텔레비전 채널도 65개나 되었는데 로버트의 집에서는 무료 공중파만 보았다. 조시의 집은 굉장한 부자여서 다른 아이들은 그런 것이 있는지 알기도 전에 새로 나온 놀라운 장난감을 가진 적이 많았다. 지난 생일에는 DVD 플레이어와 미니 텔레비전이 장착된 전동 지프차를 선물로 받았다. 조시는 정원에서 그것을 타고 돌아다니며 화단을 짓이기고 강아지 아니를 치려고 했다. 그러다 그는 결국 차를 관목 숲에 처박았고 로버트는 그와 함께 비를 맞으며 차 안에서 미니 텔레비전을 보았다. 조시가 로버트의 아파트에 놀러 오면 장난감이 시시해서 심심하다며 불평을 늘어놓았다. 로버트는 놀이를 궁리해 내려고 애를 썼지만 어떻게 해야 할지 알지 못했다. 한 3초간 텔레비전 등장인물 흉내를 내다가 쓰러져 "나 죽었다" 하고 소리칠 따름이었다.

조시의 어머니 질리에게서 전날 전화가 왔다. 8월 한 달간 생트로페의 멋진 집을 빌렸으니 어느 날 하루 로버트네 가족이 전부 와서 함께 재미있게 놀면 어떻겠냐는 것이었다. 로버트의 부모는 로버트를 하루라도 제 또래와 함께 놀게 하는 것이 좋겠다고 했다. 또한 조시의 부모를 학교 운동회 때 단 한 번 봤을 뿐이니 자기들에게도 진귀한 경험이 될 것이라고 했다. 짐과 질리는 그 운동회에서도 조시가 뛰는 것을 경쟁적으로 비디오카메라에 담느라 사람들과 별로 이야기할 겨를이 없었다. 질리는 로버트의 부모에게 비디오카메라의 슬로모션 기능이 어떻게 작동하는지 보여 주었다. 조시가 달리기에서 꼴찌로 들어왔으니 사실 그것을 슬로모션으로 볼 것까지는 없었는데 말이다.

지금 그들은 실제로 생트로페로 가는 길이었다. 운전을 하는 아버지는 계속 큰 소리로 불평했다. 줄리아가 떠나고 난 뒤로는 더 언짢은 기분인 것 같았다. 소중한 휴가의 하루를 교통 체증과 열파를 견디며 이 '세계적 웃음거리인 마을'로 기어가고 있다는 게 믿어지지 않는다는 것이었다.

로버트는 토머스 옆에 앉아 있었다. 토머스는 뒤쪽을 면하게 놓은 유아용 보조 의자에 앉아 있었다. 그를 무료하지 않게 해 줄 수 있는 것이라곤 마주 보이는 뒷좌석의 얼룩진 천뿐이었다. 로버트는 작은 장난감 강아지를 토머스의 다리 위로 기어오르게 하며 짖는 소리를 냈다. 토머스는 전혀 관심이 없었다. 어떻게 관심이 있겠어? 하고 로버트는 생각했다. 아직 강아지 실물을 보지 못했으니 말이다. 그것은 즉, 실제로 본 것만 궁금해한다면 토머스는 여전히 출산실 불빛의 소용돌이 속에서 헤어나지 못하고 있다는 것이었다.

그들이 탄 차가 이윽고 그 집이 있는 길을 찾았다. 소박한 타일에 필기체로 쓰인 '레 미모사'라는 표지판을 발견한 것은 로버트였다. 우둘투둘 골이 진 콘크리트 진입로를 지나 도착한 주차장에 가득한 차들은 개인 자동차 쇼를 방불케 했다. 검정 레인지로버, 빨간 페라리, 가죽 좌석은 표면이 갈라지고 범퍼는 볼록한 크롬으로 된 오래된 크림색 컨버터블 자동차가 있었다. 아버지는 톱니 모양의 혀를 사방으로 뻗은 선인장 옆에 푸조를 세울 자리를 찾았다.

"매독에 걸린 고갱의 말기 화풍을 신봉하는 사람이 장식한 신로마 건축 양식의 집이군." 아버지가 말했다. "무얼 더 바랄까?" 그는 광고 성우 같은 멋진 목소리를 꾸며냈다. "생트로페, 외부인 출입이 제한되는 고급 주택가에 위치한 집, 여섯 시간만 운전해 가면 브리지트 바르도의 전설적인 애완동물 묘지가 있는 곳—"

"여보!" 어머니가 아버지 말을 가로막았다.

창문을 두드리는 소리가 났다.

"짐!" 아버지는 창문을 내리고 따뜻이 그의 이름을 불렀다.

"우린 지금 풀장에서 갖고 놀 비닐 놀이기구를 사러 가는 길입니다." 짐은 그들이 도착하는 장면을 찍던 비디오카메라를 내리며 말했다. "로버트, 너도 같이 갈래?"

로버트는 레인지로버 뒷좌석에 구부정하게 앉아 있는 조시를 흘긋 보았다. 그는 조시가 게임보이를 한다는 것을 알 수 있었다.

"아뇨, 괜찮아요. 저는 가방 옮기는 걸 도울 거예요."

"아들 교육을 잘 시키셨군요. 질리는 풀장에서 일광욕을 하고 있어요. 그냥 정원 보도를 쭉 따라가세요."

그들은 흰 칠이 된 주랑을 통과해 폭신폭신한 잔디를 지나 풀장 쪽으로 갔다. 기린, 소방차, 축구공, 경주용 차, 햄버거, 미키,

미니, 구피 모양의 풍선 소함대가 풀장을 뒤덮었다. 아버지는 토머스가 아직 잠들어 있는 유아용 의자를 통째로 들고 가느라 몸이 한쪽으로 기울었다. 어머니는 노새처럼 양쪽 어깨에 가방을 주렁주렁 매고 뒤를 따라갔다. 질리는 흰색에 노란색 줄이 있는 일광욕 침대에 정신을 잃은 듯이 누워 있었다. 양옆에는 몸이 번들거리는 낯선 사람 둘이 누워 있었다. 세 사람은 워크맨이나 휴대 전화 이어폰을 귀에 끼고 있었다. 햇볕에 타들어 가는 얼굴에 아버지의 그림자가 드리우자 질리가 눈을 떴다.

"어, 안녕하세요!" 질리는 이어폰을 벗으며 말했다. "죄송해요, 나만의 세상에 빠져 있다가 그만."

질리는 손님들을 맞으려고 일어서다 뒤로 휘청하는 시늉을 하더니 한 손을 가슴에 얹고 토머스를 빤히 쳐다보았다.

"어머, 어쩌면!" 질리는 숨 막히는 듯 말했다. "아기가 아주 예뻐요. 미안해, 로버트." 질리는 로버트의 마음이 흔들리지 않도록 그를 꼭 잡았다. 반짝이는 긴 손톱이 그의 어깨를 파고들었다. "형제간에 경쟁심을 불러일으키려는 건 아니지만, 네 동생은 정말 특별하구나. 아가야, 그렇지?" 질리는 토머스를 채 가기라도 할 듯이 머리를 수그리며 말했다. "얘가 크면 질투하시겠어요." 질리는 아기의 어머니에게 경고했다. "여자애들이 가만 내버려 두지 않게 생겼으니까요. 이 속눈썹 좀 봐! 아이를 더 낳을 거예요? 난 내 아이가 이렇게 생겼으면 적어도 여섯은 낳겠어요. 내가 욕심이 많죠? 하지만 나도 어쩔 수가 없어요, 아기가 너무 예쁘잖아요. 내가 아기 때문에 정신이 없네요, 크리스틴과 로저를 소개시켜 주지도 않았으니. 그렇다고 신경 쓸 사람들도 아니지만. 보세요, 자기들만의 세상에 빠져 있잖아요. 자, 일어나, 어서!" 질리는 로저에게 발길질하는 시늉을 했다. "로저는 우리 그이 동업자예요." 질리는 그들이 모르는 사항들을 알려 주었다. "그리고 크리스틴은 오스트레일리아 사람이죠. 임신 4개월이에요."

질리는 크리스틴을 흔들어 깨웠다.

"어, 안녕." 크리스틴이 말했다. "그 사람들 왔어?"

질리는 모두 소개시켜 주었다.

"방금 이분들한테 자기가 임신했다는 얘기를 하고 있었어." 질리가 크리스틴에게 설명했다.

"네, 임신하고말고요. 그런데 사실 우리는 그 사실을 거의 부정하고 있죠." 크리스틴이 말했다. "몸이 좀 무겁게 느껴지는 게 전부거든요. 에비앙을 4리터는 마신 것 같다고나 할까. 아침에 입덧도 안 한다니까요. 며칠 전에 로저가 '당신 내년 1월에 스키 타러 갈래? 어차피 그때 스위스 출장 가야 하거든' 그랬을 때 내가 글쎄 '응, 좋아'라고 했지 뭐예요. 출산 예정일이 바로 그 주인 줄 우리 둘 다 잊고 말이죠."

질리는 폭소를 터뜨리고 눈을 위로 굴렸다.

"내가 그러는 게 멍청하지 않아요?" 크리스틴이 말했다. "그러게 임신하면 머리가 정말 못쓰게 된다고요."

"이분들 봐." 질리가 로버트의 어머니와 아버지를 가리키며 말했다. "너무 놀라서 말을 잃으셨잖아—아이들을 끔찍이 사랑하서."

"우린 안 그런가 뭐." 크리스틴은 항변했다. "자기도 우리가 메건에게 어떻게 하는 줄 알잖아. 메건은 두 살 먹은 우리 딸이에요. 메건은 시어머니에게 맡겨 놓고 왔어요. 얘가 최근 분노의 감정을 발견해서 말이죠—아시잖아요 왜, 그 나이에는 한 감정을 발견하고는 그걸 있는 대로 다 소진시키고 나서 그다음 감정으로 넘어간다는 거."

"아주 흥미롭군요." 패트릭이 말했다. "그러니까, 감정은 어린 아이가 무엇을 느끼는가 하는 것과는 상관이 없다는 거군요—그 감정들은 일종의 고고학적 발굴의 단층들일 뿐. 그러면 아이들은 기쁨을 언제 발견하죠?"

"레고 랜드에 데려갈 때요." 크리스틴이 말했다.

로저가 잠에서 깨며 몽롱한 얼굴로 이어폰을 움켜쥐었다.

"어, 안녕. 미안, 전화가 와서."

그는 일어나 잔디밭을 천천히 걸었다.

"유모도 왔어요?" 질리가 물었다.

"유모는 안 됐어요." 어머니가 말했다.

"용감하시네요." 질리가 말했다. "난 조가 없으면 어떡할지 몰라요. 조가 온 지 일주일밖에 안 됐는데 벌써 우리 가족이 다 됐어요. 댁의 아이도 조한테 맡겨요, 조는 최고예요."

"아뇨, 우린 애 보는 거 좋아해요." 어머니가 말했다.

"조!" 질리가 크게 외쳤다. "조-오!"

"혼합 레저 포트폴리오라고 말해." 로저가 말했다. "이 단계에서 더 이상 자세한 정보는 주지 말고."

"조!" 질리는 다시 소리쳤다. "게으른 년. 하루 종일 벤 앤드 제리 아이스크림을 먹으며 멍청히 〈헬로!〉 잡지나 들여다봐요. 제 고용주와 닮았다고 할 수 있죠, 에헴, 하지만 저는 거금을 들이는데, 조는 돈을 받고 저런다는 차이가 있죠."

"그들이 나이절한테 뭐라고 했는지 내 알 바 아냐." 로저가 말했다. "그건 그들이 상관할 바 아냐. 쓸데없는 참견은 하지 말라고 해."

짐이 성공적으로 쇼핑한 물건들을 들고 환한 얼굴로 성큼성큼 잔디밭을 걸어 내려왔다. 그 뒤를 땅딸막한 조시가 다리가 뒤엉킨 듯이 발을 질질 끌며 따라왔다. 짐은 발로 밟는 공기 펌프를 꺼내 와서 풀장 가의 판석 바닥에 튜브를 펼쳐 놓았다.

"애한테 뭘 사 줬어요?" 질리가 화난 얼굴로 집 쪽을 쳐다보며 물었다.

"조시가 아이스크림콘을 먹고 싶어 했던 거 당신도 알잖아."

짐이 딸기 코르네토* 모형 튜브에 바람을 넣으며 말했다. "라이언 킹도 사 줬어."

"기관총도." 조시가 아는 체하며 말했다.

"국세청이에요." 짐은 턱으로 로저를 가리키며 말했다. "저 친구를 궁지에 몰아넣고 있죠. 점심 먹을 때 로버트 아빠에게 법률 자문을 구할지도 몰라요."

"휴가 중엔 일 안 합니다." 아버지가 말했다.

"당신은 휴가가 아닐 때도 일을 별로 안 하잖아." 어머니가 말했다.

"이런! 지금 그거 부부 싸움인가요?" 짐은 납작했던 딸기 코르네토 모형 튜브의 주름이 펴져 부푸는 과정을 비디오카메라에 담으며 말했다.

"조!" 질리가 소리쳤다.

"여기 있어요." 몸집이 크고 카키 반바지를 입은 주근깨투성이의 여자애가 집에서 나오며 말했다. 티셔츠에 새겨진 'Up For It'**이라는 글자가 출렁거렸다.

토머스가 잠에서 깨 앙앙 울었다. 그걸 누가 탓하겠는가? 잠이 들기 전만 해도 그의 훌륭한 가족과 차를 타고 있었다. 그런데 지금은 눈을 시커멓게 칠한 낯선 사람들이 주위에서 소리를

---

*   이탈리아의 아이스크림콘 상표.
** '준비되었다, 각오가 섰다'는 뜻.

질러 대고, 살균 약품 냄새가 나는 풀장에는 괴물 풍선 떼가 눈부신 햇빛을 반사하며 둥실둥실 떠서 서로 부딪치고, 하나는 그의 발치에서 크게 부풀고 있으니 말이다. 로버트도 그 모든 것을 견딜 수 없었다.

"이 배고픈 청년이 누군가?" 조는 토머스 앞으로 몸을 구부리며 말했다. "오, 아기가 아주 예쁘군요." 조는 어머니에게 말했다. "조숙한 아기네요, 딱 보면 알아요."

"이 두 아이 데려가서 TV 앞에 앉혀 놓고 비디오 틀어 줘." 질리가 말했다. "그래야 우리가 조용히 평화로운 시간을 좀 가질 테니. 그리고 가스퐁한테 로세 한 병 가져오라고 해. 자기도 가스퐁을 좋아할 거예요." 질리가 메리에게 말했다. "가스퐁은 천재예요. 진짜 전통 프랑스식 요리사죠. 우리가 여기 온 뒤로 내 몸무게가 3스톤*이나 늘었어요, 일주일밖에 안 됐는데 말이죠. 걱정 말아요, 오늘 오후에 하인리히가 우리를 구조하러 올 테니까. 제대로 운동을 시켜 주거든요. 우리 같이 해요. 출산 후 몸매 회복에 도움될 거예요. 뭐 지금도 몸매가 안 좋다는 건 아니지만."

"그게 네가 하고 싶은 거니?" 어머니가 로버트에게 물었다. "비디오 보는 거?"

★ 시대와 대상의 종류에 따라 조금씩 달라질 수 있는 무게 단위로 일반적으로 1스톤은 14파운드(약 6.35kg)이며, 사람의 체중이나 큰 짐승의 무게를 말할 때 쓰인다.

"응, 좋아." 로버트는 그곳에서 빨리 벗어나고 싶었다.

"풀장에 저렇게 많은 음식 모형 튜브들이 떠 있으니 로버트가 어떻게 수영을 하겠어." 패트릭이 수긍했다.

"자, 가자!" 조는 좌우로 손을 내밀며 말했다. 조는 조시와 로버트가 제 손을 잡고 깡충깡충 뛰어 집으로 올라가리라고 생각한 모양이었다.

"아무도 내 손 안 잡아?" 조는 짐짓 우는 척하며 앵앵거렸다.

조시는 통통한 손으로 조의 손을 잡았지만, 로버트는 가까스로 손을 잡지 않고 조금 떨어져서 따라가며 조의 카키 바지 엉덩이가 툭 튀어나온 모양에 매료되었다.

"이제 우리는 비디오 동굴에 들어간다." 조가 으스스한 소리를 내며 말했다. "자! 너희들 뭘 볼래? 난 싸우는 건 싫어."

"〈신드바드의 모험〉!" 조시가 외쳤다.

"또! 맙소사!" 조가 말했다. 로버트도 공감하지 않을 수 없었다. 그도 재미있는 비디오라면 대여섯 번 봤지만, 대사를 모두 외울 정도가 되고 각 장면이 마치 똑같은 양말이 잔뜩 든 서랍처럼 느껴지기 시작하면 거부감이 고개를 쳐들었다. 조시는 달랐다. 그는 뚱하니 새 비디오에 대한 욕심을 부리지만, 스무 번쯤은 보고 나서야 그때부터 비로소 진정한 열의를 보이기 시작했다. 그에게서 쉽게 볼 수 없는 사랑이란 감정은 〈신드바드의 모험〉에서 봇물 터지듯 했다. 그때까지 그것을 백 번 이상 보았고 로버트와 함께 본 횟수만도 상당했다. 비디오는 조시의 백일몽이었고, 로버트의 백일몽은 고독이었다. 어떻게 하면 그는 비디오 동굴에서 탈출할 수 있을까? 사람들은 어린아이들을 가만 내버려 두지 않는다. 그가 지금 달아나면 그들은 수색대를 풀어 그를 잡아다가 죽도록 오락을 제공할 것이다. 어쩌면 그는 조시의 차용된 상상력이 벽에서 깜박이는 동안 그냥 누워서 생각에 잠길 수도 있을 것이다. 비디오테이프가 되감기는 기계음이 느려지자 조시는 아침을 먹으면서 그것을 볼 때 앉았던 자리에 털썩 주저앉았다. 그리고 소파 옆 탁자에 흩어져 있는 오렌지색 지즈 과자를 주워 먹었다. 조는 비디오테이프를 틀어 주고 불을 끈 뒤 살살 방에서 나갔다. 조시는 앞으로 빨리 돌려 건너뛰는 문화 파괴자는 아니었다. 기차를 타면 보기 흉한 변두리 주택가를 지나가야 소가 풀을 뜯는 우수에 젖은 진정한 전원의 풍경 속으로 들어갈 수 있듯이 비디오 저작권 침해에 대한 경고, 조시가 이미 본 영화들의 예고편, 그가 이미 가지고 놀다 버린 영화 관련 장난감 광고, 비디오 표준 위원회가 전하는 말이 나오는 부분을 보지 않고 급히 지나가는 것은 허락되지 않았다. 그것들은 조시에게 그것들 나름대로의 가치를 인정받았고, 그것들 나름대로의 품위를 부여받았다. 로버트로선 이 상황이 괜찮았다. 이제 스크린에서 쏟아져 나오는 그 형편없는 내용은 너무 잘 아는 것이라, 그의 주의 집중에 아무런 영향을 끼치지 못할 것이기 때문이었다.

　로버트는 눈을 감고 풀장 가의 지옥 같은 광경을 흩어져 없어지게 했다. 다른 사람들과 몇 시간이고 지낸 뒤에는 어떻게 해서든 그 시간 동안 축적된 인상들을 몰아내야 했다. 그러기 위해 인물 흉내를 내 보거나, 사물이 작동하는 방식을 궁리해 보거나, 그냥 마음을 비우려고 애를 써 보았다. 안 그러면 온갖 인상들이 축적되다가 임계 밀도에 이르러 폭발해 버릴 것만 같았다.

　어떤 때는 침대에 누우면 '공포'나 '무한'과 같은 단어를 생각만 해도 지붕이 떨어져 나가고 그는 밤의 하늘로 빨려 들어갔다. 편리한 대로 곰이나 쟁기 모양으로 해석되는 별자리들을 지나, 소멸의 느낌 외에는 모든 것이 소멸되는 순전한 밤의 어둠 속으로 빨려 들어가곤 했다. 그는 지능의 작은 캡슐이 분해되면서 그 모서리가 뜨겁게 불타고, 선체는 산산이 부서지는 것을 느꼈다. 그러다 우주 캡슐이 조각 나 흩어지면 로버트 자신은 그 흩어지는 조각들이 되었고, 그 조각들이 원자로 변하면 그는 산산이 흩어진 상태 그 자체였고, 그것은 사라져 없어지기는커녕 점점 더 강해지기만 했다, 마치 소모된 상태를 견디고 소모를 흡수하는 악한 에너지기라도 한 듯이. 그러면 곧 전 우주 공간은 소모를 원료로 해서 세차게 흐르는 무엇이 되었고, 그곳은 인간의 정신이 들어설 여지가 없었지만, 그는 그곳에 머물곤 했다, 계속 그 상태를 느끼면서.

그는 숨이 막혀 비틀비틀 부모의 침실로 가곤 했다. 그것을 멈출 수만 있다면 무엇이든 다 하리라, 아무 계약서에나 서명하고, 아무 맹세나 다 할 테지만, 그래 봐야 소용없으리란 것을 그는 알고 있었다. 어머니 품 안에서 울고, 어머니에게 지붕을 도로 덮게 하고 이전보다 더 상냥한 말을 하게 함으로써, 얼마 동안은 그것을 무시할 수 있을지언정 그는 자기가 진실된 무엇을 보았다는 것을, 그것은 바꿀 수 없는 무엇이란 것을 알았다.

그렇다고 그가 행복하지 않은 것은 아니었다. 다만 그는 무언가를 보았고, 그게 다른 무엇보다 더 진실된 것일 때가 있었다는 것이다. 그는 할머니가 뇌졸중을 일으켰을 때 처음으로 그 진실된 무엇을 보았다. 애초에 할머니를 버릴 마음은 없었다. 그렇지만 할머니는 거의 말을 할 수 없었기 때문에 그는 할머니의 느낌이 어떨까 상상하는 일에 많은 시간을 보냈다. 모두들 사람이란 의리를 지킬 줄 알아야 한다고 해서 그는 그 말에 충실했다. 그는 할머니의 손을 한참 잡았고, 할머니는 그의 손을 꼭 쥐었다. 그는 그게 싫었지만 손을 빼지는 않았다. 그는 할머니가 겁을 집어먹었다는 것을 알 수 있었다. 할머니의 눈은 흐려져 있었다. 할머니의 일부는 안도했다. 할머니는 항상 의사소통에 곤란을 겪었는데, 이제는 아무도 할머니에게서 그런 노력을 기대하지 않았던 것이다. 할머니의 일부는 이미 이 세상을 떠났다.

어쩌면 근원으로 돌아간 것인지도, 아니면 하다못해, 할머니가 그리도 지독한 의심의 눈으로 바라보던 물질계를 떠나 멀리 간 것인지도 모를 일이었다. 그가 가까이 다가갈 수 있었던 할머니는 뒤에 남은 부분이었다. 그 부분은 어차피 그 모든 신비를 간직할 수밖에 없게 되었는데, 자기가 그 신비를 원하는지 모르겠다는 듯했다. 병은 할머니를 민들레의 솜털 머리처럼 흩트렸다. 씨 몇 개가 붙은 잘린 꼭지. 로버트는 자기도 결국 그렇게 될까 생각했었다.

"저건 내가 제일 좋아하는 부분이야." 사랑의 포로가 된 조시가 말했다. 해적들이 신드바드의 배에 오르는 부분이었다. 그 배의 앵무새가 가장 심술궂게 생긴 해적의 얼굴로 날아갔다. 해적은 갈팡질팡하다가 신드바드의 부하들에 의해 가볍게 배 밖으로 던져졌다. 기뻐하는 앵무새가 꽥꽥거리는 장면이 나왔다.

"흠." 로버트가 말했다. "야, 나 금방 올게."

조시는 그가 가든 말든 전혀 관심이 없었다. 로버트는 조가 복도에 있나 살펴보았다. 조는 보이지 않았다. 그는 들어온 길을 되돌아 나갔다. 정원으로 나가는 문 앞에서 보니 어른들은 풀장 주변에 없었다. 그는 살며시 밖으로 나가 급히 집 뒤로 돌아갔다. 잘 다듬어진 잔디밭이 끝나는 융단 같은 솔잎 밭이 시작되었고 큰 쓰레기통이 두 개 있었다. 지켜보는 사람 없이, 그는 껍질이 울퉁불퉁 갈라진 소나무에 기대앉았다.

그는 패커 씨 가족과 하루를 지냄으로써 가장 많은 시간을 낭비하는 사람이 누구일까 생각했다. 누구보다 언제나 더 많은 시간을 낭비하고, 으레 그것을 입증할 비디오를 찍는 패커 가족은 그의 생각에 포함시키지 않았다. 토머스는 겨우 60일 살았으니 그의 인생의 60분의 1을 낭비하는 셈이 되니까 가장 많은 낭비를 하는 사람은 토머스였다. 반면에 아버지는 마흔두 살이므로, 전 인생에 비추어 낭비가 가장 적었다. 로버트는 그들 각자의 인생에서 하루가 차지하는 몫이 얼마나 되는지 셈을 해 보았다. 암산을 하려니 어려워서, 시계 안에 든 다양한 크기의 톱니바퀴를 상상했다. 그런 다음 반대 사실을 어떻게 포함시켜야 할까 생각했다. 토머스는 아직 살 날이 창창했지만, 부모는 이미 인생의 많은 부분을 살았으므로, 살아 온 날보다 앞으로 살 날이 더 많은 토머스에게 하루의 낭비는 그들만큼 크지 않았다. 그러자 새로운 바퀴 세트—은색이 아닌 빨간색—가 마음속에 떠올랐다. 아버지의 바퀴는 빙빙 빨리 돌아가는데 토머스의 바퀴는 이따금 찰칵 하며 위엄 있게 돌았다. 그러나 아직 서로 다른 괴로움의 특성과 각각의 특성에 따르는, 서로 다른 혜택들도 셈에 넣어야 했다. 그러자 그 기계는 굉장히 복잡해졌다. 그래서 그는 한번에 모두에게 이로운 결정을 내렸다. 그들은 모두 다 똑같이 괴로워하고 있다고, 그들 누구도 괴로움을 통해 얻는 것은 아무것도 없다고, 그래서 그날의 가치는 획이 굵은 제로라고. 그는 크게 안도하고 다시 침으로 그 두 세트의 톱니바퀴를 연결하는 상상을 했다. 그 모든 것은 흡사 과학박물관에서 본 거대한 증기 기관차와도 같았다. 다만 그의 기계에서는 한쪽 끝에서 소모 단위의 수가 찍혀 나왔다는 점이 달랐다. 그 수를 읽어 보니 결국 그는 누구보다도 더 많은 시간을 낭비하고 있었다. 바로 그때 조가 그의 이름을 부르는 무시무시한 소리가 들렸다.

그는 결정을 못 내리고 잠깐 그 자리에 얼어붙었다. 문제는 그가 숨으면 수색대가 더 미쳐 날뛰기만 할 뿐이라는 것이었다. 그래서 그냥 아무렇지 않은 듯 천천히 걸어가기로 하고, 모퉁이를 돌아서려는 찰나 조가 다시 그의 이름을 크게 외치는 소리가 들렸다.

"왔어요." 그가 말했다.

"어디 갔다 왔니? 내가 널 찾아 사방으로 돌아다녔어."

"그랬을 리 없어요, 그랬다면 나를 찾았을 테니까." 그가 말했다.

"까불고 있어, 요것이." 조가 말했다. "너 조시랑 싸웠어?"

"아뇨. 조시랑 누가 싸우겠어요? 바보하고."

"바보 아냐. 너와 가장 친한 친구잖아." 조가 말했다.

"아니에요."

"싸운 게 **맞구나**."

"안 싸웠어요." 로버트는 물러서지 않았다.

"어떻든, 그렇게 사라지면 안 돼."

"왜요?"

"모두 너 때문에 걱정하니까."

"나도 엄마 아빠가 어디 가시면 걱정해요, 하지만 그런다고 안 가시지 않잖아요. 그래서도 안 되겠지만."

그는 분명 논쟁에서 이기고 있었다. 일단 유사시, 그의 아버지는 자기를 대신해서 로버트를 법정에 내보내도 좋을 것 같았다. 로버트는 변호사 가발을 쓰고 그의 관점으로 사건을 볼 수 있도록 배심원단을 설득하는 자신을 상상했다. 그때 조가 로버트 앞에 쭈그리고 앉더니 그의 눈을 유심히 들여다보았다.

"너희 부모님 자주 어디 가시니?" 조가 물었다.

"아뇨, 별로." 로버트는 그렇게 말하고, 그의 부모는 둘 다 세 시간 이상 집을 비운 적이 없다는 말을 하기도 전에 조의 품에 휩쓸려 들어가 그 뜻을 확실히 모르는 'Up For It'이라는 말에 으깨졌다. 그는 조가 위로한다고 등을 쓰다듬는 바람에 삐져나온 셔츠를 바지 속에 도로 넣어야 했다.

"'Up For It' 뜻이 뭐예요?" 그는 숨을 고르고 물었다.

"아무것도 아니야." 조는 눈이 휘둥그레져 말했다. "가자! 점심시간이야!"

조는 그의 손을 잡고 집 안으로 데려갔다. 두 사람은 이제 사실상 연인 사이라 그는 조의 손을 딱히 거부할 수 없었다.

앞치마를 두른 남자가 점심 식탁 옆에 서 있었다.

"가스통 씨, 당신 때문에 우리가 망가지고 있어요." 질리는 나무라듯 말했다. "이 타르트는 보기만 해도 벌써 체중이 1스톤은 는 것 같아. 가스통 씨는 텔레비전 고정 프로그램을 가져야 해요. Vous sur le television, Gaston텔레비전에 나가면요, 가스통 씨, beaucoup de monnaie많은 돈을 벌 거예요. Fantastique굉장해!"

식탁 위에는 빈 병 두 개를 포함한 여러 종류의 핑크 와인과 다양한 커스터드 타르트로 가득했다. 햄 조각이 든 커스터드 타르트, 양파 조각이 든 커스터드 타르트, 동그랗게 말린 토마토 조각이 든 커스터드 타르트, 동그랗게 말린 호박 조각이 든 커스터드 타르트.

모유를 먹는 토머스만 안전했다.

"길 잃은 양을 찾아왔네." 질리가 그렇게 말하고 손으로 허공을 획 가르더니 갑자기 노래를 불렀다. "찾아라! 모아라! 로-하이-드!"

로버트는 무안해서 살갗이 따끔거리는 느낌이 들었다. 질리가 되는 건 대단히 절망적일 거라고 생각했다.

"로버트는 혼자 있는 게 익숙한가 봐요?" 조는 어머니에게 도전적으로 말했다.

"네, 자기가 원할 때는 혼자 있어요." 어머니는, 조가 로버트는 고아원에서 사는 편이 낫겠다고 생각한다는 것을 알지 못했다.

"내가 방금 너희 부모님한테 너를 데리고 진짜 산타클로스를 보러 가라는 말을 했어." 질리는 음식을 접시에 나누며 말했다. "개트윅 공항에서 아침에 콩코드를 타고 라플란드로 날아가면, 눈 자동차가 기다리고 있다가 사람을 태우고 획 하고 달려가 20분이면 산타클로스의 동굴에 도착하거든. 그럼 산타클로스한테 선물을 받고 다시 콩코드를 타고 집에 오면 딱 저녁 먹을 시간이야. 라플란드는 북극권에 있거든, 그러니까 해러즈 백화점에서 보는 것보다 더 진짜 같지."

"매우 교육적일 거 같긴 한데, 등록금이 먼저죠." 아버지가 말했다.

"조시는 거기 데려가지 않으면 우리를 죽일 거예요." 짐이 말했다.

"그렇군요." 아버지가 말했다.

조시가 큰 폭발음을 내며 허공에 주먹을 날렸다.

"음속 장벽을 깨고!" 그가 소리를 질렀다.

"넌 어떤 타르트를 먹고 싶어?" 질리가 로버트에게 물었다.

모두 다 똑같이 역겨워 보였다.

로버트는 엄마를 흘긋 바라보았다. 엄마의 구릿빛 머리칼이 젖을 문 토머스 위로 구불구불 흘러내렸다. 로버트는 그것을 보며 두 사람이 젖은 진흙처럼 섞이고 있다는 생각이 들었다.

"토머스가 먹고 있는 걸 먹고 싶어요." 로버트는 소리 내 말하려고 하지 않았는데 그 말이 그만 툭 튀어나왔다.

짐, 질리, 로저, 크리스틴은 당나귀처럼 크게 웃었다. 로저는 웃을 때 더 화가 나 보였다.

"나는 모유로 할게요." 질리는 술에 취해 잔을 쳐들며 말했다.

로버트의 부모는 그를 쳐다보며 동정 어린 미소를 지었다.

"너는 이제 다 커서 고형 음식을 먹잖아." 아버지가 말했다. "난 내가 옛날로 돌아갔으면 하는 생각에 익숙하지만, 너는 아직 그럴 때가 아닌데 그러는구나. 너만 할 때는 빨리 나이를 먹고 싶을 텐데 말이야."

어머니가 로버트를 그녀의 의자 가장자리에 앉히고 이마에 키스를 했다.

"그건 지극히 정상이에요." 조는 로버트의 부모에게 어린아이는 처음이기라도 한 듯이 그들을 안심시켰다. "어린애들은 대개 그런 걸 직접적으로 나타내지 않을 뿐이에요." 조는 마지막 딸 꾹질을 하듯 웃었다.

로버트는 주위의 왁자지껄한 소리를 차단하고 동생을 바라보았다. 토머스는 엄마의 젖을 마사지해서 모유를 짜내며 입을 바삐 움직이다가 가만히 있더니 다시 바삐 움직였다. 로버트는 의식의 중심에 웅크리고 토마스가 있는 그곳에 있고 싶었다. 나일강의 길이나 달의 크기, 보스턴 차 사건이 일어났을 당시에 사람들이 무엇을 입었는가와 같은, 그가 본 적이 없는 것들에 대해 알기 이전의 그곳에, 어른들이 선전하는 주장과 자신의 경험을 서로 견주기 시작하기 이전의 그곳에 있고 싶었다. 그도 그곳에 있고 싶었고, 그곳에 있되 목격자가 없는 바로 그 자아의식의 교활한 목격자인 자신의 자아의식을 지니고서 그곳에 있고 싶었다. 토머스는 자기가 하는 짓들을 목격하지 못하고 단지 그것들을 행할 뿐이었다. 재주넘기와 가만히 서 있기를 동시에 할 수 없듯이 지금 로버트가 있는 그곳에서 토머스와 합류하는 건 있을 수 없는 일이었다. 로버트는 자주 그 생각에 빠졌다. 그렇게 할 수 있으리란 결론에 도달하지는 않았어도 상상력의 근육이 점점 더 팽팽해짐에 따라, 다이빙 도약대 끝에 서서 뛸 준비를 하는 선수처럼, 물러나는 것은 불가능한 듯했다. 그게 그가 할 수 있는 전부였다. 토머스가 거주하는 땅, 그도 언젠가 살았던 그 땅에 더 가까이 감에 따라 관찰하고자 하는 욕구의 껍질을 벗어 버리면서 토머스를 둘러싼 대기를 파고 들어가는 수밖에 없었다. 그러나 지금은 그러기가 어려웠다. 질리가 다시 그의 의중을 알아차린 것이다.

"로버트, 너 우리 집에서 있다 갈래?" 질리가 제안했다. "너희 집에는 내일 조가 데려다줄 거야. 집에 가서 아기 동생을 시샘하느니 여기서 조시랑 노는 게 더 재미있잖아."

로버트는 엄마의 다리에 필사적으로 매달렸다.

마침내 가스통이 디저트를 가지고 와 질리는 주의가 산만해졌다. 둥그런 모양 가운데 캐러멜이 있는 미끈미끈한 커스터드였다.

"가스통, 당신이 우리 건강을 망쳐 놓고 있어." 질리는 습관적으로 달걀을 써야만 하는 그의 손목을 찰싹 때리며 울부짖듯 말했다.

로버트는 엄마에게 바싹 기대 귀에 대고 속삭였다. "**제발** 이제 집에 가면 안 돼?"

"점심 먹고 바로 갈게." 어머니도 속삭였다.

"로버트가 졸라요?" 질리가 코를 찡긋하며 말했다.

"사실은, 그래요." 어머니가 대답했다.

"괜찮아요, 여기서 자고 가게 허락하세요." 질리가 우겼다.

"잘 보살펴 줄게요." 조는 보살핌이 로버트에게 무슨 새로운 경험일 것이라는 듯이 말했다.

"유감이지만 그럴 수 없어요. 요양원에 계신 애 할머니를 뵈러 가야 해요." 어머니가 말했다. 사흘 뒤에 갈 예정이라는 말은 하지 않았다.

"이상하네요." 크리스틴이 말했다. "메건은 아직 시샘은 모르는 거 같은데."

"따님에게 기회를 주세요." 아버지가 말했다. "이제 겨우 분노의 감정을 발견했잖아요."

"그렇죠." 크리스틴은 웃었다. "어쩌면 내가 임신했다는 사실을 고백하지 않아서 그런지도 모르죠.”

“고백하면 도움이 될 겁니다.” 아버지는 한숨을 쉬었다. 로버트는 아버지가 이제 따분해서 심술궂은 마음이 되었다는 것을 알 수 있었다. 점심을 다 먹자마자 그들은 소방서 밖에서는 좀처럼 보기 힘든 긴급한 일을 핑계로 패커 가족과 작별했다.

“배고파 죽겠어요.” 차가 진입로를 따라 올라갈 때 그가 말했다.

그들은 모두 웃음을 터뜨렸다.

“네가 선택한 친구를 비난할 생각은 추호도 없다만, 그런 친구 대신 그냥 비디오를 사면 안 될까?” 아버지가 말했다.

“내가 선택하지 않았어!” 로버트가 항변했다. “쟤가 그냥……
나한테 들러붙었어.”

그는 길가의 음식점을 발견했다. 그곳에서 그들은 아주 맛있는 피자와 샐러드와 오렌지 주스로 늦은 점심을 먹었다. 가엾은 토머스는 또 젖을 먹어야 했다. 젖, 젖, 젖, 그는 오로지 젖만 먹었다.

“나는 그들의 런던 집 이야기가 가장 마음에 들었어.” 아버지는 그런 다음 아주 바보스러운 목소리로 가장했다. 목소리는 별로 질리 같지 않고 태도만 비슷했다. “‘우리가 그 집을 샀을 때는 굉장히 커 보였는데 손님용 스위트룸과 운동실, 사우나실, 사무실, 영화관을 집어넣고 보니 글쎄 별로 공간이 크지 않더라고요.' 뭘 위한 공간인 거야?" 아버지는 놀라워했다. "공간을 위한 공간! 공간이 있는 공간다운 공간. 우리, 런던 집에 돌아가서 옷걸이에 기어 올라가 박쥐 가족처럼 잠을 잘 때, 진정한 문명 생활을 하려면 침실 몇 개 정도가 아니라 공간다운 공간이 있어야 한다는 걸 인식해야겠어." 아버지는 계속해서 질리 흉내를 냈다. "'내가 그전에 이이한테 그랬어요, 우리도 지금 이런 생활을 누릴 수 있으면 좋겠다고, 이런 생활 방식이 좋다고—외식을 하고 여행을 다니고 쇼핑을 하는 그런 생활—나는 그런 걸 포기하지 않을 거라고. 이이는 우리가 모두 다 누릴 수 있다고 나를 안심시켜 줘요.' 그런데 압권은 그다음이었지. '이이는 그게 안 되면 내가 이혼하자고 할 걸 알아요.' 뭐 그런 망할 여자가 다 있는지! 매력도 없는데 말이야."

"놀라운 여자야." 어머니가 말했다. "하지만 크리스틴과 로저도 나름 은근히 만만찮아 보이던걸. 내가 임신했을 때 배 속에 든 우리 애들한테 항상 말을 했다고 하니까 크리스틴이—" 어머니는 크리스틴의 째는 듯한 오스트레일리아 억양으로 가장하고서 말했다. "'아니 잠깐! 아기는 태어난 다음에 아기죠. 나는 임신한 배에 대고 말할 생각은 없어요. 그러면 로저가 나를 정신병원에 집어넣을걸요'라고 하던걸."

로버트는 자기가 어머니의 자궁 속에 밀폐되었을 때 어머니가 말하는 모습을 상상했다. 물론 둔탁하게 들리는 음절들이 무엇을 뜻하는지는 알 수 없었을 테지만, 두 사람 사이의 어떤 흐름, 공포로 말미암은 자궁의 수축, 의도를 알리기 위해 팔다리를 뻗는 동작을 자기가 느꼈으리라고 그는 확신했다. 토머스는 그 느낌이 주입되던 단계에 아직 가까이 있었고, 로버트는 그 대신 어른들의 설명을 듣고 있었다. 토머스는 아직 침묵의 언어를 알아들을 줄 알지만, 로버트는 거의 다 잊어버렸다. 로버트는 더 빨라지고, 더 커지고, 더 많은 단어를 배우고, 더욱 더 거창한 설명을 들으면서 환호성을 지르며 내리막길을 폭주해 내려가기 직전의 산마루에 서 있었다. 그런데 이제 토머스 때문에 뒤를 돌아보며 잠시 검을 든 손을 내리고 그가 잃어버린 모든 것을 마저 알아차렸다. 그는 문장을 구성하는 일에 단단히 휘말려 있었다. 그래서 생각이라고 해야 물감이 종이에 튀는 정도에 지나지 않았던 그 야만의 시절을 거의 잊었다. 뒤돌아보니 아직 그게 보였다. 지금 서 있는 곳에서 보면 멈춤의 연속으로 느껴지는 상태 속에서 살았던 일. 처음으로 창의 커튼을 젖혀, 눈 덮인 경치가 눈에 들어오면 잠시 숨도 쉬지 못했다가 다시 숨을 내쉬는 느낌. 그는 모든 것을 기억해 낼 수는 없지만, 아직은 내리막길을 달려 내려가는 일을 서두르지는 않을 것이다. 어쩌면 그냥 그 자리에 주저앉아 그 풍경을 바라볼 것이다.

"어서 이 한심한 동네에서 벗어나자." 아버지는 그렇게 말하고 작은 컵에 든 커피를 입 안에 털어 넣었다.

"일단 기저귀 좀 갈고." 어머니는 온통 하늘색 토끼가 그려진 불룩한 가방을 집어 들며 말했다.

로버트는 아기 의자에 파묻혀 그림이 무언지도 모르고, 돛단배가 무언지도 모른 채 돛단배 그림을 응시하는 토머스를 내려다보며, 작고 무능한 몸속에 갇힌 거인에게 벌어지고 있을 드라마를 느꼈다.

5

바닥이 반들반들한 소재로 된 요양원의 긴 복도를 따라 걸어갈 때 간호사의 신발 고무창에서 찍찍거리는 소리가 났다. 그 소리 때문에 가족의 침묵은 더 우스꽝스러워 보였다. 문이 열린 휴게실 앞을 지나갈 때 시끄러운 텔레비전 소리가 다른 종류의 침묵을 덮었다. 몸은 찌부러지고 얼굴은 백지장 같은 노인들이 정렬된 의자에 앉아 있었다. 도대체 죽음은 왜 그리 더디 오는 것일까? 따분해 보이기보다 겁먹어 보이는 노인이 있는가 하면, 겁먹었다기보다 따분해 보이는 노인도 있었다. 로버트는 처음 그곳을 방문했을 때 보았던 벽의 반짝이는 도형 장식을 여전히 기억하고 있었다. 그는 노란색의 긴 삼각형 꼭짓점에 가슴을 찔리고 빨간색 반원의 날카로운 날에 목을 잘리는 상상을 했었다.

이번 해에는 할머니에게 토머스를 처음으로 보여 주러 가는 길이었다. 할머니는 말이 별로 없겠지만 그렇기는 토머스도 마찬가지였다. 두 사람은 서로 아주 잘 지낼 수 있을 것 같았다.

그들이 방에 들어갔을 때 할머니는 창가의 안락의자에 앉아 있었다. 창문 가까이 바깥에는 노릇한 물이 드는 포플러 나무의 굵은 몸통이 보였다. 그 너머에는 주차장을 부분적으로 가린 삼나무 산울타리가 있었다. 할머니는 가족이 온 것을 알고 웃는 얼굴을 꾸몄다. 그러나 당혹과 고통 속에 얼어붙은 눈은 그 꾸밈에 포함되지 않고 분리되었다. 로버트는 할머니가 입을 벌릴 때 거무스름하게 부러진 치아를 보았다. 그 치아로는 단단한 것은 아무것도 먹을 수 없을 것 같았다. 그래서 지난번에 보았을 때보다 훨씬 더 쇠약해 보였다.

그들은 솜털이 좀 많은 할머니의 부드러운 얼굴에 키스를 했다. 어머니는 토머스를 할머니에게 가까이 데려가 보이며 "토머스예요"라고 했다.

할머니는 토머스라는 존재가 낯설기도 하고 친밀하기도 해서 갈피를 잡느라 그러는지 표정이 흔들렸다. 로버트는 할머니의 눈을 보고, 할머니가 구름 속을 질주하다 잠시 구름이 없는 맑은 하늘로 나오는가 싶더니, 어느새 몰려든 우윳빛 구름 속으로 들어가 아무것도 보지 못하는 듯한 느낌을 받았다. 할머니는 토머스를 알지 못했고 토머스도 할머니를 알지 못했지만, 할머니는 자기와 토머스가 서로 연결되어 있다고 느끼는 듯했다. 그렇지만 이 느낌은 계속 사라졌고 할머니는 그것을 되찾기 위해 싸워야 했다. 할머니는 이 특수한 상황에서 무슨 말을 해야 할까 생각해 내려고 애를 쓰다가 말을 꺼낼 때는 이미 녹초가 되었다. 할머니는 방에 들어와 있는 모든 사람들이 자기와 무슨 관계인지 기억하지 못했다. 강한 기억력은 더 이상 작동하지 않았다. 무슨 생각을 붙들려고 애를 쓰면 쓸수록 그것은 그만큼 더 빨리 달아났다.

이윽고 할머니는 손가락으로 무언가를 머뭇머뭇 휘감는 동작을 하며 아버지를 올려다보더니 "이 애가…… 나를…… 좋아해?"하고 물었다.

"네." 어머니는 마치 세상에 그보다 더 자연스러운 물음은 없다는 듯 즉시 대답했다.

"그래." 할머니가 말했다. 할머니 눈에 고여 있던 절망이 넘쳐흘러 얼굴 전체에 퍼졌다. 그 질문을 하려던 게 아니었는데 의지와는 상관없이 나온 것이었다. 할머니는 다시 풀썩 뒤로 기댔다.

로버트는 그날 아침에 들은 바가 있어서 할머니의 질문이 예사롭지 않았다. 그 질문이 아버지에게 한 질문인 듯했다는 사실도 예사롭지 않았다. 그런 한편 어머니가 아버지 대신 대답했다는 것은 놀랍지 않았다.

그날 아침 그는 부엌에서 놀고 있었고, 어머니는 위층에서 토머스에게 필요한 것들을 챙기고 있었다. 토머스가 잠이 깼는지 몇 차례 짧게 우는 소리가 났고, 어머니가 아기방으로 가서 토머스를 달래 주는 소리가 들려서 둘러보니 부엌의 아기방 모니터가 켜져 있었다. 자기가 옆에 없을 때는 어머니가 토머스에게 더 다정한지 어떤지 알아보려고 했지만 갑자기 모니터 수신기에서 아버지 목소리가 크게 터져 나왔다.

"이 빌어먹을 편지, 믿을 수가 없어."

"무슨 편지?" 어머니가 물었다.

"셰이머스 더크, 이 쓰레기 같은 놈이 어머니가 살아 계신 동안 이 부동산의 증여를 되돌릴 수 없는 것으로 만들려고 해. 내가 변호사에게 증여를 탄력적인 빚으로 돌리라고 했잖아. 어머니 유언에 따르면 나중에 그 빚을 철회하고, 이 자선 재단 앞으로 부동산 명의를 변경하라고 되어 있지만, 어머니 생전에는 이 자선 재단이 부동산의 가치를 빌리는 형식이지. 그러니까 어머니가 그 빚을 회수하기로 하면, 이 집은 어머니에게 반납되는 거야. 어머니는 병 때문에 요양할 돈이 필요할지 모른다는 것을 전제로 유언을 그렇게 설정하기로 동의했잖아. 물론 나는 어머니가 정신을 차리고 이 웃기는 재단은 우리 가족에게 큰 해를 입히고 셰이머스를 제외한 다른 모든 사람들에게 결코 유익

하지 않다는 사실을 깨닫기를 바랐던 것이지. 그 아일랜드인은 재수도 좋아. 아일랜드 미드주에 있는 국가 의료 기관에서 환자 요강이나 갈던 그 간호사가 어머니 덕분에 에메랄드섬에서 비행기를 타고 나와 자선 재단으로 가장한 이 뉴에이지 호텔을 운영하고, 여기서 나오는 거액의 비과세 소득의 단일 수혜자가 되었으니 말이야. 그 생각만 하면 역겨워, 정말 역겨워!"

아버지는 이제 소리를 지르고 있었다.

"여보, 당신 지금 고함치고 있어." 어머니가 말했다. "토머스가 어쩔 줄 몰라 하잖아."

"이 편지를 보고 폭언을 안 할 수가 없잖아. 어머니는 부모로서 늘 형편없었어. 그래도 말년에는 그렇지 않을지도 모른다고 생각했는데. 배신과 방치의 영역에서는 할 만큼 했으니, 이제는 좀 쉬면서 손주들과 놀아 줘야겠다고, 우리더러 여기서 살라고 해야겠다고, 뭐 그럴 줄 알았어. 정말 끔찍한 건 내가 어머니를 얼마나 혐오하는지 깨닫는 거야. 이 편지를 읽고 숨을 쉴 수가 없어서 셔츠 단추를 풀려고 보니까 이미 단추가 풀려 있었어. 그건 그냥, 내 목이 올가미에 걸려 조이는 느낌이었어, 혐오의 올가미 말이야."

"어머니는 정신이 혼란한 노인이야." 어머니가 말했다.

"알아."

"그리고 우리는 오늘 어머니를 뵈러 갈 거고."

"알아." 아버지는 이제 거의 알아들을 수 없을 정도로 훨씬 더 조용히 말했다. "내가 정말 혐오하는 건, 대대로 흘러 스미는 독이야. 어머니는 자기 어머니의 돈을 의붓아버지가 몽땅 차지했기 때문에 상속권을 박탈당했다고 생각했어. 그런데 지난 30년 동안 자기 발견 워크숍과 개인 성장 프로그램을 거친 지금, 어머니는 자기 의붓아버지의 역할을 할 셰이머스 더크를 찾은 거야. 사실 셰이머스는 어머니의 무의식을 실행하는 매우 적극적인 도구일 뿐이지. 나를 미치게 만드는 건 바로 그 연속적인 동일성이야. 난 내 자식이 똑같은 일을 당하게 하느니 차라리 내 목을 베겠어."

"그럴 일은 없을 거야." 어머니가 말했다.

"당신이 무언가 상상할 수 있다면……"

아버지 목소리가 점점 더 멀어져서 모니터에 더 가까이 귀를 기울이는데 다시 아버지 목소리가 커졌지만 이번엔 등 뒤쪽에서 나는 소리였다. 그들이 아래층으로 내려오고 있었다.

"……그 결과는 우리 어머니가 될 거야." 아버지가 말했다.

"리어왕과 젤리비 부인." 어머니는 웃었다.

"황야의 리어왕. 그 연약한 폭군과 그 광적인 자선가 사이에 급한 교합의 결과."

로버트는 자기가 부모님의 대화를 모니터로 들었다는 것을 모르게 하려고 부엌에서 얼른 빠져나갔다. 그는 그때 알게 된 것을 오전 내내 마음속에 담아 두었다. 그런데 할머니가 아버지를 두고 하는 말인 듯이 그를 빤히 쳐다보고 "이 아이가 나를 좋아해?" 하고 묻자, 로버트는 자기가 아침에 엿들은 그 대화를 할머니도 들은 건가 하는 말도 안 되는 생각을 하지 않을 수 없었다.

그날 아침 아버지가 한 말을 전부 이해하지는 못했지만 로버트는 땅이 갈라지는 느낌을 가질 만큼은 이해했다. 그는 할머니가 무심결에 던진 날카로운 질문에 뒤이은 침묵 속에 할머니의 고뇌가 느껴졌다. 화합을 바라는 어머니의 마음도 느껴졌고 자제하려 애쓰는 아버지의 긴장도 느껴졌다. 그는 모든 것을 바로 잡을 무언가를 할 수 있었으면 했다.

할머니는 반 시간 정도 들여 토머스가 세례를 받았는지 물었다.

"아뇨." 어머니가 대답했다. "공식적인 세례식 같은 건 없을 거예요. 문제는 이이나 저나 어린아이들이 죄에 깊이 빠져 있다고 생각하지 않거든요. 그런데 그 의식의 많은 부분은 근본적으로 아이들이 타락했으니 구원받아야 한다고 하죠."

"그래." 할머니가 말했다. "아니."

토머스는 아기 의자의 접힌 구석에서 아주 작은 은색 딸랑이를 다시 발견하고 그것을 잡아 흔들었다. 그가 머리 부근에서 홱홱 흔드는 은색 딸랑이가 이상한 고음의 딸랑거리는 소리를 냈다. 그러다 그만 딸랑이에 머리를 찧고, 무슨 일이 일어난 건지 갈피를 잡는 듯이 잠시 뜸을 들이더니 울음을 터뜨렸다.

"토머스는 자기가 자기를 때린 건지 딸랑이에 맞은 건지 몰라." 아버지가 말했다.

어머니는 토머스 편을 들고 "못된 딸랑이 같으니!"라면서 토머스의 이마에 키스를 했다.

로버트는 자기 옆머리를 때리고는 과장된 동작으로 할머니의 침대에서 떨어지는 연극을 했다. 그러나 토머스는 그걸 보고도 로버트가 바랐던 만큼 즐거워하지 않았다.

토머스가 할머니도 느끼는, 그러나 자신에게 일깨우고 싶지는 않은 무언가를 표현하기라도 하는지, 할머니는 자기를 불쌍히 여겨 달라는 듯이 그에게 양팔을 벌렸다. 어머니는 토머스를 조심스럽게 들어 올려 할머니의 무릎에 앉혔다. 토머스는 새로운 위치에 혹해 울음을 그치고 할머니를 자세히 뜯어보았다. 할머니는 토머스를 보며 마음이 안정되는 듯했다. 토머스는 무릎에 앉아 할머니가 필요로 하는 것을 주었다. 그들은 그러면서 차츰 말로 표현할 수 없는 연대감을 느꼈다. 말이 없는 두 사람이 두드러져 보이지 않게 하려는 듯이 나머지 식구들도 입을 다물었다. 로버트는 아버지가 할머니의 주변을 맴돌며 머릿속에 가득한 생각을 입 밖에 내지 않으려고 저항하는 듯한 느낌을 받았다. 그러다 결국 먼저 말을 꺼낸 건 할머니였다. 말이 술술 잘 나오지는 않았지만 전보다는 훨씬 나았다. 할머니의 말은 마치 절망적으로 봉쇄된 그리움의 고속도로를 단념하고 침묵의 야음을 틈타 몰래 빠져나온 것인 듯했다.

"내가 의사소통을 잘 할 수 없어서…… 정말…… 슬프다는 걸 알아줬으면 해." 할머니가 말했다.

어머니가 할머니의 무릎에 손을 얹었다.

"끔찍하시겠어요." 아버지가 말했다.

"응." 할머니가 먼 바닥을 응시하며 대답했다.

로버트는 어쩔 줄을 몰랐다. 아버지는 할머니를 증오했다. 로버트는 아버지 편에 설 수도, 그를 비난할 수도 없었다. 할머니가 가족에게 무언가 못 할 짓을 저질렀을지는 몰라도, 지금은 끔찍한 고통을 겪고 있었다. 로버트는 아버지의 실망으로 암운이 끼기 전의 상황에 기댈 수밖에 없었다. 할머니를 사랑하기만 하면 되었던 그 청명했던 나날. 그는 과연 그런 날이 있었는지 확실하지 않았지만, 지금은 그런 날이 아니라는 것만은 확실했다. 할머니가 그 집을 셰이머스에게 물려준다 해도, 겁먹은 할머니를 상대로 모두가 일제히 덤비는 건 어쨌든 옳지 않았던 것이다.

로버트는 침대에서 껑충 뛰어내려 할머니가 앉은 의자의 팔걸이에 걸터앉아 할머니 손을 잡았다. 할머니가 처음 몸져누웠을 때처럼. 그러면 할머니의 생각은 하나의 그림이 되어 그의 마음속에 밀려들었고, 할머니는 말을 하지 않고도 그에게 이야기를 해 줄 수 있었다.

그런데 그렇게 할머니와 그를 이어 주던 다리가 불에 탄 듯 끊어졌다. 할머니가 말하고 싶어 하는 모든 것은 계곡 한쪽에 계속 쌓여 갔지만 아무런 형태를 갖추지 못했고, 이쪽으로 넘어오지도 못했다. 할머니는 끊임없는 압박을 느꼈다. 그것은 마치 집에 들여보내 달라고 문을 긁어 대는 강아지처럼 할머니의 안구 뒤를 긁어 대는 무엇과 같았다. 그것은 꽉 찼지만, 눈물과 한숨과 고르지 않은 몸짓을 통해서만 빠져나올 수 있는 무엇이었다.

감정의 상처 아래에는 살아야겠다는 모진 본능이 있었다. 차에 친 뱀이 뜨겁게 달아오른 길에서 몸부림치듯이, 줄기가 잘린 줄 모르고 눈이 먼 뿌리가 헛되이 수액을 밀어 올리듯이.

할머니는 왜 고문을 당하고 있는 걸까? 할머니는 자루를 쓰고 사슬에 발목을 묶인 채 갑판 아래 던져졌다. 할머니는 자기를 태우고 바다로 노를 저어 나가는 사람들에게 괴롭힘을 당할 만한 무슨 나쁜 짓을 저질렀음에 틀림이 없다. 할머니는 기억하지 못하는 무슨 나쁜 짓을.

그는 그 흐름을 끊으려고 애를 썼다. 너무 벅찼다. 할머니의 손을 놓지 않고 흐름을 막으려고 애를 쓰되 그 연결을 아예 끊을 수는 없었다.

로버트는 할머니가 우는 것을 알아차렸다. 할머니는 그의 손을 꼭 쥐었다.

"나는…… 아니다." 할머니는 할 말을 하지 못했다. 신중히 엮은 생각이 저절로 풀려나 바닥에 흩어졌다. 할머니는 그것을 주워 엮지 못했다. 할머니에게는 늘 투명하지 않은 무언가가 들러붙어 있었다. 그리고 머리는 더러운 비닐봉지 속에 밀폐되어 있었다. 할머니는 그것을 찢어 벗어 버리고 싶었지만 손이 묶여 있었다.

"나는……" 할머니는 다시 시도했다. "용감해. 그래."

저녁 해가 건물 반대쪽을 비추었고 할머니의 방은 어둑해졌다. 토머스는 말을 못 하니 잃을 것도 없었지만 그들은 모두 할 말을 잃었다. 토머스는 할머니의 팔에 안겨 차분하고 객관적인 시선으로 할머니를 바라보았다. 그의 그런 모습은 분위기를 균형 있게 만들었다. 평화롭다고 해도 좋을 방의 희미해지는 빛속에 그들은 동정심을 느끼고 조금 지루해하기도 하며 그냥 앉아 있었다. 할머니는 더 말없이 고뇌 속에 침잠했다. 스프링이 망가진 의자에 깊숙이 몸을 파묻고, 먼지 폭풍이 회색의 거칠고 엷은 막으로 세상을 뒤덮는 모습을 관조하는 사람처럼.

노크 소리가 들리더니 대답도 기다리지도 않고 간호사가 음식 수레를 밀고 들어왔다. 그리고 달가닥거리며 침대 옆 이동식 탁자에 음식 쟁반 하나를 쓱 밀어 놓았다. 어머니는 할머니가 안고 있던 토머스를 들어 안았다. 아버지는 탁자를 알맞은 위치로 당겨 놓고 접시의 양철 뚜껑을 벗겼다. 물기가 맺힌 회색 생선 요리와 조금 넘쳐흐른 야채 스튜는 걸신들린 사람이 봐도 멈칫하겠지만, 어차피 차라리 굶어 죽기를 바라는 할머니에게는 어떤 음식이든 달갑지 않으니 상관없었다. 할머니는 로버트의 손을 마지막으로 한 번 꼭 쥐고는, 그의 상상에 수많은 난폭한 그림을 불어넣던 회로를 끊었다. 그리고 절망에 따른 야릇하고 밋밋한 순종적인 동작으로 포크를 집었다. 할머니는 얇은 생선 조각을 요령 있게 포크에 얹어 입으로 가져가다 말고 포크를 도로 내려놓더니 아버지를 물끄러미 쳐다보았다.

"입을…… 찾을 수가 없구나." 할머니는 긴급히 발동한 정확성을 갖추어 말했다.

아버지는 불만스러워 보였다, 마치 아버지가 화내는 것을 사전에 막으려고 할머니가 속임수를 쓰기라도 한 것처럼. 그때 어머니가 바로 포크를 집어 들고 웃으면서 "제가 도와 드릴까요, 어머니?" 하고 더없이 자연스럽게 물었다.

할머니는 자신의 처지가 그렇게까지 되었구나 하는 생각이 들었는지 어깨가 한층 더 축 처졌다. 할머니는 고개를 끄덕였고, 어머니는 토머스를 한쪽 품에 안은 채 할머니에게 음식을 떠먹이기 시작했다. 아버지는 얼어붙은 듯 잠시 그대로 서 있다가 문득 정신을 차리고 어머니 품에서 토머스를 데려갔다.

할머니는 몇 입 먹은 뒤 고개를 흔들며 "됐다" 하고는 진이 빠진 듯 뒤로 쑥 기댔다. 침묵이 뒤따랐다. 아버지는 토머스를 어머니에게 도로 안겨 주고 할머니 옆으로 가서 앉았다.

아버지는 "이걸 언급하는 게 주저되지만" 하고는 호주머니에서 편지를 꺼냈다.

"계속 주저하는 게 좋겠구나." 할머니가 재빨리 말했다.

"더는 주저할 수 없어요." 그리고 아버지는 할머니에게 등을 돌렸다. "브라운 앤드 스톤 법률 사무소에서 보내온 이 편지에 어머니가 생나제르 집을 재단에 거저 기증할 거라는군요. 그러면 어머니가 재정적으로 상당한 위기에 처하리란 걸 알려 드리고 싶어요. 그럼 이곳에 계시지도 못해요. 그리고 더 많은 의료 혜택이 필요하게 되면 금방 파산하실 거예요."

로버트는 할머니가 더는 불행해 보일 수 없으리라 생각했었다. 그런데 할머니의 얼굴은 그럭저럭 색다른 공포의 느낌을 만들어 냈다.

"나는…… 정말…… 나는…… 정말…… 아니."

할머니는 손으로 얼굴을 가리고 소리를 질렀다.

"나는 정말 싫어……" 할머니는 소리 내어 울었다.

어머니는 아버지를 보지 않고 할머니를 한쪽 팔로 감싸 안았다. 아버지는 편지를 호주머니에 도로 넣고 경멸에 휩싸인 채 자신의 신발을 물끄러미 내려다보았다.

"괜찮아요." 어머니가 말했다. "이이는 어머니를 돕고 싶은 것 뿐이에요. 어머니께서 너무 일찍, 너무 많은 걸 기부하시니까 걱정돼서 그런 거예요. 어머니가 재단과 무얼 하시든, 그걸 가지고 뭐랄 사람은 아무도 없어요. 변호사들이 이이에게 그 편지를 보낸 건, 어머니께서 과거에 이이에게 도움을 청한 적이 있기 때문이에요."

"나…… 이만…… 쉬어야겠다." 할머니가 말했다.

"그럼 저희는 갈게요." 어머니가 말했다.

"그래."

"죄송해요, 심란하게 해 드려서." 아버지는 한숨을 쉬었다. "전 그냥 어머니가 왜 그렇게 서두르는지 이해가 안 돼요. 생나제르는 어머니 유언장에 따라 어차피 재단이 가지게 되잖아요."

"이제 그 이야기는 그만하는 게 좋겠어." 어머니가 말했다.

"알았어." 아버지는 어머니의 말을 수긍했다.

할머니는 아들과 며느리가 번갈아 키스하는 것을 마다하지 않았다. 로버트는 제일 나중에 작별 인사를 했다.

"가지…… 마." 할머니가 말했다.

"지금요?" 로버트는 혼란스러웠다.

"아니…… 가지…… 아니." 할머니는 포기했다.

"안 갈게요." 로버트가 말했다.

요양원에서 있었던 일에 대해 논하는 건 너무 위험 부담이 큰 듯하여 집으로 돌아가는 차에 올라서도 그들은 침묵했다. 그러나 얼마 안 지나서 이야기를 해야겠다는 아버지의 결의가 침묵을 압도했다. 아버지는 일반적인 이야기만 하고, 할머니에 관한 이야기는 피하려고 애를 썼다.

"병원이란 곳은 아주 충격적인 장소야." 아버지가 말했다. "인생의 목적은 근거 없는 명성이나 터무니없이 많은 돈을 추구하지 않고 남을 돕는 데 있다고 생각하는 망상 환자들로 넘치니 말이야. 도대체 어디서 그런 생각들을 취하는 거지? 그들한테 패커 가족과 함께 역량 증진 워크숍이나 가라고 해야겠어."

어머니는 웃었다.

"셰이머스라면 분명히 그런 걸 조직할 수 있을 거야. 그리고 거기에 샤머니즘적인 측면을 가미하는 거지." 아버지는 저항하지 못하고 원래 하던 이야기의 궤도를 벗어났다. "알아 둬, 비록 병원에는 기꺼운 마음으로 일하는 성인 같은 사람들이 많을지 몰라도, 나는 우리가 오늘 목격한 것과 같은 자아의 침식을 겪느니 머리에 총을 쏴 죽어 버리겠어."

"나는 어머니 상태가 매우 좋다고 생각했어." 어머니가 말했다. "어머니가 '나는 용감해'라고 하셨을 때 난 마음이 정말 뭉클했어."

"사람을 미치게 하는 게 뭐냐 하면, 동시에 허락되지 않는 감정을 강요받는 거야." 아버지가 말했다. "어머니는 배신으로 나를 화나게 만들더니, 병으로 내게 동정심을 강요했어. 이제 어머니의 이 무모한 행동이 나를 다시 화나게 하는데, 오히려 어머니의 용기에 감탄하고 이 분노를 눌러야 하다니, 이거야 원! 나는 아주 단순한 사람이야, 그리고 사실 난 **염병할 화가 안 풀려!**"

아버지는 소리를 지르며 운전대를 탕탕 내리쳤다.

"리어왕이 누구야?" 뒷좌석에 앉은 로버트가 물었다.

"너 오늘 아침 우리가 말하는 거 들었어?" 어머니가 물었다.

"응."

"엿듣은 거잖아!" 아버지가 말했다.

"아니야. 모니터가 켜져 있었어."

"앗, 참." 어머니가 말했다. "내가 모니터를 안 껐지! 어쨌든 이제 그걸 문제 삼을 건 없잖아, 여보." 어머니가 아버지에게 상냥하게 말했다. "'염병할 화가 안 풀려' 하고, 있는 힘껏 소리를 지른 마당에."

"리어왕은 셰익스피어 극에 나오는 심통스러운 폭군이야." 아버지가 말했다. "리어왕은 모든 걸 두 딸 고너릴과 리건에게―아니, 내게는 그들과 똑같다고 생각되는 셰이머스 더크에게―몽땅 줘 버리지만, 결국 필요한 보살핌을 받지 못하고 그들에게 쫓겨나."

"젤리빈 부인은요?"

"젤리비. 그 여자는 강박 관념에 사로잡힌 망상적 박애주의자인데, 자기 자식들이 거실 한쪽 끝의 벽난로에 처박히거나 말거나 아프리카의 고아들에 대해 분개하는 편지를 쓰지."

"교합은요?"

"음, 그 말의 요점은, 그 두 사람의 성격을 합쳐 놓으면 네 할머니 같은 사람이 나온다는 거야."

"아, 너무 복잡해." 로버트가 말했다.

"그래." 아버지가 말했다. "문제는 네 할머니가 '자선'에 돈을 다 써서 천국의 맨 앞자리 표를 사려 한다는 거란다. 하지만 너도 알 수 있듯이, 사실 네 할머니는 지옥행 표를 산 것이지."

"로버트를 할머니의 적으로 돌리는 건 별로 현명하지 않아." 어머니가 말했다.

"그러지 않을 수 없게 만든 애 할머니가 별로 현명하지 않은 거겠지."

"배신당한 기분이 드는 건 다름 아닌 당신이야—그분은 당신 어머니잖아."

어머니는 얼마 동안 잠자코 있다가 말을 꺼냈다. "뭐, 그래도 최소한 금년에 내 **친정**어머니는 와 계시지 않잖아."

"그래, 당신 말이 맞아. 감사할 줄을 알아야지."

그렇게 조화를 이룬 뒤 분위기가 조금 차분해졌다. 그들이 탄 차는 집으로 난 길을 따라 올라갔다. 그날 저녁은 일몰이 수수했다. 산이나 방이나 계단 모양의 구름이 없이 언덕 정상에는 청아한 분홍빛이 비치고 어두워지는 하늘에는 초승달이 떴을 뿐이었다. 자동차가 기계음을 내며 포장되지 않은 진입로를 따라 내려갈 때 로버트는 집에 대한 개념을 갖게 되었는데, 그것은 무시할 줄 알아야 하는 무엇이란 것을 깨달았다. 할머니는 왜 그렇게 분란을 일으키는 것일까? 천국의 앞자리를 쟁취하는 것은 그토록 고통스럽게 비싼가 보다. 로버트는 아기 의자의 토머스를 바라보았다. 그리고 그는 토머스는 다른 사람들보다 '그 근원'에 더 가까울까, 그렇다면 그건 좋은 것일까 생각했다. 빛나는 익명의 무엇 속으로 재흡수되고 싶어 하는 할머니의 조바심은 갑자기 로버트의 마음을 정반대의 조바심으로 채웠다. 그것은 시간이 그를 병원 침대에 못 박고 그의 혀를 잘라내기 전까지 할 수 있는 한, 남과 분명히 다른 삶을 살리라는 조바심이었다.

2001년 8월

6

패트릭은 불만스러운 개 짖는 소리가 반대편 언덕에서 메아리쳐 들려오는 낮에는 이웃 마당에 갇힌 긴 털의 셰퍼드가 대나무 울타리를 따라 뛰어다니는 상상을 했다. 그러나 한밤중에는 그 소리가 멀리서 원형을 이루며 확대되다가 흩어져 없어지는 방대한 공간을 생각했다. 사람들로 붐비는 집은 그의 고독을 압축했다. 그가 찾아갈 사람은 없었다. 1년 만에 온 줄리아라면 혹시 모르겠다, 아니 가능하지 않다(아니, 어쩌면, 가능할지도).

늘 그렇듯 그는 책을 읽기에는 너무 피곤했고, 잠을 자기에는 너무 마음이 동요되어 있었다. 침대 옆 탁자 위에는 그때그때의 기분에 맞는 다양한 책들이 높게 쌓여 있었지만 틀림없이 찾아드는 동요된 절망감에 맞는 것은 없었다. 『정밀한 우주』는 그를 불안하게 만들었다. 그는 공간의 만곡에 대한 것은 읽고 싶지 않았다. 지친 눈으로 바라보고 있는 천장이 이동하며 휘는 것처럼 보였기 때문이다. 그는 중성미립자가 자기 몸을 관통하여 흐르고 있다는 생각 따위는 하고 싶지 않았다. 그렇잖아도 그 몸은 벌써 취약하게 여겨졌기 때문이다. 루소의 『참회록』을 읽기 시작했지만 결국 그것도 집어치우고 말았다. 다른 데서 더 끌어들이지 않아도 피해망상증이라면 이미 갖고 있는 것만으로도 벅찼다. 쿡 선장* 휘하의 항해사가 쓴 최초의 하와이 항해 일지로 가장한 소설책은 너무 조사가 잘되어서 오히려 실제와는 동떨어졌다. 군대 식량 공급처의 비스킷에 새겨진 기장 무늬의 미세한 차이점에 대한 서술에 압도된 패트릭은 완전히 우울해지기 시작했다. 그러다 첫 번째 화자의 자손으로 21세기 플리머스에서 살면서 휴가는 호놀룰루에서 보내는 사람이 쓴 두 번째 이야기는 첫 번째 이야기와 대조적으로 익살을 부리는 것처럼 느껴져 머리가 돌아 버릴 것 같았다. 한편 두 가지 다른 역사책이 책 더미 밑에서 자리다툼을 벌였다. 한 권은 소금의 역사에 관한 것이고, 다른 한 권은 기원전 1500년부터 현재에 이르는 전 세계의 역사를 다루는 책이었다.

늘 그렇듯 메리는 토머스와 잠을 자고, 패트릭은 감탄스러운

---

*   James Cook(1728~1779). 영국 탐험가이자 해군 장교. 기록된 역사상 유럽인으로서는 최초로 하와이까지 항해했다.

마음과 버려진 기분 사이에서 갈피를 잡지 못했다. 메리는 그야 말로 헌신적인 어머니였다. 그녀는 그런 어머니가 없다는 게 어 떤 느낌인지 잘 알았다. 패트릭도 그게 무엇인지 잘 알았다. 그 는 자기도 메리의 모성애적 과열 활동이 주는 혜택을 받았던 사 람으로서 더 이상 유아가 아니라는 것을 상기하고, 집에는 아 직 공포에 훈련되지 않은 진짜 어린아이들이 있다는 것을 스스 로 계속 일깨워야 했다. 어떤 때는 자신을 잘 타일러야 했다. 그 러나 부모가 되었다고 자신이 성숙해지기를 기다리는 것은 허 사였다. 아이들에게 둘러싸이고 보니 자신의 어린 시절에 더 가 까워질 뿐이었다. 패트릭은 멋진 요트의 갑판 아래 작고 더러운, 두려워하고 원하고, 두려워하고 원하는, 이행정기관 엔진이 있 을 뿐임을 알고 출항을 무서워하는 사람 같은 느낌이 들었다.

메리의 어머니, 케틀이 그날 오후에 도착했다. 늘 그렇듯 케 틀은 금방 딸과 불화할 구실을 찾았다.

"비행은 어땠어요?" 메리가 공손히 물었다.

"끔찍했다." 케틀이 말했다. "내 옆에 자기 가슴을 끔찍이도 자랑스러워하는 아주 불쾌한 여자가 탔어. 제 아이 얼굴에 자꾸 만 그걸 들이대더구나."

"모유 수유죠, 엄마." 메리가 말했다.

"가르쳐 주니 고맙구나." 케틀이 말했다. "그게 요즘 대유행이 란 걸 몰라서 그러는 게 아냐. 하지만 내가 너희들을 낳았을 때는 몸매를 회복하는 게 주요 화제였거든. 아이를 낳은 적이 없는 것 같은 몸매로 파티에 가는 여자가 똑똑한 여자였지, 젖을 드러내 놓는 여자가 아니라. 적어도 모유 수유를 한다고 그러면."

늘 그렇듯 불면증 약 테마제팜 작은 통이 침대 옆 탁자에 놓여 있었다. 확실히 테마제팜이 문제였다. 다시 말해서 약효가 충분히 세지 않았다. 부작용, 기억 상실, 탈수, 숙취, 악몽 같은 금단 증상의 위협, 그런 것들에는 아주 좋았다. 그런데 잠은 제외되었다. 그는 금단 증상에 맞서지 않기 위해 계속 그 약을 먹었다. 아주 오래전에 읽은 어느 인쇄물에서 테마제팜을 30일 이상 연속해서 복용하지 말라고 한 것을 기억했다. 그러나 지난 3년 동안 매일 밤 그것을 먹었고, 점점 더 복용량을 늘려 왔다. 그는 사람들이 그 정반대를 뜻할 때 그렇듯이 '더할 나위 없이 기꺼이' 참혹한 고통을 감수하겠지만 그럴 시간은 없는 듯했다. 아이들 중 누구 하나의 생일이거나 아니면 숙취에 시달리며 법정에 서야 하는 날이거나 다른 어떤 중대한 할 일이 있어서 환각 상태나 심한 불안 상태에 있으면 안 되니까 말이다. 가령 내일은 어머니가 점심 식사를 하러 올 것이다. 어머니와 장모를 동시에 상대해야 하는 만큼 추가적 정신 불안 증세를 일으켜서는 안 되었다.

그렇지만 그가 가장 좋아하던 오락은 추가적 정신 불안 상태에 놓이는 것이었고, 그 시절의 추억을 여전히 마음속에 간직하고 있었다. 그는 옥스퍼드 대학교 2학년 때 꽃들이 심장처럼 뛰기도 하고 빙빙 돌기도 하는 환각에 빠져 생활했다. 줄리아는 그해 여름, 그 놀라운 실험을 하던 때 만났다. 줄리아는 3학기 때 패트릭과 같은 기숙사의 같은 층에 살던 어느 미련한 학생의 동생이었다. 패트릭은 환각 버섯의 효과를 경험하기 시작한 때라서 오후 다과회 초청을 쉽게 거절하던 시기였다. 그러던 어느날 그 모임이 있는 방 앞을 지나가다 문이 조금 열린 틈으로 눈이 번쩍 뜨이게 예쁜 여자가 창가 의자에 무릎을 끌어안고 앉아 있는 것을 언뜻 보았다. 그러자 그는 그 모습에 이끌려 "잠깐 차나 마시자"며 방향을 틀어 안으로 들어갔다. 결국 그는 두 시간 내내 불공평하게 아름다운 줄리아만 바보처럼 쳐다보았다. 장밋빛 볼, 짙은 파란색 눈. 젖꼭지가 드러나 보이는 산딸기색 티셔츠, 뒷주머니 조금 아래와 오른쪽 무릎 위가 터진 물 빠진 청바지. 그는 줄리아의 나이가 조금 더 들면 꾀어 보겠다고 마음먹었지만, 줄리아는 바로 그날 저녁 그의 소극적 다짐에 선제공격을 하며 그를 꾀었다. 그리고 저속 촬영 같은, 슬로모션 같은, 법에 위배되는 사랑을 나누었다(줄리아는 그다음 주에 겨우 열여섯 살이 되었다). 그들은 위를 향해 떨어지고, 토끼 굴속으로 사라지고, 시계 바늘이 거꾸로 돌아가는 것을 보았고, 그들을 쫓지도 않는 경찰을 피해 달아났다. 그리스에 갈 때는 LSD를 그가 가장 좋아하는 곳—줄리아의 다리 사이—에 은닉하는 줄리아를 도왔다. 그는 앞으로의 상황이 모험에서 다음 모험으로 폭포처럼 쏟아져 들어가는 것 같으리라 생각했다. 그러나 말을 더듣는 듯한 성교의 희열은 이제는 잃어버린 세계에 속하는 기적과 같은 자유처럼 보였다. 그 후로 자연스럽게 은밀한 것은 다시 없었다. 지금 그의 집에 머무는 줄리아, 메마르고 모질어진줄리아와의 대화는 특히 그렇다고 그는 거듭 스스로 상기했다. 그렇지만 줄리아는 복도 끝의 방에 있었다. 조금 상했지만 아직은 예쁜 줄리아. 가 볼까? 위험을 무릅써 볼까? 합동으로 과거를 회고해 볼까? 몸이 서로 뒤얽히면 강렬했던 과거가 되살아날까? 미친 생각이었다. 줄리아에게 가자면 불면증에 걸린 관찰광 아들 로버트의 방을 지나 사나운 케틀의 방을 지나야 했다. 그뿐 아니라 작은 고통의 굴절도 놓치지 않으려고 수면 가까이맴도는 잠자리처럼 아기 옆을 지키는 메리의 방도 지나야 한다. 그렇게 해서 줄리아의 방에 이르더라도 아마 딸 루시가 이미 침입해 있을지도 모른다(그 방은 문의 한쪽이 바닥에 닿아 긁는소리를 낸다는 점도 무시할 수 없었다). 패트릭은 늘 그렇듯 양쪽에서 끌어당기는 정반대의 동일한 힘에 아무것도 못 하고 마비되었다.

모든 건 평상시와 같았다. 그건 우울증이었다. 꼼짝하지 못하는 상태, 유효 기간이 지난 과거의 자신을 붙들고 있는 상태의연속이었다. 아이들과 놀아 주는 낮에는 겉으로 보이는 모습 즉

아이들과 놀아 주는 아버지 상에 가까웠으나 밤에는 과거를 동경하며 아파하고, 자신의 현재 모습을 거부하며 몸부림쳤다. 그의 청춘은 나이키 에어맥스 운동화를 신고 먼지의 소용돌이와 함께 가짜 골동품 더미만을 남기고 전력으로 질주해 달아났다 (오직 케틀의 청춘만이 아직 날개 달린 샌들을 신고 있었다). 그는 청춘이 실제로 어떠했는지 떠올려 보려고 애썼지만 풍부한 섹스와 자신의 잠재적 위대성을 막연히 느끼던 기억만 날 뿐이었다. 그의 시선이 가까이 다가가 초점이 현재로 모아지면, 그 기억은 섹스의 실종과 잠재력이 낭비되었다는 의식으로 대체되었다. 두려워하면서 탐내고, 두려워하면서 탐내고 하는 마음의 연속. 테마제팜 20밀리그램을 더 먹어야 할 것 같았다. 그러면 모두 40밀리그램을 먹게 되는 것인데, 저녁 식사와 함께 레드 와인을 많이 마실 경우 그것으로 두 시간 정도 연속된 잠을 획득하기도 했다. 하지만 그것은 그가 갈망하는 근사한 망각의 잠이 아닌, 땀나는 악몽으로 장식된 불온한 잠이었다. 악몽을 불러들이는 잠이라면 그는 사실 조금도 자고 싶지 않았다. 그의 아이들이 방구석의 의자에 묶인 채 고문당하는 것을 보고, 고문하는 사람에게 악을 쓰고 욕을 하거나 그만하라고 사정하는 그런 악몽을 꾸는가 하면 악몽의 다이어트 버전도 있었다. 이를테면 저칼로리 악몽이라고 할 수 있겠는데, 그런 꿈에서는 아이들에게 빗발치는 총알을 막으려 때마침 그들 앞으로 몸을 날려 갈갈이 찢기거나, 게걸스럽게 달려드는 차량에 사지가 잘렸다. 잠을 깨게 만드는 그런 충격적인 꿈을 꾸지 않을 때는 꿈을 꾸지 않는 겉잠이 들었다가도 몇 분 후면 헉 하고 숨을 몰아쉬며 금방 잠을 깼다. 잠깐 잠자기 위해 진정제를 먹고 치르는 대가는 호흡이 멈추는 것이었다. 그러면 후두부의 응급 부서가 요란한 사이렌 소리와 함께 전두엽에 구급차를 보내 그를 흔들어 의식을 되찾게 해 주었다.

각기 나름대로 공포가 있는 그의 꿈에는 거의 언제나 방어적이고 분석적인 후편이 뒤따랐다. 그의 친구인 아동 심리학자 조니는 그것을 가리켜 '명석몽'이라고 했다. 꿈을 꾸는 사람이 자기가 꿈을 꾸고 있다는 사실을 인지하는 꿈이라는 것이다. 패트릭은 아이들을 누구로부터 보호하려는 것이었을까? 물론 고문을 받는 자기 자신의 의식으로부터였다. 꿈속의 꿈에 관한 세미나는 언제나 그런 타당한 결론에 도달했다.

다음 세대로 독이 흐르지 않게 막겠다는 생각에 사로잡힌 것은 사실이지만, 그는 이미 그 시도가 실패했다고 생각했다. 자신이 가진 고통의 원인을 자식들에게 전가시키지 않겠다는 결의는 확고했지만, 그 고통의 결과로부터 그들을 지키지는 못했다. 패트릭은 20년 전에 아버지를 여읜 후로 그에 대한 생각은 좀처럼 하지 않았다. 아버지는 친절이 절정에 달했을 때도 무례하고 냉정하고 냉소적이고 쉽게 지루해했다. 그리고 결정적인 순간에 강박적으로 장애물을 높여 반드시 패트릭의 정강이를 부딪치게 만들었다. 그런데 패트릭 자신이 형편없는 아버지가 된다거나 이혼을 한다거나 자식들의 상속권을 박탈한다면, 그건 너무 흉악한 짓이 될 것이다. 그 대신 그들은 그런 일들로 인해 아버지가 겪는 격분과 불면의 결과를 안고 살아야 했다. 패트릭은 로버트가 자신의 심야 불안증을 물려받았다는 걸 알았다. 그러나 그런 현상을 설명해 줄 심야 불안증 유전자의 존재는 믿지 않았다. 그는 로버트가 그의 모든 것을 그대로 본뜨고 싶어 하던 시기에 자기가 로버트 앞에서 불면증에 대해 끊임없이 이야기했던 일을 기억하기 때문이었다. 그는 또한 할머니와 할머니의 자선 사업에 따른 잔인에 대한 로버트의 이해심과 신의가 점차 증오와 경멸로 바뀌는 것을 죄의식과 만족감, 또 그 만족감에 대한 죄의식이 모두 뒤섞인 심정으로 바라보았다.

이번 여름에는 그의 가족이 패커 가족을 보지 않게 된 것이 큰 위안이었다. 조시는 3주 동안 학교에 나오지 않았고, 자기가 로버트와 가장 친한 친구인 체하는 습관도 버렸다. 그 흥분된 자유를 누리던 중 패트릭과 로버트는 홀랜드 파크에 갔다가 우연히 질리를 만나 그들 부부의 이혼 소식을 알게 되었다.

"다이아몬드의 빛이 죽었어요." 질리는 고백했다. "하지만 적어도 그 다이아몬드는 제가 가지게 되었죠." 질리는 이 말에 작은 승리의 환호성을 덧붙였다. "끔찍하게도 로저는 감옥에 갔어요. 못 들으셨어요? 개방형 교도소예요. 호화로운 교도소죠. 그래도 좋은 일은 아니죠. 사기와 탈세로 구속되었어요. 기본적으로 다른 사람들도 다 하는 걸 하다가 재수 없게 걸린 거죠. 크리스틴은 애가 둘에다 이런저런 일 때문에 엉망진창이 됐어요. 내가 그랬어요, '이혼해, 그럼 정말 신날 거야'라고. 그런데 말이죠, 깜박 잊었는데, 크리스틴은 위자료를 많이 받지 못할 거예요. 큰 재산이 따라오지 않는 이혼이 얼마나 **신**이 날지는 모르겠어요. 이런 말을 하니, 저, 지독한 여자 같죠? 하지만 현실을 생각해야죠. 의사가 처방해 준 어떤 약을 먹었는데 계속 이야기하게 돼요. 이만 가던 길 가시는 게 좋겠어요. 안 그러면 여기 서서 온종일 제가 수다 떠는 걸 들으셔야 할 거예요. 그런데 기분이 참 묘해요. 작년만 해도 모두가 생트로페의 풀장 주변에서 일생의 추억을 만들었는데, 지금은 각자 딴 길을 가게 되었으니. 그래도 우리한테는 아이들이 있잖아요, 그렇죠? 가장 중요한 건 그거죠. 조시는 너의 가장 친한 친구란 걸 잊지 마." 질리는 돌아서서 가는 로버트를 향해 외쳤다.

토머스는 지난해에 말을 하기 시작했다. 가장 처음 한 말은 "빛"이었고 그 다음은 "아니"라는 말이었다. 탄생 초기를 기억하기란 어려웠다. 이야기를 하기 위해서라기보다는 침묵에서 벗어나 말을 한다는 것이 무엇인지 보려고 말을 하는 순간, 그 모든 분위기는 증발하고 설득력 있게 다른 것으로 대체되었다. 놀라움은 차츰 욕망으로 대체되었다. 예를 들어 토머스는 더 이상 눈에 띄는 것을 보고도 놀라지 않았고, 자기가 보고 싶어 하는 것을 보고 놀랐다. 다른 식구들은 형광색 재킷을 입은 청소부조차 보지 못할 때 토머스는 길을 따라 몇백 미터 내려간 곳에 있는 청소부가 든 빗자루까지 보았다. 진공청소기를 어디에 숨겨 두어도 소용없었다. 욕망은 그에게 투시력을 부여했다. 토머스와 같은 방에 있으면 허리띠를 차고 있지 못했다. 허리띠는 무언지 알 수 없는 게임에 징발되었다. 토머스는 그것을 가지고 심각한 표정으로 기계음을 내며 버클을 이리저리 돌렸다. 가족이 어쩌다 런던을 벗어나 야외에 나가면 부모는 꽃향기를 맡고 경치를 감상하고, 로버트는 기어오를 만한 나무를 찾아다녔다. 그런데 토머스는, 아직은 자연을 숭배의 대상으로 삼을 만큼 그 모습에서 멀리 벗어나지 않다 보니, 어떻게 알았는지 자르지 않은 풀숲 틈에 파묻혀 눈에 잘 띄지 않는 휘주근한 고무호스를 향해 잔디밭을 가로질러 갔다.

지난주 첫 번째 생일 파티에 토머스는 처음으로 공격을 받았다. 엘리엇이라는 아이였다. 거실 딴 쪽에서 난 소란스러운 소리가 패트릭의 주의를 끌었다. 토머스가 줄이 달린 나무 토끼를 끌고 뒤뚱뒤뚱 걸어가는데 그의 놀이학교 친구 중 힘센 아이가 그를 밀고 줄을 잡아챈 것이다. 토머스는 분해서 소리를 지르고는 울음을 터뜨렸다. 그 악당은 바퀴의 균형이 안 맞아 달그락거리는 토끼를 끌고 의기양양하게 다른 곳으로 갔다.

메리는 얼른 달려들어 토머스를 안았다. 로버트는 토끼를 잡으러 가는 길에 먼저 토머스가 괜찮은지 확인했다.

토머스는 메리의 무릎에 앉아 금방 울음을 그쳤다. 생각에 잠긴 얼굴이었다, 마치 공격을 당한 새로운 경험을 그의 인식 좌표에 새로 배치시키려고 애를 쓰는 듯이. 그러고는 메리의 무릎에서 몸을 비틀어 벗어나 바닥으로 내려갔다.

"저 끔찍한 아이는 누구야?" 패트릭이 물었다. "저렇게 못되게 생긴 아이는 처음 보는데. 마오쩌둥이 스테로이드 주사를 맞은 것 같네."

메리가 미처 대답하기 전에 그 악당의 어머니가 다가왔다.

"미안합니다. 우리 엘리엇이 제 아빠를 닮아서 경쟁심이 아주 강해요. 의욕과 에너지를 억누르지 못하고 그만."

"벌을 주는 시스템이 있어야겠군요." 패트릭이 말했다.

"나를 한번 때려눕혀 보라지!" 로버트는 무술 동작을 해 보였다.

"로버트, 이 토끼 일 가지고 전면전으로 나가지 말자구나." 패트릭이 말했다.

"엘리엇, 토머스한테 토끼 돌려줘야지." 악동의 어머니가 특이한 가성으로 말했다.

"싫어!" 엘리엇은 으르렁거리듯 말했다.

"에이, 얘는." 엘리엇의 어머니가 그의 고집에 기뻐하며 말했다.

토머스는 부집게에 주의를 돌리고 들통에서 그것을 꺼내다 시끄러운 소리를 냈다. 그러자 엘리엇은 자기가 엉뚱한 것을 훔쳤다는 걸 깨닫고 토끼를 버리더니 부집게로 향했다. 메리는 토끼 줄을 집어 토머스에게 주고, 엘리엇 혼자 들통 옆에서 머뭇거리게 내버려 두었다. 엘리엇은 무엇을 위해 싸워야 할지 마음을 정하지 못했다. 토머스는 엘리엇에게 토끼 줄을 주었지만, 그는 그것을 거절하고는 고통에 찬 비명을 지르며 뒤뚱뒤뚱 그의 어머니에게 갔다.

"부집게 싫어?" 엘리엇의 어머니는 달래듯 물었다.

패트릭은 로버트에게 그랬던 것보다 토머스와 관련해서는 더 슬기롭게 처신했으면 했다. 자신의 걱정거리와 집착이 토머스에게 주입되지 않았으면 했다. 그러나 패트릭이 넘어야 할 장애물은 항상 결정적인 순간에 높아졌다. 지금 그는 너무 피곤했다. 항상 높아지는 장애물…… 물론…… 또 그 생각이다…… 또 공연한 짓을 하고 있다…… 계곡 저편에서 개가 짖고 있다…… 내면과 외면의 세계가 서로 충돌하고 있다…… 그는 잠이 쏟아진다…… 꿈을 꿀지도 모르지……* 이 생각은 집어치우자. 그는 일어나 그 생각을 마무리했다. 그래, 편견이 없는 가장 진보한 방식의 보살핌에도 어두운 그늘은 있기 마련이다. 조니조차 (아

---

* "perchance to dream……" 『햄릿』 3막 1장의 독백을 인용하고 있다.

동 심리학자이긴 하지만) 자기가 제 자식들을 정말로 이해한다는 사실을 그들이 알기 전에 그들이 어떻게 느끼는지 자기가 안다는 것을, 그들의 무의식적 충동을 자기가 알 수 있다는 사실을 그들로 하여금 느끼게 만드는 것을 가지고 자책하지 않던가. 그들은 조니의 공감 능력과 전문 지식의 원형 교도소 안에서 살았다. 조니는 자식들의 내면생활을 앗아갔다. 어쩌면 패트릭이 그의 가족을 위해 할 수 있는 가장 인도적인 일은 가족을 해체하는 것일지도 모른다. 그래서 자식들에게 천연 그대로의 알찬 불행을 안겨 주는 것이다. 자식들은 어차피 자유를 찾아 울타리를 깨고 떠날 것 아닌가. 그렇다면 일찌감치 그들에게 단단한 울타리를 만들어 주고 걷어차게 하면 어떨까, 높은 다이빙보드를 주고 뛰어내리게 하는 건 어떨까. 젠장! 그는 정말 좀 쉬어야 한다.

패트릭은 자정이 넘은 시간이면 훌륭한 젬블라로프 의사 선생에 대한 생각이 늘 머릿속에 맴돌았다. 불가리아 태생의 지역 의사인 그는 외국인 악센트가 강한 영어를 썼고 말하는 속도가 굉장히 빨랐다. "우리 나라 문화에는 la pharmacologie약학만 있죠." 그는 공들여 처방을 쓰며 그렇게 말하곤 했다. "우리가 Pacifique태평양에서 살고 있다면 춤을 추겠지만, 우리에게는 화학적 처치만 있을 뿐이죠. 나는 불가리아에 갈 때 l'amphetamine암페타민을 먹어요. 그리고 운전하고 또 계속 운전해 가서 가족을 보고, 운전하고 또 운전해서 라코스트로 돌아오죠." 일전에 테마제팜을 더 처방해 달라는 말을 어물어물하며 잘 꺼내지 못했을 때 젬블라로프는 왜 그리 소심하냐며 그를 타박했다. "Mais il faut toujours demander언제나 요구해야 해요. 나도 여행할 때 테마제팜을 가져가죠. L'administration정부가 한번에 30일치로 처방을 제한해서 나는 '저녁에 한 알, 밤에 한 알'이라고 처방에 써넣죠. 물론 실제로 그러라는 게 아니라 처방받으러 여기에 자주 오는 걸 피하게 하려는 거죠. 수면제 스틸녹스도 드릴게요. 이건 다른 계통의 약입니다. 최면제죠! 바르비투르 계통의 약도 있긴 한데." 그는 마지막 말을 하며 그 약의 진가를 인정한다는 듯한 미소를 지었다.

그러니 패트릭이 늘 피곤해서 아이들 돌보기를 간헐적으로 잠깐씩 할 수밖에 없었던 것도 당연했다. 이날은 토머스가 아픈 날이었다. 욱신욱신하는 잇몸을 뚫고 이가 나느라 볼이 벌겋게 부어올랐다. 그래서 패트릭은 기분 전환할 것을 찾아 분주히 돌아다녔다. 저녁이 되었을 때는 패트릭이 맡아 집 안을 여기저기 구경시키며 데리고 다녔다. 그들이 처음 머문 곳은 거울 아래의 콘센트였다. 토머스는 그것을 동경하듯 쳐다보더니 "안 돼, 안 돼, 안 돼"라는 말로 아버지가 할 말을 앞질러 했다. 토머스는 진지하게 고개를 좌우로 흔들며 자기와 콘센트 사이에 "안 돼"라는 말로 둑을 쌓아 올렸지만, 결국 작은 양심의 둑은 금방 욕망에 휩쓸려 갔고, 그는 콘센트에 달려들어 플러그 대신 제 축축한 작은 손가락 두 개를 구멍에 넣으려 했다. 패트릭은 그를 얼른 들어 올려 복도를 따라 내려가 다른 곳으로 갔다. 토머스는 소리를 지르고 항의하며 발버둥 치다 아버지의 고환을 두 차례 세게 걷어찼다.

"가서 사다리 구경하자." 패트릭은 숨을 몰아쉬며 말했다. 감전사하는 것보다 많이 덜 위험한 것을 제안하는 건 부당한 듯했다. 토머스는 그 말을 알아듣고 마음을 가라앉혔다. 보일러실에 가면 페인트가 묻은 알루미늄 사다리가 있는데 약하기 때문에 콘센트에 못잖게 사람이 부상을 당하거나 죽을 위험이 있다는 걸 알았던 것이다. 토머스가 사다리를 자기 쪽으로 쓰러질 듯이 잡아당기며 까불까불 기어오를 때 패트릭이 허리를 살짝 잡아주었다. 그런 다음 토머스는 바닥으로 내려오자마자 별안간 내달아 취한 사람처럼 비틀거리며 보일러를 향했다. 패트릭은 그를 잡아 물탱크에 부딪히는 것을 막았다. 이제 패트릭은 녹초가 되었다. 지겨웠다. 아기 돌보는 일에 기여할 만큼 했다. 이제 긴 휴가가 필요했다. 그는 꿈틀거리는 아들을 안고 비틀거리며 거실로 돌아갔다.

"안녕?" 메리가 물었다.

"나, 녹초가 됐어." 패트릭이 말했다.

"왜 안 그러시겠어, 아이를 1분 30초 동안이나 봤는데."

토머스는 어머니를 향해 돌진해 가다 거의 다 가서 다리가 뒤틀렸다. 메리는 그의 머리가 바닥에 부딪히기 직전에 그를 잡아 일으켜 세웠다.

"나는 자기가 유모도 두지 않고 어떻게 애를 키우는지 모르겠어." 줄리아가 말했다.

"나는 유모를 어떻게 대해야 하는지 잘 모르겠어. 난 늘 내 아이는 내가 직접 돌보고 싶었거든."

"어떤 여자들한테는 모성이 그런 식으로 나타나지." 줄리아가 말했다. "내 경우엔 안 그랬다는 걸 말하지 않을 수 없군. 하긴 루시를 가졌을 때는 내가 너무 **어리긴** 했지."

햇살이 따가운 남부에 오니 자기도 미쳤다는 것을 보이기 위해서인지, 케틀은 터키석 색깔의 실크 재킷에 레몬색 바지를 입고 저녁을 먹으러 내려왔다. 아직 땀에 젖은 셔츠에 카키 바지를 입고 있던 나머지 식구들은 자신의 높은 기준에 몸을 바치는 고독한 순교자 케틀이 있고 싶은 곳에 있게 내버려 두었다.

토머스는 케틀이 들어오자 찰싹 소리가 날 정도로 양손을 얼굴에 갖다 댔다.

"오, 귀여워라." 케틀이 말했다. "그런데 애 뭐 하는 거니?"

"숨바꼭질하는 거예요." 메리가 말했다.

토머스는 얼굴에서 손을 확 떼고 입을 크게 벌린 채 사람들을 쳐다보았다. 패트릭은 토머스가 다시 나타난 것에 깜짝 놀란 시능을 하며 뒤로 휘청 물러났다. 그것은 새로 추가된 토머스의 놀이였다. 패트릭에게는 세상에서 가장 오래된 놀이인 듯했지만.

"애가 우리 모두 볼 수 있는 곳에 숨으니까 마음이 놓이는군." 패트릭이 말했다. "나는 애가 방에서 나가야겠다고 느끼는 순간이 두려워."

"토머스는 제 눈에 우리가 안 보이면 자기도 안 보이는 줄 알아." 메리가 말했다.

"나는 동정심을 느낀다고 말하지 않을 수 없구나." 케틀이 말했다. "나는 사람들이 좀 내가 보는 식으로 세상을 보면 좋겠어."

"사람들이 안 그런 줄 아시면서." 메리가 말했다.

"항상 그렇지는 않지." 케틀이 말했다.

"그게 자기중심적인 아이와 환경에 잘 적응한 어른에 대해 할 수 있는 말인지 모르겠군요." 패트릭은 그것에 대해 이론을 세우는 실수를 저질렀다. "토머스는 우리가 세상을 바라보는 눈은 자기와 다르다는 걸 알아요, 그렇지 않으면 웃을 리가 없죠. 관점의 전환이 우스운 상황을 만들어 냅니다. 토머스는 자기가 얼굴을 가릴 때 우리가 자기의 관점으로 흘러들었다가 자기가 손을 치우면 우리는 도로 우리의 관점으로 돌아가리라고 생각하는 것이죠. 꽉 막힌 건 바로 우리 어른들이에요."

"나 참, 여보게, 자네는 어째 모든 걸 그렇게 항상 지적인 것으로 돌려 말하나." 케틀이 불평을 했다. "토머스는 그냥 놀이를 하는 어린애야. 숨는 것에 대해 말하자면," 케틀은 음주 운전자를 밀어내고 대신 운전대를 잡는 사람처럼 말했다. "결혼 전에 애 아빠와 베네치아에 갔던 일이 기억나네. 우리는 표시 안 나게 다녀오려고 애를 썼지, 그 시대만 해도 그래야 했거든. 그런데 웬걸, 가는 날이 장날이라고 공항에서 신시아, 루도와 우연히 마주쳤지 뭐야. 그래서 우리는 토머스처럼 우리가 그들을 보지 않으면 그들도 우리를 보지 못할 것처럼 행동하기로 했지."

"그게 통하던가요?" 패트릭이 물었다.

"통하기는 무슨. 그들이 공항 저쪽에서 가로질러 오며 우리 이름을 목청껏 부르더구나. 우리가 아는 사람 눈에 띄지 않기 바란다는 게 명백했을 텐데, 루도는 눈치가 없어서 말이야. 아무튼, 우리는 적절히 맞장구를 쳤지."

"하지만 토머스는 발견되기를 원해요, 그 순간을 고대하는 거죠." 메리가 말했다.

"그 상황이 완전히 똑같다고 하는 얘기가 아니야." 케틀은 약간 식식거리며 짜증을 냈다.

"'상황에 맞는 법석'이 뭐예요?" 로버트는 저녁 식탁으로 이동하는 중에 패트릭에게 물었다.

"네 할머니 입에서 나오는 건 무엇이든 다." 그는 한편으로 장모가 듣기를 바라며 대답했다.

줄리아가 메리에게 무뚝뚝하게 행동해서 분위기가 좋지 않았다. 물론 사근사근했더라도 그건 마찬가지였을 테지만. 메리에 대한 그의 정절에는 문제가 없었다(아니, 있었던가?). 문제는 섹스를 하지 않고 단 한순간이라도 더 버틸 수 있겠느냐는 것이었다. 사춘기의 방만한 성욕과 달리, 현재 그의 갈망에는 비극적인 데가 있었다. 그것은 성욕을 위한 갈망, 상위의 갈망, 원하기를 원하는 마음이었다. 문제는 지금 그 빌어먹을 것을 제거할 수 있느냐 하는 것보다 발기를 지속시킬 수 있느냐 하는 것이었다. 그 갈망은 단순함을 갖추려고 애쓰는 동시에 그 자체의 비극적 성격을 감추기 위해 욕망의 대상 속으로 함몰되어야 했다. 그 갈망은 그가 가질 수 있는 것들에 대한 것이 아니라 되찾을 수 없는 능력에 대한 것이었다. 줄리아를 갖는다면 어쩔 것인가? 물론 지쳐 있어서 미안하다고, 다른 곳에 얽매여서 미안하다고 할 수 있겠지. 그는 중년의 위기를 겪고 있었다(다 털어놓고 짐을 덜어, 도움이 될 거야). 그런 한편, 중년의 위기는 진부한 말이고, 경험을 잠재우기 위해 만들어진 언어의 테마제팜이며, 그가 겪고 있는 경험은 염병할 새벽 3시 반인데도 아직 정신이 말똥말똥하기 때문에 그는 중년의 위기를 겪고 있다고 볼 수 없었다.

축소된 지평, 쇠퇴하는 기능. 그는 그 어느 것도 받아들이지 않았다. 그는 머구* 수준의 시력에 절대로 필요한 돋보기안경도

---

* 시력이 매우 약해졌는데도 아무 대책을 세우지 않는 중년의 미국 만화 영화 주인공.

사지 않으려 했다. 혈류에 침입했는지 어쨌든지 모든 것을 흐려 보이게 만든 균을 혐오했다. 가끔 여전히 날카롭다는 인상을 주었다면 그것은 그런 척하는 속임수일 뿐이었다. 그의 말은 수없이 많이 맞춰 본 조각그림 맞추기와 같았다. 다시 말해서 전에 했던 것을 기억해 낼 따름이었던 것이다. 그는 더 이상 새로운 연결을 짓지 못했다. 그 모든 게 다 끝났다.

복도 저쪽에서 토머스가 우는 소리가 들렸다. 그 소리는 사포로 그의 신경을 문지르는 듯했다. 그는 토머스를 위로해 주고 싶었다. 줄리아의 위로를 받고 싶었다. 그는 메리가 토머스를 위로함으로써 위로를 받기 원했다. 그는 모든 사람이 괜찮기를 바랐다. 더 이상 그 소리를 견딜 수 없었다. 그는 침대 시트를 옆으로 치우고 이리저리 서성거렸다.

토머스가 우는 소리는 곧 잦아들었다. 그러나 그 소리는 패트릭으로서는 더 이상 통제할 수 없는 반응을 일으켰다. 그는 줄리아에게 가기로 했다. 그에게 할당된 인생의 작은 경작지를, 불타듯 빛나는 양귀비의 들판으로 바꾸어 놓을 생각이었다. 그는 문고리를 잡고 끼깅 하는 소리가 나지 않게 문을 드는 듯한 기분으로 살살 열었다. 밖으로 나온 그는 딸깍 소리가 나지 않게 문고리를 내린 채로 문을 닫았다. 그리고 날름쇠가 홈에 들어갈 때 소리가 나지 않도록 문고리를 살살 놓았다. 복도에는 어린아이들을 위해 야간 등이 켜져 있었다. 교도소 마당처럼 환했다.

그는 조금씩 발을 떼며 복도 끝, 완전히 닫히지 않은 루시의 방으로 갔다. 루시가 제 방에 있는지 먼저 확인하고 싶었다. 있군. 좋아. 그는 뒤돌아 줄리아의 방으로 갔다. 가슴이 쿵쾅거렸다. 놀랍도록 살아 있는 느낌이었다. 그는 문에 바싹 기대 귀를 기울였다.

이제 어떻게 할까? 그녀의 방에 들어가면 줄리아가 어떻게 할까? 경찰을 부를까? 그를 침대로 끌어당기고 "왜 이제야 왔어?"라고 할까? 줄리아를 새벽 4시에 깨우는 건 눈치 없는 일일지 모른다. 다음날 저녁에 보자는 약속만 해야 할지도 모른다. 육각형 타일 바닥에 맨발로 서 있다 보니 발이 시렸다.

"아빠."

패트릭은 뒤를 돌아보았다. 로버트가 자기 방 문지방에 창백한 얼굴로 눈살을 찌푸리고 서 있었다.

"어, 로버트구나." 패트릭이 속삭이듯 말했다.

"아빠, 뭐 해?"

"좋은 질문이구나." 패트릭이 말했다. "응, 토머스가 우는 소리가 들려서……" 그것만큼은 사실이었다. "그래서 괜찮은가 보려고."

"그런데 왜 줄리아 아줌마 방 앞에서 그래?"

"토머스가 다시 잠들었으면 깰까 봐서." 패트릭의 해명이었다. 로버트는 영리해서 그런 헛소리에 넘어갈 아이가 아니었다. 그렇다고 진실을 밝히기엔 너무 어릴지도 모른다는 생각이 들었다. 한 2, 3년 후에는 로버트에게 시가를 권하며 이렇게 말할 수 있을 것이다. "이 아빠가 상당히 위태로운 이 mezzo del cammin인생 여행길*에 이르러 잠깐 바람을 피워 기운을 찾을 필요가 있단다." 그러면 로버트는 아버지 등을 탁 두드리고 "이해해요, 아버지. 행운을 빌게요, 잘하세요!" 할 것이다. 그렇더라도 아직은 여섯 살인 로버트에게 진실을 말해서는 안 될 것이다.

마치 패트릭을 궁지에서 구해 내려는 듯 토머스가 다시 고통스러운 울음을 터뜨렸다.

"아무래도 들어가 봐야겠다." 패트릭이 말했다. "네 가엾은 엄마는 밤새 잠을 못 잤어."

그는 로버트를 보고 냉철한 미소를 지어 보였다. "너도 그만 들어가 자." 그는 아들의 이마에 키스를 하며 말했다.

로버트는 찜찜한 기분으로 뒤돌아 방에 들어갔다.

어질러진 방의 안전 콘센트 플러그가 바닥에 희미한 주황색 빛을 비췄다. 패트릭은 발 디딜 데를 골라 조심스럽게 침대 매트리스로 갔다. 메리는 매일 밤 토머스가 그토록 싫어하는 아기

＊   제임스 조이스의 『율리시스』에서 스티븐 데덜러스가 "아버지는 필요악"이라며 "셰익스피어는 그의 아버지가 죽고 나서 몇 달에 걸쳐 『햄릿』을 썼다"고 한다. 그리고 "서른다섯 살, nel mezzo del cammin di nostra vita(인생길 반 고비에)"라며 단테의 『신곡』 첫 행을 인용한다. 35세는 인생을 70세로 잡고 그 절반을 가리킨다. 물론 여기서 패트릭의 나이는 현대의 42세, 흔히 중년의 위기를 맞는다는 사십 대의 나이이다.

침대에서 꺼내 그 침대에 데려다 뉘었다. 그는 매트리스의 봉제 완구들을 바닥으로 떨어뜨리고 그 자리에 앉았다. 토머스는 편안한 자세를 찾으려고 몸을 꿈틀거리며 뒤척였다. 패트릭은 가장자리에 불안정하게 모로 누웠다. 물론 이 넙적한 정어리 통조림 같은 불안정한 매트리스에서는 잠이 오지 않을 것이다. 그러나 생각을 시간 따라 흘러가게 풀어놓으면 어쩌면 조금은 휴식을 취할 수 있을지 모른다. 그러다 수면까지 취할 수 있다면, 그래서 횡포가 없는 해방된 꿈을 꿀 수 있다면, 그건 매우 가치 있을 것이다. 줄리아 사태는 그냥 잊어야지. 줄리아 사태라니, 무슨 줄리아 사태?

아마 토머스는 제 아버지 같은 신경 쇠약자로 자라나지 않을 것이다. 그렇기만 하면 패트릭으로서 무얼 더 바라겠는가?

그는 반쯤 하다 만…… 4분의 1쯤 하다 만 생각을 타고 흘러가기 시작했다, 초읽기에 들어간다…… 들어간다.

패트릭은 얼굴이 세게 걷어차이는 것을 느꼈다. 첫내 나는 따뜻한 피가 콧구멍과 입천장에 찼다.

"아니 이런! 코피 나나 봐." 그가 말했다.

"불쌍한 당신." 메리가 웅얼거렸다.

"내 방에 가는 게 좋겠어." 그는 속삭이듯 말하며 옆으로 굴러 바닥으로 내려갔다. 토머스의 무명 벨벳 봉제 경호원들을 매트리스 위에 도로 올려놓고 힘들여 일어섰다. 무릎이 쑤셨다. 관절

염인지도 모른다. 어머니를 따라 요양원에 들어가는 편이 좋을 지도 모른다. 그러면 정말이지 아늑하지 않겠어?

그는 집게손가락 마디로 한쪽 콧구멍을 누른 채 구부정하게 복도를 걸었다. 파자마에 피가 몇 방울 묻었다. 양귀비 들판은 고작 그 정도였다. 새벽 5시였다. 인생의 절반에 속하기에는 너무 늦었고 다른 절반에 속하기에는 너무 이른 시간이었다. 잠을 잘 가망도 없었다. 그렇다면 밑에 내려가서 건강에 좋은 유기농 커피를 다량으로 마시고 지불해야 할 청구서들이나 처리하는 편이 나을 것 같았다.

7

검은 선글라스와 커다란 밀짚모자를 쓴 케틀은 돌로 만든 탁자 앞에 벌써부터 나와 앉아 있었다. 케틀은 제임스 포프 헤네시의 메리 여왕 전기에 지난 항공 탑승권을 북마크처럼 끼워 덮고는 접시 옆에 놓았다.

"꿈만 같아요." 패트릭은 어머니가 탄 휠체어를 조심스럽게 밀어 자리에 위치시키며 말했다. "두 분을 이렇게 한자리에 모시게 되었으니 말입니다."

"꿈만…… 같아……" 엘리너는 그 말을 막연히 되풀이했다.

"좀 어떠세요, 사돈?" 케틀의 말투에는 무관심이 배어 있었다.

"아주……"

마치 자신이 '실성'한 또는 '비참'한 상태에 빠져드는 것을 보고 있다가 결정적인 순간에 간신히 거기서 벗어나기라도 한 것처럼, 조금 시간이 흐른 뒤에 엘리너가 고음의 "좋아요"라는 말을 내는 데 쏟은 수고는 외려 좋지 않다는 인상만 주었다. 엘리너의 밝은 미소는 치아의 폭격 현장을 드러내 보였다. 패트릭은 치료를 받으라고 어머니에게 여러 차례 말했지만 소용이 없었다. 엘리너는 숨이 붙어 있는 한 자선을 하면 했지 자기에게 돈을 헛되이 쓸 생각이 없었다. 엘리너는 자기에게 남은 적은 수입을 셰이머스가 원하는 감각 차단 탱크* 구입을 위해 모으고 있었다. 그런 한편 엘리너는 먹는 감각을 차단당하는 길을 택했다. 혀는 울퉁불퉁하게 파괴된 바위들을 휘감으며 쓸쓸히 남은 성한 치아를 찾아 돌아다녔다. 너무 예민해져서 음식물이 들어가서는 안 될 금지 구역이 몇 군데 있었기 때문이다.

"저는 가서 점심 준비를 도울게요." 패트릭은 의무에 얽매여 유감스럽다는 듯이 그렇게 말하고, 한참 동안 잠수했다가 수면 위로 올라온 사람처럼 허겁지겁 잔디밭을 가로질러 뛰어갔다.

그는 자기가 정말 피해 달아나야 할 대상은 어머니가 아니라, 어머니 생각을 할 때마다 느끼는 무료함과 격분의 유독한 조합이라는 것을 알고 있었다. 그러나 그것은 장기적 계획이었다. 그는 "한평생으로는 이루지 못할지도 몰라"라며 바보처럼 웃으면

★   sensory-deprivation tank. 빛과 소리를 차단하고 체온에 맞춘 소금물로 채운 1인용 탱크로 대체의학용으로 개발되었다.

서 애틋한 목소리로 자신에게 경고했다. 몇 분 앞까지만 생각하고, 자기와 어머니 사이에는 가급적 먼 거리를 두고 상상력을 개입시키지 말아야 했다. 그날 아침 요양원에 갔을 때 어머니는 가방을 무릎에 놓고, 몇 시간 전에 준비하고 기다렸다는 듯이 문가에 앉아 있었다. 어머니는 그에게 연필로 희미하게 쓴 쪽지를 건네주었다. 자기가 죽은 뒤에 그러기로 한다는 것이 현재의 상황이지만, 그러지 말고 당장 생나제르를 재단 앞으로 명의 변경하라는 내용이었다. 작년에도 그러라는 것을 패트릭은 겨우 미뤘다. 이번에도 미룰 수 있을까? 어머니는 이 일을 "종결할 필요"가 있으며 그의 도움과 "축복"을 바란다고 썼다. 그는 그 글에서 셰이머스의 웅변이 남긴 지문을 알아볼 수 있었다. 셰이머스가 종결 의식을 준비해 놓았을 게 분명했다. 대우주와 소우주적 차원의, 아버지인 하늘과 어머니인 대지가 동참하는 북미 원주민 식의 초월적 신들림 춤을 통해 상징적이고도 실제적으로, 그리고 즉각적이고도 영원히 패트릭과 그의 가족을 생나제르에서 추방하는 것으로 그 춤의 의식은 종결될 것이다. 상반된 감정이 벌이는 난투극의 중심에 설 때 그는 이 염병할 집을 떨쳐버리고 싶은 열망을 잠깐씩 느낄 때가 있었다. 그 모든 것을 손에서 놓아야 할 순간이 올 것이다. 그러면 치유의 북을 치며 주말을 보내러 생나제르에 와야 하리라, 그래서 어린 시절의 집을 떠나보내게 도와 달라고, 너무나 개인적인 것으로 느껴지는 그것을 '초월'하게 해 달라고 셰이머스에게 부탁해야 할 것이다.

테라스에서 올리브 숲으로 건너가는 중에 패트릭은 현대의 무당과 박수무당 무리 앞에서 "모든 것을 놓는 과정의 종결을 성취하기 위해 이 농장에 돌아온 행위의 타당성, 그 도전적인 일"을 스스로 칭찬하며 "나는 그전에는 이 일이 가능하리란 생각은 하지 않았으니 '절묘하다'란 말을 할 수밖에 없겠습니다 (이 말의 진가를 알아보는 청중의 한숨 소리가 들린다)"라고 말하는 자신의 모습을 상상했다. "셰이머스와 재단과 나의 어머니를 원망하고 또, 네, 고백하죠, 증오까지 하던 때가 있었습니다만, 나의 혐오가 감사한 마음으로 변하는 기적이 일어났습니다. 그래서 이제는 솔직하게 말할 수 있습니다, (목에 뭔가 걸린 듯 헛기침을 하고) 셰이머스는 훌륭한 선생이요 북을 가르친 안내자였을 뿐만 아니라 나의 진정한 친구이기도 하다는 것을(후드득 빗소리 같은 박수 소리와 재잘거리는 소리가 난다)."

패트릭은 비웃듯이 꽥 소리를 지르며 공상을 떨쳐 버렸다. 그리고 울퉁불퉁 비틀리며 두 갈래로 뻗은 회색의 늙은 올리브 나무에 기대앉았다. 그 나무는 어려서부터 줄곧 그에게는 숨어서 생각에 잠기는 장소가 되어 주었다. 셰이머스는 처음부터 작정하고 작은 체구의 노부인 돈을 사취하려고 달려든 사기꾼이 아니라고 패트릭은 자신에게 자꾸 상기시켜야 했다. 엘리너와 셰이머스는 각자의 과도한 선의로 서로를 오염시켰다. 그렇지 않았더라면 셰이머스는 내번Navan—내번은 아일랜드의 지명 중 철자를 거꾸로 읽어도 내번이 되는 유일한 도시일 것이다—에서 환자들 요강이나 갈아 주며 계속 선행을 베푸는 삶을 살았을지 모른다. 그리고 엘리너는 자기 돈을 시각장애인들이나 의학 연구나 고문 피해자들을 위해 다 쓰고 자신은 라이비타*나 먹고 살지 모른다. 그러나 그들은 콤비를 이루어 허식과 배신의 기념비를 쌓았다. 둘이 함께 세상을 구할 생각이었다. 그들은 함께 이미 위태로울 정도로 우둔한 고객층을 지나치게 단순하게 만드는 방식으로 의식을 고조시키겠다는 것이었다. 셰이머스에게 있을지 모를 좋은 점은 엘리너의 병적으로 후한 기부에 의해 파괴되고 있었고, 엘리너에게 있을지 모를 좋은 점은 셰이머스의 공허한 환상에 의해 파괴되고 있었다.

무엇이 엘리너를 그렇게 착한 체하는 사람으로 만들었을까? 엘리너의 자기 어머니에 대한 혐오가 그 지나친 이타심의 원인인 것 같다고 패트릭은 생각했다. 엘리너는 생전 처음으로 자기 어머니를 따라 성대한 파티에 따라갔던 이야기를 패트릭에게 들려준 적이 있었다. 그것은 제2차 세계대전 직후 로마에서 열린 파티로, 당시 스위스의 기숙학교에 다니던 열다섯 살의 엘리너는 방학 동안 어머니에게 가 있었다. 엘리너의 어머니는 부유

* 영국에서 생산되는 바삭한 호밀 빵 또는 크래커.

한 미국인이자 헌신적인 속물로, 매력적이지만 작위는 없는 난봉꾼인 엘리너의 아버지와 이혼하고 지위와 혈통 문제에 집착하는 왜소하고 성질 나쁜 장 드 발랑세라는 프랑스의 공작과 재혼했다. 공산주의에 가까운 공화국의 너덜너덜한 활동 무대에서 아내의 최신 산업 재산에 완전히 매수된 그는 그만큼 더 자신의 유서 깊은 혈통을 강조하는 일에 열심을 부렸다. 그 파티가 있던 날 밤, 엘리너는 어머니의 거대한 이스파노수이자 승용차에 앉아 있었다. 그 차는 콜로나 공주 저택의 창문들이 보이지 않는 옆으로 돌아가 폭격으로 파괴된 어느 건물 앞에 세워졌다. 엘리너의 의붓아버지는 병이 들어 그날 가지 못했다. 원래 그의 집안에 있었던 정교한 르네상스 시대의 침대를 한 달 전에 아내가 그를 위해 도로 사들인 이후로 계속 시름시름 앓으면서도 그는 엘리너에게 자기 아내의 서열은 디노 공작 부인보다 우위이므로 공주의 집에 디노 공작 부인보다 먼저 들어가지 않도록 하라고 맹세를 시켰다. 엘리너가 우위라는 것은 결국 다른 사람들보다 늦게 도착해야 한다는 말이었다. 그들은 차 안에서 기다렸다. 앞좌석, 운전사 옆에 탄 하인은 그 하위의 공작 부인이 도착했는지 확인하기 위해 계속 들락날락했다. 엘리너는 당시 부끄럼을 잘 타는 이상주의자로 요리를 먹는 초대 손님들보다는 요리사와 이야기하는 것이 더 좋았다. 그러면서도 파티에 대해 조바심이 나기도 하고 궁금하기도 했다.

"그냥 들어가면 안 돼요? 우린 이탈리아인이 아니잖아요."

"그러면 장이 나를 죽일 거야." 엘리너의 어머니가 말했다.

"그럴 돈이 없어서 못 그래요." 엘리너가 말했다.

어머니 얼굴이 분노로 굳어졌다. 엘리너는 방금 한 말을 후회했지만 한편으론 눈치보다 정직을 우선시했다는 십 대 소녀의 찌릿한 자부심도 느꼈다. 가만히 차창 밖을 내다보고 있으려니 찢어진 갈색 옷차림의 한 부랑자가 비틀거리며 유리 새장 같은 어머니의 승용차 쪽으로 다가왔다. 가까이 올수록 얼굴뼈가 도드라졌고 눈에 커다란 굶주림이 보였다. 지척거리며 차에 다가온 그는 창문을 두드리더니 애원하듯 자기 입을 가리키고, 기도하듯 합장하더니 다시 자기 입을 가리켰다.

엘리너는 고개 돌려 어머니를 보았다. 어머니는 엘리너가 사과하기를 기다리며 지긋이 앞만 바라보고 있었다.

"이 사람한테 돈을 좀 줘야겠어요. 굶주리고 있어요." 엘리너가 말했다.

"나도 굶주리고 있어." 어머니는 고개도 돌리지 않고 말했다. "이 이탈리아 여자가 빨리 나타나지 않으면 내가 미쳐 버리겠다."

어머니는 앞좌석과 뒷좌석 사이를 가로막은 유리창을 두드리고 하인에게 다시 가 보고 오라고 짜증스레 손짓했다.

그들은 결국 파티장에 입장했고, 엘리너의 마음속에 자선의 열망이 처음으로 불타오른 건 바로 그 파티가 열린 날 밤이었다. 어머니의 가치관을 인정하지 않는 행위는 엘리너의 이상주의와 결합해 자신을 맨발의 성인으로 보는 도취적 환상을 빚어냈다. 그녀는 친척을 제외한 모든 사람을 돕는 일에 일생을 바칠 생각이었다. 그로부터 몇 년 뒤, 암으로 죽어 가던 그녀의 어머니는 막대한 재산 거의 전부를 당장 물려 달라고 들볶는 의붓아버지의 청을 받아들였다. 이 일은 엘리너에게 자기 부정의 길을 재촉했다. 엘리너의 유언장에는, 의붓아버지는 그가 살아 있는 동안만 유산을 쓸 수 있다고 명시했다. 이것은 그가 엘리너의 유산을 다른 사람에게 물려줄 수 없다는 것을 뜻했다. 계부는 그런 조항은 자기가 의붓딸들을 속이고 그들의 상속권을 박탈할 수도 있다는 염려가 반영된 것을 암시하기 때문에 자신의 명예에 모욕이라며 항변했다. 결국 그는 죽어 가는 아내와의 약속을 어기고 약탈하다시피 한 그 유산을 나중에 조카에게 물려주었다. 당시 엘리너는 영적인 탐구에 깊이 관여했기 때문에 그 모든 돈을 잃게 되어 매우 당황했다는 것을 인정할 수 없었다. 장이 아내의 돈으로 즐겨 수집하던 골동품처럼 엘리너의 마음속에 잘 보존되어 온 그 분한 마음은 이제 패트릭에게 전가되고 있었다. 엘리너의 어머니는 공작들을 좋아했지만 엘리너는 사이비 주술사들을 좋아했다. 어머니보다 사회적으로는 하락했을지 몰라도 그 기본 공식은 똑같았다. 귀부인이 되었든 거룩한 바보*가 되었든, 자기가 간직한 자아상을 지키기 위해 자식을 제물로 삼는다는 것. 엘리너는 이혼과 배신, 모친을 향한 증오, 상속권 박탈과 같은, 자기의 경험에서 제거하고 싶은 부분들을 다음 세대에게 억지로 떠넘겼다. 그리고 세상의 구원에 참여하는 일원으로서의 자기 인식에 매달렸다. 세상의 구원이란 말은 오랜 세월의 흐름에 따라 물병자리 시대,** 초기 기독교로의 회귀, 샤머니즘의 부흥 등으로 변모했다. 그러나 엘리너의 역할만은 변하지 않고 그대로였다. 영웅적이고 낙관적이고 선지자적인, 그리고 겸손을 자랑스러워하는 역할. 엘리너에게 일어난 심리적 격리의 결과는 자기에게 속한 거부된 부분과 큰 뜻을 품은 부분, 모두를 동결시키는 것이었다. 로마의 파티에 갔던 그날 밤, 엘리너는 가족의 지인에게 돈을 빌려 그 굶주린 부랑자의 목숨을 구하고자 그를 찾으러 급히 거리로 나갔다. 그녀는 길모퉁이를 몇 군데 지났을 때 그 지역은 방금 그녀가 나온 파티장에서 흥에 겨워 떠드는 사람들과는 달리 6년 동안 치른 전쟁에서 아직 회복하지 못했다는 것을 알게 되었다. 간절한 마음으로 커다란 지폐를 움켜쥐고 하늘색 무도회 드레스를 입은 엘리너

---

* '거룩한 바보'는 기독교에서 '그리스도를 위한 바보 같은 삶'을 가리키는 다른 말이다. 그런 사람은 모든 세속적 소유를 버리고 수도원에 들어가거나 신앙에 따라 모든 것을 자선에 쏟는 삶을 산다.
** 점성술 달력에서 1991년 11월 11일에 시작해서 2011년 11월 11일에 끝나고 시작되는 새로운 시대를 가리킨다.

는 쥐들이 돌아다니는 무너진 건물에 둘러싸인 스스로를 의식하자 자기가 너무 이목을 끈다는 생각을 하지 않을 수 없었다. 어느 건물 출입구에서 사람들의 그림자가 어른거렸다. 그러자 엘리너는 공포에 휩싸여 뒤돌아 떨면서 어머니의 차가 있는 곳으로 갔다.

그로부터 55년이 흐른 지금도 엘리너는 좋은 사람이 되고 싶은 욕구에 따라 행동하는 현실적인 방법을 알아내지 못했다. 엘리너는 세상의 기근을 덜지도 못했을 뿐 아니라 인생의 향연도 놓쳤다. 언제나 그랬지만 일이 잘 안 되었을 때, 그 안 좋았던 경험들은 열렬한 십 대의 엘리너에게 거울이 되어 주지 못하고, 안 좋은 경험의 하치장으로 추방되었다. 엘리너의 비밀스러운 절반은 더욱 한에 사무치고 의심이 많아졌다. 그럼으로써 겉으로 보이는 절반은 남의 말을 잘 믿고 열렬한 면을 유지할 수 있었던 것이다. 셰이머스를 만나기 전에도 엘리너에게는 맹우들의 긴 행렬이 있었다. 엘리너는 목숨이라도 맡길 듯 그들을 전적으로 신뢰했다가도 그 완성의 마지막 몇 시간 전에 그들을 느닷없이 거부하고 다시는 언급하지도 않았다. 정확히 무엇 때문에 그들을 추방했는지 절대로 언급하지 않았다. 엘리너는 그 두 줄기 자아의 분리를 유지하려고 무척 애를 썼지만, 그것들은 엘리너가 병이 들자 무섭게 합류했다. 패트릭은 신뢰와 거부의 주기가 그대로 유지될 것인가 궁금했다. 어쨌든 셰이머스의 위치가 바뀌어 어둠이 된다면 엘리너는 재단을 세운 열정으로 그것을 해체하고 싶을지 모른다. 그러면 패트릭은 어쩌면 한 해 더 시간을 벌 수 있을지 모른다. 그는 그렇게 여전히 그 집을 붙들어 두고 싶었다.

패트릭은 할머니의 훌륭한 집 여섯 채와 정원을 어슬렁거리던 옛날을 기억했다. 세계적 수준의 큰 재산이 그저 그런 정도의 재산으로 줄어드는 과정을 지켜보았다. 그것은 어머니와 낸시 이모가 그들의 어머니가 두 번째 남편의 거짓말과 들볶음에 굴복하기 전에 받아 두었던, 상대적으로 적은 유산이었다. 엘리너와 낸시는 어떤 사람들에게는 부자로 보였다. 각각 런던과 뉴욕의 좋은 지역에서 살고, 각자 시골에 별장이 있고, 둘 다 일하지 않고, 사실 직접 장을 보거나 빨래를 하거나 정원을 가꾸거나 요리를 하지 않고 살 만한 형편은 되었다. 그러나 외가의 내력에 비추어 볼 때 그들은 푼돈으로 연명하는 정도에 지나지 않았다. 낸시는 자기가 가지고 싶은 물건 사진이 실린 세계 유수의 경매 회사 카탈로그를 뒤적이며 여전히 뉴욕에서 살았다. 패트릭이 마지막으로 맨해튼 69번가에 사는 낸시를 방문했을 때 낸시는 차를 한잔 권하기 무섭게 제네바 크리스티 경매 회사의 부티 나는 검은색 카탈로그를 꺼냈다. 방금 도착한 그 책에는 꽃이 피는 은 가지와 금으로 된 꿀벌들로 장식된 화분 두 개의 사진이 수록되어 있었는데 마치 벌꿀 소리가 들릴 것 같았다.

그것은 나폴레옹을 위해 제작된 화분들이었다.

"우린 그런 건 거들떠보지도 않았는데." 낸시는 씁쓸히 말했다. "내 말 무슨 말인지 아니? 우리 집엔 아름다운 것들이 아주 많았지. 비가 오거나 말거나 이런 건 그냥 테라스에 놔뒀었는데. 150만 달러, 그 어린 조카가 엄마의 정원용 화분을 팔아 그만큼 받았지. 넌 이런 거 가지고 있다가 네 자식들한테 물려주고 싶지 않아?" 낸시는 다른 앨범과 카탈로그를 꺼내 와서 판매가를 말하다 말고, 급히 그 잃어버린 물건의 감상적 가치를 끌어들였다.

그리고 낸시는 분한 마음의 독을 두 시간에 걸쳐 그에게 옮겨 부었다.

"그건 30년 전의 일이에요." 패트릭은 이따금 지적했다.

"아니 그 어린 조카는 지금도 매주 엄마 것을 하나씩 내다 팔잖아." 낸시는 자기의 강박을 방어하며 으르렁거렸다.

연속되는 기만과 자기기만의 극적인 상황은 패트릭을 극심한 우울에 빠뜨렸다. 그는 토머스가 처음으로 단순한 사랑의 감정을 터뜨리며 팔을 활짝 벌리고 그를 반겼을 때만 정말 행복했다. 아침 일찍 그는 토머스를 안고 테라스를 따라 집 둘레를 돌며 덧문 뒤에 숨은 도마뱀붙이를 찾아보았다. 토머스는 가는 길에 있는 덧문을 모두 붙잡았다. 그러면 패트릭은 걸쇠를 벗기고 삐걱거리는 덧문을 열었다. 간혹 도마뱀붙이가 튀어나와 이층

덧문 뒤의 피신처를 향해 쏜살같이 기어 올라갔다. 그러면 토머스는 놀라워하며 입을 벌리고 손으로 도마뱀을 가리켰다. 도마뱀붙이는 둘이 함께 흥분할 수 있는 기회였고 실질적인 사건의 계기였다. 패트릭은 시선이 토머스와 나란하도록 머리를 기울이며 그들이 함께 마주친 사물의 이름을 말해 주었다. "쥐오줌풀…… 모과나무…… 무화과나무." 토머스는 잠자코 있다가 갑자기 "갈퀴!"라고 했다. 패트릭은 토머스의 관점에서 보이는 세상을 상상해 보려 애썼지만, 그건 가망 없는 일이었다. 대개는 자신의 관점에서 보이는 세상조차 상상할 수 없었다. 그는 그 진부하고 멀게 느껴지는, 누덕누덕 기워 엮은 즐거운 나날의 바탕에 깔린 실질적인 절망을 해 질 녘에 의존해서 집중 학습했다. 토머스는 그의 우울증 치료제였다. 그러나 요통이 도지면 자기가 일찍 죽을지 모른다는, 자식들이 밥벌이를 하거나 사별을 감당할 수 있을 만큼 크기 전에 자기가 죽을지 모른다는 공포에 굴복했고, 그러면 그 약효는 금방 떨어졌다. 그가 그렇게 죽으리라고 믿을 근거는 없었다. 그에게 그것은 노골적으로, 걷잡을 수 없이, 자식들의 기대를 저버리는 일이었다. 토머스는 희망을 독차지했고 희망의 중요한 상징이 되었다.

조니가 이달 하순에 오기로 해서 정말 다행이었다. 패트릭은 무언가 빠진 느낌이었고, 조니가 와서 그게 무엇인지 알려 주리라고 확신했다. 몸의 어디가 안 좋은지 아는 것은 쉽지만, 건강하다는 것이 무엇을 뜻하는지 아는 것은 매우 어려웠다.

"패트릭!"

그들이 그를 찾고 있었다. 줄리아가 부르는 소리가 들렸다. 어쩌면 줄리아가 와서 그와 함께 올리브나무 뒤로 가 얼른 입으로 해 줄 수 있을지 모른다. 그러면 좀 더 가뿐한 기분으로 차분히 점심시간을 보낼 수 있을 것이다. 기막힌 생각이었다. 지난밤 줄리아의 방 앞에서 서 있었던 일. 뒤엉킨 수치와 좌절. 그는 힘들여 일어섰다. 망가지는 무릎. 노년과 죽음. 암. 사적인 공간에서 나와 타인의 혼동 속으로, 또는 사적인 공간의 혼동에서 나와서 타인과 갖는 관계의 소극적 권위 속으로. 그는 어느 쪽이 될지 알 수 없었다.

"줄리아. 여기야, 나 여기 있어."

"자기 찾아오라고 해서 나왔어." 줄리아는 올리브나무 숲이 있는 울퉁불퉁한 땅에 발 디딜 데를 고르며 다가왔다. "숨어 있는 거야?"

"자기한테는 아니지. 이리 와 잠깐 앉아 봐."

줄리아는 두 갈래로 뻗은 나무 몸통에 등을 기대고 그와 나란히 앉았다.

"여기 아늑하네." 줄리아가 말했다.

"난 어렸을 때부터 어디 숨고 싶으면 이리로 왔어. 그런데 나 때문에 눌려 들어간 자국이 없어서 놀라워." 패트릭은 말을 하다 말고 줄리아에게 하고 싶은 말을 한 후의 위험성을 가늠했다.

"나, 아까 새벽 4시에 자기 방 문 앞에 서 있었어."

"왜 들어오지 않고?" 줄리아가 말했다.

"그럼 자기가 날 반겼을까?"

"물론이지." 줄리아는 몸을 기울여 그의 입술에 살짝 키스했다.

흥분이 온몸을 휩쌌다. 패트릭은 모기가 벌거벗은 몸을 뜯어도 사나이답게 웃으며 모난 돌과 잔가지가 흩어진 땅바닥에서 뒹굴며 젊었을 때의 기분을 내는 자신을 상상했다.

"그런데 왜 안 들어왔어?" 줄리아가 물었다.

"로버트 때문에. 내가 복도에 서서 망설이는 걸 로버트가 봤어."

"다음번엔 망설이지 말아야겠네."

"다음번이란 게 있을까?"

"왜 없어? 자기도 무료하고 외롭고 나도 무료하고 외로운데."

"맙소사! 그런 우리 둘이 방에 함께 있으면 무료와 외로움의 총량이 극에 달하겠네."

"아니면 부호가 서로 다른 전하가 만나 상쇄될지도."

"자기의 무료는 능동적인 거야 아니면 소극적인 거야?"

"능동적인 거야. 그리고 외로움은 크고 분명해."

"그렇다면 자기 말이 일리가 있을지도." 패트릭은 웃었다. "나의 무료함에는 굉장히 소극적인 면이 있어. 우리가 무료함을 완전히 제거할 수 있을지, 아니면 외로움에 과부하가 걸릴지 알아보기 위해 철저히 통제된 환경을 갖추고 실험을 해 봐야겠군."

"이제 정말 자기를 끌고 점심 먹으러 들어가야 해. 아니면 전부 우리가 바람 피우나 할 거야."

그들은 키스했다. 혀로. 그는 혀를 잊고 살았다. 그는 나무 뒤에 숨어 키스다운 키스를 실험해 보는 십 대 소년 같은 기분이 들었다. 살아 있는 느낌이 당황스러웠다. 고통스러울 지경이었다. 조심스럽게 줄리아의 배에 갖다 대는 그의 손에 애무를 하고픈 억눌린 갈망이 흘렀다.

"지금 흥분하게 만들지 마. 공평하지 않아." 줄리아가 말했다.

그들은 불만의 신음 소리를 내며 일어섰다.

"내가 이리로 오기 조금 전에 셰이머스가 왔어." 줄리아는 치마에 묻은 흙을 털며 말했다. "그동안 이곳에서 있었던 일들을 케틀에게 설명해 주던걸."

"그러니까 케틀은 어떻게 생각해?"

"자기와 메리를 약 오르게 하려고 셰이머스를 매력적인 인물로 생각하기로 한 것 같아."

"물론 그랬겠지. 자기가 내 정신을 쏙 빼 놔서 내가 그걸 미처 생각하지 못했을 뿐, 안 봐도 뻔해."

그들은 얼굴에 너무 웃음기를 띠거나 너무 엄숙해 보이지 않으려고 표정을 고쳐 잡고, 돌로 만든 식탁이 있는 곳으로 천천히 걸어갔다. 패트릭은 식구들의 주목을 받고 현미경 아래 놓이는 듯한 느낌이 들었다. 메리는 그를 보고 웃음을 지었다. 토머스는 양팔을 활짝 열고 그를 환영했다. 로버트는 위협적이고 아는 것이 많은 눈으로 그를 응시했다. 패트릭은 토머스를 들어 안고, 메리에게 웃음을 지어 보이며 '남자는 악한이라도 항상 웃을 수 있다'*는 생각을 했다.

그리고 그는 로버트 옆에 앉았다. 까다롭기로 유명한 판사 앞에서 유죄임이 명백한 의뢰인을 변호한 뒤 착석할 때와 같은 기분이었다. 로버트는 모든 것에 주의를 기울였다. 패트릭은 로버트의 총명함을 높이 평가했지만, 로버트는 토머스처럼 그의 우울증을 끊어 주기는커녕 오히려 부모가 자식에게, 그가 그의 자식에게 끼칠 수 있는 파괴적 영향력의 미묘한 점착성을 더 의식하게 만들었다. 그는 다정한 아버지였고, 그의 부모처럼 엄청난 잘못을 저지르지는 않았지만, 그런 노력에 들인 조심스러움은 다른 수준의 긴장을 조성했고, 로버트는 그 긴장을 습득했다. 패트릭은 토머스에게는 다르게 대할 것이다. 자유롭지 않고 불안하면서도 자유롭고 느긋할 수 있는지 모르겠지만, 더 자유롭고,

★ 셰익스피어의 『햄릿』 1막 5장에 나오는 햄릿의 독백.

더 느긋하게 대할 것이다. 그러나 그것은 전연 가망 없는 일이었다. 패트릭은 정말 하룻밤 잠을 푹 자야 한다. 그는 레드 와인을 한 잔 따랐다.

"반가워요, 패트릭." 셰이머스가 그의 등을 쓰다듬으며 말했다.

패트릭은 셰이머스를 후려갈기고 싶었다.

"셰이머스가 워크숍에 대해 자세히 설명해 주고 있었어." 케틀이 말했다. "정말 아주 흥미롭더군."

"그럼 한번 참가해 보세요." 패트릭이 말했다. "체리 철에 여길 볼 수 있는 유일한 길이죠."

"아, 체리." 셰이머스가 말했다. "그런데 이 체리들은 정말 특별합니다. 우린 언제나 체리나무를 중심으로 의식을 치르죠— 생명의 과실이잖아요."

"아주 심오한 말로 들리는군." 패트릭이 말했다. "체리를 체리나무의 과실로 경험하면 실제보다 더 맛있나?"

"체리……" 엘리너가 말했다. "그래…… 아니……" 엘리너는 손을 마주 비벼 서둘러 그 생각을 털어 버렸다.

"엘리너는 체리를 정말 좋아해요. 체리 맛이 아주 훌륭해요, 그렇죠?" 셰이머스가 위안을 주듯이 엘리너의 손을 꼭 쥐면서 말했다. "금방 딴 체리를 한 사발씩 요양원에 가져다 드리곤 했죠."

"대단한 임대료군." 패트릭은 와인 잔을 비우며 말했다.

"아니." 엘리너가 공포에 질려 말했다. "임대료는 없어."

패트릭은 자기가 어머니의 마음을 어지럽히고 있다는 것을 깨달았다. 이제는 빈정거리는 말조차도 더 이상 할 수 없었다. 모든 길이 막혔다. 그는 와인을 한 잔 더 따랐다. 언젠가는 모든 것을 내려놓아야 하겠지만, 지금은 일단 계속 싸울 생각이었다. 그는 중단할 수 없었다. 하지만 무엇으로 싸우나? 어머니의 어리석은 생각을 법적으로 실행 가능하게 만들기 위해 그렇게 애를 쓰지 않았더라면 좋았을 것을 그랬다. 어머니는 아무런 비꼬는 기색도 없이 아들의 손으로 그 아들의 상속권을 박탈시키는 일을 시켰다. 그는 그 일을 신중히 수행했다. 이따금 유언 조항에 하자를 숨겨 둘까 생각한 적도 있었다. 다른 사법권에 따른 법을 검토하기 위해 다수의 프랑스 공증인과 변호사를 만나 나폴레옹 법전의 강제된 상속을 피할 수 있는 방법과 자선 재단을 설립하는 최선의 방법, 세금 계산과 회계 절차에 대해 논의하기도 했다. 그러나 그는 유언장을 더 견고하고 더 유효한 것으로 만드는 안을 다듬었을 뿐 아무런 대책을 세우지 않았다. 유일한 출구는 엘리너가 털어 버리려고 하는 신축성 있는 부채였다. 그는 정말 엘리너를 보호하기 위해 그것을 포함시켰다. 엘리너가 그것을 이용하리라는 희망을 남겨 두었던 것이다. 하지만 그는 이제 그 희망을 잃게 될 상황에 이르자 그 희망을 키우며, 그것으로 진실과 작지만 치명적인 거리를 유지해 왔다는 것을 깨달았다. 그는 머잖아 생나제르를 영원히 잃게 될 터인데, 그것을 막기 위해 그가 할 수 있는 일이라곤 아무것도 없었다. 그의 어머니는 어머니답지 않은 바보였고, 아내는 토머스 때문에 그의 곁을 떠났다. 그래도 믿을 만한 친구가 하나 있었다. 그는 와인을 더 따르며 속으로 흐느껴 울었다. 그는 틀림없이 술에 취해 셰이머스를 모욕할 것이다. 아니, 어쩌면 안 그럴지도 모른다. 결국 예의 없이 행동하는 건 예의 바르게 행동하는 것보다 더 힘든 일이니까. 사이코패스가 아닌 사람에게는 그런 것이 문제였다. 모든 길이 막혔다.

물론 주변에는 어떤 상황이 펼쳐지고 있었지만 그는 어떤 일이 벌어지는지 알 수 없을 정도로 아무런 주의를 기울이지 못하고 자신 속으로 침잠해 들어갔다. 그 우물 속 미끄러운 벽에 손톱을 박으며 애써 기어 올라가 나간들 과연 무엇이 있겠는가? 메리 여왕의 육아법을 칭송하는 케틀 아니면 켈트족의 카리스마를 발산하는 셰이머스밖에 더 있겠는가? 패트릭은 괴로운 추억과 연상에 둘러싸인 계곡을 굽어보았다. 그 한가운데 모뒤 씨의 흉한 농가가 자리 잡고 있었다. 앞마당의 아름드리 아카시아나무 두 그루는 여전했다. 패트릭은 어렸을 때 멍청한 마르셀 모뒤와 자주 같이 놀았다. 그들은 계곡 바닥의 개울가를 따라 자라는 연두색 대나무를 잘라 창을 만들곤 했다. 그리고 그 창을 작은 새들에게 던졌다. 그러나 그들이 던진 창이 후두두 하고 나뭇가지에 닿기도 한참 전에 새들은 날아가 버리곤 했다. 패트릭이 여섯 살 때의 일이었다. 하루는 마르셀이 자기 아버지가 닭의 목을 자르는 걸 구경시켜 주겠다며 그를 불렀다. 잘린 목을 찾아 바보같이 마당을 뛰어다니는 닭을 구경하는 것처럼 신기하고 재미있는 것은 없다고 마르셀은 열심히 설명했다. 정말이지 패트릭이 그걸 직접 봐야 한다고 했다. 그들은 아카시아 나무 그늘에서 기다렸다. 갈색 플라타너스 그루터기의 단면에 얼기설기 도끼 자국이 나 있었고, 거기에 오래된 손도끼가 알맞은 각도로 꽂혀 있었다. 마르셀은 적의 목을 치려고 도끼를 든 아메리카 원주민처럼 춤을 추며 그 주위를 빙빙 돌았다. 멀리 닭장에서 공포에 질린 소란스런 소리가 들려왔다. 마르셀의 아버지가 암탉 한 마리를 가지고 나타났다. 목을 잡힌 암탉은 그의 거대한 배에 부질없이 날개를 쳤다. 그것을 보고 패트릭은 암탉 편이 되었다. 이 암탉만은 죽음을 면했으면 했다. 그는 무슨 일이 일어날지 이 암탉이 안다는 것을 알 수 있었다. 모뒤 씨는 암탉의 대가리를 나무 그루터기 밖으로 나가게 옆으로 뉘어 꾹 눌렀다. 그리고 그가 도끼를 들어 내리치자 암탉 대가리가 깔끔하게 잘려 그의 발치에 탁 떨어졌다. 그가 곧장 닭 몸통을 땅에 내려놓고 격려하듯 한 번 툭 쳐 주자 목 없는 닭은 미친 듯이 자유를 찾아 질주했다. 마르셀은 그것을 가리키며 웃고 조롱

했다. 몸통이 없는 닭의 눈은 다른 데서 하늘을 응시했고 패트릭은 그 눈을 응시했다.

와인을 네 잔째 마시며 패트릭의 상상은 빅토리아 시대의 멜로드라마 쪽으로 기울었다. 음산한 장면이 절로 만들어졌지만 그는 그것을 멈추려는 시도를 전혀 하지 않았다. 템스강에 빠져 죽어 둥둥 뜬 셰이머스의 부푼 시체가 보였다. 어머니의 휠체어가 고장났는지 퉁기듯 흔들리며 도싯주 해안의 벼랑으로 굴러 내려갔다. 어머니가 벼랑에서 거꾸로 떨어질 때 패트릭은 배경에 펼쳐진 아름다운 내셔널 트러스트 지정 명승지를 의식했다. 언젠가는 정말 모든 것을 내려놓아야 할 것이다. 꿈에서 깨고 현재로 돌아와 사실을 받아들여야 하겠지만, 지금 당장은 계속 상상의 세계에서 살 것이다, 위조한 유언장에 마지막 손질을 가하는 상상을 하면서. 그러는 동안 그는 책상 모서리에 걸터앉은 줄리아의 복잡한 속옷에 마음을 빼앗겼다. 지금 당장은 와인을 한 잔 더 마실 것이다.

메리는 무릎에 앉은 토머스가 몸을 앞으로 기울이자 평소의 완벽한 직관을 발휘해 곧바로 그에게 비스킷을 쥐어 주었다. 토머스는 하루에도 수없이 그러듯 무언가 자기에게 주어지기 전에는 아무것도 필요 없을 것을 확신하고 엄마 품에 폭 기댔다. 패트릭은 자기가 질투하는지 스스로를 살폈지만 그런 건 없었다. 사악한 감정은 많았지만 젖먹이 아들에 대한 경쟁의식은 없

었다. 패트릭의 비결은 자기 어머니에 대한 혐오감을 높은 수준
에서 유지하는 것이었다. 그러면 그에게는 명백히 결여된 충실
한 인생의 토대를 제공받는 토머스를 질투할 겨를이 없었다. 토
머스가 다시 앞으로 몸을 기울였다. 그리고 무언가 묻는 듯이
웅얼거리며 줄리아에게 한 입 먹으라고 비스킷을 내밀었다. 줄
리아는 침에 젖어 끝이 뭉개진 비스킷을 한 번 쓱 보더니 얼굴
을 찌푸리고 "웩, 고맙지만 안 먹을래"라고 말했다.

패트릭은 그것을 보고 문득 깨달았다, 토머스의 관대한 행위
가 가리키는 것을 그렇게 철저히 보지 못한 누군가와 성관계를
가질 수 없으리란 것을. 아니, 그래도 할 수는 있지 않을까? 감
정의 격변이 일었지만, 그래도 관능적인 욕구는 그치지 않고 달
렸다. 머리 잘린 닭과 다르지 않았다. 그는 이제 술 취한 상태
가 가져다주는 허위의 객관성을 획득했다. 자기 연민과 기억 상
실의 늪을 건너기 전, 작은 언덕에 이른 것이다. 그는 정말 건강
을 회복해야 한다는 것을 깨달았다. 계속 이 상태로 살 수는 없
는 노릇이었다. 언젠가는 모든 것을 내려놓을 생각이었지만, 그
럴 준비를 하기 전에는 그러지 못했다. 그럴 준비를 하는 시점
을 통제할 수도 없었다. 하지만 그럴 준비가 될 준비는 할 수 있
을 것 같았다. 그는 등을 뒤로 기대며 적어도 그렇게 하자는 데
스스로 찬성했다. 그달이 가기 전에 그가 할 일은 건강을 회복
할 준비를 할 준비를 하는 것이었다.

8

"잘 지냈어?" 조니가 값싼 시가에 불을 붙이며 물었다.

확 타오른 성냥불이 달빛 속에서 흑백으로 보이는 경치에 잠시 색을 보탰다. 두 사람은 저녁을 먹은 뒤 담배를 피우며 이야기를 나누기 위해 바깥으로 나왔다. 패트릭은 회색으로 보이는 풀밭을 바라보다 별이 달의 폭력으로 탈색된 하늘을 올려다보았다. 그는 무슨 말부터 해야 할지 알지 못했다. 간밤에 그는 그 "웩" 사건을 가까스로 초월하고 자정을 넘어 줄리아의 방에 잠입해 새벽 5시까지 그곳에 머물렀다. 그는 충동과 탐욕으로도 없어지지 않은 몽롱한 사변적인 상태로 줄리아와 잠을 잤다. 간통하는 것이 어떤 기분인지 혼자 생각하고 몰두하다 보니, 줄리아의 기분은 어떨지 관심을 기울이는 것을 잊었다. 그는 팔다리

와 살갗의 희미한 현실성은 일단 별문제로 하고, 무엇보다 노스
탤지어의 유적이 된 여자에게 돌아가 그 몸속에 들어간다는 것
이 무엇을 뜻할까 생각했다. 그것이 뜻하는 바가 복시간*이 아
닌 것은 분명했다. 꼴사나운 감정의 여물통 속에서 뒹구는 돼지
가 되는 일은 결국 무의식적 기억과 연상적 사고의 자생적 초시
간성에는 미치지 못하는 것으로 판명되었다. 그의 인생에서 울
퉁불퉁한 돌길, 은수저, 문간의 은으로 된 종은 어디에 있을까?
그가 그것들을 우연히 발견한다면, 원래의 것도 아니고 반복된
것도 아닌, 과거에 속하지도 않고 붙잡기 어려운 현재에도 속하
지 않는, 직선적인 시간을 둥글게 구부려 주는, 어떤 풍요로워진
현재에 속하는, 이상한 자체적 자주권을 가진, 그런 뗏목다리가
별안간 출현할까? 그렇게 생각할 근거는 없었다. 그는 증강된
상상의 평범한 마법뿐 아니라 자기 자신의 신체적 감각에 몰입
할 수 있는, 그보다 더 평범한 마법마저 박탈당한 기분이 들었
다. 자신의 성적인 쾌락에 특이성이 결핍되었다고 스스로를 꾸
짖을 생각은 없었다. 모든 섹스는 양쪽 참가자 모두에게 매춘이
다. 상업적인 의미에서는 꼭 그렇지 않지만, 그들이 다른 무엇을
대신한다는, 더 깊은 어원적 의미에서는 그렇다는 말이다. 이런
형식이 어떤 때는 매우 효과적으로 수행되어, 몇 주 또는 몇 달

---

* 復時間, 존 밀턴의 『복락원』에 대한 언어유희.

동안은 우연히 같은 침대에 있게 된 신체가 욕망의 대상과 동일해 보이기도 하지만, 이 사실로는 근원적인 욕망의 모델이 환상의 집에서 멀어져 가는 사태를 막을 수 없었다.

"시가는 그저 시가일 뿐일 때가 있지." 조니는 패트릭이 대답하고 싶지 않다는 것을 알고 말을 돌렸다.

"그게 언젠데?" 패트릭이 물었다.

"불을 붙이기 전—그런 다음엔 복원되지 않은 구강 성애의 증상이야."

"내가 담배를 끊지 않았다면 지금 이 시가를 피우지 않았을 거야." 패트릭이 말했다. "그거 하나는 분명히 해 두고 싶네."

"완전히 이해했어." 조니가 말했다.

"아동 심리학자가 지는 부담의 하나는 누군가에게 어떻게 지내냐고 물으면 상대방이 그걸 말해 준다는 것이지. 나는 잘 지낸다는 말 말고, 진짜 대답을 해 줘야겠네. 잘 지내지 **못한다고.**" 패트릭이 말했다.

"잘 지내지 못한다고?"

"안 좋아, 대혼란이야, 두려워. 내 감정생활은 사방에서 폭포수처럼 쏟아져 내려 말이 없는 상태가 되는 것 같아. 토머스는 아직 말을 하지 못하고 엘리너는 벌써 말의 버림을 받아서 그런 면도 있지만, 내가 통제할 수 있는 미미한 모든 것이 내가 통제할 수 없는 광대한 모든 것에 포위되었다는 느낌이 들기도 해.

그 느낌은 굉장히 원시적이고 굉장히 강력해. 그건, 들짐승들이 접근하지 못하게 불을 지필 나무를 다 써 버렸을 때의 느낌이랄까. 그뿐 아니라 훨씬 더 혼란스러운 게 있어—그 들짐승들은 나의 일부인데 나머지를 다 제압하고 있어. 내가 그들을 죽이지 않으면 그들이 나를 죽이는 것을 막을 수 없고, 내가 나 자신을 죽이지 않으면 그들을 죽일 수 없지. 이렇게 말하니 너무 체계적인 것 같군. 사실은 고양이들끼리 싸우는 만화 영화에 가까운데 말이야, 고양이들이 맞붙어 하나의 검은 덩어리가 되어 빙빙 돌고 거기서 감탄 부호가 튀어 나오고 하는."

"뭐가 어떻게 된 건지 잘 이해한 듯이 말하는구나." 조니가 말했다.

"그건 장점일 수 있겠지만, 뭐가 어떻게 된 건지에 대한 내 이해가 얼마나 부족한가 말하려는데 그게 오히려 장애가 되는군."

"네가 나한테 그 대혼란에 대해 말할 때 그건 장애가 되지 않아. 네가 그 대혼란을 분명히 보여 주려고 하니까 그게 장애가 되는 거야."

"내가 그걸 분명히 보여 주고 싶어 하는지도 모르지. 그래야 그게 어떤 거대한 정신 상태에 머물지 않고 구체적인 형체를 갖출 수 있을 테니."

"그래, 그러면 분명 구체적인 형체를 갖추겠지."

"음......"

패트릭은 그 구체적인 형체란 것들을 식별해 보았다. 불면증, 폭음 습관, 빈번한 폭식, 고독을 향한 부단한 갈망. 일단 고독을 성취하면 사람들과 교제하고 싶어 못 견뎌 한다는 것. 간밤의 불륜 사건은 말할 것도 없었다(아니, 그것도 말해야 할까? 그는 조니를 둘러싼 강한 고백의 중력장을 느꼈다).

몇 시간 전만 해도 간밤의 일은 실수였다는 결론을 내리고 줄리아와 성숙하게 토론하는 것을 상상하기 시작했던 기억이 났다. 그러나 다시 술기운이 오르자 줄리아와는 그릇된 마음가짐으로 성관계를 가졌을 뿐이라고 확신하게 되었다. 그는 더 잘해야 한다. 더 잘할 것이다.

"더 잘해야겠어." 패트릭은 말했다.

"뭘?"

"응, 뭐든 다." 패트릭은 애매한 대답을 했다.

그는 물론 조니에게 그 이야기를 하지 않을 것이다. 자신의 불붙은 욕망이 어떤 병리학적 관계 또는, 더 심할 경우, 어떤 치료 과정에 놓이는 것이 싫었기 때문이다. 그런 한편, 진실되지 않다면 조니와의 우정이 무슨 의미가 있겠는가? 그들의 우정은 30년 동안 유지되어 왔다. 부모들끼리도 잘 아는 사이였다. 조니와 패트릭은 서로의 인생을 상세히 알고 있었다. 패트릭은 자살을 생각하면 조니의 의견을 물었을 것이다. 그는 자신의 정신 건강에 관한 이야기를 피하고 그들이 가장 좋아하는 공통된 화제를 택할 수 있을 것이다. 그런 화제의 하나는 시간이 그들 세대에게 고통을 주는 방식에 관한 것이었다. 이렇게 화제를 바꾸는 과정을 그들은 '모스크바 퇴각'이라고 불렀다. 군마들이 얼어 죽고 병사들이 죽어 가는 벌판에 나폴레옹 원정군이 피투성이가 된 채로 뿔뿔이 흩어져 군화도 없이 절뚝거리며 걷는 풍경을 그들은 그 한마디로 생생히 떠올렸다. 조니는 최근 직업적 호기심이 발동해서 동기 동창회에 참석해 알게 된 것을 자세히 이야기했다. 크리켓 선발팀의 주장이었던 학생은 크랙 코카인 중독자가 되었다. 동기생 중 가장 뛰어났던 한 학생은 공무원이 되었지만 만년 중간 관리직에서 헤어나지 못했다. 개러스 윌리엄스는 정신병원에 입원해서 참석하지 못했다. 가장 '출세한' 동기생은 상업 은행의 은행장이었다. 조니 말로는 그 동기생은 "확실성 그래프에 기록되지 못했다." 이 그래프는 조니가 관심을 쏟는 것으로, 스스로 자기를 실패했다고 보는지 아닌지의 여부를 가늠하는 기준이었다.

"기분이 안 좋다니 안됐군." 조니는 패트릭이 그를 총체적 실망과 배반과 상실이라는 안전지대로 미처 데려가기도 전에 먼저 그렇게 말했다.

"나 간밤에 줄리아랑 잤어." 패트릭이 말했다.

"그래서 기분이 나아졌어?"

"내 기분이 나아졌는지 생각해 보게 되었을 뿐이야. 어쩌면 너무 머리로만 그랬는지 몰라."

"그게 바로 네가 '더 잘해야 할' 부분이야."

"맞아. 너한테 이 이야기를 할까 말까 했어. 정확히 무슨 일이 일어난 건지 파악이 되면 그 관계를 중단해야 할지도 모른다고 생각했기 때문이야."

"넌 이미 그걸 혼자 파악했잖아."

"어느 정도는. 토머스 때문에 로버트 때와는 달리 내가 유아기를 다시 찾게 된 걸 난 알아. 그 오래된 소품이 눈에 띄어서 그런 건지도. 보살핌이 필요한 어머니. 그래서 이 되살아난 기억이 그만큼 큰 확실성을 갖는지도 몰라. 아무튼 밤이면 조상 전래의 깊은 우울이 감돌아. 그러면 혼자서 유아기의 혼돈을 겪는 대신 줄리아와 함께 있고 싶어지고, 상대적으로 무해한 청춘의 죽음을 접하게 되지."

"상당히 우화 같은 말이군. 유아기의 혼돈과 청춘의 죽음. 여자는 그저 여자일 때가 있지."

"불을 붙이기 전까진?"

"아니, 아니, 그건 시가 얘기고." 조니가 말했다.

"솔직히 쉬운 답은 없어. 무언가 답을 파악했다고 생각한 순간……"

오른쪽 귓가에서 모기가 웽웽거리는 소리가 나자 패트릭은 고개를 돌려 그 방향으로 연기를 불었다. 모기 소리는 더 이상

나지 않았다. "물론 난 참되고 실체적이고 현재하는 경험을 하고 싶어, 섹스에 관해서는 특히. 하지만 네가 지적하듯이 난 우화의 영역으로 몸을 피하는 거야. 그곳에선 모든 것이 갈등이나 다른 어떤 잘 알려진 증후군의 표본처럼 보이거든. 언젠가 의사에게 처방받은 바이러스 약, 리바비린의 부작용에 대해 호소하니까 그 의사가 '아, 네, 그건 잘 알려진 부작용입니다'라고 하더군. 내게는 전염되지 않은 굉장히 침착한 표정으로 말이야. 그런데 말이야, 내가 아직 알려지지 않은 어떤 부작용에 대해 말하니까 '그런 부작용은 들어 본 적이 없습니다'라며 내 말을 묵살하더군. 내가 지금 그 의사를 닮아 가는 것 같아. 현상에 집중함으로써 경험에 대해 나 자신을 면역시키려 한단 말이지. 난 계속 '그건 알려진 것이다'라고 하거든, 사실 그건 정반대로, 이질적이고 위협적이고 통제 불능하니까 그런 건데 말이야."

패트릭은 모기에 따끔 물린 느낌이 나자 "이 망할 모기들!" 하고 자기 목덜미를 세게 쳤다. "난 산 채로 먹히고 있어."

"그건 또 처음 듣는 말이군." 조니는 회의적으로 말했다.

"아니, 그건 잘 **알려진** 사실인데. 파푸아뉴기니의 고지대 주민들에겐 일반적인 일이고. 단 하나 의문은 그들이 내가 나를 산 채로 먹게 할 것인가 하는 것뿐이야."

조니는 침묵함으로써 그 예상을 묻어 버렸다.

"들어 봐." 패트릭은 몸을 앞으로 기울이고 빠르게 말하기 시작했다. "내가 지금 겪는 모든 것이 어떤 방식으로든 내가 지나온 유년기의 성격과 부합한다는 것을 나는 별로 의심하지 않아. 우리 부모님이 나를 위한다고, 내가 주위 사람을 교묘히 조종하는 작은 괴물로 자라나지 않게 한다고, 자기들 편리한 대로 나를 무시하고 내버려 두었을 때 그 아기침대에서 내가 느끼던 자유낙하의 느낌과 지금 내가 한밤중에 느끼는 불안은 비슷해. 너도 알다시피 우리 어머니는 지옥으로 가는 길을 선한 의지로 포장할 뿐이야. 따라서 우리 아버지는 고집을 꺾는 양육이 가져다주는 인격 형성의 혜택을 주창한 분이었다는 가정도 가능하지. 하지만 내가 어떻게 그걸 확실히 알 수 있을까? 또 그걸 알아낸들 내게 무슨 이익이 있을까?"

"글쎄. 우선 너는 메리를 토머스에게서 떼어 놓기 위해 너의 설득력을 쓰고 있지 않잖아. 지금의 너와 유아기의 네가 아무런 상관이 없다면, 너는 거의 확실히 그런 데다 네 설득력을 활용할 거야. 두 살 이전까지의 정신 지도를 그리는 게 가장 어렵다는 건 맞는 말이야. 추론만 할 수 있을 뿐이지. 예를 들어 어떤 사람이 기다리는 것을 심하게 못 견딘다면, 늘 배가 고파 먹다 보니 비만해지고 절망하고 극도의 불면증으로 잠을 이루지 못한다면……"

"그만! 그만!" 패트릭은 흐느껴 울었다. "모두 맞는 이야기야."

"그렇다면 그건 그 사람이 받은 유아 보육이 어떠했는지를 암시해 주지." 조니는 하던 말을 계속했다. "그런 보육은 너희 어머니가 '평범하지 않은 현실'과 '수호 동물'로 영속시키고 싶어 하셨던 것과 같은 전능의 환상 세계와는 다른 거야. 우리는 언제나 '우리 자신으로부터 우리를 가려 주는 베일'이긴 하지만, 유아기를 살펴보면 **오로지 베일뿐**이지. 기억도 전무하고 확립된 자아의식도 전무하고. 그 상실이 심각한데도 그 부분을 통찰한 사람은 없지. 문제는 네가 붙들 수 있는 최선의 거짓된 자아를 강화하느냐 마느냐 하는 거야. 진짜를 찾는다는 것은 선택지에 없어. 하지만 네 경우는 다르지. 너는 자제력을 잃어도 돼, 자유낙하를 해도 된다는 거야. 과거가 너를 파괴시킬 것 같았으면 넌 이미 끝났을 텐데 그렇지 않았으니 말이야."

"반드시 그렇다고 볼 순 없지. 과거는 결정적 호기가 오기를 기다리고 있는지도 몰라. 과거는 시간이 남아돌아. 시간이 얼마 없는 건 미래지."

그는 나머지 와인을 마저 다 따랐다.

"와인도 얼마 없고." 그는 덧붙여 말했다.

"그래서, 오늘 밤엔 '더 잘해' 보겠다는 거야?" 조니가 말했다.

"응. 내 양심이 생각처럼 그다지 저항하지 않네. 메리를 벌하려고 줄리아와 자는 건 아니야—그냥 약간의 애정을 바라는 것뿐이지. 메리가 이걸 알면 아마 안도에 가까운 반응을 보일 거야. 내 욕구를 채워 주지 못하는 걸 부담으로 여길 여자니까."

"그러니까, 사실은 그게 메리에게 호의를 베푸는 거다?" 조니가 말했다.

"그래. 그렇다고 뻐기고 싶진 않지만 나는 메리를 도와주는 거야. 날 버려두었다는 죄책감을 가지지 않도록 해 주는 거니까."

"더 많은 사람들이 너그러움에 대해 너 같은 생각을 가지면 얼마나 좋겠냐."

"상당히 많은 사람들이 그렇다고 난 생각해. 어떻든, 우리 집 안에는 이 박애주의적 충동의 피가 흐르나 봐."

"내가 정말 말하고 싶은 건, 네가 그 자유낙하로 어떤 깊은 이해를 얻지 못하면 그게 아무런 의미가 없다는 거야." 조니가 말했다. "지금은 토머스가 안정된 애정 관계를 맺어야 할 시기야. 토머스가 세 살이 될 때까지 네가 결혼 생활을 파괴하거나 메리에게 우울증을 주지 않으면 큰 성공이라고 볼 수 있어. 내 생각에 로버트는 기초가 튼튼해. 그런데 그 녀석 정말 흉내 내는 데 놀라운 재능이 있던걸. 녀석의 마음을 누르는 것은 무엇이든 흉내를 내서 해소하더라고."

패트릭이 그 말에 미처 답하기도 전에 방충망 문이 열렸다가 도로 닫히며 문에 붙은 자석 띠가 찰칵 들러붙는 소리가 들렸다. 두 사람은 아무 말 없이 누가 나오는가 보려고 기다렸다.

"줄리아, 이리 와." 패트릭은 옷이 스치는 소리를 내며 회색

빛 잔디를 가로질러 오는 줄리아를 향해 외쳤다.

"안에서 모두 두 사람이 뭘 하는 건가 궁금해하고 있어." 줄리아가 말했다. "두 사람 지금 달을 보며 짖는 거야? 아니면 인생의 의미가 뭔지 알아내고 있는 건가?"

"둘 다 아니야." 패트릭이 말했다. "안 그래도 이 계곡에는 개들이 너무 많이 짖고, 우리는 오래전에 인생의 의미는 '가슴을 펴고 적의 무덤에 침을 뱉어라!'라는 걸 알아냈어. 조니, 맞지?"

"아냐, 아냐. 우리가 알아낸 건 '네 이웃을 네 몸과 같이 사랑하라'였어." 조니가 말했다.

"하, 이거 참. 하지만 내가 얼마나 나 자신을 사랑하지 않는가 하는 걸 감안하면 결과적으로는 그 말이 그 말이지."

"패트릭, 자기를 가장 미워하는 사람이 자기 자신이야?" 줄리아는 패트릭의 어깨에 손을 얹으며 물었다.

"그랬으면 좋겠어." 패트릭이 말했다. "다른 누군가가 나보다 그 일을 더 잘하면 어떤 일이 벌어질지 생각만 해도 끔찍해."

조니는 치직 소리를 내며 타들어 간 시가를 재떨이에 비벼 껐다. "난 가서 자야겠어, 두 사람이 누구 무덤에 침을 뱉을까 궁리하는 동안."

"이니, 미니, 마이니, 모우." 패트릭이 말했다.

"그거 알아?" 줄리아가 말했다. "루시의 세대는 예전처럼 'Catch a nigger by the toe'라고 하지 않고 'Catch a tiger by the toe'라고 해. 귀엽지?"*

"〈잘 자라, 우리 아기〉는 개작되지 않았어? 요람이 떨어지는 부분은 아직 있고?"** 패트릭은 줄리아에게 묻고, 조니를 바라보았다. "휴! 사람들이 하는 말마다 무의식이 비집고 나오는 게 들릴 테니 너도 참 못 할 노릇이겠다."

"그래서 휴가 중에는 안 들으려고 노력하지." 조니가 말했다.

"하지만 뜻대로 안 되잖아."

"뜻대로 안 되지." 조니는 빙긋 웃었다.

"모두 잠자러 갔어?" 패트릭이 물었다.

"응, 케틀만 남고 모두." 줄리아가 대답했다. "케틀은 마음을 터놓고 이야기를 하고 싶어 했어. 셰이머스에게 반하셨나 봐. 지난 이틀 연속으로 셰이머스의 별채에 가서 오후 다과를 드셨어."

"**뭐라고?**" 패트릭이 말했다.

"메리 여왕의 독신 생활에 대한 이야기는 이제 안 하고 '자신의 모든 잠재력에 눈을 뜨는 것'에 대한 이야기를 하기 시작하셨어."

★ 아이들 놀이에서 술래를 정할 때 운을 맞춰 부르는 셈 노래. 'nigger(깜둥이)'라는 인종차별적 단어를 빼고 그 자리에 'tiger(호랑이)'를 넣어 부른다. Eeny, meeny, miny, moe, / Catch a tiger by the toe.

★★ 자장가 <Rock a bye Baby>의 가사에 나무 위 요람에서 자는 아기가 바람이 불면 흔들거리고 가지가 부러지면 떨어진다는 내용이 담겨 있다.

"이 개자식이! 메리의 상속권마저 박탈하려고 할 거야. 죽여 버려야겠어."

"케틀이 유언장을 변경하기 전에 죽이는 게 더 효과적이지 않 겠어?" 줄리아가 말했다.

"좋은 생각이야. 격한 감정에 내 판단이 잠깐 흐려졌어." 패트 릭이 말했다.

"지금 뭐하는 거야?" 조니가 말했다. "내가 지금 맥베스 부부 와 저녁을 보내고 있는 거야? 그러지들 말고 케틀이 자신의 잠 재력에 눈을 뜨게 그냥 내버려 두는 건 어때?"

"맙소사." 패트릭이 말했다. "너 최근에 누구 책을 읽었길래 그러냐? 난 네가 현실주의자인 줄 알았는데. 넌 인간의 잠재력 어쩌고 하며, 꽃꽂이 하나에도 창조력의 보물섬이라도 발견한 양 떠드는 멍청이는 아니잖아. 장모는 어떤 천재적 정신과 의사 의 손에 맡겨도 장모가 도달할 수 있는 정점은 첼트넘에서 탱고 춤을 배우는 걸 거야. 하지만 셰이머스와 있게 내버려 두면 케 틀의 '모든 잠재력'은 가진 걸 몽땅 뜯기는 거야."

"케틀이 실현하지 못한 잠재력은 취미와는 상관이 없어, 심 지어 업적과도 상관이 없는 이야기지. 무엇이든 즐길 수 있다는 것에 관한 거야. 이건 비단 케틀에게만 해당되는 이야기가 아니 야." 조니가 말했다.

"아! 그 잠재력." 패트릭이 말했다. "물론 네 말이 옳아, 우리 모두 노력할 필요가 있는 부분이지."

줄리아는 은근슬쩍 손끝으로 패트릭의 넓적다리를 쓸었다. 그러자 그는 자신의 성기가 어중간하게 발기하며 속옷이 불편하게 겹쳐진 부분으로 밀고 올라오는 것을 의식했다. 조니 앞에서 바지를 매만지고 싶지 않아서 발기 문제가 저절로 가라앉기를 자신하고 가만히 기다렸다. 그리 오래 기다리지 않아도 되었다.

조니는 일어나 패트릭과 줄리아에게 밤 인사를 했다.

그는 "그럼 푹 쉬어"라고 말하며 집을 향해 발을 뗐다.

그때 패트릭은 케틀의 목소리에 음탕한 느낌을 보태 "나는 모든 잠재력에 눈을 뜨느라 너무 바쁠지 몰라"라고 말했다.

조니가 집으로 들어가는 소리가 들리자마자 줄리아는 두 다리를 벌리고 패트릭의 무릎에 앉아 그의 어깨에 양 팔을 가볍게 얹었다.

"조니가 알아?" 줄리아가 물었다.

"응."

"그래도 괜찮아?"

"조니는 아무에게도 말 안 해."

"그럴지도. 아무에게도 말하지 않기엔 이제 너무 늦었네. 누가 뭘 아는지를 벌써부터 신경 써야 하니 믿을 수가 없어, 그뿐이야. 이제 막 관계를 한 번 가졌을 뿐인데 그게 벌써 인식의 문제가 되었으니."

"그건 언제나 인식의 문제야."

"왜?"

"에덴동산이란 게 있었잖아, 안 그래? 그리고 거기에 있는 사과나무는……"

"아니, 뭐야! 그건 이것과 아무런 상관이 없어. 선악과는 다른 종류의 인식 문제잖아."

"그 둘은 같은 패키지에 들었어. 하나님이 부재중일 때 우리에게는 누가 뭘 아는가 하는 것에 사로잡히도록 해 주는 전지적 뒷공론이란 게 있지."

"사실 나는 누가 뭘 아는가 하는 것에 사로잡히지 않아. 우리가 서로를 어떻게 생각하느냐에 사로잡힐 뿐이지. 자기는 가슴보다는 머리 쓰는 게 더 편하니까 그게 인식 문제이기를 바라는 거야. 어쨌든, 조니에게 우리 일에 대해 굳이 말할 필요는 없었잖아."

"그렇다고 해 두지." 패트릭은 상대방을 설득시키거나 논쟁에서 이기고자 하는 욕구를 갑자기 잃어버렸다. "나는 가끔 '그렇다고해두지맨'이라는 슈퍼히어로가 있으면 좋겠다고 생각해. 슈퍼맨이나 스파이더맨 같은 액션히어로가 아닌, 비액션히어로, 체념의 히어로."

"'그렇다고해두지맨'에서 '맨' 앞에 쉼표가 있어?"

"말할 기분이 내킬 때만. 실은 그런 때가 자주 있지는 않지. 어떤 사람이 '별똥별이 지구를 향해 날아온다! 지구 생명체의 종말이다!'라고 외치면 '그렇다고해두지'라고 하고, 인종 청소 사건이 벌어지거나 편집성 조현병이 발생할 때 사람들이 그를 부르면 '이것은 그렇다고해두지맨이 해야 할 일이다'라는 식으로 '맨'을 붙여 말하는 거야."

"망토도 있어?"

"맙소사! 없어. 그는 맨날 똑같은 낡은 청바지와 티셔츠만 입어."

"그리고 이 모든 환상은 자기가 조니에게 우리 이야기를 한 게 잘못이라는 걸 인정하지 않기 위한 것이고."

"그래서 자기가 당황했다면 내 잘못이야." 패트릭이 말했다. "하지만 죽마고우가 내 근황을 물을 때 내가 가장 중요한 것을 빠뜨리고 말하면 그건 성의가 없는 행동이겠지."

"어유, 가여워, 자기는 너무—"

"진실하지." 패트릭이 말을 잘랐다. "난 항상 그게 문제야."

"그 진실성을 내 방에도 좀 가져오는 건 어때?" 줄리아는 몸을 앞으로 기울여 패트릭과 천천히 긴 키스를 했다.

키스 덕분에 그 물음에 대답하지 않아도 되어 그는 다행이라고 생각했다. 대답을 하려 했어도 무슨 말을 해야 할지 몰랐을 것이다. 지난밤 육체와 분리되었던 그의 피상적인 존재를 줄리아가 조롱한 것일까? 아니면 그 상태를 줄리아는 알아차리지 못했을까? 다른 정신 상태들이 혼재한 이 문제. 젠장! 그는 또 생각에 빠졌다. 그런데 그들은 키스하고 있었다. 그 행위 안으로 들어가! 그 행위로 들어가는 자신의 모습. 아니! 그 모습 말고, 그 행위 자체로. 그게 무엇이든지. 진실성은 정신의 반사된 면을 의식하지 않는 데 있다고 누가 그랬던가? 그는 사변적이었다. 그런데 그가 왜 자신의 그런 측면을 억눌러야 한다는 말인가? 결국은 진실성의 모습 하나에 지나지 않고, '안으로 들어간 상태'라는 진부한 모습에 지나지 않는 것을 위하여 왜 그래야 한다는 말인가?

줄리아는 키스하던 입을 뗐다.

"지금 어디 가 있어?" 줄리아가 물었다.

"내 머릿속에서 길을 잃었어." 그는 그 사실을 인정했다. "내 진실성을 자기 방에 가져오라는 요구를 듣고 생각에 빠졌었나 봐—그게 너무 많아서 그 요구를 들어줄 수 있을지 잘 모르겠는걸."

"내가 도와줄게." 줄리아가 말했다.

그들은 포옹을 풀고 꿈결 같은 사랑을 하는 십 대 남녀처럼 손에 손을 잡고 걸었다.

그들은 이층으로 올라갔다. 그리고 몰래 줄리아의 방으로 들어가려는데 루시의 방에서 숨죽여 키득거리는 웃음소리가 들려

오다 금방 찾아들었다. 밀회하는 연인들은 갑자기 자식에게 관심 있는 부모가 되어 갓 생겨난 권위 의식을 가지고 루시의 방으로 갔다. 줄리아는 살짝 노크하고는 곧바로 문을 밀어 열었다. 방 안은 불이 꺼져 있었지만 복도에서 새어 들어간 불빛이 혼잡한 침대를 가로질렀다. 그 위에 루시가 어디를 가든 꼭 가지고 다니는 봉제인형들이 보였다. 흰 토끼, 파란색 눈이 달린 강아지, 그리고 놀랍게도 루시가 세 살 생일 선물로 받은 후로 물어뜯어 온 얼룩다람쥐까지 모두 제각각 뒤틀린 모양으로 흩어져 있었다. 그리고 그 인형들이 있어야 할 이불 속에는 살아 움직이는 소년이 있었다.

"루시?" 줄리아가 말했다.

아이들은 아무런 소리도 내지 않았다.

"잠자는 척해 봐야 소용없어. 밖에서 너희들 웃음소리 다 들렸어."

"음," 루시가 불쑥 몸을 일으키며 말했다. "우린 나쁜 짓 안 했어."

"누가 뭐랬어?" 줄리아가 말했다.

"이건 정말 충격적인 복선이군." 패트릭이 말했다. "하지만 얘들이라고 같이 못 잘 이유는 없지."

"복선이 뭐야?" 로버트가 물었다.

"주된 이야기에 종속되어 어떤 눈꼴사나운 방식으로 주된 이야기를 반영하는 이야기." 패트릭이 말했다.

"왜 **우리**가 복선이야?" 로버트가 물었다.

"복선 아니야. 너희들은 그냥 별개의 이야기야." 패트릭이 말했다.

"우린 할 이야기가 많아서 내일까지 기다릴 수 없었어." 루시가 말했다.

"그래서 아빠도 여태까지 안 자?" 로버트가 말했다. "할 이야기가 많아서? 그래서 복선이란 말을 한 거야?"

"잘 들어, 아빠가 한 말은 잊어버려." 그리고 패트릭은 로버트를 최대한 혼동시키고자 한마디 더 덧붙였다. "우리는 서로에게 복선이란다."

"달이 지구 둘레를 도는 것처럼." 로버트가 말했다.

"그렇지! 사람들은 모두 자기들이 지구에 있다고 생각하지, 다른 누군가에겐 달인데도."

"하지만 지구는 태양 둘레를 도는데, 태양엔 누가 살아?" 로버트가 물었다.

"태양엔 사람이 살 수 없어." 패트릭은 그 말을 언급한 원래의 동기에서 멀어져서 안심이 되었다. "태양이 관여하는 유일한 복선은 지구를 계속 돌게 만드는 거야."

로버트의 표정은 혼란스러워 보였다. 그가 다른 질문을 하려고 입을 열려는데 줄리아가 선수를 쳤다.

"우리 잠깐 지구로 돌아올까?" 줄리아가 말했다. "너희들이 같은 침대에서 자는 건 괜찮은데, 내일 워터파크에 가기로 했으니까 빨리 잠을 자야지."

"그럼 잠을 자지 우리가 뭘 해? 향을 태우며 장난칠까 봐?" 루시는 킥킥 웃었다.

그러더니 로버트와 혐오감을 물씬 드러내는 소리를 내며 함께 포복절도했다.

9

패트릭은 더블 에스프레소를 한 잔 더 주문하고 웨이트리스가 카운터로 가는 모습을 눈으로 따랐다. 그 여자가 식탁 양옆을 잡고 엎드리고 그는 뒤에서 그녀와 성교하는 상상을 잠깐 떠올렸다. 하지만 그의 상상은 웨이트리스에게 오래 머물러 있을 수 없었다. 그는 반대편 벽 쪽에 앉은 검은색 비키니 여자에 대한 환상을 배반할 수 없었다. 그녀는 눈을 감고 다리를 약간 벌린 채 앉아 도마뱀처럼 꼼짝도 하지 않고 아침 햇살을 흡수하고 있었다. 그녀가 자신의 비키니 라인을 살펴보았을 때의 얼굴 표정을 그는 절대로 잊을 수 없을 것 같았다. 보통 사람이라면 화장실 거울 앞에서나 보일 그런 표정이었다. 그러나 그녀는 자기 도취의 화신이었다. 손끝으로 비키니 안쪽 가장자리를 더듬다

가운데 부분의 봉제 단을 잡아 살짝 들어 올려 정가운데를 완전한 대칭으로 가리도록 다시 조정했다. 그 여자의 진정한 목적은 완전히 나체가 되는 상태에 가급적 가까워지려는 것이었으리라. 장미 산책길을 거닐던 행락객들은 이제 대부분 모래사장으로 나가 관만 한 크기의 자리들을 차지했다. 그러나 이 여자에게 그들은 존재하지 않았다. 선탠을 하고 왁스 케어를 받은 자신의 피부와 허리선에 마음을 빼앗기고, 자신과 사랑에 빠진 이 여자에게는 행락객들이 보이지 않았다. 패트릭도 이 여자와 사랑에 빠졌다. 이 여자를 가지고 싶어 죽을 지경이었다. 그는 죽더라도—실제로 그럴 것 같아 보였지만—이 여자의 몸속에 들어가 죽고 싶었다. 작은 웅덩이 같은 그녀의 자기애 속에—자리가 있다면—빠져 죽고 싶었다.

아, 아니야, 안 돼. 제발. 살아 움직이는 운동 기구 같은 체격의 사내가 그녀에게 다가갔다. 사내는 빨간색 말보로 담뱃갑과 휴대 전화를 그녀의 휴대 전화와 말보로 라이트 담뱃갑 옆에 놓았다. 그리고 그녀의 입에 키스를 하더니 의자에 앉았다. 비대한 근육이 출렁이다 가라앉은 것을 앉았다고 표현할 수 있을지 모르겠지만. 비통. 혐오. 분노. 패트릭은 인접한 감정의 지평을 살폈다. 그리고 자신을 우울한 체념의 하늘로 높이 날려 보냈다. 이 여자에게 임자가 있는 것은 골백번 당연하다. 그리고 그건 궁극적으로 다행스러운 일이다. 시간이 자기편이라고 생각하는 사람, 사투르누스의 자식들처럼 잡아먹히기 직전 시간의 아가리에 매달려 있음을 깨달은 사람, 이들 사이에 진정한 대화란 있을 수 없다. 잡아먹힌다는 것. 앞다리로 진딧물을 쥐고 단조롭고 능률적인 회전 운동으로 먹이를 자르는 사마귀. 자신감에 넘친 사자에게 목이 물려 있는데도 쓰러지지 않으려고 절뚝거리며 제자리에서 빙빙 도는 영양. 그 영양은 마침내 쓰러지고 먼지가 일고 최후의 경련이 지나간다.

그렇다, 비키니 여자에게 임자가 있다는 것은 결국 다행스러운 일이었다. 젊은 여자를 착취하는 쉬운 해결책의 선택에 필요한 교육자적 인내와 특별한 종류의 허영이 그에게는 없으니까. 줄리아는 2주 동안 머물면서 그를 다시 섹스에 익숙해지게 만들었다. 그는 시든 줄리아의 세대에 속하는 시간의 난민 가운데서 연인을 찾아야 할 것이다. 물론 탁자 사이를 이리저리 헤치며 오는 저 웨이트리스는 예외일 수 있다. 웨이트리스의 미소에 담긴 진부한 성실성은 왠지 모르게 그의 기분에 맞았다. 어쩌면 그것은 청바지 밖으로 드러난 그 도드라진 자국 때문이었는지도 모른다. 브랜디를 시켜 에스프레소에 타 마실까? 아직 오전 10시 반이었다. 하지만 이미 카페 여기저기에 김이 서린 차가운 맥주잔이 오가며 햇빛에 반짝였다. 이제 이틀이면 휴가가 끝난다. 그러니 나머지 이틀은 방탕하게 보내도 되지 않을까. 그는 브랜디를 시켰다. 그러면 적어도 웨이트리스가 곧 다시 올 것 아닌가. 이렇게 서투른 위안을 찾는 그의 시중을 들기 위해 지칠 줄 모르고 탁자 사이를 헤치며 왕래하는 여자. 그는 그녀를 그렇게 기억하고 싶었다.

그는 바다 쪽으로 시선을 돌렸다. 바닷물의 현란한 광채에 눈이 부셨다. 양손으로 차양을 만들어 햇빛을 가리면서 그는 어느새 상상의 나래를 폈다. 둥근 금빛 모래사장이 사람들로 가득하다. 선크림을 바른 그들의 몸이 번들거린다. 배트와 공을 가지고 노는 이들도 있고 평온한 후미에서 빈둥거리는 이들도 있고 타월이나 매트를 깔고 누워 책을 읽는 사람들도 있다. 그러던 그들에게 맹렬한 돌풍이 덮치고 그들은 반짝이는 모래의 휘장에 휩싸인다. 희미하게 웅성웅성하던 소리는 큰 외침과 날카로운 비명이 관통한 뒤 쥐죽은듯 조용해진다.

그는 모래사장으로 달려가 메리와 자식들이 파멸하지 않도록 보호해야 한다. 썩어 가는 자신의 몸을 방패 삼아 그들의 생명을 몇 초라도 더 연장시켜야 한다. 그는 아버지와 남편으로서의 역할에서 벗어나려고 무진 애를 썼지만 막상 성공하고 나면 금방 그 역할을 아쉬워했다. 그의 자식들이 모래사장에 구멍을 파고 통에 바닷물을 떠다 붓는 허무한 일에 들이는 그 거대한 목적의식은 그의 거대한 허무 의식에 가장 효과적인 해독제였다. 일단 혼자 있게 되면 자기는 사람들의 관심을 끄는 빈터가 되리라고 상상하거나, 그의 눈앞에서 어른거리는 찌르레기 떼만큼이나 많은 의무에 가려진 어떤 통찰의 희귀종에 망원경의 초점을 맞추는 고독한 관찰자가 되리라고 상상하기를 좋아했다. 가족에게서 떨어지기 전에는 그랬다. 그러나 실제로 고독은 의무가 아니라 갈망에 기초한 그 자체의 역할을 생성해 냈다. 그는 욕망에 취해 카페에서 여자들을 훔쳐보는 사람이 아니면 자신의 소득이 얼마나 부족한지 충동적인 산출을 하는 계산기가 되는 것이었다.

하나의 역할로 동결되지 않는 활동이란 없단 말인가? 경청자가 아니면서 들을 수 없을까? 사색가가 아니면서 생각할 수 없을까? 듣기와 생각하기가 물 흐르는 듯이 일어나는 진행형의 세계가 있는 것은 틀림없지만, 그는 그 세차고 반짝이는 흐름에 등을 돌리고 돌로 이루어진 세계를 응시하며 앉아 있었다. 그것은 그의 정신 상태를 말해 주는 냉혹한 우화적 색채의 단편이었다. 줄리아와의 정사조차 그 주춧돌에 **간통의 괴로움**이라는 말이 새겨진 것 같았다. 그는 대담한 행동으로 자신을 신나게 하기는커녕, 자신에게 남은 힘이 얼마나 미미한지 확인했을 뿐이었다. 줄리아와 성관계를 갖기 시작한 뒤로 그는 낮에는 풀장 옆 일광욕 의자에 죽 뻗어 있을 뿐이었다. 사랑하는 자식들의 요구를 거절하기보다는 길가의 도랑에 벌렁 드러누워 굶주린 쥐들의 흥분을 방해하는 편이 낫겠다고 생각했다. 메리를 향한 죄의식에서 나오는 매력적인 행동은 시비를 거는 논쟁만큼이나 눈꼴사나웠다. 줄리아와의 관계로 갖게 된 자유의 여백은 금세 다른 역할의 콘크리트로 메워졌다. 그녀는 그에게 정부였고 그는 그녀에게 유부남이었다. 그녀는 그를 빼앗아 가려고 애를 썼고, 그는 가정을 깨뜨리지 않고 그녀를 정부라는 홈에 끼워 두려고 애를 썼다. 궁극적으로 상반되는 이해관계가 얽혀 있긴 해도 현 상황은 완벽하게 잘 짜여 있었다. 이 상황을 움직이는 통화는 기만이었다. 메리를 기만하고, 서로를 기만하고, 자신들을 기만하는 것. 그들은 인접한 탐욕의 침대에서만 공통점을 찾을 수 있었다. 그는 벌써부터 줄리아와의 정사를 둘러싼 패배감과 불편함의 크기에 놀랐다. 그것을 여름 한 철의 방종으로 치부하고 연인 관계로는 발전시키지 않는 것, 따라서 그녀와의 관계를 당장 청산하는 것만이 유일하게 분별 있는 행동일 것이다. 그러나 애석하게도 그는 이미 그 상황을 통제할 능력을 잃어버렸다. 그는 그녀와 함께 침대에 있을 때만, 그녀의 몸속에 들어가 있을 때만, 그녀의 몸속에 사정할 때만 기분이 좋았다. 그녀가 팔걸이 의자에 앉아 다리를 들어 올려 벌릴 때 그 앞에 무릎을 꿇고 있을 때도 그는 좋았다. 뇌우가 치던 날 밤, 공기에 자유 이온이 충만했을 때, 그녀는 창문 앞에 선 채 번개 치는 것을 보며 헐떡거렸고, 그는 그녀의 등 뒤에서…… 아, 다행이다, 주문한 브랜디가 나왔다.

그는 웨이트리스에게 웃음을 지어 보였다. "아가씨, 우리 연애나 할까?"를 프랑스어로 뭐라고 하더라? 무슨 무슨 무슨 세리. 아니, 그냥 프랑스어로 "같은 걸로 한 잔 더"라고만 하는 편이 나을 것이다. 그게 안전하다. 그렇다, 그는 길을 잃었다. 줄리아의 모든 것이 그는 좋았다. 그녀의 호흡에 섞인 담배 냄새도 그녀의 생리 피 맛도. 그는 아무 혐오감에나 의존해서 자유를 얻을 수 없었다. 줄리아는 친절했고 조심스러웠고 협조적이었다. 그러니 상황의 기제에 의존해 그들의 관계가 고통이 될 때를 기다려야 할 것이다. 그렇게 될 것을 그는 알고 있었다.

"Encore la même chose같은 걸로 한 잔 더." 그는 빈 잔 위로 손가락을 빙빙 돌리면서 웨이트리스에게 소리쳤다. 그녀는 가까운 테이블의 손님이 주문한 것을 쟁반에서 옮겨 놓고 있었다. 그녀는 고개를 끄덕했다. 그녀는 웨이트리스였고, 그는 웨이트리스를 기다리는 사람이었다. 모든 사람에게는 저마다의 역할이 있다.

그는 여름이 다 갔음을 느낄 수 있었다. 해변과 음식점들은 무기력해 보였다. 직장과 학교로, 대도시로 돌아갈 때가 되었다는 느낌이 감돌았다. 주민들은 휴양객의 수가 줄어들고 더위가 누그러지자 안도하는 것 같았다. 그의 집 손님들은 모두 생나제르를 떠났다. 케틀은 자기가 가장 먼저 다시 오리란 것을 알고 기뻐하며 떠났다. 셰이머스의 샤먼 기초반에 참가 신청을 했을 뿐 아니라, 쇼핑에 도취되었는지 그녀는 기공체조반도 신청해서 샤먼 기초반이 끝난 뒤에도 계속 머물 계획이었다. 케틀은 주위에 사람이 있을 때마다 기공체조를 가르치는 포니테일 무술인의 사진을 들여다보았다. 셰이머스는 케틀에게 『지금 이 순간을 살아라』*라는 책을 주었는데, 케틀은 이 책을 갑판 의자 옆에 엎어 두었다. 읽으려는 것 같지는 않았다. 다만 이제 생나제르를 운영하는 권력에 대한 충성의 표시 같은 것이었다. 케틀이 셰이머스를 택한 이유는 단순했다. 그녀가 생각할 수 있는 한 그것이 주위 사람들을 괴롭히는 가장 좋은 길이었기 때문이다. 그녀가 자식 양육 방식을 가지고 메리를 비난하지 않을 때는 셰이머스와 함께 있었다. 메리는 어머니를 피해 자리를 비킬 줄 알게 되었다. 일단 그러면 반나절은 그녀 앞에 나타나지 않았다. 그렇게 비는 시간이면 케틀은 어쩔 줄을 몰랐다. 그러다가 셰이머스의 자아 초월 재단의 팬이 되기로 결정한 것이다. 『지금 이 순간을 살아라』 책은 케틀의 오랜 친구인 앤 위틀링이 상류 인사들이 선호하는 지역에 있다가 그녀를 만나러 오겠다고 우기며 찾아왔을 때 비로소 모습을 감췄다. 앤은 커다란 밀짚모자를 쓰고 이사도라 덩컨처럼 위태롭게 긴 스카프를 등 뒤에 날리며 나타났다. 그녀는 남의 말을 경청하지 못하는 심각한 결함과 남의 의견에 병적인 신경을 쓰는 성격의 불행한 결합체였다. 토머

---

* 에크하르트 톨레의 저서.

스가 풀장 창고 옆에 감긴 고무호스를 보고 흥분해서 옹알이를 했을 때 앤은 "얘가 뭐라는 거야? 뭐라는 거야? 내 코가 너무 크다는 거라면 나 큰일 저지를 거야." 큰일을 저지르겠다는 말, 이 말을 듣고 패트릭은 남자는 헌신을 두려워한다는, 피로 물든 신문 기사를 상상했다.* 결혼 생활에 헌신해야 할까? 아니면 줄리아에게 헌신해? 아니면 그냥 무엇에든 헌신해?

어떻게 그는 지속적으로 그렇게 참담한 기분이 드는 것일까. 어떻게 하면 멈출 수 있을까? 노쇠한 어머니의 그림을 훔치면 그의 기분이 분명히 좋아지긴 할 것이다. 어머니가 소장한 마지막 그림 두 점은 부댕**이었다. 도빌 해변의 풍경을 상호보완적으로 묘사한 것들로 20만 파운드 정도를 호가하는 그림이었다. 그는 '자연히' 부댕 그림을 상속받으리라고 가정했던 자신을 꾸짖지 않을 수 없었다. 사흘 전만 해도 손을 흔들어 케틀을 떠나보내고 신이 났을 때 그는 어머니에게서 연필로 공들여 쓴 희미한 편지를 받았다. 부댕 그림들을 팔아 셰이머스의 감각 차단 탱크를 들여놓을 부속 건물 건축에 쓰라는 내용이었다. 아무 생각이 없는 왕국의 쿠빌라이 칸 같은 어머니에게 세상일은 너무 느리게 진행되었던 것이다.

---

* "큰일 저지를 거야"의 원문은 "I am going to commit"인데 무거운 '자살suicide'이라는 단어를 생략한 말이다. "죽어 버릴 거야"라는 말인데, 패트릭은 commit라는 단어를 듣고 '헌신'이라는 뜻의 commitment를 생각하고 있다.

** 프랑스 화가 외젠 부댕(1834~1898).

그는 아주 오래전에 '부댕 그림들은 집 안에 보존'해야겠다고 생각했던 기억이 났다. 그림의 겹겹이 쌓인 구름에서, 상실되었으면서도 생생한 현세의 분위기에서, 노르망디 해변이 발산하는 문화적 요소에서 그는 감상적인 기분을 느꼈다. 그런데 이제 요양원의 어머니 방에 걸린 그 그림들은 현금 인출기로 생각되었을 뿐이다. 부댕의 그림을 팔아 런던에 있는 아파트를 팔고 퀸스 파크로 이사 갈 수 있다면 생나제르를 포기하고 떠나는 발길이 한결 가벼울 것 같았다. 그러면 벽장을 개조한 방에서 토머스를 탈출시킬 수 있을 것이다. 그리고 지금 제 형이 다니는 학교에서 교통이 혼잡한 시간에도 두 시간 이상은 걸리지 않는 곳에 위치한 큰길가의 테라스하우스로 이사를 가서 정상적인 크기의 어린 이용 침실을 가지게 해 줄 수 있을 것이다. 아무튼 이 발암성 고통의 장소 레 레크의 풍경을 두 번째 코냑의 호박색 잔을 통해 쉽게 감상할 수 있는데, 그 반대편 프랑스 북쪽 끝의 해변을 묘사한 풍경화가 무슨 필요가 있겠는가. "거기나 여기나 바다와 하늘이 만나긴 마찬가지잖소, 부댕 선생, 그러니 사양하겠소." 패트릭은 약간 취기가 도는 가운데 혼잣말을 했다.

셰이머스는 이 편지에 대해 알고 있을까? 혹시 그가 쓴 것은 아닐까? 생나제르 집 증여를 생전에 최종적으로 전환해 달라는 엘리너의 말을 무시하는 한편, 부댕의 그림에 대해서는 더 과감한 방식으로 거절할 생각이었다. 다시 말해서 그는 그것들을 훔칠 것이다. 엘리너가 그 그림들을 재단에 증여하기 원한다는 문서상의 증거를 셰이머스가 가지고 있지 않은 이상, 쟁의가 발생하더라도 그것은 결국 그의 주장 대 셰이머스의 주장이 될 것이다. 그런데 다행히 뇌졸중을 겪은 엘리너의 서명은 효력이 없는 위조로 보일 것이다. 패트릭은 어머니가 심판을 보는, 인기를 겨루는 경쟁에서는 셰이머스에게 이길 수 없겠지만, 이 아일랜드의 몽상가를 법으로는 꼼짝 못 하게 할 수 있을 것이다. 사실 그것은 벽에 걸린 그 ATM 유화 두 점을 어떻게 떼어 내는가 하는 문제일 뿐이었다. 그는 짐짓 중요한 일이 있어서 점심 전에 만취해서는 안 되는 사람인 척하며 사무적으로 마지막 코냑 한 잔을 시켰다.

장미 산책길의 햇빛은 그에게 따가운 바늘의 소나기처럼 쏟아졌다. 검은 선글라스를 썼는데도 안구가 아팠다. 그는 정말 완전히…… 커피와 브랜디 때문이다…… 작은 제트 엔진 같은 휘파람 소리가 났다. "해변을 걷자 / 복숭아들을 보자 / 나, 나나, 나나 나나 나."* 무슨 노래더라? 기억의 단추를 눌러 검색해 본다. 늘 그렇듯 아무것도 뜨지 않는다. 제러드 맨리 홉킨스**던가? 그는 혼자 미친 듯이 낄낄거렸다.

그는 시가를 꼭 피워야 한다. 꼭 피워야 한다, 꼭 피워야 한다,

---

*   영국 밴드 더 스트랭글러스가 1977년에 발표한 〈복숭아(예쁜 여자)〉 가사.
**   Gerard Manley Hopkins(1844~1889). 영국 시인.

꼭 필요할 때마다. 시가가 그저 시가일 뿐일 때는 언제지? 그건 그것을 피우기 전이다.

운이 좋으면 (아일랜드 악센트로) 근사한 와인을 마실 시간에 맞춰 타히티 해변으로 돌아갈 수 있을 것이다.* "신의 가호가 셰이머스에게." 그는 그렇게 경건한 말을 하고는 땅딸막한 청동 가로등 기둥의 밑동에 대고 토하는 시늉을 했다. 결말. 정신 분열 증상.

타바코 가게. 붉은 원통에 든 것. 이크. "실례합니다, 부인." 두툼한 황금 액세서리를 하고 머리를 오렌지색으로 물들이고 갈색 푸들을 데리고 다니는 이 몸집 크고 주름살 많고 선탠을 한 프랑스 여자들, 어떻게 된 건가? **사방에** 그런 여자들이 있었다. 유리 보관장이 열렸다. "Celui-là이거요." 그는 오요 데 몬테레이** 를 가리켰다. 소형 기요틴 같은 도구로 끝을 싹둑. 혹시 가게 뒤편에 이것 말고 진짜가 있어요? Un vrai guillotine. Non, non, Madame, pas pour les cigars, pour les clients진짜 기요틴 말이오. 아니, 아닙니다, 부인, 시가가 아니라 손님에게 쓸 것 말이오! 퉁명스러운 대답.

다시 바늘처럼 따가운 햇빛. 어서 소나무 그늘로 가자. 식구들 있는 데로 돌아가기 전에 브랜디를 아주 조금만 더 마시는

---

* '근사한 와인을 마실 시간에 맞춰'의 원문을 '아일랜드 악센트'대로 표기했을 때 '매독에 걸려 신음하는 전쟁 시간에 맞춰'라는 정도의 뜻으로 읽힌다.

** 쿠바산 시가.

게 좋겠다. 메리와 두 아들, 그는 그들을 너무나 사랑했다, 이 생각에 그는 울고 싶어졌다.

그는 르 도팽 카페로 들어갔다. 커피, 코냑, 시가. 이 귀찮은 것들을 아예 한꺼번에 해치워 버리는 게 좋겠다. 그러고 나면 오늘 하루 남은 시간을 자유로이 보낼 수 있으리라. 그는 시가를 물고 불을 붙였다. 짙은 연기가 입에서 새어 나왔다. 양탄자가 펼쳐지듯 어떤 반복적인 패턴이 눈앞에 보이는 듯했다. 40년 전의 엘리너는 가족에게 쓸 시간이 전혀 없었고, 그를 포함하지 않은 이타적인 일에 헌신하느라 언제나 지쳐 있었다. 그래서 그는 메리를 선택했다. 메리는 좋은 여자였다. 그리고 이상한 말이지만, 그는 메리를 고문의 도구로 만들었다. 스스로 이런 상태를 초래한 것은 역설적이게도, 엘리너처럼 나쁜 엄마가 될 여자를 거부하고, 자식을 사랑하는 마음이 투철한 좋은 엄마가 될 여자를 선택했다는 사실이었다. 충분한 돈이 없다는 생각에 대한 강박은 감정적인 박탈감의 물질적 형태일 뿐이라는 것을 그는 알 수 있었다. 몇 년 전부터 알고 있던 것이지만, 지금은 그것이 특별히 예리하고 분명히 이해되었으며, 이 이해를 바탕으로 현 상황을 완전히 통제할 수 있다는 느낌마저 들었다. 한 번 더 입에 가득 물었다 불어 낸 푸르스름하고 짙은 쿠바 시가 연기가 공기 중에 흩어졌다. 그는 스스로를 바라보는 자신의 거리감에 매료되었다. 파도가 덮치기 직전에 암석에 웅크리고 있던 물새가 날

아오르듯 숙달된 직관의 힘으로 자유를 얻기라도 한 듯했다.

그 기분은 지나갔다. 아침 식사로 마신 오렌지 주스와 에스프레소 여섯 잔, 브랜디 네 잔이 위장에서 난리를 피웠다. 그는 뭘 하고 있지? 담배를 끊었지 않은가. 그는 시가를 도로변 도랑에 던져 버렸다. 이크. "실례합니다, 부인." 아 이런! 아까 그 여자다, 아니 거의 같은 여자였다. 그는 푸들에 불을 붙이고 싶은 심정이었다. 술 취한 영국인…… 푸들에 불을 붙이다…… 신문 헤드라인으로는 생각할 만한 것이 못 된다……

줄리아에게 전화를 해야 한다. 그는 그녀가 자기 없이는 못 살리란 것을 아는 한 그녀 없이는 못 살 것이다. 그것은 극심히 우유부단한 자들이 영원한 아쉬움과 일시적 위안 사이를 왕래하며 체결하는 거래였다. 그것은 혐오스러웠지만 그는 어쨌든 자기가 그 계약에 서명하리란 것을 알고 있었다. 그는 줄리아가 그를 기다리고, 그리워하고, 갈망하고 있다는 것을, 월요일 밤 줄리아가 그녀의 집에서 그를 기다릴 것이라는 것을 확인해야 했다.

그곳에서 가장 가까운 길모퉁이에 문이 없고 지린내가 나는 쓰레기통이라고밖에 할 수 없는 공중전화 박스가 있었는데, 햇볕에 고스란히 노출되어 불타는 듯했다. 전화 다이얼을 돌릴 때 파란색 플라스틱이 타는 듯 뜨거웠다.

"지금 전화를 받을 수 없으니 메시지를 남겨 주세요……"

"여보세요? 여보세요? 나 패트릭이야. 응답기 뒤에 숨었어?

……그럼 내일 다시 걸게. 사랑해." 그는 마지막 말을 깜박 잊고 안 할 뻔했다.

그러니까, 줄리아는 집에 없었다. 딴 남자와 침대에서 머뭇 머뭇하는 그의 전화 메시지를 들으며 키득거리고 있지 않았다면. 그가 세상 사람들에게 해 줄 말이 하나 있다면 다음과 같았다. 의지할 수 있는 정부가 생기기 전에는 절대로, 절대로 자식을 낳지 말라는 것. 그리고 '아기가 젖을 떼기만 하면, 혼자 잘 수 있을 때, 대학교에 가면'과 같은 가상의 지평에 속지 말라는 것도 있다. 안 그러면 공허한 약속의 폭주하는 말에서 떨어져 고삐를 붙든 채 날카로운 돌 더미와 커다란 선인장에 찔려 끌려가며 고삐가 끊어지길 바라는 처지에 놓이게 된다. 이제 다 끝났다. 결혼은 위안을 주지 않는다. 의무와 책임이 있을 뿐이다. 그는 가까운 벤치에 털썩 주저앉았다. 다시 가족들을 대하기 전에 잠시 쉴 필요가 있다. 타히티 해변의 하늘색 막사와 파라솔이 벌써 시야에 들어왔다. 그곳은 그의 기억 속 깊은 터널에 들어가 있었다. 그는 토머스 나이 때 처음 그곳에 갔고, 로버트 나이 때 다시 갔다. 나중의 기억은 매우 강렬하게 남아 있었다. 페달 보트를 타고 페달을 세차게 밟아 아프리카의 해변으로 올라가리라 기대했던 일들, 외국인 오페어*들이 만들어 준 모래성을

---

*   au pair. 남의 집 가사를 돕는 대신 숙식을 제공받는 젊은 여성을 뜻한다. 일반적으로 외국인 여성에 대해 쓰는 말이다.

짓밟고 그 위에서 뛰던 일들, 상점의 나무 카운터에 턱을 올려놓을 만큼 컸을 때 생전 처음으로 직접 음료와 아이스크림을 주문했던 일. 십 대에는 해변에 가더라도 책을 가지고 갔다. 귀 쪽으로 둥글게 휘어진 검은 선글라스를 끼고 레 레크의 흰 모래사장을 지나갈 때 가슴을 드러내고 선탠을 하는 여자들에게 자극을 받아 수영복 앞이 불룩해지면 그것을 가리는 데 유용했다. 그 후로 타히티 해변은 바닷물의 침범으로 점점 더 빈약해졌고 이제는 거의 없어지다시피 했다. 이십 대에는 관할 시가 수천 톤의 조약돌로 해변을 재건하는 것을 보았다. 매년 부활절이면 그들은 불도저를 동원해서 만의 모래를 긁어다 인공 해변을 덮었다. 그렇지만 겨울이면 찾아오는 폭풍은 그 모래를 도로 만으로 쓸어 내 갔다.

그는 몸을 구부리고 양손에 턱을 괴었다. 커피와 브랜디의 충격이 사그라들고 있었다. 힘이 다 빠지고 신경만 과민해졌다. 수면에 비스듬히 던진 돌이 몇 번 물을 차고 나아가다 결국 가라앉는 꼴이었다. 그는 원형을 모조한 해변을 지친 듯 쳐다보았다. 그가 그의 아들들과 같은 나이였을 때 알았던 해변에 '원형'이란 말을 쓸 수 있을지 모르지만. 그의 머릿속에서 원형이란 말의 초라하게 지엽적인 정의가 해체되었다. 그는 지리적 시간을 거슬러 올라가 더없이 따분한 최초의 해변을 생각했다. 바위 사이의 물웅덩이에는 아무것도 없고 몇십억 년 동안 아무런 변화가 없을 것 같은 단순한 분자들로 이루어진 그 해변. 사람들은 복작거리는 곳을 비집고 다닐 생각밖에 못 하는 것일까? 멍한 얼굴들의 대열. 한 무리의 오래된 친구들에게 일요일 밤에 갈 새 음식점을 추천해 달라고 할 때의 얼굴이 그런 얼굴 같을까. 그 원시의 바닷가에서는 인간 생명의 출현이 제리코의 〈메두사호의 뗏목〉 같았다. 시간의 차가운 대양에 빠져 죽어 가는 푸르죽죽한 유령들.

이 상상의 혼돈에서 헤어나려면 술이 필요하다. 음식도, 섹스도 필요하다. 셰이머스 말마따나 그는 현실에 발을 디딜 필요가 있다. 그와 같은 종인 인간들 가운데로 복귀할 필요가 있다. 해변에 거의 빈틈없이 왁스 케어를 받은 두꺼운 피부를 맞대고 겹겹이 정렬해서 트림하는 저 동물들 가운데로. 저들은 요통을 참고 젠체하며 꼿꼿하게 앉아 있지만, 속으로는 웅크린 손으로 땅을 짚고 뒤뚱거리며 모래밭을 질질 끌고 다니면서 꽥꽥거리고 꿀꿀거리며 싸움질과 교미를 하고 싶어 할 것이다. 그래, 그는 현실을 직시할 필요가 있다. 다만 벤치 저쪽에 앉은, 발목이 부어오른 백발의 할머니만 아니었다면, 단단히 힘을 준 가슴을 두드리며 세력권을 알리는 우렁찬 소리를 질렀을 것이다. 물론 그의 간에 드리운 암운과 대낮의 숙취도 고려하지 않을 수 없었다.

패트릭은 무거운 몸을 일으켜 발을 질질 끌며 타히티까지 남은 몇백 야드를 걸었다. 그런데 문득 분홍색 칠이 된 반들반들한 콘크리트 길에 좌우로 몸을 흔들며 걸어오는 여자가 시야에 들어왔다. 배꼽에 다이아몬드가 박히고 가슴이 압도적으로 완벽한, 다 벗은 것이나 다름없는 여자였다. 그녀는 그와 눈을 마주치고 미소하며 두 팔을 들어 올렸다. 표면상으로는 긴 금발을 쓸어 올려 머리 위에 둥글게 모으려는 동작이었지만 실은 침대에 누워 두 팔을 뒤로 젖혔을 때의 자세를 보인 것이다. 에잇, 망할! 인생은 왜 이리 엉망으로 꼬였을까? 그녀를 들어 뜨거운 자동차 보닛 위에 올려놓고 청록색 비키니 팬티를 찢어 벗기면 왜 안 되는가? 그녀도 그것을 원한다, 그도 그것을 원한다. 아, 글쎄, 아무튼, 적어도 그는 그것을 원한다. 그녀가 원하는 것은 바로 그 힘, 남성 이성애자들의 정신을 혼란스럽게 할 그 힘일 것이다―우리의 레즈비언 동료들을 잊지 맙시다, 하고 그는 거짓 열정을 보이는 정치인처럼 보탰다―그녀는 자기의 우울한 애인과 자기의 작고 날쌘 자동차 사이에서 남자들을 베는 큰 낫을 휘두르듯이 왔다 갔다 했다. 그녀는 그를 지나쳐 갔고 그는 비틀거리며 계속 걸었다. 그의 성기는 그녀에게 잘려 모래밭에 내던져진 것이나 진배없었다. 허벅지를 타고 피가 흘러내리는 느낌마저 들었다. 어디선가 떨어진 뜻밖의 고깃덩어리를 발견한 개들이 다투는 소리도 들리는 듯했다. 그는 다시 어디에 앉고 싶었다, 드러눕고 싶었다, 땅속 깊이 들어가고 싶었다. 사내로서 그의 인생은 끝났다. 그는 조금씩 소모되는 인간 수컷과는 달리 교미한 뒤 바로 암컷에게 잡아먹히는 거미 수컷이 부러웠다.

그는 타히티 해변으로 내려가는 넓고 흰 사다리의 꼭대기에 멈추어 섰다. 로버트는 모래성 주위에 연못을 팠지만 계속 새는 물을 채우려 통을 들고 왔다 갔다 했다. 제 엄마의 품에 안긴 토머스는 한 손에 턱받이를 쥐고 다른 손 엄지손가락을 빨면서 이상하다는 듯이 무표정한 눈으로 로버트를 바라보고 있었다. 그들은 저희들 엄마의 전적인 관심을 받기 때문에 행복했다. 그러나 그는 그녀의 전적인 무관심을 받기 때문에 불행했다. 그것은 적어도 지엽적인 원인이었지 그 불행의 원형은 아니었다. 해변의 원형은 그만 생각하자. 그는 저 해변으로 내려가 아버지가 되어야 한다.

"당신, 왔어?" 메리가 눈은 웃지 않는, 늘 지쳐 있는 그 웃음을 지어 보이며 말했다. 그녀는 두 아들의 끊임없는 요구를 견뎌 내려고 애를 썼다. 그녀는 오랜 세월 단 한 순간도 고독의 시간을 가지지 못했다. 그런 생활이 혼자 있기를 좋아하는 본성에 끼치는 파괴적 영향을 그녀는 이겨 내야 했다. 그것은 두 사람 모두에게 세상을 더 힘든 곳으로 만들었다.

"응. 점심 먹을까?"

"토머스가 잠들려 그래."

"알았어." 패트릭은 힘없이 주저앉으며 말했다. 그의 욕구 좌절에는 언제나 타당한 이유가 있었다.

"아빠, 이거 봐." 로버트는 부어 오른 눈꺼풀을 가리켜 보였다. "모기에 물렸어."

"모기한테 너무 뭐라 하지 마라." 패트릭은 한숨을 내쉬었다. "모기는 알을 밴 암놈만 앵앵거리니까. 사람은 애를 몇이나 낳은 뒤에도 계속 앵앵거리는데."

왜 그런 말을 했지? 오늘은 여성을 동물학적으로 혐오하는 기운이 넘치는 듯했다. 앵앵거리는 사람이 있다면 그건 바로 패트릭 자신이었다. 메리는 물론 그렇지 않았다. 여자에 대한 들끓는 듯한 불신으로 몸부림치는 사람은 바로 그였다. 아들들에게 그것을 전염시킬 까닭이 없었다. 노력해서 정신을 차려야 한다. 우울증을 억누르는 것은 그가 할 수 있는 최소한이었다.

"미안해. 내가 왜 그런 말을 했는지 모르겠군. 상당히 피곤해."

그는 모두에게 사과하듯 미소를 지어 보였다.

"그 연못에 물 붓는 거 아빠가 도와줄까." 그는 통 하나를 집으며 말했다.

그들은 토머스가 잠이 들 때까지 바닷물을 퍼다가 모래 속에 부었다.

2002년 8월

IO

푸른 아동 풀장에서 신나게 놀던 토머스가 눈 깜짝할 사이에 돌연 내달았다. 모래사장을 가로질러 뛰어가면서도 엄마가 따라오는지 보려고 고개를 돌려 뒤를 보았다. 메리는 의자를 박차고 일어나 그를 따라 내달았다. 토머스는 이제 매우 빨랐다. 매일 더 빨라졌다. 그는 벌써 계단 끝까지 올라갔다. 거기서 장미 산책길만 가로지르면 차도였다. 메리는 한번에 세 계단씩 뛰어 올라갔다. 그리고 토머스가 길가에 주차된 차 사이로 나가려 할 때 가까스로 그를 잡았다. 지나가는 차들이 그를 볼 수 없었을 것이다. 메리가 그를 잡아 들어 올리자 토머스는 발버둥을 쳤다.

"다신 그러지 마!" 그녀는 거의 울먹이며 말했다. "다신 그러지 마. **굉장히** 위험해."

토머스는 신나서 까르륵거리며 웃었다. 그는 어제 타히티 해변에 다시 왔을 때 이 새로운 놀이를 발견했다. 지난해 이맘때만 해도 엄마에게서 몇 걸음만 떨어져도 금방 뒤돌아 오곤 했었다.

도로변에서 파라솔 그늘로 붙들려 온 토머스는 다른 기분이 되어 엄지손가락을 입에 물고 한 손으로는 엄마의 얼굴을 사랑스럽게 어루만졌다.

"엄마, 괜찮아?"

"네가 차도로 뛰어나가 속상해서 그래."

"나 그렇게 위험한 짓 또 할 거야." 토머스는 자랑스럽게 말했다. "정말 그럴 거야."

메리는 웃지 않을 수 없었다. 토머스는 애교 만점이었다.

금방 행복해질 것을 어떻게 슬프다고 할 수 있을까? 금방이라도 비명을 지를 것 같은데 어떻게 행복하다고 할 수 있을까? 그녀를 스치고 지나가는 모든 감정의 족보를 일일이 따져 볼 시간은 없다. 그녀는 아이들의 변덕스러운 기분에 맞춰진 파괴적 감정 이입 상태에서 너무 오래 살았다. 메리는 가끔 자신의 존재를 완전히 잊어버리기 직전인 것 같은 기분이 들었다. 그러면 울어서라도 자신을 되찾아야 했다. 그것을 이해하지 못하는 사람들은 다르게 생각했다. 메리의 눈물은 오랫동안 억눌린 일상적 재앙과 손쓸 수 없이 극도로 피로한 상태, 과다한 마이너스

통장 액수, 바람을 피우는 남편, 그 모든 것이 결합해 생긴 결과라고 그들은 말할 것이다. 하지만 사실상 그 눈물은 이미 희생한 자아를 다시 희생하기 위해 그것을 되찾고자 하는 사람에게 필요한 이기심을 가르쳐 주는 특별 훈련 같은 것이었다. 메리는 늘 그랬다. 어렸을 때는 나뭇가지에 앉은 새를 보기만 하면 새의 심장 박동과 자신의 것을 동일시했다. 메리는 이기심이 없는 것이 특이성인지 병리적 현상인지 생각해 볼 때가 있었다. 이 의문에도 결국 확실한 답을 얻지는 못했다. 반면에 패트릭은 권위적인 태도로 판단하고 의견을 개진하는 세상에서 일하는 사람이었다.

메리는 토머스를 탁자 앞에 포개 놓은 플라스틱 의자에 앉혔다.

"싫어, 난 겹친 의자에 앉고 싶지 않아." 그리고 토머스는 의자에서 내려와 심술궂은 얼굴로 웃더니 또다시 계단 쪽을 향해 뛰었다. 메리는 곧바로 토머스를 잡아 다시 의자에 앉혔다.

"싫어, 나 잡아 올리지 마, 정말 견딜 수 없어."

"너 그런 말들을 대체 어디서 배웠어?" 메리는 웃었다.

클럽 주인 미셸이 만새기 구이를 내왔다가 나무라는 표정으로 토머스를 바라보았다.

"C'est dangereux, ça위험해." 미셸은 토머스를 꾸짖었다.

미셸은 자기 아이들이 그렇게 차도 쪽으로 뛰어나가면 자기는 볼기를 칠 거라고 그 전날 말했었다. 언제나 그렇듯 무익한 충고였다. 메리는 어떤 경우라도 토머스의 볼기를 때릴 수 없었다. 생각만 해도 혐오스럽다는 것은 차치하고, 처벌은 그것으로 의도하는 교훈을 차단하는 완벽한 수단이다. 처벌은 자식에게 폭력만을 기억하게 하고 자식이 부모의 정당화된 고통을 자기가 겪은 고통으로 대체하는 결과를 낳을 뿐이다.

무익한 충고라면 케틀을 당할 사람이 없었다. 케틀 자신이 어머니로서 무익한 사람이었던 경험이 크게 뒷받침했다. 케틀은 언제나 메리의 독립 정신을 억누르려 했다. 메리를 인형 취급했다는 말이 아니라—그러기에는 자신이 인형 노릇을 하느라 너무 바빴으니까—일종의 벤처 투자 자금으로서 그랬다는 것이다. 다시 말해서 시작은 별 볼 일 없더라도 언젠가는 대저택을 가진 사람이나 유명인과 결혼하면 자본과 함께 이익금까지 회수할 수 있으리란 생각이었다. 외국에 중간 정도 크기의 집이 있지만 그것마저 잃을 위기에 처한 변호사와 결혼한다는 건 자기가 생각한 노다지에는 미치지 못한다는 것을 그녀는 메리에게 분명히 해 두었다. 성인이 된 메리에 대한 실망은 메리가 태어났을 때 아들이 아니라서 느낀 실망의 후편과 같았다. 아들이 아니라 딸이라서 실망이 컸다. 케틀은 메리의 아버지가 아들을 몹시 원하는 것처럼 굴었지만 사실은 케틀의 아버지가 간절히 원하는 것이었다. 군인이었던 그녀의 아버지는 여자들과 어

울리기보다는 전쟁터의 참호에 있는 것을 더 좋아했다. 그리고
아들을 바랐기 때문에 여성과의 접촉은 필요한 최소한만 허락
했다. 그러나 딸만 셋을 연달아 본 뒤로는 서재로 들어가 거의
나오지 않았다.

외할아버지와는 대조적으로 메리의 아버지는 딸을 있는 그
대로 좋아했다. 그는 수줍음이 많은 성격이라 메리와 잘 맞았고
서로에게 해방감을 주었다. 스무 살이 되도록 말수가 없었던 메
리는 그 침묵을 부족으로 느끼게 한 적이 없는 아버지를 사랑했
다. 그는 그 침묵이 지나치게 강한 심성의 일종이며 내면에 일
어나는 느낌의 과잉 때문이라는 것을 알았다. 메리의 풍부한 감
성과 사회 관습의 간격은 건너지 못할 정도로 컸다. 메리의 아
버지도 젊었을 때 메리와 같았지만, 차츰 세상 사람들에게 자신
과 다른 모습을 내놓는 법을 터득했다. 메리의 극단적인 본래의
모습은 그런 아버지의 마음속에 든 알맹이를 이끌어 냈다.

아버지에 대한 메리의 기억은 생생했지만 그것은 그의 이른
죽음으로 방부 처리되어 보존된 것이었다. 아버지는 메리가 열
네 살이었을 때 암으로 죽었다. 아버지의 병은 비밀에 부쳐졌지
만 효과가 없었다. 메리를 '보호'한다는 것이었지만 그 비밀은
걱정만 더 양산했다. 비밀주의는 케틀이 기여한 것이었다. 그녀
에게 비밀주의는 동정의 대체물이었다. 남편이 죽었을 때 케틀
은 메리에게 "용감해야 한다"고 말했다. 그 말은, 전에도 그랬지

만 지금도 동정을 구하지 말라는 뜻이었다. 그 창구가 막혀 있지 않았더라도, 그래서 동정을 구하려 했어도 아무런 의미가 없었을 것이다. 메리의 경험은 본질적으로 케틀과는 크게 달랐으니까. 아버지를 잃은 상실감으로, 아버지가 받았을 고통을 생각하고, 아버지의 죽음을 자기가 어떻게 느끼는지는 아버지만이 알 것이라는 미친 생각에, 메리는 전혀 마음의 갈피를 잡지 못했다. 그러는 가운데 메리는 아버지와의 관계는 대부분 침묵 속에 형성된 것이라는 생각을 하게 되었고, 그렇다면 그 관계가 지속되지 못할 이유가 어디 있겠느냐는 혼동을 일으켰다. 사별에 대한 케틀의 경험은 겉보기만 메리와 같았다. 사실 케틀은 예의 그 실망의 최신 에피소드를 겪고 있을 뿐이었다. 세상은 그리 공평하지 않았다. 과부가 되기엔 너무 젊었고, 만족할 만한 조건으로 새 출발을 하기에는 너무 많은 나이였다. 아버지가 죽은 뒤 메리는 어머니의 메마른 감정을 속속들이 알게 되었고, 그런 어머니를 경멸하기에 이르렀다. 그 후로 형성되어 온 동정심의 외피는 메리 자신이 애를 낳고부터 점차 엷어지기 시작했다. 그러던 것이 이제는 새로운 분노의 폭발로 터질 위험에 놓여 있었다.

케틀이 가장 최근에 기여한 것은 토머스의 두 살 생일에 줄 선물을 준비하지 못했다는 변명이었다. "너 어렸을 때 쓰던 그 근사한 아동 보호용 가죽끈"을 찾으려고 "곳곳에"(번역하자면,

해러즈 백화점에 전화해서) 알아보았다는 것이다. 해러즈 백화점에 없어 실망한 뒤로는 다른 선물을 생각할 수 없을 정도로 피곤했다는 것이다. "반드시 다시 유행할 거야." 케틀은 그렇게 말했다. 마치 토머스가 스물이나 서른 살이 되었을 때, 또는 세상이 정상으로 돌아와 아동 보호용 가죽끈을 다시 상품으로 내놓기 시작했을 때를 기다렸다 사 주기라도 할 것처럼.

"이 할머니가 그 가죽끈을 사 주지 못해서 실망이 크겠구나." 케틀은 토머스에게 말했다.

"아뇨. 나는 가죽끈 필요 없어요." 토머스는 이즈음 자기가 들은 말을 그렇게 의례적으로 부인하는 버릇이 있었다. 이것을 모르는 케틀은 그의 말에 놀라워했다.

"네 유모는 그 가죽끈이 아주 쓸모 있다고 했었는데." 케틀이 말했다.

"나는 그걸 보고 욕했죠." 메리가 말했다.

"아니야, 그건 사실이 아니야." 케틀이 말했다. "토머스와는 달리 너는 어렸을 때 술 취한 뱃사람처럼 욕이 오가는 환경에서 자라지 않았다."

지난번에 런던에서 할머니의 집에 갔을 때 토머스가 욕을 한 건 사실이었다. "안 돼! 젠장 빌어먹을, 내 세탁기가 또 돌아가네!" 하고는 벽난로 옆에 있는, 연결이 끊어진 벨을 눌러 세탁기를 끄는 시늉을 했던 것이다.

그날 아침 토머스는 소더비에서 온 편지를 보고 패트릭이 "이런 빌어먹을"이라고 하는 소리를 들었던 것이다. 부댕의 그림들이 가짜로 판명됐다는 내용이었다.

"도의적인 수고가 완전히 허비되었어." 패트릭이 말했다.

"허비는 무슨, 허비되지 않았어. 당신이 그 그림들을 훔치지 않기로 한 결정은 그것들이 위작인지 몰랐을 때 내린 거잖아."

"그래. 그런데 바로 그게 문제야. 진즉 그걸 알았더라면 '어머니한테 도둑질을 해? 말도 안 돼!' 하고 그 그림들을 어떻게 할지 아주 쉽게 결정 내렸을 텐데 말이야. 그럼 세대 간의 관계 속에서 로빈 후드가 되어 의로운 범죄로 불균형을 바로잡을까 말까 고민하지 않고 처음부터 말도 안 된다며 나 자신을 크게 꾸짖을 수 있었을 거야. 어머니는 용케도 나의 올바른 행위로 내가 나를 미워하게 만드셨어." 패트릭은 두 손으로 머리를 움켜잡았다. "모순도 이런 모순이 어디 있어? 그러기에는 이게 얼마나 불필요한 수고였냐고."

"아빠 무슨 얘기하는 거야?" 토머스가 말했다.

"네 염병할 할머니의 가짜 그림 얘기하는 거야."

"아냐, 할머니는 내 염병할 할머니 아냐." 토머스는 엄숙히 고개를 저으며 말했다.

"염병할 할머니가 어머니에게 물려준 적은 돈을 사기쳐 먹은 건 셰이머스가 처음이 아닌 거야. 파리의 어느 미술상은 30년 전에 이미 그 쉬운 속임수를 써 먹었어."

"아냐, 할머니는 아빠의 염병할 할머니가 아니야. 할머니는 나의 염병할 할머니야."

소유권은 토머스가 최근 들어 또 하나 배운 것이었다. 오랫동안 소유 의식이 없이 살았는데 이제는 자기 것이 아닌 게 없었다.

메리는 8월 첫 주는 토머스와 단둘이서 지냈다. 패트릭은 까다로운 소송이 있어서 런던을 떠나지 못했다. 메리는 그가 아무리 위장해도 그것은 다름 아닌 줄리아 대 메리 사건이리라고 의심했다. 그녀는 어떻게 줄리아를 질투한다고 할 수 있을까? 금방 돌아서면 그런 마음이 없는데. 사실 메리는 줄리아가 고마울 때도 있었다. 메리는 패트릭을 빼앗기고 싶지 않았고 빼앗기리라 생각하지도 않았다. 메리에게는 질투가 자연스러웠고 자유방임도 자연스러웠다. 이 두 측면이 서로 조화를 이루게 할 수 있는 유일한 길은 자유방임을 장려하는 것이었다. 그렇게 해서 패트릭은 실제로 메리를 떠나고 싶지 않았고 그녀의 질투심은 충족되었다. 이 도식은 언뜻 단순해 보이지만 여기에는 상황을 복잡하게 만드는 두 가지 측면이 있었다. 첫째로, 메리는 자식을 가지기 전에 남편과 가졌던 성생활에 대한 그리움에 압도될 때가 있었다. 저절로 식어가던 정열은 임신하려고 애를 쓰던 시기에 자연히 절정에 달했었다. 둘째로, 패트릭이 간통을 실현하기 위해 고의적으로 부부 관계를 악화시키고 있다는 생각을 하면 메리는 화가 났다. 상황을 정리해 보면, 패트릭은 섹스가 필요하다, 메리는 그것을 제공할 수 없다, 그는 다른 데서 그것을 찾을 것이다, 라는 것이었다. 이렇게 간통은 절차상의 문제이지만 배신은 다르다. 배신은 근본적인 의심, 파국적 분위기를 불러들인다.

로버트가 하룻밤 이상 가족과 떨어져 본 적은 이번이 처음이었다. 그의 친구 제러미의 집에 간 첫날 밤 전화 통화를 했을 때 로버트는 충격적일 정도로 마음이 편한 듯했다. 물론 메리는 기뻤다. 그것은 물론 아들이 부모의 사랑을 확신한다는 표시이니까. 부모가 옆에 없어도 그들의 사랑은 자기와 함께 있다는 것을 아들이 안다는 것이니까. 그래도 로버트가 옆에 없으니 기분이 묘했다. 메리는 그가 토머스 나이였을 때의 기억을 떠올렸다. 여전히 쫓기기 위해 달아나고 발각되기 위해 숨을 만큼 어렸던 그 시절. 로버트는 토머스보다 더 내성적이었고, 더 큰 부담을 안고 자랐다. 로버트는 한편으론 토머스가 알지 못할 오염되지 않은 낙원의 주민이었고, 다른 한편으론 하나의 원형이었다. 토머스는 부모가 형을 키우며 실수로 얻은 학습 효과와 이에 따라 더 정밀해진 기대의 혜택을 보았다.

"다 먹었어." 토머스는 의자에서 내려올 태세를 취했다.

메리는 미셸을 향해 손을 흔들었지만 그녀는 다른 손님의 주문을 받고 있었다. 이 순간을 위해 프렌치프라이 주문을 미뤄 두었었다. 토머스는 프렌치프라이를 보면 생선 요리를 안 먹기 때문이었다. 지금 보면 그걸 먹으려고 5분 정도 더 앉아 있을 것이다. 미셸은 메리의 신호를 보지 못했고 토머스는 계속 의자에서 기어 내려갔다.

"프렌치프라이 먹을래?"

"아니, 안 먹을래. 응, 먹을래." 토머스는 금방 말을 정정했다. 그러다 미끄러져 턱을 식탁에 부딪쳤다.

"엄마가 너 안아." 토머스는 양팔을 펼치며 말했다.

메리는 토머스를 들어 무릎에 앉히고 슬슬 흔들어 달랬다. 토머스는 여섯 달 전에 일인칭의 바른 용법을 알게 되었지만, 다쳤을 때는 그전으로 돌아가 자신을 '너'로 칭했다. 그전에는 다른 사람들이 모두 그에게 그런다는 지극히 논리적 이유로 자신을 '너'로 칭했던 것이다. 다른 사람들을 칭할 때는 그들이 자신들에게 그런다는 지극히 논리적인 이유로 '나'라고 했다. 그러나 어느 날인가 갑자기 '너 그거 갖고 싶어'가 '나 그거 갖고 싶어'가 되었다. 위험에 매력을 느끼고 소유권을 주장하고 의례적으로 반박하고 뭐든지 혼자 하려는 욕구는 모두 '너'에서 '나'로 전환되는 폭발적 과정과 관련 있는 현상이었다. 자신을 부모의 눈으로 보다가 자신의 눈으로 보기 시작한 것이다. 그러나 지금은 문법적으로 퇴행하고 있었다. 그래서 그는 다시 엄마의 피조물,

'너'가 되고 싶었다.

"인생을 헤쳐 나가게 해 주는 건 의지이기 때문에 참 어려운 일이지." 지난밤 샐리가 말했다. "왜 자기 아이의 의지를 꺾으려고 하지? 우리 엄마 세대가 우리한테 그러려고 했지. '착하다'라는 건 바로 그런 거였어—꺾이는 것."

샐리는 미국인 친구로 메리의 최고 동맹이었다. 샐리는 무익한 충고를 수없이 많이 받은 아이어머니이기도 했고, 자녀를 아낌없이 전적으로 뒷받침해 주고 자신의 양육에 지워졌던 맷돌을 치워 버림으로써 어디에도 얽매이지 않고 아이를 자유롭게 키우겠다는 결의가 굳은 여자이기도 했다. 그러나 이 과업은 적대적 논평에 둘러싸였다. 매사에 잠자코 참으면 안 된다, 아이들의 노예가 되지 말아라, 몸매를 회복해라, 언제나 남편을 만족시켜라, 다시 사회생활을 해라, 파티에 다녀라, 모든 시간을 아이들하고만 있으면 말 그대로 돌아 버린다, 아이들은 남에게 맡기고, 그래도 죄책감을 느낄 필요가 없다는 글을 써 붙이고 자존감을 고취해, 아이들이 원하는 것마다 다 주면 버릇 나빠져, 작은 폭군들이 울면 울다 잠들게 내버려 둬, 울어 봐야 소용없다는 것을 깨달으면 울음을 그치니까, 어차피 아이들은 구속되는 것을 좋아해, 등.

여기서 조금만 더 들어가면 혼란스러운 풍문이 자리 잡았다. 해열제 파라세타몰을 쓰지 마라, 항상 파라세타몰을 써라, 파라세타몰을 쓰면 동종 요법이 듣지 않는다, 동종 요법은 효과가 없다, 동종 요법으로 효과를 보는 것도 있지만 그렇지 않은 것도 있다, 호박 구슬 목걸이를 하고 다니면 치통을 멈추게 할 수 있다, 두드러기는 우유 알레르기일 수 있다, 밀가루 알레르기일 수도 있다, 런던 공기는 지난 10년 동안 그전에 비해 다섯 배나 더 오염되었다, 그건 사실 아무도 모른다, 아마 언젠가는 괜찮아질 것이다, 등.

그런가 하면 질투심을 일으키는 비교와 분명한 거짓말도 오갔다. 우리 딸아이는 밤에 한 번도 깨지 않아, 얘는 태어난 지 3주 만에 기저귀를 차지 않았어, 우리 아들은 다섯 살 때까지 엄마 젖을 먹고 컸어, 우리는 참 운이 좋았어, 두 아이 모두 에이콘 스쿨에 입학할 수 있는 보장을 받았으니까, 학교에서 딸아이와 가장 친한 친구가 실라 블랙*의 손녀야, 등.

이 모든 혼란을 무시할 수 있을 때는 자기가 조성한 죽은 나뭇가지들 즉 과잉 보상, 극도의 피로와 짜증과 두려움, 의존성과 독립성의 갈등을 쳐 내려고 애를 썼다. 그 갈등은 아이들뿐 아니라 메리의 내면에서도 살아 꿈틀거렸다. 메리는 그 갈등을 인정해야 했지만, 그것을 돌아볼 시간은 없었다. 그 대신 자식들을 사랑하는 본능의 뿌리로 돌아가 그곳에서 머물며 그것을 행동

---

*   Cilla Black(1943~2015). 영국의 인기 연예인이었다.

의 근거로 삼아야 했다.

메리는 샐리와 같은 줄을 타고 절벽을 오르고 있으므로 서로 의지할 수 있으리라고 생각했다. 지난밤에 샐리가 팩스를 보내 왔지만 메리는 시간이 없어서 아직 읽지 못했다. 그것을 팩스 기기에서 걷어 내 백팩에 쑤셔 넣어 왔다. 토머스가 잠이 들면 아마 읽을 수 있을 것이다—토머스가 잠이 들었을 때, 그 시간에 나머지 생활을 모두 몰아넣어야 했다. 그러나 막상 그 시간이 왔을 때는 대개 메리 자신도 모자란 잠을 보충하느라고 토머스의 생활 리듬에서 벗어난 다른 것은 아무것도 하지 못했다.

프렌치프라이는 토머스를 잡아 둘 힘을 이미 잃었다. 토머스는 다시 의자에서 기어 내려갔다. 메리는 토머스가 손을 잡아 이끄는 대로 따라갔다. 그들은 토머스가 달아났을 때 올랐던 계단을 통해 장미 산책길로 나가 걸었다.

"바닥이 굉장히 매끄러워. 어! 저거 뭐야?" 토머스는 줄지어 있는 시든 선인장 앞에 우뚝 서서 물었다.

"선인장의 일종인데. 무슨 종인지는 모르겠네."

"무슨 종인지 알고 싶어." 토머스가 말했다.

"집에 가면 책에서 찾아보자."

"응, 엄마…… 어! 쟤 뭐 해?"

"저 아이는 물총을 가지고 노는 거야."

"꽃에 물 주려고."

"음, 그래, 그럴 때 쓰면 좋겠네."

"저거 꽃에 물 줄 때 쓰는 거야." 토머스는 엄마를 가르쳤다.

토머스는 엄마 손을 놓고 앞장서 걸었다. 그들은 항상 함께 있었지만, 메리는 여러 시간 동안 한 번도 토머스를 제대로 쳐다보지 못할 때가 많았다. 너무 가까이 붙어 있어서 진신을 한눈에 보지 못하거나 주위 환경의 위험한 요소들에 주의를 기울이느라 그 외의 것을 살필 여유가 없었다. 그런데 이제 메리는 불안한 마음 없이 토머스를 온전히 바라볼 수 있었다. 파란색 가로줄무늬 티셔츠, 카키 바지, 단호한 걸음걸이. 그는 그리도 사랑스러웠다. 그의 얼굴은 놀랍도록 아름다웠다. 메리는 그런 얼굴이 장차 어떤 관심을 끌지, 그리고 그런 것이 그에게 어떤 영향을 끼칠지 가끔 걱정스러운 생각이 들었다. 메리는 병원에서 토머스가 처음으로 눈을 떴을 때의 기억을 떠올렸다. 그의 눈은 불가해하게 강한 목적의식으로 반짝였다. 그것은 이미 알고 있는 것 외에 다른 종류의 지식을 수용하기 위해 세상을 이해하려는 욕구의 표현 같았다. 로버트가 태어났을 때의 분위기와는 사뭇 달랐다. 로버트는 감정이 강렬한 느낌, 무언가 풀어야 할 문제가 있는 듯한 느낌을 주었다.

"어! 저 이상한 사람 뭐 해?" 토머스가 손으로 가리키며 물었다.

"마스크 쓰고 스노클을 입에 무는 거야."

"저 마스크하고 스노클, 내 거야."

"글쎄, 그래도 저 사람이 쓰게 하면 더 좋겠는데."

"저 사람이 쓰게 할게. 엄마, 저 사람 저거 써도 돼."

"어유, 예뻐라. 고마워."

토머스는 너그러운 마음으로 씩씩하게 걸었다. 하지만 한 10분 동안 그러다가 그 활기가 사라지고 모든 게 어긋나기 시작했다.

"우리 해변으로 돌아가 좀 쉴까?"

"쉬고 싶지 않아. 놀이터 가고 싶어. 나, 놀이터 아주 많이 좋아." 토머스는 그렇게 말하고 내달았다.

놀이터는 이 시간에는 놀 만한 곳이 못 되었다. 미끄럼틀 뼈대는 오르기에 불안정했고 미끄럼판은 달걀프라이를 할 수 있을 만치 뜨거웠다. 그 옆의 플라스틱 조랑말의 스프링은 견딜 수 없이 삐걱거리는 소리를 냈다. 메리는 토머스가 들어갈 수 있게 놀이터의 나무 문을 열어 주었다.

"아냐, 내가 열 거야." 토머스는 느닷없이 슬피 부르짖었다.

"알았어, 알았어."

"아냐, 내가 열 거야." 토머스는 반쯤 열다 만 문을 낑낑대며 잡아당겼다. 놀이기구들보다 네 배는 더 많은 여덟 가지 주의사항이 적힌 철판이 달려 있어서 문이 더 무거웠다. 그들은 바닥이 타맥 표면처럼 보이는 분홍색 고무로 된 놀이터로 들어갔다.

토머스는 곡선으로 된 단을 타고 미끄럼틀 꼭대기로 올라가더니 혼자서는 타고 내려올 수 없을 수직 봉 반대쪽의 원통 구멍으로 달려갔다. 메리는 미끄럼틀 둘레를 돌아 반대쪽으로 서둘러 갔다. 토머스가 정말 뛰어내릴까? 정말 그 정도로 자기 능력을 잘못 판단할까? 그저 놀도록 내버려 둬야 하는 상황에 공연히 공포를 주입하는 것일까? 재난을 예상하는 것은 본능일까? 세상의 다른 엄마들은 모두 메리와 달리 느긋할까? 느긋한 척하는 건 가치 있는 일일까? 메리가 수직 봉 옆으로 간 것을 본 토머스는 반대쪽 구멍으로 돌아가 얼른 미끄럼판을 타고 내려갔다. 그러나 거의 끝 부분에서 앞으로 구르더니 가장자리에 머리를 부딪혔다. 기운이 다 빠진 데다 머리를 부딪힌 충격으로 얼마 동안 가만히 소리 없이 있더니 얼굴이 빨개지면서 길게 비명을 질렀다. 크게 벌린 입에는 분홍색 혀가 떨었고 눈에는 눈물이 잔뜩 고였다. 그럴 때면 언제나 그렇듯 메리는 가슴에 투창을 맞은 느낌이었다. 그녀는 토머스를 얼른 들어 올려 품에 꼭 안고 자신은 물론 그를 안심시켰다.

"라벨 있는 턱받이." 그는 흐느껴 울었다. 메리는 그것 말고 라벨이 있는 손수건을 주었다. 라벨이 없는 턱받이는 아직 라벨이 있는 것들과 유사해서 욕심을 부추겨 위로가 되지 않을 뿐 아니라 오히려 더 속상하게 만들기 때문이었다.

메리는 토머스를 안고 빨리 해변으로 돌아왔다. 토머스는 몸서리치더니 턱받이를 쥔 손의 엄지를 빨며 잠잠해졌다. 모험은 끝났다. 탐험은 극단까지 갔고 그럴 수밖에 없는 방식으로 뜻하지 않게 끝났다. 메리는 토머스를 파라솔 아래 매트에 내려놓고, 그 옆에 누워 몸을 둥글게 오그린 채 가만히 눈을 감았다. 토머스가 편안하게 자리를 잡으면서 손가락을 더 세게 빠는 소리가 들렸다. 그러다 숨소리가 달라졌고, 메리는 토머스가 잠들었다는 것을 알고 눈을 떴다.

이제 한 시간, 많게는 두 시간 정도 시간이 났다. 편지에 답장을 쓰고, 세금을 내고, 친구들에게 연락도 하고, 지력에 활력을 불어넣고, 운동도 좀 하고, 좋은 책을 읽고, 돈을 벌 수 있는 기발한 계획을 생각하고, 요가를 시작하고, 접골의를 찾아가고, 치과에도 가 보고, 낮잠도 자고. 잠. 그 잠이란 게 뭔지 기억해? 잠이 무의식의 덩어리, 여섯, 여덟, 아홉 시간으로 나눈 조각을 의미하던 때가 있었는데, 이제 메리는 20분 정도의 교란된 휴식 부스러기를 얻으려 애를 써야 했다. 그리고 그렇게 휴식을 얻으면 자신이 근본적으로 매우 지쳤다는 것을 깨달았다. 지난밤에는 자기가 잠들면 토머스에게 무슨 안 좋은 일이 생길 것이라는 공포에 휩싸여 한숨도 못 잤다. 경계 근무 중 잠이 들면 사형에 처해지는 보초처럼 밤새 잠을 쫓느라 경직되었다. 술이 덜 깬 것 같은 상태의, 꿈자리가 뒤숭숭하고 불쾌한 잠이라도 낮잠을 좀 자야 하겠지만, 그보다 먼저 메리는 자신의 독립심의 표시로

서 샐리의 팩스를 읽어야겠다고 생각했다. 메리는 간혹 자신의 독립심이 토머스보다 확고하지 못하다고 느꼈다. 자기는 토머스처럼 독립심을 극단으로 몰고 가지 못하다고 느꼈다. 그것은 실용적인 정보를 알리는 팩스였다. 샐리는 생나제르에 도착하는 날짜와 시간을 알린 뒤에 "어제 우연히 알렉산드르 게르첸이 다음과 같이 말한 것을 알게 되었어. '어린아이들은 실제로 성장하기 때문에 우리는 그들의 목적은 성장이라고 생각한다. 하지만 어린아이들의 목적은 노는 것이고, 삶을 즐기는 것이고, 어린아이가 되는 것이다. 우리가 과정의 결과만 바라보면 인생의 목적은 죽음이다.'"

그렇다, 그건 그녀가 패트릭과 로버트와 셋만 있었을 때 패트릭에게 하고 싶었던 말이다. 패트릭은 로버트의 지력을 형성하는 일과 회의론을 주입시키는 일에 관심을 기울인 나머지 그를 놀게 하고, 삶을 즐기게 하고, 어린아이가 되게 하는 일을 잊을 때가 있었다. 그러나 토머스는 그냥 내버려 두었다. 패트릭 자신의 정신적 생존에 정신이 팔려 그런 측면도 있지만, 다른 한편으론 토머스의 지적 욕구가 부모의 의욕을 초과한 까닭도 있었다. 메리는 잠든 토머스의 얼굴을 마지막으로 한 번 더 본 뒤 눈을 감고 생각했다. 토머스에게 놀이와 삶을 즐기는 것은 주위 세상을 지배하는 법을 배우는 것과 동일했다.

II

"내 고추 어디 있게?" 토머스는 목욕을 하고 파란색 타월 위에 누워 말했다.

"없어졌네." 메리가 말했다.

"어! 여기 있다!" 그는 꼬았던 다리를 풀며 말했다.

"그거 다행이구나."

"정말 다행이야." 토머스가 말했다.

욕조에 들어가 놀고 난 뒤 토머스는 다시 패드를 댄 감옥 같은 기저귀를 차지 않으려 했다. 잠을 자야 한다는 끔찍한 표시인 파자마는 토머스가 잠든 다음에야 입힐 수 있었다. 토머스를 서둘러 잠재우려 하면 시간이 두 배는 더 들었다.

"어! 내 고추가 또 없어졌어. 나 정말 속상해."

"속상해?" 메리는 그 전날 토머스가 부엌 바닥에 유리잔을 던졌을 때 자기가 한 말을 기억해 지금 써 보고 있다는 것을 알았다.

"응, 엄마, 미치겠어."

"그게 어디 갔을까?"

"믿을 수가 없어." 토머스는 메리가 그 상실의 심각성을 인식할 수 있도록 잠시 뜸을 들였다. "어, 여기 있다!" 그는 메리가 우유병이나 없어진 신발 한 짝을 찾았을 때 기운차게 소리를 지르면서 마음을 놓는 것을 그대로 흉내 냈다.

그는 깡충깡충 뛰다가 침대에 몸을 던지고 베개들 가운데 뒹굴었다.

"조심해." 메리는 토머스가 침대 가장자리의 안전 철제 난간에서 너무 가까이 뛰는 것을 보고 말했다.

갑작스럽게 넘어지는 아이를 잡을 태세를 하는 것은, 날카로운 모서리나 딱딱한 가장자리를 늘 살피는 것은, 모험을 극단으로 몰고 갈 때까지 내버려 두는 것은 모두 힘든 일이었다. 메리는 이제 정말 누워 쉬고 싶었다. 하지만 짜증을 내거나 안달하는 표를 내면 안 된다고 생각했다.

"나는 서커스 곡예사다!" 토머스는 앞으로 구르려다 그냥 쓰러지기만 했다. "엄마, '요 장난꾸러기, 조심해야지!' 해."

"요 장난꾸러기, 조심해야지!" 메리는 자신에게 주어진 대사를 고분고분하게 반복했다. 토머스에게 감독 의자와 메가폰을 주어야 한다. 지금은 늘 지시를 받는 토머스가 지시할 차례였다.

메리는 진이 빠진 기분이었다. 긴 하루였다. 무엇보다 엘리너를 보러 요양원에 다녀온 일이 그랬다. 메리는 토머스를 데리고 엘리너 방에 들어갔을 때의 정신적 충격을 감추려고 무진 애를 썼다. 엘리너의 윗니 한쪽은 모두 빠졌고 반대쪽 윗니는 검은 종유석처럼 세 개만 달랑달랑 붙어 있었다. 이틀에 한 번 정도 감는 머리칼은 눈에 띄게 울퉁불퉁한 두피에 엉망으로 떡이 져 있었다. 메리가 엘리너에게 키스하려고 몸을 구부렸을 때 악취가 확 풍겨왔다. 그러자 아기 기저귀를 갈 때 쓰려고 평소에 백팩에 넣어 가지고 다니는 깔개를 꺼낼 생각이 떠올랐을 정도였다. 그러나 모성을 억제해야 한다는 생각을 몸소 실천해 온 엘리너 앞에서 메리는 자신의 모성 충동을 억누르지 않을 수 없었다.

엘리너의 쇠퇴한 건강은 토머스와 동등했던 때와 비교돼 더 강조되어 보였다. 지난해까지만 해도 두 사람은 똑같이 말도 제대로 못 하고 걸음걸이도 불안정했다. 엘리너에게 남은 치아는 토머스의 새로 난 치아의 개수가 거의 같았다. 엘리너는 요실금 기저귀를 써야 하는 새로운 처지에 놓였는데, 이는 기저귀의 사용이 이미 확립된 토머스의 처지와 다를 게 없었다. 그런데 금년에는 모든 게 바뀌었다. 토머스는 조만간 기저귀가 필요 없을 테지만 엘리너는 지금보다 더 많은 기저귀를 쓰게 될 것이다. 토머스는 이제 곧 뒤쪽 어금니가 나겠지만 엘리너는 조만간 뒤쪽 어금니만 남을 것이다. 토머스는 이제 메리가 따라잡지 못할 정도로 무척 빨라졌지만, 의자에 똑바로 앉아 있지도 못하는 엘리너는 이제 머잖아 침대에서 나오지도 못할 것이다. 메리는 잠재적 대화의 경사진 빙판 꼭대기에 멈추었다. 두 사람이 토머스의 발육에 대한 열의를 공유한다는, 진작부터 억지스러웠던 가정도 이제는 암암리에 가하는 모욕 같았다. 엘리너에게 과거에는 동맹이었지만 이제는 아버지가 품은 적의의 신봉자가 된 로버트에 대한 기억을 떠올리게 하는 것도 소용없었다.

"이런! 알라발라가 내 할룸발룸을 훔쳤어." 토머스가 엘리너에게 말했다.

어른들의 불가해한 음절의 교통 체증에 꼼짝 못 하고 갇혀 있을 때가 많은 토머스는 자기만의 언어로 대답할 때가 있었다. 이 귀여운 복수에 익숙한 메리는 새로 알라발라란 말이 나타난 것을 흥미롭게 여겼다. 그것은 토머스에게 또는 토머스를 위해 장난을 치는 고전적인 역할을 하기도 하고, 토머스의 양심 즉 펠란이라는 인물을 동반하기도 하는 최신 창조물이었다. 토머스는 웃음 띤 얼굴로 엘리너를 올려다보았다. 그러나 엘리너의 얼굴에는 웃음기가 없었다. 엘리너는 공포와 의심에 찬 얼굴로 토머스를 바라보았다. 엘리너가 본 것은 어린아이의 창의력이 아니었다. 그것은 자신이 가장 두려워하는 것이 다가오고 있음을 알리는 전조였다. 머잖아 자신의 의사를 분명히 전달할 수 없을 뿐 아니라 다른 누구의 말도 이해할 수 없으리라는 두려움. 메리는 재빨리 개입했다.

"토머스는 아무 의미 없는 소리만 하는 게 아니에요." 메리가 말했다. "요즘 애가 가장 좋아하는 말은, 어머니도 패트릭의 영향을 받았다는 걸 알아차리시겠지만, '전혀 견딜 수 없어'예요." 메리는 다시 공범자끼리 통하는 웃음을 지어 보였다.

엘리너는 몸을 약간 앞으로 구부리고 의자 팔걸이를 움켜쥐고는 메리의 얼굴을 집중해서 맹렬히 쳐다보았다.

"전혀 견딜 수 없다고." 엘리너는 내뱉듯 말하고 도로 뒤로 기대며 높지만 약한 소리로 "그래" 하고 덧붙였다.

엘리너는 다시 토머스를 향해 얼굴을 돌렸다. 이번에는 일종의 욕심을 가지고 그를 쳐다보았다. 조금 전에는 뭔지 알 수 없는 토머스의 말의 홍수에 빠질 줄 알았다. 그런데 토머스는 엘리너가 분명히 알아들을 수 있는 말을 했다. 그것은 엘리너 자신이 느끼는 것이 정확히 무엇인지를 표현한 것으로써, 엘리너 혼자의 힘으로는 나타낼 수 없을 그런 말이었다.

엘리너가 영국에 주문하고 싶은 오디오북이 있을까 해서 메리가 그 리스트를 읽어 줄 때 비슷한 현상을 보였다. 엘리너가 오디오북을 선택하는 방식은 작가나 분야와는 아무런 관련이 없었다. 메리는 제인 오스틴, 프루스트, 제프리 아처, 질리 쿠퍼의 책 제목들을 줄줄 읽어 나갔지만 엘리너는 아무런 관심을 보이지 않았다. 그러다 『결백의 시련』이란 제목을 읽었을 때 엘리너는 고개를 끄덕이며, 마치 가슴에 물을 뿌리듯 그것을 갖겠다는 표시로 두 손을 흔들었다. 『흙의 수확』도 똑같은 흥분된 반응을 끌어냈다. 이 예기치 않은 소통에 자극을 받았는지, 엘리너는 검버섯투성이의 떠는 손으로 쓴 쪽지를 기억해 내고 그것을 메리에게 건네주었다.

메리는 연필로 희미하게 블록체 대문자로 쓴 것을 읽었다. **"셰이머스는 왜 안 와?"**

메리는 그 이유를 눈치챘지만 믿을 수 없었다. 셰이머스가 그렇게 노골적으로 그러리라는 것은 예상 밖이었다. 그의 기회주의는 언제가 자신이 좋은 사람이라는 망상, 혹은 적어도 그런 사람으로 오인되고 싶은 열망과 어우러진 듯했다. 그런데 그는 생나제르의 명의를 재단으로 이전하는 절차가 완결된 지 두 주밖에 지나지 않았는데 그것을 기증한 은인을 헌신짝 버리듯 버렸다.

메리는 패트릭이 어머니의 위임장을 받아 결국 명의 변경 문서에 서명한 뒤 한 말이 생각났다. "모든 짐을 벗고 무덤을 향해 기어가려는 사람들은 결코 그 뜻을 이루지 못해. 그들에게는 노망기를 부리거나 무책임한 행동을 할 자유가 없어." 그러고 나서 그는 인사불성으로 취했다.

메리는 엘리너의 얼굴을 바라보았다. 불행이 강타한 얼굴이었다. 죽은 지 얼마 안 되는 물고기처럼 눈에 반투명한 무언가가 덮인 듯했다. 하지만 엘리너의 경우 그 흐릿한 빛은 현실과 유리되려는 노력이 빚어낸 것인 듯했다. 치아가 빠진 것은 사실, 단식 투쟁의 폭력적 소극성이 어우러진 자살 행위란 것을 알 수 있었다. 치아를 해 넣으려고 했다면 쉬웠을 것이다. 그런데 엘리너는 얼마나 고집이 셌으면 의사의 진료와 우울증 치료제, 요양원, 자신에게 남은 삶의 의지를 무시하고 한 주 한 주 지남에 따라 이가 하나씩 빠지는데도 자기 소홀의 소용돌이 속에 그대로 머물렀다.

메리는 비극적인 느낌에 마음이 찢어지는 듯했다. 이 여자는 환상을 위해, 남자를 위해 가정을 버렸는데 바로 그 남자와 환상에게 버림을 받았다. 메리는 엘리너가 말이 불편하지 않았을 때 자기와 셰이머스는 '전생'에 여러 번 알던 사이였다고 한 이야기가 생각났다. 첫 번째 전생에서 그들은 '스켈리그'라는 아일랜드 바닷가의 어느 작은 산에서 살았다. 셰이머스는 금전상의 환심을 사려고 노력하던 초기에 그곳으로 엘리너를 데려갔다. 그 잊을 수 없는, 거센 바람이 불던 날 그곳에서 그는 엘리너의 손을 잡고 "아일랜드에 당신이 필요해요"라고 말했다. 엘리너가 '전생의 기억'을 불러일으켰을 때, 그녀는 약탈과 이동의 혼란스러운 암흑시대, 아일랜드가 기독교의 횃불이었던 그 시대에 바로 그 스켈리그에서 셰이머스의 아내로 살았다는 것을 깨달았다. 이때부터 상대적으로 자기와 만난 역사가 짧은 직계 가족은 시야에서 사라지기 시작했다. 그 후 셰이머스는 생나제르를 방문했을 때 아일랜드에 엘리너가 필요한 것보다 프랑스에 자기가 더 필요하다는 것을 깨달았다. 그 집은 17세기에는 수녀원이었다. 두 번째 '전생의 기억'은 엘리너가 그곳의 수녀원장이었다는 것을 확인시켜 주었다(그랬다는 말을 일단 듣고 보니 자명한 듯했다). 메리는 그때부터 엘리너는 수녀원장 역할을 한 것이구나 하고 생각했던 기억을 떠올렸다. 똑같은 시기에 그 지역의 수도원장은 셰이머스였다고 하니 놀라운 일이 아닐 수 없었다. 그렇게 그들은 또다시 만나게 된 것이다. 다만 이번에는 '영혼의 친구 관계'였지만, 인근 지역 주민들에게 잘못 받아들여져 큰 스캔들을 일으켰다.

여자들의 수다를 서투르게 모방한 숨 막힐 듯한 대화를 통해 그 모든 이야기를 엘리너에게 들었을 때 메리는 일부러 반론을 제기하지 않았다. 엘리너는 진실이 아닌 것은 거의 무엇이든 다 믿었다. 자선심이 많은 기질이라 모르는 사람의 긴급 원조 요청과 같은 믿기 어려운 것도 성급하게 믿었다. 침실에서 실행되지 않는 열정(그러기에는 그 열정이 너무 많이 진화했으므로), 그 대신 토지 등기소에서 그런대로 흥분된 시간을 보내는 그 열정에 대한 실망을 보상받기 위해 엘리너는 분명히 역사소설 속에 존재할 필요가 있었던 것이다. 당시엔 그 모든 것이 메리에게는 정말 터무니없어 보였다. 그러나 메리는 지금 엘리너의 남을 쉽게 믿는 기질의 벽지가 벗겨진 것을 보고 도로 붙여 주고 싶었다. 그 독창적인 고백의 지긋지긋한 진정성 속에는 필요한 사람이 되고자 하는 바로 그 욕구가 감추어져 있었다. 메리는 그것이 어떤 심정인지 너무 잘 알았다.

"제가 가서 말할게요." 메리는 엘리너의 손에 가만히 손을 얹고 말했다. 아직 셰이머스를 보지 못했지만 그가 별채에 있다는 것은 알았다. "아픈지도 모르죠, 아일랜드에 갔는지도 모르고요."

"아일랜드." 엘리너는 속삭이듯 말했다.

요양원에서 나와 주차장으로 갈 때 토머스가 멈추어 서더니 고개를 가로젓고는 "아, 어쩌지. 할머니가 많이 안 좋으셔" 하고 말했다.

메리는 고통받는 사람을 동정하는 아들의 마음이 사랑스러웠다. 그는 아직은 고통이 없는 척하거나 고통 겪는 사람을 탓할 줄 몰랐다. 메리는 토머스가 차 안에서 잠이 든 것을 보고 그 길로 곧장 셰이머스의 별채로 가 보았다.

"저런, 그거 참 끔찍한 일이군요." 셰이머스가 말했다. "가족이 여기 있기도 해서 엘리너가 나를 그리 보고 싶어 하지 않을 거라고 생각했는데. 그리고 솔직히 말하자면, 페가수스 출판사가 내 책을 내년 봄 출간 목록에 넣고 싶다며 사람을 가만두지를 않아서요. 아이디어는 많지만 그걸 글로 써야 하는지라. 제목으로 '내 마음의 북소리'와 '내 북의 심장 박동' 중 어느 게 나아 보여요?"

"몰라요. 책 내용이 뭔가에 달린 문제겠죠." 메리가 말했다.

"그거 참 좋은 조언이군요. 북소리 이야기가 나왔으니 말인데, 우리는 케틀이 진전을 보이는 것을 매우 기쁘게 생각합니다. 영혼을 회복하는 일에 아주 쉽게 적응했죠. 방금 케틀한테서 이메일을 받았는데, 가을에 있을 집중 훈련 과정에 참가하고 싶답니다."

"놀랍군요." 메리는 아기 감시 장치가 작동하지 않을까 불안했다. 초록색 불이 정상적으로 깜박이긴 했지만 차에다 놓고 써 보기는 이번이 처음이었다.

"영혼 회복은 엘리너에게 아주 큰 도움이 될 텐데. 아, 그냥 혼자 소리 내서 생각하는 거예요." 그는 회전의자에 앉은 채 혼자 흥분해서 빙글 돌았다. 그 바람에 컴퓨터 스크린이 메리의 시야에서 가려졌다. 피부가 가죽 같은 늙은 에스키모 여자가 입에 파이프를 문 사진이 화면에 떠 있었다. "케틀이 엘리너와 함께 원의 중앙에서 의식을 인도한다면 말이죠, 그 모든 연결을 생각해 볼 때 굉장히 강렬한 효력이 있을 거예요." 그는 두 손의 손가락을 벌려 살살 깍지를 꼈다.

가련한 셰이머스, 하고 메리는 생각했다. 그는 사실 나쁜 사람은 아니었다. 그저 지독한 멍청이일 뿐이었다. 메리는 누구의 어머니가 더 짜증 나게 하는가를 놓고 패트릭과 경쟁하기도 했다. 케틀은 아무것도 남에게 주는 법이 없는데 엘리너는 모든 것을 주었다. 가족에게 베풀지 않는다는 점에서 그 결과는 매한가지였다. 그래도 메리는 나중에 '유산 상속을 예상'할 수 있었지만, 그것마저 꼼꼼하게 이기적인 어머니의 건강을 생각하면 가능성이 굉장히 희박했다. 자기 자신의 안락밖에 모르고, 재채기만 해도 금방 의사에게 달려가고, 매달 휴가를 가면서도 매번 마지막으로 갔던 휴가가 실망스러웠다는 이유로 그것을 '보상'받기 위해 다시 휴가를 가는 어머니였던 것이다. 패트릭은 상속권을 박탈당했다는 사실로 나쁜 엄마 내기에서 약간 앞섰다. 그러나 어쩌면 셰이머스가 케틀의 돈도 가로챔으로써 그 이점을 제거해 줄지 모른다. 결국 그는 사실 멍청이 연기를 뛰어나게 잘하는 나쁜 사람일까? 그 차이를 식별하기는 사실 어려웠다. 어리석음과 악의의 관계는 단단히 얽혀 있고 지극히 불투명하니까.

"점점 더 많은 연결이 보여요." 셰이머스가 손가락을 서로 빙빙 교차시키며 말했다. "솔직히 말해서 책을 더 쓰지는 않을 생각입니다. 그러다간 머리가 어떻게 될 수 있어요."

"그렇겠죠. 나는 책을 쓸 생각도 못 해요."

"오, 그런데 나는 첫머리는 썼어요. 사실 첫머리는 여럿 썼죠. 전부 첫머리이긴 하지만. 무슨 말인지 아세요?"

"모두 새로운 심장 박동으로 시작하겠죠. 아니면 북소리든 가."

"맞아요, 맞아요." 셰이머스가 말했다.

토머스가 잠을 깨서 우는 소리가 감시 장치를 통해 들려왔다. 메리는 신호가 닿는 거리 안에 있었다는 것을 알고 안도했다.

"아, 이런, 이제 가야겠어요."

"수일 내로 틀림없이 엘리너한테 가 보도록 할게요." 셰이머스가 문까지 따라 나서며 말했다. "심장 박동과 현재의 자신에게 충실한 삶에 대한 이야기 정말 고마워요—영감을 얻었어요."

셰이머스가 문을 열자 차임이 딸랑딸랑 울렸다. 그 소리에 메리는 문 위를 쳐다보았다. 달랑달랑 매달린 놋쇠 막대 뒤에 중국어 상형문자 세 개가 서로 얽혀 있었다.

"저 세 글자가 뜻하는 행복, 평화, 번영은 분리될 수 없죠." 셰이머스가 말했다.

"유감이네요. 처음 두 글자가 번영과 따로 있었으면 좋았을 텐데." 메리가 말했다.

"그렇군요, 그런데 번영이란 게 뭐죠?" 셰이머스는 차를 세워 둔 데로 메리를 따라가며 말했다. "궁극적으로 그건 배고플 때

먹을 게 있는 것이죠. 예를 들어 1840년대의 아일랜드에는 그 번영이 허락되지 않았어요. 지금도 전 세계 수많은 사람들에게 그 번영은 허락되지 않죠."

"휴! 1840년대 아일랜드를 위해 내가 할 수 있는 건 별로 없지만 토머스에게 '궁극적인 번영'을 줄 수는 있어요—아니, 그걸 그냥 원래대로 '점심'이라고 할까요?"

셰이머스는 고개를 뒤로 젖히며 화통하게 웃었다.

"그러면 문제가 더 간단하겠군요." 그는 메리의 등을 쓰다듬으며 말했다. 메리는 그의 손길이 거북했다.

메리는 차 문을 열고 보조 의자에서 토머스를 들어 안았다.

"토머스는 어때요?" 셰이머스가 말했다.

"아주 건강해요. 여기서 즐거운 시간을 보내고 있어요." 메리가 말했다.

"그건 아기 엄마의 훌륭한 보살핌 덕분이죠." 셰이머스의 손이 티셔츠를 입은 메리의 등에 뜨겁게 느껴졌다. "우리의 영혼과 관련된 일에 대해서도 같은 말을 할 수 있어요. 안전한 환경을 조성하는 건 대단히 중요하죠. 그게 우리가 여기서 하는 일입니다. 그리고 토머스가 지금 그것을 발견하는 것인지도 몰라요, 어떤 수준에서 말이죠."

"어쩌면 그럴지도." 메리는 토머스를 향한 칭찬을 거부하는 것이 꺼려져 그렇게 말했다. 사실 그것은 셰이머스 자신을 향한 것인 줄 알면서도. "토머스는 발견에 아주 능하니까요."

메리는 토머스를 안고 셰이머스의 손이 닿지 않게 거리를 둘 수 있었다.

"아!" 셰이머스는 두 손으로 그들에게 괄호를 두르듯 하고 말했다. "어머니와 자녀의 원형. 우리 어머니 생각이 나네요. 여덟 남매를 키우셨죠. 그때는 내 몫이라고 생각되는 관심을 끌기 위해 작은 수단들에 집착했던 것 같아요." 그는 깨우침이 없었던 어렸을 때의 자신을 너그러운 마음으로 추억하고 낄낄거렸다. "어머니의 관심을 끄는 건 우리 집에서는 확실히 큰 동력이었죠. 지금 내가 있는 곳에서 그때를 뒤돌아보고, 어머니가 자식들에게 끊임없이 베풀고 또 베풀었다는 것을 생각하면 놀라워요. 나는 우리 어머니는 보편적 원천, 어머니와 자녀의 원형에 담긴 에너지를 활용했던 것이라는 결론을 내렸죠. 내 말 무슨 말인지 아시겠어요? 내가 쓰는 책에다가 그런 것도 집어넣고 싶어요. 그 모든 게 샤먼의 일과 조화를 이룹니다—어느 정도는. 그걸 글로 쓰는 게 관건일 뿐이죠. 이에 대해 의견이 있으시면 무엇이든 환영합니다. 개인적인 희생의 차원을 넘어 무언가의 뒷받침을 받은 것 같은 느낌이 들었던 순간이 있으면 말해 주세요."

"생각해 보죠." 메리는 셰이머스가 어렸을 때 배운 그 작은 수단으로 다른 어머니들의 재산을 자기에게 넘기도록 했다는 것을 문득 깨달았다. "그러나 지금은 토머스에게 점심을 줘야겠군요."

"물론이죠, 물론이죠. 이야기 나눠서 아주 좋았어요, 메리. 정말 우리가 친해진 기분입니다."

"나도 많은 걸 알게 된 기분이에요."

예를 들어 메리는 "수일 내로 틀림없이 엘리너한테 가 보도록 할게요"라고 한 가냘픈 약속은 오늘도 내일도 모레도 가지 않으리라는 것을 의미한다는 걸 알게 되었다. 가진 것이라곤 이제 가짜 부댕 그림 두 점뿐인 여인에게 그 '작은 수단'을 허비할 이유가 어디 있겠는가?

메리는 토머스를 안아서 부엌으로 들어가 카운터 위에 앉혔다. 토머스는 입에서 엄지를 빼고 심각한 얼굴과 웃는 얼굴 사이에서 망설이는 듯한 야릇한 표정으로 메리를 쳐다보았다.

"셰이머스는 정말 이상해, 엄마." 토머스가 말했다.

메리는 웃음을 터트렸다.

"맞아." 메리는 토머스의 이마에 키스를 했다.

"셰이머스는 정말 이상한 사람이 맞아!" 그리고 토머스는 엄마를 따라 웃으면서 더 크게 웃으려는 시늉인지 눈을 찡그렸다.

하루에 엘리너와 셰이머스 두 사람을 다 만났으니 메리가 피곤한 것도 당연했다. 쑤시는 몸과 새하얘진 머릿속에서 더 이상

주의력을 짜내는 일이 어려운 것도 당연했다. 오늘 무슨 중요한 일이 일어났다. 그것이 무엇인지는 확실하지 않았지만, 메리가 긴 세월의 갈등을 끝낼 수 있는 유일한 계기인 댐이 터지는 사건이란 것만은 분명했다. 그러나 토머스가 침대 위에서 벌거벗고 뛰고 있는 지금 당장은 그게 무엇인지 생각해 낼 시간이 없었다.

"조금 전에 굉장히 높이 뛰었어." 토머스가 다시 일어서며 말했다. "엄마, 엄마는 놀란 게 맞아."

"그럼, 예쁜 것. 오늘 밤엔 뭘 읽을까?"

토머스는 어려운 질문에 집중하느라 뛰는 것을 멈추었다.

"막대사탕에 대해 합리적으로 이야기하자." 토머스는 패트릭이 쓰고 생나제르에 남겨 둔 오래된 책에서 본 구절을 생각해 냈다.

"업핑 박사와 다우닝 박사?"

"아니, 엄마, 그건 싫어."

메리는 책장에서 『바바와 그리피턴 교수』를 꺼내 가지고 보호대를 넘어 침대로 올라갔다. 그들은 그날 하루를 돌아보는 의식을 치렀다. 메리는 늘 하는 질문을 했다. "오늘 우리 뭘 했지?" 토머스는 메리가 바라던 대로 뛰기를 멈추었다.

토머스는 목소리를 낮추고 엄숙하게 고개를 가로저었다.

"피터 래빗이 내 포도를 먹고 있었어." 토머스가 말했다.

"저런!" 메리가 충격을 받았다는 듯 말했다.

"맥그리거 씨가 셰이머스한테 무척 화를 낼 거야."

"셰이머스한테 왜? 포도를 먹은 건 피터 래빗이라며."

"아냐, 엄마, 셰이머스가 먹었어."

토머스가 무엇을 '발견'하고 있었든 그것은 셰이머스가 '영혼 관련 일'을 위해 조성한다고 떠벌린 '안전한 환경'의 느낌이 아니라 도둑질의 분위기였을 것이다. 셰이머스가 자신의 인생에 번영의 차임을 그토록 크게 딸랑딸랑 울려 준 엘리너를 그렇게 금방 예의 없이 취급할 수 있다면 그에게 패배한 경쟁자들에게 했던 엘리너의 약속을 애써 지킬 리 있을까? 그의 상상의 공간은 서로 경쟁하는 형제자매들로 북적였다. 그는 그 안에서 벌어지는 태고의 경쟁에서 싸워 이기기 위하여 특공 훈련도 받지 않은 패트릭과 메리를 입양해 불러들인 것이다. 감각 차단 탱크도 사 주지 못하는 늙은 여자가 그에게 무슨 의미가 있을까? 게다가 매년 8월 한 달 동안 그의 재단을 어수선하게 만드는 그 자손들은 또 무슨 의미가 있을까?

I2

"하지만 이해가 안 돼요. 왜 떠나야 해요?" 로버트가 짐을 싸는 메리를 보며 물었다.

"너도 알잖니." 메리가 말했다.

로버트는 침대에 걸터앉아 어깨를 앞으로 웅크리고 손은 허벅지 아래 끼워 넣고 있었다. 시간이 있었더라면 메리는 그 옆에 앉아 로버트를 끌어안고 더 울게 해 주었을 것이다. 그러나 토머스가 자는 사이에 짐을 싸야 했다.

메리는 상실의 기운과 동시에 떠나고 싶은 열망에 시달리며 지난 이틀 동안 한숨도 못 잤다. 집과 그림, 나무, 엘리너의 치아, 패트릭의 유년기, 아이들의 휴가. 메리의 지친 마음에 그것들은 모두 홍수가 지나간 자리에 쌓인 잔해와도 같았다. 메리는 지난 7년 동안 패트릭이 두 주먹을 불끈 쥐고 그의 유년기를 끈처럼 조금씩 풀어내는 것을 지켜보았다. 이제 메리는 당장 그곳을 떠나고 싶었다. 패트릭이 느끼는 부당하다는 느낌이 로버트에게 전염되지 않게 막기에는 이미 너무 늦었지만 토머스만은 그 상속권 박탈의 드라마에 휘말리지 않게 할 수 있을 터였다. 그들 가족은 반으로 갈라지고 있었다. 그것은 이곳을 떠나야만 봉합될 수 있을 것이다.

패트릭은 엘리너에게 작별 인사를 하러 갔다. 다시는 못 볼지도 모르니 돌이킬 수 없이 신랄한 말은 하지 않겠다고 약속하고 갔다. 그는 물론 어머니의 죽음이 분명히 다가왔다는 연락을 받으면 이곳으로 날아와 어머니의 손을 잡아 주겠지만, 온 가족이 요양원에서 임종을 지키기 위해 이곳에 와서 그랜드 호텔에 묵는다는 것은 현실적으로 생각할 수 없는 일이었다. 메리는 엘리너가 그들의 인생에서 완전히 사라지기를 고대했다는 것을 인정하지 않을 수 없었다.

"셰이머스를 죽이면 우리가 집을 가져요?" 로버트가 물었다.

"아니. 재단의 다음 책임자에게 돌아갈 거야."

"그건 너무 불공평해." 로버트가 말했다. "하지만 내가 책임자가 된다면. 그래! 나는 천재야!"

"그럼 네가 재단을 관리해야 하는데?"

"아, 맞아, 그렇지." 로버트가 말했다. "음, 그럼 어쩌면 셰이머스가 회개할 거야." 로버트는 강한 아일랜드 말투를 흉내 내 말했다. "나는 이제 용서를 빌 뿐입니다, 메리. 당신과 당신 자식들의 집을 훔치려고 하다니, 내가 어쩌다 그랬는지 나도 모르겠어요. 하지만 이제 정신을 차리고 보니, 당신이 내게 받은 고통을 용서할 마음이 든다 해도 나는 나 자신을 결코 용서하지 못할 겁니다." 로버트는 흐느껴 울기 시작했다.

메리는 그의 꾸민 흐느낌이 진짜에 가깝다는 것을 알았다. 토머스가 태어난 이후 처음으로 그녀를 가장 필요로 하는 사람은 로버트라는 생각이 들었다. 로버트의 큰 장점은 주위에서 일어나는 일을 통제하는 데 시간을 허비하기보다는, 많은 경우 그러기도 하지만, 그것을 가지고 장난을 치는 데 더 큰 관심을 보인다는 것이었다. 그 장난기가 가라앉은 지난 며칠 동안은 소망과 갈망과 회한이 소용돌이쳤다. 메리는 그 장난기가 다시 돌아오는 것을 보았다. 메리는 귓결에 들은 것들을 흉내 내어 주워섬기는 로버트의 버릇에 익숙해지지 않았다. 로버트가 가장 최근에 집착하는 대상이 셰이머스였던 것은 당연한 일이었다. 메리는 너무 지쳐서 억지로 웃음을 지어 보일 뿐 아무것도 하지 못한 채 잠자코 한 주 전에 꺼내 놓았던 그의 수영복을 접었다. 모든 일이 너무 빨리 일어났다. 로버트와 도착한 날 패트릭은 케빈과 아넷이 있을 '공간'을 낼 수 있는지 묻는 셰이머스의 쪽지를 발견했다. 셰이머스는 대답을 듣기 위해 그다음 날 아침 식사 시간에 들이닥쳤다.

"방해가 되는 건 아닌지 모르겠어요." 그는 큰 소리로 말했다.

"전혀요." 패트릭이 말했다. "이렇게 금방 오다니 고맙군요. 커피 한 잔 할래요?"

"아니, 괜찮아요. 요즘 글을 쓰느라고 강행군하느라 카페인을 너무 남용해서 말이죠."

"괜찮다면 나는 잠깐 가서 혼자라도 카페인을 좀 남용해야겠는데."

"좋을 대로." 셰이머스가 말했다.

"나를 손님 대하듯 하는군." 패트릭은 목줄을 풀어 놓은 사냥 개처럼 말했다. "1년에 한 달은 당신이 내 손님 아닌가? 그게 문제의 핵심인데. 우리 어머니가 이 집을 기증한 조건은 우리 가족이 8월 한 달은 이 집을 쓰는 것이란 건 당신도 알잖소. 우리 가 와 있을 때 당신 친구들을 여기에 들이지 않을 거요."

"글쎄, 그 '조건'이라고 하면 상당히 법률적이긴 하지만," 셰이머스가 말했다. "재단에 관한 문서에는 당신 가족에게 공짜 휴가를 제공하라는 내용은 없어요. 당신이 어머니의 요청을 받아 들이느라 치러야 했던 문제에 대해서는 진정으로 동정합니다. 그래서 당신의 부정적인 태도를 얼마쯤이든 참을 각오를 하고 있었죠."

"어머니의 요청이 내게 문제였던 것을 이야기하는 게 아니라,

그 요청과 관련해서 당신이 안고 있는 문제를 이야기하는 거요. 화제에서 벗어나지 맙시다."

"그 둘은 불가분의 관계에 있는데."

"바보들에게는 모든 게 불가분하게 보이지."

"인신공격을 할 것까진 없잖소. 그 둘은 엘리너가 무엇을 원했는가를 아는 것에 달린 문제니까 불가분의 관계죠."

"어머니가 원한 건 분명하지. 분명하지 않은 건 당신이 당신 마음에 안 맞는 부분을 받아들일 수 있느냐 하는 것이고."

"그런데 나는 그보다 더 포괄적인 시각에서 바라봐요, 패트릭. 나는 그 문제는 전체론적인 입장에서 봐요. 난 우리가 함께 해결책을 찾을 필요가 있다고 생각해요. 당신과 당신 가족, 케빈과 아넷, 그리고 나. 우리가 이 공동체에 제공하는 것과 거기서 얻기를 기대하는 것을 표하는 의식을 치를 수도 있겠지."

"저런, 또 의식 이야기인가. 당신들은 툭하면 의식을 치르는데 왜 그러지? 그냥 대화를 나누는 게 뭐가 어때서? 내가 십 대 때 지금 당신이 지금 쓰는 별채를 써서 아는데, 거기에 침실이 두 개 있을 텐데. 당신 친구들을 그중 안 쓰는 방에 재우면 되잖소."

"그건 내 서재 겸 사무실이라서."

"그들이 당신의 사적 공간을 침범해서는 안 된다?"

토머스는 메리의 품에 안겨 있다가 꿈틀거리며 빠져나와 여기저기 돌아다니기 시작했다. 토머스가 그렇게 돌아다니고 싶어 하는 것을 보고 메리는 그 방의 나머지 사람들이 얼마나 경직되었는지 더 선명히 의식하게 되었다. 메리는 패트릭이 일종의 중년의 사춘기 속에 냉동된 듯한 모습을 보는 게 즐겁지 않았다. 그는 독단적이고 냉소적이고, 어머니의 행동에 분개했고, 셰이머스가 쓰는 그 별채를 여전히 자신이 십 대의 예닐곱 해여름을 거의 독립적으로 보낸 은신처로 생각했다. 오직 토머스만이 이 특수한 좌표 속에서 그의 위치가 주어지지 않았기 때문에 바닥으로 내려가 마음이 이끄는 곳은 어디든 마음대로 다닐수 있었다. 메리는 품에서 빠져나간 토머스를 바라보면서 패트릭과 셰이머스가 펼쳐 보이는 광경에서 어느 정도 거리를 둘 수있었다. 그런 가운데 평소의 셰이머스가 보이는 공허한 붙임성이 뚱한 폭력적 기운에 압도되는 것이 느껴졌다.

"라플란드의 카리부 목동들 가운데," 패트릭은 다시 셰이머스를 향해 말했다. "제일 높은 샤먼이 마법의 버섯을 먹은 순록의 오줌을 받아 마시면 그의 오줌을 조수가 받아 마시고 또 그 조수의 조수가 그 조수의 오줌을 받아 마시고 하면서 제일 서열이 낮은 샤먼까지 내려가게 되는데, 가장 밑바닥의 샤먼은 열두 서열을 거치며 걸러진 카리부 오줌이라도 조금 마시려고 애걸하며 눈 속에서 구른다는 이야기 아시오?"

"모르는 이야기요." 셰이머스는 쌀쌀하게 말했다.

"난 그 분야는 당신이 전문가인 줄 알았는데." 패트릭은 놀랍다는 듯 말했다. "아무튼, 역설적인 것은 그 1등급 오줌, 다시 말해서 그 첫 번째 마약 오줌은 가장 유독해요. 제일 높은 늙은 샤먼은 가엾게도 비틀거리고 땀을 흘리며 독소를 빼내려고 무진 애를 쓰는데, 그렇게 해서 몇 사람의 간에 손상을 준 다음에 얻은 오줌은 무해하면서도 환각 효능을 그대로 함유하고 있다는 것이죠. 그 정도로 인간은 신분에 집착하기 때문에 마음의 평화와 소중한 시간을 희생하면서까지 철저히 유해한 경험이 될 것을 향하여 힘들여 나아간다는 것이오."

"그거 아주 흥미로운 이야기로군요." 셰이머스가 말했다. "하지만 그게 내가 지금 당면한 문제와 무슨 상관이 있는지 모르겠소."

"단 하나, 내가 인정하는 자부심을 생각할 때, 나는 이 '공동체'의 오줌 위계의 밑바닥에 있을 생각이 없다는 것이오."

"당신이 이 공동체의 부분이 되고 싶지 않다면 여기에 굳이 있지 않아도 됩니다." 셰이머스는 조용히 말했다.

침묵이 깔렸다.

"좋아." 패트릭이 말했다. "이제 적어도 당신이 정말로 원하는 게 뭔지 알겠군."

"**아저씨가 떠나요!**" 로버트가 소리쳤다. "그냥 우리를 가만 내버려 둬요. 여기는 우리 할머니의 집이고 우리는 아저씨보다 더 여기에 있을 권리가 있어요."

"모두 진정해요." 메리는 로버트의 어깨에 손을 얹고 말했다. "우리는 내년에 여기 오든 안 오든 아이들과 함께 휴가를 보내는 중에는 떠나지 않을 거예요. 그 친구들 문제는 아마 절충할 수 있을 거예요. 당신이 한 주 그 사무실을 희생하고 우리가 떠나기 전 마지막 주에 그들을 여기서 묵게 하면 되겠죠. 그러면 그런대로 모두에게 공평할 것 같아요."

셰이머스는 탄력을 받는 분노와 합리적인 사람으로 보이고 싶은 욕구 사이에서 머뭇거렸다.

"그건 나중에 알려 드릴게요. 솔직히 말해서 나는 결정을 내리기 전에 우선 부정적 감정을 좀 처리해야겠어요."

"그럼 어서 가서 처리하시오." 패트릭은 그러면서 일어나 대화를 끝냈다. "좋을 대로 하라고. 어떤 의식도 치르고."

패트릭은 식탁 옆으로 돌아가며 셰이머스를 집에서 몰아내듯 두 팔을 펼쳤다가 별안간 멈추어 섰다.

"그나저나," 패트릭은 그에게 가까이 몸을 기울이고 말했다. "우리 집사람 말로는 당신이 이제 집을 넘겨받았다고 우리 어머니를 버렸다던데. 그게 사실인가? 어머니가 당신에게 얼마나 많은 것을 주었는데, 이제는 기껏 언제 잠깐 들를지도 모른다고?"

"내가 엘리너와 나누는 우정의 중요성에 대한 당신의 잔소리는 필요 없소." 셰이머스가 말했다.

"이보시오, 나도 어머니가 함께 있기 즐거운 상대가 아니란 건 알지만, 그건 두 사람의 공통점이고, 당신이 발견한 매장물에 딸려 오는 부분이란 말이오." 패트릭이 말했다.

"이제 당신의 적대적 태도를 견딜 수가 없소." 셰이머스의 얼굴이 벌겋게 달아올랐다. "참으려고 해도—"

"참는다고?" 패트릭이 그의 말을 끊었다. "우리가 있는 이 집에 당신이 친구들을 재우려 하고, 어머니한테 더 이상 짜낼 게 없으니까 어머니를 쓰레기 더미에 던져 버렸으면서 누가 누굴 참아? 그 '참는다'는 말을 그런 데다 쓰는 사람이라면 국어 공부를 먼저 해야지, 어떻게 책을 쓸 계약을 맺지?"

"내가 이런 모욕을 참고 견딜 필요는 없소." 셰이머스가 말했다. "엘리너는 나와 이 재단을 설립했어요. 그리고 엘리너는 재단의 성공을 손상시킬 일은 원치 않으리란 걸 난 알아요. 내 생각에 정말 비극적인 것은 당신이 자기 어머니의 인생 목적에 이 재단이 얼마나 중심적인 자리를 차지하는지 보지 못하고, 자기 어머니가 얼마나 비범한 여자인지도 모른다는 것이오."

"나를 단단히 잘못 알고 있군. 나는 우리 어머니보다 더 비범한 어머니는 없을 거라고 생각하는데."

"이러다가 끝이 어떻게 될지 너무 분명해요." 메리가 말했다. "열을 식힐 시간을 좀 갖자고요. 악감정만 더 커지는데 뭘 어쩌자는 건지 모르겠어요.

"하지만 여보, 이제 남은 건 악감정뿐이야."

그것은 정말 그에게 남은 전부였다. 패트릭의 경멸적 태도로 엉망진창이 된 휴가를 구제하는 임무가 자기에게 떨어질 것을 메리는 알고 있었다. 메리는 지칠 줄 모르고 수완을 발휘하는 동시에 그에게 전적으로 동조하리라는 자신에 대한 패트릭의 기대를 받아들일 수도 실망시킬 수도 없었다.

토머스를 안아 들면서 자신의 고독이 엄마의 신분이 된 후 얼마나 크게 깨졌는지 다시금 깨달았다. 이십 대의 대부분을 홀로 생활한 메리였다. 로버트를 임신하기 전까지만 해도 자기 아파트에서 고집스럽게 혼자 살았다. 메리는 그렇게 사람의 홍수로부터 거리를 둘 필요가 절실했다. 그런데 이제는 혼자 있는 시간이 거의 없었다. 그럴 시간이 생겨도 가족을 돌볼 의무를 생각하는 일에 모두 소요되었다. 도외시된 의미는 뜯어보지 않은 편지처럼 쌓여만 갔다. 그 편지들에는 자신의 삶이 분석되지 않고 있음을 갈수록 더 위협적으로 상기시켜 주는 메모가 들었다는 것을 메리는 알았다.

고독은 지금 메리와 토머스가 공유하는 무엇이었다. 메리는 유아와 관련해서 "엄마와 있는 곳에서 홀로"라고 한 조니의 말이 생각났다. 그 말이 잊히지 않았다. 패트릭과 셰이머스의 말다툼 뒤에 메리는 토머스와 함께 앉아 있었다. 토머스가 가장 좋아하는 놀이는 호스를 비스듬히 잡고 물이 은색의 곡선을 그리며 땅에 떨어지는 모양을 지켜보는 것이었다. 메리는 그에게 물을 유용한 데 쓰라고, 화초에 물을 주라고, 바지에 흙탕물이 튀지 않게 하라고 말하고 싶은 압박감을 느꼈지만 이에 굴복하지 않았다. 토머스의 무용한 놀이에서 일종의 자유를 보았던 것이다. 토머스는 아무런 성과도, 계획도, 이득도 생각하지 않았다. 그저 물이 흐르는 것을 구경하기 좋아했을 뿐이다.

간절히 바라던 대로 이제 떠나는 것이 불가피해 보임에 따라 노스탤지어에 잠길 만도 한데, 메리는 차가운 시선으로 뜰과 경치와 구름 없는 하늘만 물끄러미 바라보았다. 이제 떠날 때가 되었다.

집으로 들어간 메리는 잠시 쉬기 위해 침실로 갔다. 침대에는 패트릭이 큰 대자로 드러누워 있었다. 그 옆에는 레드 와인 한 잔이 놓여 있었다.

"당신 오늘 아침 나한테 별로 호의적이지 않던데." 패트릭이 말했다.

"그게 무슨 말이야? 난 적대적이지 않았어. 당신이 셰이머스와 다투는 일에 여념이 없었던 것이지."

"그럼, 전쟁터의 동료애가 식고 있나 보군." 패트릭이 말했다.

메리는 침대에 걸터앉아 멍하니 그의 손을 쓰다듬었다.

"옛날엔 오후에 우리 같이 자곤 했는데, 기억 나?" 패트릭이 물었다.

"토머스 방금 잠들었어."

"진짜 이유는 그게 아니잖아. 우리가 욕구 불만으로 이를 갈면서 침대에 뛰어들 기회만 엿보는 관계는 더 이상 아니지. 그럴 가능성조차도 없어." 패트릭은 눈을 감았다. "난 우리가 마치 희끄무레한 빛이 비치는 터널을 따라 질주하고 있는 느낌이 들어……"

"어제 그랬잖아, 공항에서 이리 오는 길에." 메리가 말했다.

"골수를 싹 뽑아낸 뼈 같았지." 패트릭은 메리의 말은 아랑곳없이 계속했다. "아무것도 이전과 똑같지 않아, 칵테일 바에서 웨이트리스에게 그 마법의 말을 아무리 자주 반복해서 말해도 매번 다르듯이."

"내 경우엔 절대 안 그래." 메리가 말했다.

"대단하네." 패트릭은 여전히 눈을 감은 채 갑자기 입을 다물었다.

그녀가 너무 매정했나? 자선을 베풀어 입으로라도 해 주어야 할까? 언제나 요구를 들어주기 난감한 때에 맞춰 그는 이렇게 관심을 가져 달라고 간청한다고 메리는 생각했다. 그래야 독선적으로 외도할 수 있겠지. 메리가 성교하려 했다면 패트릭은 반감을 느꼈을 것이다. 그러나 과연 그랬을까? 메리가 먼저 성관계를 가지자고 하지 않는다면 그것을 어떻게 알아낼 수 있을까? 그녀에게 성적인 모든 것은 소멸되었다. 그것을 외도 탓으로 돌릴 수 없었다. 그 소멸은 토머스가 태어나는 순간 일어났기 때문이다. 메리는 그 단절의 힘에 놀라지 않을 수 없었다. 그 힘에는 본능과 같은 권위가 있었다. 그 본능은 지치고 약해지고 손상된 패트릭에게 향하던 모든 자원을 새로 태어난 아이의 흥분된 잠재력으로 방향을 바꾸었다. 로버트를 낳았을 때도 마찬가지였으나 그때는 그런 상황이 몇 달 가지 않았다. 그런데 이번에는 메리의 성생활이 토머스와의 친밀한 관계 속에 포함되었다. 패트릭과의 관계는 죽었다. 그렇다고 죄책감과 의무감이 그 장례식에 모습을 드러내지 않은 것은 아니었다. 메리는 패트릭 옆에 쓰러지다시피 드러누웠다. 아무런 생각 없이 몇 초간 천장을 뚫어지게 바라보다 눈을 감았다. 그들은 그렇게 나란히 누워 선잠 속에 표류했다.

"앗, 나 좀 봐." 메리는 여행 가방 옆에 무릎을 꿇고 앉았다가 벌떡 일어나 로버트를 바라보며 말했다. "네 할머니하고 샐리더러 오지 말라고 취소하는 걸 깜박했네."

"정말 굉장히 실망스럽구나." 로버트가 외할머니의 목소리를 흉내 내 말했다.

"어디 네 말이 맞나 볼까." 메리는 로버트 옆에 앉아 어머니에게 전화를 걸었다.

"이런 참, **정말** 실망스럽구나." 케틀이 말했다. 메리는 수화기를 손으로 막고 웃음을 참으면서 "딱 맞았어"라고 로버트에게 속삭였다. 그는 의기양양해서 두 손을 번쩍 들어 올렸다.

"그래도 오세요." 메리가 케틀에게 말했다. "셰이머스는 우리보다 어머니와 있는 걸 더 좋아하는 것 같은데. 그럼 정말 좋아하는 거죠." 메리는 굉장히 한참 침묵하다가 덧붙였다.

샐리는 그 대신 런던 집으로 그들을 보러 오겠다고 했다. 그리고 상황이 그렇게 된 것은 '좋은 소식'이라는 의견을 피력했다.

"외부인에게 그곳은 공기를 밖으로 빼고 있는 아름다운 유리종 같아. 병이 터지기 전에 탈출해야지."

"샐리는 우리가 떠나게 돼서 기쁘다네." 메리가 말했다.

"치! 샐리 아줌마가 자기 집을 잃었으면 좋겠어, 우리도 그래서 기쁘다 그러게." 로버트가 말했다.

패트릭은 요양원에 다녀와서 메리가 닫으려고 애를 쓰는 여행 가방 위에 종이쪽지 하나를 놓았다. 그리고 문 옆의 의자에 털썩 주저앉았다. 메리는 흐린 연필로 쓴 쪽지를 집어 읽어 보았다.

내가 여기서 할 일은 끝났다. 이제 집에 가고 싶어.
켄싱턴에 요양원을 알아봐 주겠니?

메리는 쪽지를 로버트에게 주었다.

"내가 어느 문장을 보고 가장 기뻤는지 분간을 할 수가 없어."
패트릭이 말했다. "어머니가 켄싱턴으로 이사하면 샤먼과 관련 없이 비축해 둔 얼마 안 되는 자금은 1년 내에 공중 분해될 거야. 그런 뒤에 어머니가 계속 살겠다는 악취미를 가졌다고 생각해 봐. 그러면 켄싱턴에 사는 누가 식물인간처럼 살아가는 어머니를 모셔야 할까?"

"난 저 물음표가 마음에 들어." 메리가 말했다.

"어머니의 진짜 천부적 재능은 우리의 감정적 충동과 도덕적 충동을 정면으로 충돌시키는 데 있어. 어머니는 번번이 내가 옳은 일을 하는 걸로 나 스스로를 미워하게 만들어. 미덕을 그 자체로 벌이 되게 하는 거지."

"셰이머스의 관심사는 오직 돈이었다는 것을 어머니가 알게 되는 참혹한 경험은 면하게 해 드려야 한다고 나는 생각해."

"왜? 그런 일 당해도 싸잖아." 로버트가 말했다.

"잘 들어." 패트릭이 말했다. "내가 오늘 본 건 겁먹은 사람이었어. 홀로 죽는 게 두려운 거야. 셰이머스에게 버림받은 것처럼 자기 가족에게 버림을 받을까 봐 두려운 것이지. 자기가 개판을 쳤다는 것을 알기 때문에 두려운 거야, 자기 어머니가 걸었던 인생의 축도를 그대로 따라 몽유병자처럼 지나왔다는 것을 알기 때문에 두려운 거고. 우리가 어머니의 요청에 응하면 어머니는 자선 활동에서 가족으로 갈아탈 수 있지. 기본적으로 어느 쪽이든 이제는 끝장났지만 그렇게 갈아타면 어머니는 약간의 위안을 얻다가 결국 다시 지옥 같은 상태로 돌아가고 말 거야."

모두 말이 없었다.

"그게 지옥이 아니라 연옥이기를 바라야지." 메리가 말했다.

"그건 잘 모르겠어." 패트릭이 말했다. "만일 연옥이란 곳이 사람을 비하하는 곳이 아니라 순화하는 곳이라면, 어머니에게는 그런 기색이 안 보이거든."

"그래도 최소한 우리에게는 연옥이 될지 모르지."

"이해가 안 돼." 로버트가 말했다. "할머니가 우리와 같이 살 거야?"

"우리 집이 아니야." 메리가 말했다. "요양원에서 사실 거야."

"그럼 우리가 돈을 내?"

"아직은 아니야." 메리가 대답했다.

"하지만 그러면 셰이머스가 완전히 이기는 거네." 로버트가 말했다. "셰이머스는 집을 가지는데 우리는 불구자를 가지게 되니까."

"할머니는 불구자가 아니라 환자야." 메리가 말했다.

"오, 미안, 그러니까 기분이 훨씬 좋아졌어. 우리는 운이 좋아." 그리고 로버트는 텔레비전 프로그램 사회자의 목소리를 가장해 말을 이었다. "오늘 행운의 수상자, 런던에서 온 멜로즈 가족은 근사한 일등상을 가져가시겠습니다. 이 굉장한 **환자**는 말도 못 하고 걷지도 못합니다. **그리고** 대소변을 가리지도 못합니다."로버트는 열광적인 박수갈채 소리를 내고는 위안을 주는 엄숙한 말투로 바꾸었다. "셰이머스 씨, 안됐습니다." 로버트는 상상 속 경쟁 참가자의 어깨에 팔을 얹었다. "선전하셨습니다만 결국 **더딘 죽음** 시합에서 멜로즈 가족에 패하셨습니다. 그러나 빈손으로 집에 가시지 않을 겁니다. 저희가 프랑스 남부에 숲 30에이커가 딸린 집 몇 채와 커다란 풀장과 어린아이들이 놀 수 있는 정원이 있는 사유지를 사은품으로 준비했습니다……"

"놀랍구나. 그건 대체 어디서 생각해 낸 거니?"메리가 말했다.

"셰이머스는 아직 모르는 것 같아."패트릭이 말했다. "어머니가 나더러 어떤 그림엽서를 읽어 달라고 했는데, 우리가 떠난 뒤에 어머니를 보러 오겠다는 내용이었지. 그러니까 아직 어머니한테 다녀가지 않은 거야."

"셰이머스가 다녀가면 생각을 바꾸실 것 같아?"

"아니. 어머니는 그 쪽지를 주면서 미소를 지으셨어."

"예의 그 기계적인 미소였어? 아니면 환한 미소?"

"환한 미소."패트릭이 말했다.

"우리가 생각했던 것보다 더 비참한 상황이네." 메리가 말했다. "어머니는 셰이머스의 동기에 대한 진실에서 도망치고 있을 뿐 아니라 또 하나의 희생을 하고 계셔. 이제 셰이머스에게 줄 수 있는 것이라곤 어머니 자신이 사라져 주는 일만 남은 것이지. 조건 없는 사랑. 사람들이 할 수만 있다면 대개는 자식들에게만 베푸는 건데. 이 경우엔 어찌 된 게 자식들이 희생물이네."

"기독교적인 악취도 풍기지." 패트릭이 말했다. "유용한 일을 함과 동시에 자신의 무가치함을 받아들이는 것—둘 다 상한 자존심에 복무하지. 어머니가 여기 그대로 있으면 셰이머스의 배신에 신경을 쓰지 않을 수 없을 테지만, 이 쪽지대로 하면 우리가 배신당하는 쪽이 되지. 난 어머니의 고집을 극복할 수가 없어. 사람을 고집불통으로 만드는 데는 하나님의 뜻을 행하는 것만한 게 없지."

"어머니는 말도 못 하고 돌아다니지도 못하시는데 이 영향력을 봐." 메리가 말했다.

"그래. 우리가 중간에서 이렇게 떠드는 건 인생의 양쪽 끝에서 발생하는 울음과 신음에 비하면 아무것도 아니지. 말 못 하는 폭군 다음에 또 다른 말 못 하는 폭군의 지배를 차례차례 받으니 정말 돌아 버리겠어."

"우리 내년 휴가 땐 어디 가요?" 로버트가 물었다.

"어디든." 패트릭이 말했다. "우리는 이제 이 프로방스의 완벽한 환경에 포로가 아니야. 이제 그림엽서 같은 이곳에서 벗어나 길을 떠나는 거다." 그는 침대의 로버트 옆에 앉았다. "보고타! 블랙풀! 르완다! 상상이 이끄는 곳은 어디든. 동토 지대의 웅덩이들 사이에 피어나는 알래스카의 덧없는 여름을 상상해 봐. 티에라델푸에고 제도도 이맘때는 괜찮지. 거기는 해변이 그리 붐비지도 않아. 물론 비곗덩어리 바다사자들이 법석을 떠는 것 말고는. 우리는 지중해의 뻔한 즐거움은 충분히 즐겼잖니. 수상 자전거나 나무를 때서 구운 피자 같은 것들. 세상은 우리에게 굴과 같단다."*

"난 굴 싫은데." 로버트가 말했다.

"그렇지, 내가 그걸 잊고 실수했구나." 패트릭이 말했다.

"그래, 어디 가고 싶니?" 메리가 물었다. "어디든 가고 싶은 데 골라 봐."

"미국." 로버트가 말했다. "미국에 가고 싶어요."

"안 될 거 없지. 유럽 사람들이 추방당할 때 전통적으로 가는 곳인데." 패트릭이 말했다.

"우린 추방당하는 게 아니라 마침내 해방되는 거야." 메리가 말했다.

---

* The world is our oyster. 셰익스피어의 『윈저의 즐거운 아낙네들』에서 유래한 관용어로 굴에 생기는 진주를 염두에 둔 말이다. 마음먹은 것은 무엇이든 다 할 수 있고, 원하는 곳은 어디든 갈 수 있다는 것을 뜻한다.

2003년 8월

13

미국은 그가 상상했던 그대로일까? 전 세계 여느 나라 사람들과 마찬가지로 로버트는 평생 미국을 상징하는 이미지에 둘러싸여 살았다. 그는 그곳을 상상으로 이미 다 보았는지 모른다. 그래서 아무것도 보지 못할지 모른다.

미국의 첫인상은 히스로 공항에서 비행기가 이륙하기 전에 받은 것으로, 우스꽝스럽게 폭신한 느낌이었다. 체중에 눌려 무릎 부위의 살이 처진 어느 빨강 머리 여자 때문에 통로가 막혀 탑승객들이 지나가지 못하고 있었다.

"난 저기에 못 앉아. 저 안에 들어갈 수 없어." 그 여자가 헐떡이며 말했다. "린다가 나더러 창가에 앉으라는데 저 안은 나한테 너무 좁아."

"린다, 네가 저기 앉아." 그들의 거대한 아버지가 말했다.

"아빠!" 린다는 자기 몸의 크기를 보라며 항변하는 듯했다.

로버트의 눈에는 런던의 관광 명소 앞에서 볼 수 있는 미국인의 전형적인 모습 같았다. 미국인의 비만은 부드러운 느낌을 주는 특별한 종류의 비만이었다. 미식으로 힘들게 얻은 지방질이나 트럭 운전사들의 거대한 몸집이 아니라, 세상이 위험하므로 자기가 직접 자신의 에어백이 되기로 한 것 같은 걱정 많은 사람들의 지방질이었다. 그들이 탄 버스가 땅콩을 가지고 타지 않은 어떤 사이코패스에게 납치된다면 어떻게 될까? 그러니 지금 땅콩을 다 먹어 두는 게 좋다. 테러 사건이 일어났을 때 설상가상으로 배까지 고프면 어쩌겠는가, 하고 그들은 먹어 대는 것일까?

결국 그 에어백들은 각자 몸이 눌릴 지경으로 좁은 좌석에 앉았다. 로버트는 그런 흐리멍덩한 얼굴들은 처음 보았다. 그 얼굴들은 거대한 몸에 그린 스케치에 지나지 않았다. 그 아버지의 이목구비는 상대적으로 볼록하게 도드라졌는데도 양초가 녹고 남은 찌꺼기 같아 보였다. 에어백 부인은 통로 쪽 좌석에 자신의 몸을 가까스로 집어넣으면서 자기 때문에 지나가지 못하고 길게 늘어섰던 탑승객들을 바라보았다. 흐린 담갈색 눈에 어린 피곤한 빛은 갈색 얼룩 같았다.

"참아 주셔서 고맙습니다." 에어백 부인은 신음 소리를 내며 말했다.

"우리가 준 게 없는데 고맙다고 하니 친절도 하군." 패트릭이 말했다. "나는 저 여자한테 민첩하게 움직여 줘서 고맙다고 해야 하나."

메리는 그에게 표정으로 주의하라는 신호를 보냈다. 그들의 자리를 찾고 보니 에어백 가족 바로 뒷줄이었던 것이다.

"이륙할 때는 팔걸이를 내려놔야 할 거야." 에어백 아버지가 린다에게 주의를 주었다.

"엄마하고 나하고 이 좌석들을 공유하고 있어." 린다가 킥킥 웃었다. "우리 엉덩이가 퍼져서 옆으로 넘어가 있어!"

로버트는 앞좌석 등받이 틈으로 그들을 엿보았다. 그는 그들이 어떻게 팔걸이를 내려놓을지 알 수 없었다.

에어백 가족을 본 뒤, 로버트가 느낀 폭신함의 느낌은 사방으로 확산되었다. 날이 더워 왁스처럼 번들번들한 얼굴로 도착한 날 오후, 여기저기 깃발이 걸린 맨해튼 미드타운의 돌로 지은 마천루 거리에서 본 딱딱한 얼굴들조차 로버트에게는 모든 것을 기대해도 좋다는 말에 속아서 분해하는 어린아이들의 폭신한 얼굴처럼 보였다. 위로를 받을 준비가 된 그 어린아이들에게는 언제든 무엇이든 먹을 것이 있었다. 프레첼 가판대, 아이스크림 트럭, 음식 배달 서비스, 카운터에 비치된 땅콩 그릇, 복도마다 설치된 스낵 자동판매기. 그는 풀 뜯는 가축의 심리 상태에 빠져야 한다는 압박을 느꼈다. 그냥 평범한 가축이 아니라 산업화된 가축의 심리 상태, 이런 가축에게는 기다림이 강요되지도 않고 허용되지도 않는다.

호텔의 오크 바에서 로버트는 버섯처럼 창백하고 스펀지 같은 사람들이 줄지어 있는 것을 보았다. 모두 통이 넓은 카키 바지 차림으로 시가 진열장 앞에 서 있었다. 그들은 어른 놀이를 하는 듯했다. 그러다가 적발되어 버튼다운셔츠 안에 넣은 쿠션을 빼고, 대머리인 것처럼 보이게 하는 머리에 모자처럼 쓴 고무를 벗으라는 명령을 예상하는 학생들처럼 키득거리기도 하고 서로 귓속말을 하기도 했다. 그들을 바라보고 있자니 로버트는 어른이 된 기분이 들었다. 그의 옆 테이블에 앉은 늙은 여자는 칵테일 잔 가장자리에 분가루가 묻은 입을 대고 솜씨 좋게 분홍색 음료를 흡입했다. 그녀는 치열 교정기를 감추려고 입을 오므리는 낙타 같았다. 창문에 놓인 검은 세라믹 그릇의 볼록한 면에 거리의 모습이 비쳤다. 사람들이 오가는 모습이 보였고, 옐로 캡이 밀려 들어오듯 다가왔다가는 미끄러져 나갔고, 공원을 도는 마차의 바퀴가 손목시계의 톱니바퀴만큼 작아져 보일 때까지 다가왔다가는 사라졌다.

센트럴파크는 눈부시고 더웠다. 소매 없는 드레스를 입은 사람들, 재킷을 벗어 어깨에 걸친 사람들로 붐볐다. 도착할 때의 고조된 경계심은 극도의 피로에 침식되었고, 이 새로운 도시를 수없이 많이 보았다는 느낌이 뉴욕의 새로움을 덮어 버렸다. 그가 아는 런던의 공원들은 자연을 강조하는데, 센트럴파크는 레크리에이션을 강조하여 구석구석 즐거움을 주는 방향으로 조성되었다. 석탄재 길은 낮은 언덕과 평지를 고리 모양으로 감아 돌았다. 지나가는 길에는 동물원과 스케이트장, 정적 구간, 운동장 외에 많은 놀이터가 있었다. 헤드폰을 끼고 자기만의 음악 감상을 추구하며 롤러블레이드를 타는 사람들도 있었다. 십 대 청소년들은 청동빛이 도는 회색 바위에 올랐다. 다리의 아치 밑에서 구중중한 피리 소리가 구불구불 메아리쳐 흘러나왔다. 그 소리가 등 뒤에서 멀어지자 회전목마가 돌아가는 시끄러운 기계음이 그들을 맞이했다.

"엄마, 저거 봐, 회전목마야!" 토머스가 말했다.

"나 저거 타고 싶어. 실은 나 저거 못 견디게 타고 싶어."

"그래." 패트릭은 짜증 나는 것을 한숨으로 내리눌렀다.

로버트는 토머스에게 회전목마를 태워 주는 일을 위임받았다. 토머스와 같은 목마에 타고 토머스의 허리에 가죽 벨트를 채워 주는 일이었다.

"이거 진짜 말이야?" 토머스가 물었다.

"응. 거대한 미국 야생마야."

"형, 알라발라 해, 그리고 이거 미국 야생마라고 해." 토머스가 말했다.

로버트는 동생의 말대로 했다.

"알라발라, 아나!" 토머스는 집게손가락을 꼽아 세게 흔들며 말했다. "회전목마야."

"이크, 미안." 로버트가 회전목마가 돌기 시작할 때 말했다.

회전목마는 곧 빨리 돌았다, 너무 빠르다고 할 정도였다. 라코스트의 회전목마는 뒷다리로 서서 콧김을 뿜는 이 말들과 전혀 달랐다. 콧구멍은 빨갛고, 우람한 목은 바깥쪽을 향해 야심차게 굽어 있었다. 로버트는 이제 다른 대륙에 있었다. 중앙 원통 기둥의 어릿광대들은 끔찍하게 큰 음악 소리에 미쳐 버린 모양으로 그려져 있었다. 천장에는 전구가 박힌 하늘이 그려져 있지 않고 기름이 흠뻑 묻은 굴대들이 돌았다. 로버트는 놀이기구의 격렬함과 더불어 이 노출된 기계 장치는 전형적으로 미국적이라는 생각이 들었다. 왜 그런 생각이 들었는지 그도 알 수 없었다. 어쩌면 이 천재에게는 미국의 모든 것이 즉각적으로 전형적인 것으로 보일지 모른다. 시차로 같은 날 한 번 더 오후를 맞은 몸이 착각을 일으키고 있듯이, 매사가 신기할 텐데도 계속 전형적이라는 느낌이 그의 뒤를 쫓았다.

회전목마를 뒤로하고 얼마 안 갔을 때 그들은 작은 애완견 앞에서 몸을 구부린 한 생기 넘치는 중년 여자를 보았다.

"카푸치노 줄까?" 여자는 마치 그게 강아지에게 큰 유혹이기라도 한 듯이 물었다. "카푸치노 마실 준비됐어? 자! 자!" 여자는 무아경에 빠져 손뼉을 쳤다.

그러나 강아지는 마치 "난 댄디 딘몬트종 강아지예요, 난 카푸치노를 안 마신단 말이에요"라고 하는 듯이 줄이 팽팽해지도록 뒤로 몸을 뺐다.

"저건 분명히 '싫어'라고 하는 것 같은데." 패트릭이 말했다.

"쉬잇……" 로버트는 아버지에게 주의를 주었다.

"내 말은," 유모차를 타고 기댄 토머스는 입에 문 엄지손가락을 빼며 말했다. "저건 분명히 '싫어'라고 하는 것 같은데." 토머스는 싱글벙글 웃었다. "내 말은, 믿을 수가 없어. 저 작은 강아지는 카푸치노를 원하지 않아!" 그는 엄지손가락을 도로 입에 넣고 턱받이의 반들반들한 라벨을 만지작거렸다.

다시 5분 정도 지났을 때 부모는 호텔로 돌아가려고 했는데 로버트가 물이 있는 곳을 언뜻 보고 조금 더 앞으로 달려갔다.

"저기 봐! 호수야." 로버트가 말했다.

조경에 의해 호수 건너편 기슭의 물이 두 개의 탑으로 이루어진 고층 건물*의 토대에 닿는 듯한 느낌이 났다. 구멍이 난 절벽 같은 그 건물이 굽어보는 호수에는 티셔츠 차림의 남자들이 철제 보트를 저어 작은 갈대섬 앞을 지나가고 있었다. 노를 젓는 사람들 가운데 앉은 여자들은 친구들끼리 서로 사진을 찍어 주

---

*　유명인들이 많이 거주하는 산 레모The San Remo 아파트를 가리키는 것으로 보인다.

며 웃었고, 가만있는 어린아이들은 불룩한 파란색 구명조끼를 입었다.

"저것 봐." 로버트는 그 모든 것이 얼마나 놀라울 정도로 전형적인지 표현할 수 없었다.

"나 배 타고 싶어." 토머스가 말했다.

"오늘은 안 돼." 패트릭이 말했다.

"타고 싶어!" 토머스는 소리를 질렀다. 눈에 금세 눈물이 고였다.

"우리 달리기 하자!" 패트릭은 유모차를 잡고 동상들이 있는 길을 따라 달렸다. 토머스의 불평은 차츰 "더 빨리!"라는 외침으로 바뀌었다.

나머지 식구가 그들을 따라잡았을 때 패트릭은 유모차 핸들을 잡은 채 몸을 웅크리고 숨을 고르고 있었다.

"저 동상 선정 위원회는 에든버러에 있었던 게 틀림없어." 그는 숨이 차서 마치 로버트 번스와 월터 스콧의 천재성에 짓눌린 듯 몸을 구부린 채 육중한 동상을 턱으로 가리켰다. 조금 더 내려간 곳에는 훨씬 더 작고 경쾌해 보이는, 당시 복장을 한 셰익스피어 동상이 세워져 있었다.

그들이 묵는 처칠 호텔에는 룸서비스가 없어서 패트릭은 전기 주전자와 '기본 식량'을 사러 나갔다. 그가 돌아왔을 때 입에서 나는 위스키 냄새가 로버트의 코를 자극했다.

"젠장." 패트릭이 쇼핑백에서 상자를 하나 꺼내며 말했다. "전기 주전자를 사러 나갔다가 여행용 커피메이커씩이나 되는 걸 사왔어."

린다 모녀의 구속되지 않는 엉덩이처럼 그런 빈말들이 마음대로 자리를 차지할 권리가 있는 느낌이 들었다. 로버트는 아버지가 갈색 쇼핑백에서 티와 커피와 위스키 한 병을 꺼내는 것을 지켜보았다. 위스키는 이미 조금 마셔서 줄어들어 있었다.

"이 더러운 커튼 좀 봐라." 패트릭은 줄어든 위스키 분량이 전체에서 얼마나 되는지 계산하는 로버트를 보고 말했다. "뉴욕 공기가 맑은 이유는 이 방의 이 특수 공해 필터가 대기의 먼지를 몽땅 빨아들이기 때문이야. 샐리는 이 호텔의 장식이 차츰 좋아질 거라고 했는데, 나는 그렇게 될까 봐 걱정되는군. 얘야, 커튼은 가급적 만지지 말아라."

호텔이라는 곳에서 자게 되어 신이 났던 로버트는 주위 환경을 회의적인 눈으로 보기 시작했다. 중앙에 메달 모양의 그림문자가 있고 바탕색은 생쥐 아랫배의 분홍색 같은 중국 카펫은 기름때 묻은 프랑스 지방 양식의 소파와 팔걸이의자에 압도되었다. 소파 위쪽의 노란색 벽에 걸린 인도 태피스트리에는 우물가에서 뻣뻣하게 춤을 추는 여자들과 소들이 묘사되어 있었다. 그 반대편 벽에는 레몬색 튀튀와 장미색 튀튀를 입은 두 발레리나를 묘사한 커다란 그림이 걸려 있었다. 욕실은 달의 분화구처럼 흠집투성이였다. 크롬 수도꼭지의 가장자리는 탁하게 변색되었고 모든 에나멜 표면에는 얼룩이 졌다. 욕실에 들어가기 전까지는 목욕할 필요를 느끼지 않았더라도 일단 그 안에 들어갔다 나오면 몸을 씻어야만 할 것 같았다. 부모의 침실에서 내다보이는 것은 잘 안 맞는 창문 몇 피트 아래서 진동하는 녹슨 에어컨 장치가 전부였다. 토머스는 그 방의 침대에서 "이것 봐! 나는 우주 비행사야" 하며 깡충깡충 뛰었다. 로버트가 토머스와 (아니, 토머스가 엄마 옆자리를 차지한 뒤 아버지와) 함께 잘 소파가 있는 응접실에서 옆 건물을 덮은 판석이 아주 잘 보였다.

"채석장에서 사는 것 같군." 패트릭은 위스키를 6센티 정도 잔에 따르며 말했다. 그는 창문으로 가서 회색 플라스틱 블라인드를 내렸다. 블라인드의 하단 받침대가 내려와 거실 에어컨에 부딪치자 공허한 소리가 울렸다.

"염병할!" 패트릭이 말했다.

메리가 웃음을 터뜨렸다. "며칠만 자면 되는데 뭐. 우리 저녁 먹으러 나가자. 토머스가 다시 잠들려면 아직 멀었어. 비행기 안에서 세 시간 잤으니까. 로버트, 넌 어때?"

"난 계속 다니고 싶어. 코카콜라 마셔도 돼?"

"안 돼." 메리가 말했다. "안 그래도 넌 충분히 들떠 있어."

"사과와 계피 맛." 패트릭은 밖에서 사 온 것을 내놓으며 중얼거렸다. "오트밀 맛 나는 오트밀이나 사과 맛 나는 사과는 없고, 사과 맛 나는 오트밀밖에 없더군. 그리고 물론 계피 맛도 있지, 치약과 잘 어울리는 맛. 술이 덜 깬 사람은 이 오트밀로 양치질을 하게 될지도 몰라. 아니면 아침으로 치약 한 사발을 먹을지도—계피 맛 오트밀과 구분하지 못하고. 그것만으로도 사람을 돌아 버리게 하기에 충분하지. 오트밀에 첨가물이 없으면 그것도 자랑이라고 광고를 해. 카밀레 티를 보니까 상자에 '카페인 없음'이라고 쓰였더군. 카밀레 티는 원래 카페인이 없어야 하는 거 아냐?" 그는 마지막 상자를 꺼냈다.

"아침의 천둥* 홍차." 메리가 말했다. "그게 없어도 토머스만으로도 충분히 아침에 천둥이 치지 않나?"

"당신은 그게 문제야. 토머스가 모든 걸 대체할 수 있다는 생각. 티면 티, 커피면 커피, 일, 사회생활……" 그 목록은 그의 머릿속에서 빠르게 채워졌다. 그는 곧 일반적인 논평으로 그 말을 재빨리 얼버무렸다. "아침의 천둥은 상당히 문학적이네, 추가된 인용문씩이나 있어." 그는 목청을 가다듬고 그것을 소리 내어 읽었다. '흔히 다른 하늘 아래서 태어나 항상 변하는 상황의 한복판에 떨어져서, 주위에서 몰려드는 저항할 수 없는 급류에 떠밀린 미국인은 어떤 것에도 정착할 시간이 없다. 그는 오직 변화에만 익숙해질 뿐이며 그것을 인간의 자연스러운 상태로 생

★   홍차 브랜드 Morning Thunder.

각하고 생을 마감한다. 그는 변화를 필요로 할 뿐 아니라 더 나아가 그것을 사랑한다. 사방의 불안정 상태가 그에게는 재난을 의미하지 않고 기적을 낳을 기회로 보이기 때문이다.' – 알렉시드 토크빌. 그러니까 너도 보다시피," 그는 로버트의 머리를 헝클어뜨리며 말했다. "네가 계속 다니고 싶다고 한 건 1840년이든가, 적어도 그 당시 이 나라의 분위기와 딱 들어맞는 말이지."

토머스는 테이블에 기어올랐다. 둥그런 보호 유리를 덮은 테이블인데, 그 폭이 테이블보다 30센티미터 정도 작아서 짙은 자주색 폴리에스터 식탁보 가장자리가 유리에 덮이지 않고 노출되었다.

"우리 저녁 먹으러 나가자." 메리가 토머스를 다정하게 안으며 말했다.

로버트는 엘리베이터 안에서 폭력에 가까운 침묵을 느꼈다. 그것은 부모가 서로 말을 안 하고 있는 것들로 이루어졌을 뿐 아니라 머리에 작은 혹이 많은 엘리베이터 운전사를 휘감은 정신병의 기운으로 말미암은 침묵이었다. 그는 그 엘리베이터가 1926년에 설치되었다고 자랑스럽게 말했다. 로버트는 그것은 자랑스러워할 게 아니라 사과해야 마땅한 일일 텐데 하는 생각이 들었다. 공룡이나 행성처럼 오래되어서 좋은 것들이 있긴 하지만 엘리베이터는 새것이 좋은 것이다. 그 붉은 벨벳 새장에서 탈출하고자 하는 그들의 열망은 폭발적이었다. 그 광인이 황동

레버를 밀었다 당겼다 하는 가운데 엘리베이터는 1층 근처에서 갑자기 휘청하더니 이윽고 로비 바닥보다 3센티나 5센티 정도 내려간 곳에서 정지했다.

날이 저물고 있었고 그들은 반짝이는 보도를 따라 걸었다. 길모퉁이의 배수구들은 스팀을 뿜어냈고 보도 한쪽에 포석 대신 씌운 쇠격자는 그 길이가 미친 듯이 길었다. 로버트는 겁쟁이처럼 쇠격자를 피해 걷기를 거부하고, 주저하면서도 그 위로 걸으며 자기 몸을 가볍게 하려고 노력했다. 중력이 그렇게 강한 줄은 미처 몰랐다.

"보도 표면이 왜 반짝거려?" 로버트가 물었다.

"내가 어찌 알겠냐." 패트릭이 말했다. "철분을 추가했나 보지, 아니면 인용문을 갈아 넣었던가. 어쩌면 카페인 성분을 제거해서 그런지도."

비너스 피자란 곳은 밖에서 보면 어떤 역겨운 음식을 먹을 수 있는지 알 수 없었다. 창문에는 누레진 신문 기사 몇 개와 '우리 병사들에게 신의 가호가 있기를'이라는 손글씨 표지판이 게시되었을 뿐이었다. 안에 들어가 메뉴를 보니 샐러드와 피자의 재료는 로버트가 히스로 공항에서부터 보아 온 사람들의 무분별한 팽창과 잘 어울리는 것 같았다. 한 메뉴는 제법 적절하게 페타 치즈와 토마토로 시작했는데, 그 그림이 테두리를 넘어 파인애플과 스위스 치즈가 있는 칸에 침범했다. 해산물 잔칫상처럼 보이는 메뉴에는 뜬금없이 훈제 치킨이 불쑥 들어가 있었다. 그리고 '위의 모든 메뉴'에는 프렌치프라이와 양파 튀김이 포함되었다.

"모두 '군침이 돌게 하는' 것이래." 로버트가 말했다. "이게 무슨 말이야? 물을 많이 마셔야 입가심할 수 있다는 거야?"★

메리는 웃음을 터뜨렸다.

"이건 요리 접시가 아니라 누군가의 쓰레기통에서 발견된 것을 보고하는 경찰의 조서 같아." 패트릭은 불만을 표했다. "그걸 버린 용의자는 브리 치즈와 어패류를 엄청 좋아하는 열대 과일 중독자임이 분명하다, 라는 식으로." 그는 투덜거리며 미국인 억양으로 덧붙였다.

"나는 프렌치프라이를 이제 프리덤프라이라고 하는 줄 알았어." 로버트가 말했다.

"'우리 병사들에게 신의 가호가 있기를'을 쓰는 게 메뉴 백 장 인쇄하는 것보다는 더 싸게 먹히니까." 패트릭이 말했다. "스페인이 자발적 연합 전선★★에 참여하기로 해서 다행이야. 아니면 우리는 '나는 슈프림 코트 오믈렛과 프리덤프라이 주세요'와 같

★　mouthwatering. '군침이 돌게 하는' 맛있는 음식이라는 말이지만 로버트는 합성어의 두 글자를 나누어 말장난하고 있다.

★★　여기서 말하는 '자발적 연합 전선coalition of the willing'은 2003년 3월에 이라크전 당시 부시 행정부가 사용한 용어를 가리킨다. 영국과 스페인은 미국과 함께 연합군으로 참전했다. 터키는 미국에 국경 사용을 허락하지 않았다.

은 주문이나 하고 있을 테지. 잉글리시 머핀은 숙청당하지는 않겠어. 하지만 터키 커피는 하는 짓이 얄미워 주문하지 말아야지. 유감이야." 패트릭은 뒤로 털썩 기댔다. "난 미국을 열렬히 사랑했었는데. 그런데 그런 미국의 현재 모습에 걷어차인 기분이야. 물론 미국이란 나라는 방대하고 복잡한 사회이고, 나는 이 사회에 자정 능력이 있다고 확신해. 그런데 그 자정 능력이 어딜 갔지? 시위와 폭동은 어떻게 된 걸까? 풍자는? 회의적 태도는?"

"안녕하세요!" 웨이트리스는 '캐런'이라고 쓰인 배지를 달고 있었다. "메뉴는 고르셨어요? 오," 캐런은 토머스를 바라보며 숨을 길게 뺐다. "너 아주 멋지게 생겼구나."

로버트는 웨이트리스의 낯설고 허울뿐인 상냥한 태도에 매료되었다. 그는 쾌활해야 할 의무에서 그녀를 해방시켜 주고 싶었다. 그는 그녀가 사실은 퇴근하고 싶어 한다는 것을 알 수 있었다.

메리는 웨이트리스를 보고 미소를 지으며 말했다. "베수비오 피자 한 판 주세요, 파인애플은 빼고, 훈제 터키도 빼고……" 메리는 그만 참지 못하고 웃음을 터뜨렸다. "미안……"

"엄마!" 로버트도 덩달아 웃기 시작했다.

소외되고 싶지 않은 토머스는 눈을 찡그리고 앞뒤로 몸을 흔들었다. "내 말은, 그건 놀라운 일이야." 토머스가 말했다.

"우리 다른 각도에서 한번 접근해 볼까." 패트릭이 말했다.

"토마토, 안초비, 검은 올리브를 얹은 피자 한 판 주세요."

"레 레크의 피자처럼." 로버트가 말했다.

"곧 알게 되겠지." 패트릭이 말했다.

캐런은 재료의 빈곤에 당황스러운 기분을 억누르려 노력했다.

"모차렐라 치즈는 원하시는 거죠?"

"아뇨."

"바질 기름 칠까요?"

"아뇨, 치지 말아 주세요."

"네." 웨이트리스는 그들의 고집에 태도가 굳어졌다.

로버트는 포마이카 식탁에 두 팔을 포개고 그 위에 옆머리를 대고 엎드렸다. 돌아다닐 준비가 되었을 때는 비행기 안에 꼼짝 없이 갇혀 있었고, 잠을 잘 시간인 지금은 여기저기 돌아다니고 있었다. 그는 온종일 자신의 몸과 다투는 일에 갇혀 헤어나지 못하는 느낌이었다. 식당 한쪽 구석의 텔레비전 화면이 대각선 으로 비스듬히 빛을 발했다. 소리는 들릴락 말락 할 정도로 작 았다. 로버트는 야구장에서 정신력으로 역경을 이겨 내는 인간 승리를 다룬 영화를 본 적이 있긴 하지만 야구 경기를 본 적은 없었다. 그중 한 영화가 생각났다. 조직폭력배들이 성실한 스타 플레이어에게 고의로 경기를 지게 하려는 영화였다. 하지만 모 든 것을 날려 버리기 일보 직전, 관중석에서 들리는 실망의 탄 식이 세상에 믿을 것은 아무것도 남지 않았다고 불만을 표시하는 것만 같은 바로 그 마지막 순간, 그는 일시적인 무아지경에 빠졌고, 어린 시절 미국 중부의 어느 마을에서 처음으로 공을 때려 멀리 밀밭으로 날려 버린 기억을 떠올렸다. 하늘로 치솟는 공이 느린 동작으로 보였다. 그는 그 놀라운 소년기의 기분을 배신할 수 없었다. 항상 앞치마를 두르고 거짓말쟁이가 되지 말라고 당부하던 어머니를 배신할 수 없었다. 결국 그는 날아오는 공을 때려 경기장 밖으로 날렸다. 그때 조직폭력배들의 표정은 캐런이 피자 주문을 받았을 때와 비슷했지만 그보다는 훨씬 더 화난 모습이었다. 그의 여자 친구는 조직폭력배들이 좌우에 있는데도 그를 자랑스러워하는 표정을 지었다. 그녀는 비싼 복숭아색 옷을 입었을 뿐 기본적으로 생각은 그의 어머니와 같았다. 관중은 다시 자기들이 믿을 만한 무언가가 살아 있다는 것을 알고 열광의 도가니에 빠졌다. 경기가 끝나고 자동차 추격이 벌어졌다. 그 선수처럼 평생의 운동으로 운동 신경이 다듬어지지 않은 데다 성질마저 난폭한 조직폭력배들은 결정적으로 굽은 길에서 난폭한 운전을 하다 사고를 내고 그들이 탄 차는 폭발했다.

텔레비전에서 중계되는 야구 경기에서는 조직폭력배들의 계획이 성공을 거두고 있는지, 공이 배트에 맞아 날아가는 장면은 나오지 않았다. 몇 분마다 경기가 끊기고, 광고가 나온 다음 어디선가 '월드 시리즈'라는 커다란 황금색 글자가 튀어나와 반짝거렸다.

"우리 와인은 왜 안 가져오지?" 패트릭이 말했다.

"당신 와인이지." 메리가 그의 말을 정정했다.

로버트는 아버지가 입을 꼭 다물고 무슨 말을 하려다 도로 삼키는 것을 보았다. 캐런이 레드 와인 한 병을 내왔다. 패트릭은 그가 하려던 말이 목구멍에 걸리기라도 한 듯 덥석 와인을 따라 마시기 시작했다. 캐런은 로버트와 토머스에게 얼음을 잔뜩 넣고 크랜베리 주스로는 붉은 물만 들인 것이나 마찬가지인 커다란 잔을 앞에 놓아 주었다. 로버트는 기운 없이 주스를 홀짝거렸다. 하루가 견딜 수 없이 길었다. 기압이 조정된 비스킷 색 실내의 탁한 공기 속에서 긴 시간 비행기를 타고 온 것도 그렇고 출입국 수속 절차도 그랬다. 부시 대통령의 '국제적 테러리스트' 발음이 '국제적 투어리스트'로 들리기 때문에 패트릭은 출입국 관리에게 농담 삼아 자기는 '국제적 투어리스트'라고 부시식으로 말하려다 그 유혹을 가까스로 물리쳤다. 그러나 그는 결국 여권에 도장을 받은 뒤 흑인 여성 이민국 관리에 의해 사무실로 불려 들어갔다.

"그 여자는 영국인 변호사가 왜 프랑스에서 태어났는지 이해를 못 하겠다는 거야." 패트릭은 택시 안에서 그 일을 설명했다. "자기 머리를 두 손으로 감싸더니 '멜로즈 씨, 당신의 인생에 대한 개념이 안 잡혀서 이러는 겁니다'라고 하더군. 그래서 개념이 안 잡히기는 나도 마찬가지라고, 내가 혹시 자서전이라도 쓰면 한 권 보내 주겠다고 했지."

"에이, 그래서 우리가 30분이나 더 기다렸구나." 메리가 말했다.

"그야 뭐, 사람이 관리를 싫어할 때 할 수 있는 건 비겁해지거나 익살을 부리거나 둘 중 하나잖아."

"다음번엔 비겁해지도록 해, 그럼 더 빠를 테니까."

마침내 피자가 나왔고, 로버트가 보기에 그것은 끔찍했다. 기저귀처럼 두꺼운 그 피자는 재료를 90퍼센트 정도 줄여 달라는 것이나 마찬가지였던 주문에 따르지 않았다. 로버트는 토마토와 안초비, 올리브를 긁어 한쪽으로 밀어 놓고 축소된 피자를 두 입 먹었다. 레 레크의 얇고 살짝 탄, 맛있는 피자와는 완전히 달랐지만 아무튼, 피자가 나오기 전까지 그와 같을지 모른다고 생각해서인지, 로버트 앞에 다시는 오지 않을 지난날 레 레크의 여름으로 들어가는 문이 열렸다.

"왜 그러니?" 메리가 물었다.

"레 레크에서 먹던 피자 먹고 싶어." 불공평과 절망이 로버트를 엄습했다. 그는 정말 울고 싶지 않았다.

"오, 저런. 엄마도 그거 이해해." 메리는 아들의 손을 어루만지며 말했다. "이 터무니없는 음식점에서는 믿기지 않겠지만 우리 모두 미국에서 정말 즐거운 시간을 보낼 거야."

"형 왜 울어?" 토머스가 물었다.

"속상해서 그래."

"난 형 우는 거 싫어." 토머스가 말했다 "형 우는 거 싫어!" 그는 소리를 지르고 덩달아 울기 시작했다.

"이런 우라질." 패트릭이 말했다. "내 그럴 줄 알았어, 램스게이트*로 갈 걸."

호텔로 돌아가는 길에 토머스는 유모차에서 잠이 들었다.

"우리 길게 말할 것 없이 함께 잠자는 척하지 말자고." 패트릭이 말했다. "당신은 침실에서 아이들과 자, 난 소파 베드에서 잘게."

"좋아, 그게 당신이 원하는 거라면." 메리가 말했다.

"'원하는'이라는 가슴 설레게 하는 말을 쓸 필요는 없지. 그건 내 현실적인 예상이니까."

로버트는 금방 잠이 들었다 깼다. 머리맡 탁자의 시계가 빨간색 불빛으로 2:11라는 숫자를 나타냈다. 메리와 토머스는 여전히 잠자고 있었고 바깥 응접실에서는 나직한 소리가 들려왔다. 패트릭이 바닥에 앉아 텔레비전을 보고 있었다.

"내가 저 빌어먹을 소파 베드를 펴다가 등을 삐끗해서 그래." 패트릭이 카펫에 엉덩이를 붙이고 앉은 채 팔굽혀펴기를 하는 것 같은 시늉을 하며 말했다.

위스키 병은 4분의 3 정도 빈 채 유리 테이블 위의 찢어발긴

★　영국 남부 해안 도시.

코디스 진통제 깍지 옆에 놓여 있었다.

"비너스 피자는 미안하게 됐다." 패트릭이 말했다. "거기서 나와 카네기 델리에서 먹을 것을 사고, 이 재미없는 공중파 텔레비전 방송을 몇 시간 보고 나니 여기서 휴가를 보내는 동안은 아무래도 우리 모두 금식을 해야 하겠다는 결론에 이르게 되는구나. 공장식 축산은 도살장에서 끝나지 않아, 우리의 혈관 속에서 끝나는 거야. 헨리 포드 자동차가 나르는 음식이 농장에서 발사되어 미사일처럼 고속으로 우리의 입으로 날아드는 거야. 그러면 나이를 먹어 갈수록 불안정한 우리의 몸속에 들어가서 성장 호르몬과 유전적으로 변형된 먹이를 터뜨려 분해시키게 되지. 그래야 비로소 그 과정이 끝난다는 말이다. 음식이 그리 '빠른' 시간 안에 나오지 않더라도 계산은 즉석에서 이루어지지. 그리고 그런 곳에서 먹을 것을 찾는 게으른 손님은 다시 스낵이 넘쳐나는 거리로 내쫓기는 거야. 따지고 보면 우리는 전기 도살된 깃털 없는 닭들이 이동하는 컨베이어 벨트 위에 있는 셈이지."

로버트는 어렴풋이 아버지가 무서운 느낌이 들었다. 눈은 충혈되고 셔츠는 땀에 젖은 그의 아버지는 코르크스크루를 꾹꾹 돌리듯 말했다. 로버트는 아버지가 자기와 대화하는 것이 아님을 알았다. 말하자면 긴 연설을 연습하는 아버지를 구경할 수 있는 허락을 받았다고나 할까. 로버트가 자는 동안 아버지는 법정에 나가 기소하는 장면을 상상하며 서성이고 있었던 것이다.

"센트럴파크는 좋았어요." 로버트가 말했다.

"센트럴파크는 좋지." 패트릭은 인정했다. "하지만 그 외에는 그냥 대형 자동차를 타고 다음엔 뭘 먹을까 궁리하는 사람들뿐이란다. 우리가 렌터카를 빌리면 너도 알게 되겠지만, 차도 움직이는 식당이나 마찬가지야. 차 안에 여기저기 작은 식탁과 컵홀더가 있거든. 미국은 진짜 권총을 지닌 배고픈 아이들의 나라야. 폭탄으로 폭파되지 않으면 베수비오 피자에 폭파돼 버리는 거야. 정말 끔찍하지."

"그만!" 로버트가 말했다.

"미안하다. 난 그냥 기분이……" 패트릭은 갑자기 어찌할 바를 모르는 듯했다. "잠을 잘 수 없었어. 센트럴파크는 굉장한 곳이야. 뉴욕시는 숨이 멎을 정도로 아름답단다. 내가 문제야."

"위스키도 그 금식에 들어가요?"

"유감스럽게도," 패트릭은 그 말을 장난으로 하기 좋아하는 토머스의 말투를 흉내 내 말했다. "위스키는 **매우** 순수한 무엇이라서 당연히 부패에 맞선 전쟁에 포함시켜서는 안 된다."

"오!" 로버트가 말했다.

"여기선 부패에 **대한** 전쟁*이라고 한다만. 테러에 대한 전쟁,

***

*   '~와의 전쟁'을 표현할 때 '~와의'를 영국에서는 against라고 쓰고 미국에서는 on이라고 쓰는 차이를 구분하고 있다.

범죄에 대한 전쟁, 마약에 대한 전쟁. 여기선 평화주의자가 되려면 전쟁에 대한 전쟁을 해야 할 거야. 안 그러면 아무도 알아주지 않을 거야."

"아빠!" 로버트는 그에게 경고했다.

"미안, 미안." 패트릭은 리모컨을 집었다. "그럼 우리 이 정신을 파괴시키는 쓰레기 같은 물건을 끄고 책이나 읽을까."

"좋았어!" 로버트는 소파 베드에 뛰어올랐다. 그는 실제보다 더 쾌활한 체하는 자신을 의식했다. 약간 캐런 같기도 했다. 어쩌면 그것은 전염성이 있는 것, 식량 공급과 관련 있는 것일지도 모른다고 그는 생각했다.

14

"오, 패트릭, 왜 아무도 우리의 멋진 인생이 끝날 거라고 말해 주지 않았을까?" 낸시 이모가 사진 앨범을 넘기며 말했다.

"아무도 말해 주지 않았어요?" 패트릭이 말했다. "정말 너무들 하네요. 하지만 이모한테 그 말을 해 줄 수 있었을 사람들에겐 그 멋진 인생이 끝나지 않았던 거죠. 이모의 멋진 인생은 외할머니가 이모의 의붓아버지를 믿어서 망한 거예요."

"최악은 말이야, 여기서 '악'이라는 말을 안 쓸 수가 없구나, 바로 그—"

"'악'은 요즘 유행하는 말이죠." 패트릭은 작은 소리로 말했다.

"—너 그 사람의 최악이 뭔지 아니?" 낸시는 정신을 산만하게 하는 패트릭의 말을 떨치려고 잠시 눈을 감았다가 말을 이었다.

"그 사람이 어머니 차 뒷좌석에서 내 몸을 만지곤 했다는 거야. 그때는 어머니가 암으로 죽어 가실 때였고 그 사람도 파킨슨병이 있었어. 그래서 그 잡은 손을 떨었어. 그게 무슨 말인지 너도 알겠지. 어머니가 돌아가신 뒤 그 사람이 실제로 내게 청혼을 하더구나. 믿어지니? 난 그냥 웃고 말았지만, 어차피 그 사람은 2년밖에 못 살고 죽었으니까 가끔 청혼을 받아들일 걸 그랬다는 생각이 들어. 그랬더라면 그 어린 조카가 보낸 운송업체 사람들이 의붓아버지가 죽은 날 아침, 내가 아직 침대에 있는데도 내 침실에 들이닥쳐 화장대를 들어내는 꼴을 보게 되지 않았을 텐데. 푸른 오버올을 입은 그 짐승 같은 작자들에게 '뭐하는 거예요? 거기 그것들은 내 헤어브러시라고요' 했더니 '우리는 모든 물건을 옮기라는 지시를 받았어요' 하고 투덜거리더구나. 그러고는 나를 침대에서 들어내고 침대마저 트럭에 실었지."

"이모가 혐오하고 육체적으로 역겨운 사람과 결혼했더라면 정신적 쇼크는 그보다 훨씬 더 컸을 거예요." 패트릭이 말했다.

"아! 이거 봐." 낸시가 앨범을 한 장 넘기며 말했다. "이건 페얼리야. 우리는 전쟁 초에 이 집에서 살았단다. 그때 우리 어머니는 아직 프랑스에서 나오지 못했어. 페얼리는 롱아일랜드에서 가장 멋진 집이었지. 빌 외삼촌 집은 정원이 150에이커나 되었다는 거, 너 아니? 숲이나 들판은 제외하고 말이야, 물론 그것들도 크긴 했지만. 그런데 지금은 롱아일랜드에서 정원이 10에

이커만 돼도 신과 같은 존재로 생각되지. 아무튼, 나무를 동물 모양으로 다듬은 정원 한복판에는 세상에서 가장 아름다운 분홍색 대리석 왕좌가 있었어. 우리는 거기서 할머니 발자국 놀이*를 하고 놀았지. 그 대리석 왕좌는 원래 비잔티움 황제의 것이었는데……" 낸시는 한숨을 쉬었다. "모든 게 상실되었어, 그 모든 아름다운 것들이."

"재산이 가진 문제는 그냥 계속 상실된다는 것이죠. 빌 외삼촌이 상실한 정원의 의자만 해도 그 이전에는 황제가 상실한 것이잖아요."

"그래도 최소한 빌 외삼촌의 자식들은 페얼리를 팔았잖아." 낸시는 벌컥 화를 냈다. "누구처럼 도둑맞지는 않았지."

"이모, 그건 누구보다 제가 동정해요. 어머니가 저지른 짓 때문에 저는 집안에서 가장 재정적으로 메마른 가지가 되었으니까요." 패트릭이 말했다. "이모는 외할머니와 얼마나 오래 떨어져 계셨어요?" 그는 분위기를 조금 가볍게 전환하기 위해 물었다.

"4년."

"4년이나!"

"보자, 우리가 미국에 간 건 전쟁이 발발하기 2년 전이었지. 그런데 어머니는 프랑스, 영국, 이탈리아 등지에서 정말 근사한

---

*   grandmother's footsteps는 한국의 '무궁화 꽃이 피었습니다'와 비슷한 어린이 놀이다.

물품들을 가지고 나오려고 유럽에 머물다가 독일군의 침공이 있고 2년 뒤에야 미국에 오셨으니까. 어머니와 장은 포르투갈을 경유해서 탈출했어. 나는 어머니가 포르투갈에서 어선을 전세 내서 뉴욕으로 건너오는 중에 신발이 든 트렁크를 바다에 빠뜨렸다는 이야기를 기억하고 있단다. 그 이야기를 들었을 때 나는 이런 생각을 했어. 독일의 점령 지역에서 탈출했는데 신발밖에 잃어버린 게 없다면 별로 나쁘지 않은 전쟁이었다고."

"그런데 그렇게 오랫동안 외할머니를 보지 못했는데, 어떠셨어요?"

"글쎄다. 그런데 말이야, 언니가 뇌졸중을 일으키기 2년 전에 나와 함께 이상한 이야기를 나눈 일이 있었어. 어머니와 장이 페얼리에 도착했을 때, 언니는 배를 타고 호수 한가운데까지 노를 저어 나가서 어머니와 말도 안 하려고 했대. 어머니가 우리를 4년 동안이나 버려두었다고 무척 화가 나서 그랬다는 거야. 나는 그 일에 대해선 아무것도 기억하는 게 없었기 때문에 언니의 이야기를 듣고 충격을 받았지. 어린 나이에 그 모든 일은 중대 사건이었을 텐데, 나는 어머니가 신발을 잃어버린 일만 기억하고 있으니 말이다."

"아무래도 사람은 자기에게 중요한 것을 기억하기 마련이죠."

"언니가 어머니를 증오했대. 난 그게 유전학적으로 가능한 줄 몰랐거든."

"어머니의 유전자는 겁에 질려 그냥 옆으로 비켜나 있었나 보죠." 패트릭이 말했다. "어머니가 저한테 항상 하시던 이야기가 있어요. 어머니가 사랑하고 의존하던 두 사람, 친아버지와 유모를 해고한 외할머니를 증오했다는 거였죠."

"나는 유모를 태우고 갈 차에 나를 끈으로 묶기까지 했는걸." 낸시가 경쟁적으로 말했다.

"봐요, 바로 그거예요—유전자에 저항하는 고통을 조금은 느끼신 게 아닌가 하는……"

"아니야! 난 그건 장 때문이라고 봐. 우리는 유모가 필요한 나이가 지났다고 장이 어머니를 설득한 거야."

"친아버지 문제는요?"

"그건 말이야, 어머니가 더 이상 아버지의 뒷바라지를 할 수 없었던 거야. 아버지는 매주 무언가 새로운 사치를 부려서 어머니를 미치게 만들었어. 가령 애스컷 경마에 나간다고 준비하면서 그냥 경마 한 마리를 사는 게 아니라 여러 마리를 사들이는 데다 마구간까지 사는 식이었으니 말이다. 무슨 말인지 알겠니?"

"그때가 좋았죠. 저도 메리가 경주마를 스무 마리씩이나 샀다고 화를 낼 위치에 있었으면 좋겠어요. 토머스에게 새 신이 필요하다고 하면 무턱대고 공포에 사로잡히지도 않고 말이죠."

"너, 과장해서 하는 말이겠지."

"그건 제가 아직 부릴 수 있는 유일한 사치인걸요."

전화벨이 울렸다. 낸시는 전화를 받으러 서가에 맞닿은 서재로 들어갔다. 패트릭은 무거운 앨범에 눌린 폭신한 소파에 혼자 남았다. 빨간색 가죽 장정 앨범의 등에는 금박으로 1940이 새겨져 있었다.

호수 한가운데로 노를 저어 나가서 아무하고도 이야기하지 않겠다는 어머니의 모습과 자리를 보전하고 외부 세계와 단절된 채 생활하는 어머니의 현 상태가 패트릭의 상상 속에 융합되었다.

엘리너가 두꺼운 카펫이 깔리고 난방이 지나치게 더운 켄싱턴 요양원에 들어간 다음 날, 패트릭은 원장한테서 온 전화를 받았다.

"보호자님 어머니께서 지금 보고 싶으시답니다. 오늘 돌아가실 것 같대요."

"어머니 말이 맞는다고 믿을 만한 근거가 있습니까?"

"그럴 듯한 의학적인 근거가 있는 건 아니지만 주장이 강하십니다."

패트릭은 사무실에서 일하다 말고 마지못해 어머니를 보러 갔다. 어머니는 그렇게 중요한 것을 말하지 않았다는 데서 오는 형언하기 힘든 좌절감을 안고 울었다. 그렇게 반 시간 동안 진통한 끝에 엘리너는 마침내 "오늘 죽어"라는 말을 출산했다. 아기를 낳았다는 충격적 경이로움을 실어 낸 말이었다. 그 뒤로 어머니는 하루도 빠짐없이 매일 반 시간 동안 알아들을 수 없는 말과 함께 울며불며 용을 쓴 끝에 죽을 것이라는 말을 뱉어 냈다.

패트릭은 어머니가 있는 층을 담당하는 활달한 아일랜드인 간호사 캐슬린에게 불평을 털어놓았다. 캐슬린은 그의 팔뚝을 잡고 시끄럽게 떠들어댔다. "엘리너는 아마 우리보다 더 오래 사실 거예요. 위층의 맥두걸 박사님을 보세요. 그분은 일흔 살에 자기 나이의 절반밖에 안 되는 아름다운 여자와 결혼했죠. 아름다운, 정말 상냥한 여자였어요. 그런데 그 이듬해에 비극적인 일이 생겼어요. 맥두걸 박사님이 치매에 걸려 여기 들어오게 되었죠. 부인이 얼마나 헌신적인지 매일 남편을 보러 왔어요. 아무튼 그러다 부인이 그 이듬해에 유방암 진단을 받았지 뭐예요. 그렇게 해서 부인은 결혼한 지 3년 만에 죽었는데, 남편은 **아직 정정**하게 위층에 살아 계세요."

간호사는 마지막으로 한 번 더 시끄럽게 웃고는, 문이 잠긴 조제실 앞의 환기가 잘 안 되는 복도에 그를 혼자 내버려 두고 가 버렸다.

죽는 날에 대한 어머니의 예상이 정확하지 못하다는 것보다 더 그를 우울하게 하는 것은 어머니의 끈질긴 자기기만과 영적인 허영이었다. 자기가 언제 죽을지 정확한 날짜와 시간을 아는 특별한 통찰력을 가졌다는 생각은 어머니의 인생을 주도해 온 백일몽의 표상이었다. 어머니는 뒤로 넘어져 엉덩이뼈를 부러뜨린 뒤, 6월 달에야 자기가 죽음을 통제할 수 있는 범위에 대해 좀 더 현실적인 태도를 취하기 시작했다.

패트릭은 그 사고가 났을 때 첼시 앤드 웨스트민스터 병원으로 어머니를 보러 갔다.

엘리너는 아침 식사 대신 모르핀 주사를 맞았지만 안절부절 못하는 상태는 가라앉지 않았다. 그녀는 무슨 절박한 필요가 있는지 침대에서 내려오다가 여러 번 넘어졌다. 오른쪽 관자놀이가 푸르죽죽하게 멍들기도 하고, 코가 시뻘겋게 부어오른 적도 있고, 오른쪽 눈두덩이 누렇게 착색되기도 했다. 그러다 이번에는 결국 엉덩이뼈를 부러뜨렸다. 그랬는데도 또 침대에서 내려올 무슨 절박한 필요가 있는지 환자용 침대 옆의 철봉을 잡고 몸을 일으키려고 애를 썼다. 축 늘어진 하얀 팔뚝은 혈관 주사를 맞은 지 얼마 되지 않아 아직 바늘 자국 주위에 멍이 들어 있었다. 그 주사 자국을 본 패트릭은 자기도 모르게 부러운 마음이 들었다. 엘리너는 무의미한 음절의 태평양에 떠 있는 섬처럼 끙끙대며 중얼거리듯 몇 마디 분명한 말을 했다.

"내가 약속이 있어." 엘리너는 다시 힘을 내 침대 끝으로 일어나려고 하며 말했다.

"누구와 만날 약속이 있는지 몰라도, 어머니가 움직이지 못한다는 걸 알고 그 사람이 이리로 올 거예요." 패트릭이 말했다.

"그래." 엘리너는 피 묻은 베개에 풀썩 도로 누워 잠시 가만있다가 다시 급히 몸을 일으키려고 용을 쓰며 울부짖었다. "내가 약속이 있어!"

엘리너는 오래 앉아 있을 만큼 튼튼하지 않았다. 그렇기 때문에 이제는 누운 채 느릿하게 꿈틀거릴 뿐이었다. 그러면서 알아들을 수 없는 어떤 다급한 소리를 한참 중얼거렸다. 그러다 뜬금없이 "더 이상"이라는 말을 했다. 엘리너는 조바심을 내며 양손바닥으로 자기 얼굴을 연신 훑어 내렸다. 마음은 울고 싶은데 몸은 그 부분에서도 그녀의 기대를 저버린 듯했다.

엘리너는 결국 가까스로 눈물을 내보냈다.

"나를 죽여 줘." 엘리너는 깜짝 놀랍도록 세게 그의 손을 잡고 말했다.

"도와 드리고 싶지만 유감스럽게도 그건 불법이에요."

"더 이상은 아냐." 엘리너는 소리쳤다.

"우리는 할 수 있는 모든 것을 다하고 있어요." 그는 모호한 말을 했다.

실용적인 위로를 줄 것을 찾다가 패트릭은 침대 옆 탁자의 파인애플 주스를 어머니에게 드리기로 했다. 그는 제일 위에 포개 놓은 베개 밑에 손을 집어넣고 어머니의 머리를 들어 올린 다음, 껍질이 벗겨진 입술에 플라스틱 컵을 가만히 가져다 기울여 댔다. 그는 그 행동의 애틋함에 변화하는 자신을 느꼈다. 자기 자식 외에 누구에게도 그렇게 세심한 보살핌을 준 적이 없었다. 세대의 내리 흐름이 역전되었다. 그는 아무런 쓸모가 없고 혼돈

된 배신자 어머니를 가슴이 아리도록 걱정하며 머리를 받쳐 주고 있었다. 머리를 어떻게 받쳐 주면 좋을까, 어떻게 하면 숨이 막히지 않을까. 그는 어머니가 조금 마신 주스를 입 안에서 돌리는 모양을 바라보았다. 깜짝 놀라 주위와 단절된 얼굴 표정이었다. 어머니가 그것을 목구멍으로 넘기는 법을 기억해 내는 동안 그는 어머니가 성공하기를 의지력을 기울여 염원했다.

가엾은 어머니, 가엾은 어린 엘리너. 어머니는 상태가 정말 안 좋았다, 도움이 필요했다, 보호가 필요했다. 어머니를 돕고 싶은 마음에 아무런 장애도, 아무런 거리낌도 없었다. 그는 실망하고 따지기 좋아하는 자신의 마음이 하나의 물리적인 행위에 압도되는 것을 보고 몹시 놀랐다. 그는 몸을 더 수그려 어머니의 이마에 키스했다.

간호사가 들어와 패트릭이 든 컵을 보았다.

"시큰업 좀 드려 봤어요?" 간호사가 물었다.

"뭐라고요?"

"시큰업요." 간호사는 그 상표가 붙은 캔을 톡톡 치며 말했다.

"우리 어머니는 '굵어지는 것'을 원치 않으세요." 패트릭이 말했다. "혹시 '쇠약해지는 수프' 같은 건 없어요?"*

---

*   Thicken Up은 스위스 네슬레의 수프 상품명. thicken up에는 '(물을 부어) 걸쭉하게 만들다, 진해지다, 굵어지다'라는 뜻이 있다. 상표명이 암시하는 것과 달리 그런 것을 먹고 어떻게 환자가 튼튼해지기를 바라겠느냐고 패트릭은 반어적으로 비난하고 있다.

간호사는 충격을 받은 듯했지만 엘리너는 미소를 지었다.

"쇠약해지는 수프."* 엘리너는 그의 말을 따라 했다.

"환자분은 오늘 아침 아주 좋은 음식을 드셨어요." 간호사는 고집을 세웠다.

"앙제로." 엘리너가 말했다.

"강제로 그랬다고요?" 패트릭이 말을 거들었다.

엘리너는 눈이 분노로 이글거리는 얼굴을 그에게 돌리고 대답했다. "응."

"요양원에 돌아가시면 음식을 그만 먹고 싶으면 안 드셔도 돼요." 패트릭이 말했다. "어머니가 더 많이 어머니의 운명을 마음대로 조종할 수 있어요."

"그래." 엘리너는 미소를 띠고 속삭이듯 말했다.

엘리너는 처음으로 마음이 편해진 듯했다. 패트릭도 그러기는 마찬가지였다. 어머니가 더는 자신에게 부과된 끔찍한 삶을 살지 않게 그가 지켜 줄 생각이었다. 마침내 자식으로서의 역할에 자신을 던질 수 있게 되었다.

패트릭은 낸시의 앨범들이 꽂힌 책장을 바라보았다. 그가 앉은 자리에서 정면에 보이는 서가에는 1919년부터 2001년까지 표시된, 똑같이 붉은 가죽 장정의 앨범이 백 권도 넘게 정렬해

---

* 뇌졸중을 일으켰던 엘리너는 발음이 분명하지 않고 어눌하다.

있었다. 나머지 벽은 장식용 가죽 장정 책으로 가득했고 낮은 선반은 장식 미술에 관한 반들거리는 책들이 차지하고 있었다. 복도로 통하는 문과 낸시가 전화를 받으러 들어간 서재의 문마저 응접실의 서가 테마를 방해하지 않았다. 그 문들의 뒷면에는 가짜 선반 위의 가짜 책등 그림이 진짜 서가와 선반 높이가 맞게 빽빽하게 그려져 있었다. 그래서 문이 닫히면 그 인상적인 응접실은 밀실공포증을 자아내기에 충분했다. 이모의 원망과 노스탤지어의 분출은 8년 전에 마지막으로 봤을 때와 달라지지 않았다. 그것을 보고 패트릭은 더욱 앨범으로 가득한 방에 간직된 과거의 세계 속에 살지 말아야겠다고 결심했다. 이모의 상상이 더 맹렬히 타오르는 영역, 과거를 향한 회한의 영역으로부터는 더욱 멀어져야 하는 것이다. 과거를 실제 있는 그대로 보려하지 않고, 거의 40년 전에 자신이 받은 부당한 처사의 기억을 제거한 과거를 선호하는 이모에게 현재에 머무는 삶의 가치에 대해 활기를 북돋아 줄 잔소리를 한들 별로 소용이 없을 것 같았다. 그는 이제 저녁 파티 후에 남겨진 더러운 접시 더미만큼이나 부호 계급의 여광에는 더 이상 매력을 느끼지 못했다. 무언가 죽었다. 그 죽음은 병원에서 어머니에게 파인애플 주스를 주었을 때 어머니를 보고 느낀 애틋한 마음과 관련이 있었다.

패트릭은 이모를 보고 있자니 자매간에 어쩌면 그렇게 다른지 놀라웠다. 세속적인 면과 속세를 초월한 면이 극과 극을 달리는 그들의 삶의 태도에는 그래도 어머니에 대한 배신감과 재정적인 실망감이라는 공통점이 있었다. 그 책임을 낸시는 의붓아버지의 탓으로 돌린 한편 엘리너는 그 배신감을 패트릭에게 떠넘기려고 했다. 그는 이모와 단 몇 시간 함께 있었을 뿐인데도 이모의 안락한 생활에 동화되었는지, 알코올 중독에서 벗어나는 사람이 생일 선물로 칵테일 혼합 용기를 받을 때 느낄 것 같은 기분을 은근히 기대했다. 그러나 그런 일은 일어나지 않았다.

높고 맑은 창유리 밖에는 넓은 잔디가 있고, 그 잔디는 장식 연못까지 경사져 내려갔다. 연못에는 일본식 나무다리가 놓여 있었다. 패트릭이 앉은 자리에서 토머스가 보였다. 밝고 작고 동그란 연못 수면에 잔물결을 일으키며 헤엄치는 외래종 물새를 가리키며 다리 난간 위로 몸을 내밀려고 하는 토머스가 보였다. 메리가 토머스를 다정하게 제지하고 있었다. 어쩌면 일본풍 테마에 깊이를 더해 줄 일본 비단잉어인지도 모른다. 아니면 진흙 속에서 어슴푸레 빛나는 사무라이 갑옷이었을까. 낸시 이모의 빈틈없는 장식 감각을 과소평가했다가는 큰코다친다. 로버트는 연못가의 정자에서 일기를 쓰고 있었다.

읽지 못할 고전들이 꽂힌 책꽂이 그림이 삐걱 하고 열리더니 낸시가 다시 응접실로 들어왔다.

"부자 사촌한테 온 전화야." 낸시는 돈과 접촉하고 활기를 얻기라도 한 듯 말했다.

"어떤 사촌요?"

"헨리. 네가 다음 주에 헨리의 섬에 가기로 했다던데."

"네, 맞아요." 패트릭이 말했다. "우리는 미국 친척들의 자선에 의지하는 가난한 백인들일 뿐이죠."

"헨리가 너희 아이들이 얌전한지 알고 싶어 하더구나. 그래서 아직은 아무것도 깨뜨린 게 없다고 했어. 그랬더니 너희들이 우리 집에 온 지 얼마나 됐냐고 물어서 두 시간 전에 왔다고 하니까 '에이, 그게 뭐야, 그 정도 표본으로 무슨 통계? 내일 다시 전화할 테니 그때 자세히 알려 줘'라고 하더라. 헨리는 세계 제일의 마이센 자기 인형 수집가잖아."

"토머스가 다녀가면 헨리도 수집가의 대열에서 빠질걸요."

"그런 말 하지 마라!" 낸시가 말했다. "그러니까 내가 다 불안해지잖아."

"저는 헨리가 그렇게 거만해진 줄 몰랐어요. 헨리를 마지막으로 본 게 최소한 20년 전인데, 정말 아주 친절하게도 우리더러 놀러 오라고 했거든요. 헨리는 십 대 소년이었을 때는 자기만족에 빠진 반항아라는 그 흔한 유형에 속했죠. 그 반항아가 마이센 자기 인형 군단에게 패했나 보군요. 하지만 항복했다고 누가 뭐랄 수 있겠어요? 젖 짜는 여자 인형들의 대군이 반짝거리며 산마루를 넘어 계곡 안으로 우르르 몰려드는데 가엾은 헨리가 그들을 물리칠 무기라곤 돌돌 말아 쥔 유가증권 내역서밖에 없다는 걸 상상해 보세요."

"너는 그 상상에 몹시 도취하는구나." 낸시가 말했다.

"죄송해요." 패트릭이 말했다. "3주 동안 법정에 안 나갔더니 말이 쌓여서……"

"그럼, 이 고령의 이모는 이만 좀 쉬어야겠다. 다과를 하러 월터와 베스한테 갈 건데, 그러려면 원기를 되찾는 게 좋겠어. 아이들이 잔디밭을 맨발로 다니지 않게 해, 숲에도 들어가지 못하게 하고. 코네티컷에서도 특히 이곳은 라임병 위험 지역이거든. 올해는 진드기들이 아주 극성이야. 정원사가 정원의 옻나무는 제거하려 애를 쓰지만 숲은 어떻게 하지를 못해. 라임병은 아주 무서워. 계속 재발하는 데다 치료하지 않고 내버려 두면 목숨을 잃을 수도 있어. 이 동네에 사는 어떤 아이는 건강이 아주 안 좋단다. 정신병 발작 같은 것도 일으키고. 베스는 그냥 주기적으로 항생제를 먹는대. '자가 치료'를 한다는 거야. 항상 위험에 처해 있다고 가정하는 게 더 안전하다는 것이지."

"끝없는 전쟁을 벌일 구실." 패트릭이 말했다. "Tout ce qu'il y a de plus chic^{더없이 멋진 것이죠}."

"뭐, 그렇게 말하고 싶다면야."

"네. 반드시 그분 면전에 그러겠다는 건 아니에요."

"'반드시'가 아니라 **절대로 안 돼!**" 낸시가 벌컥 성을 냈다. "베스는 내 가장 오랜 친구일 뿐만 아니라 파크가의 여자들 중에서 가장 영향력 있는 사람이다. 베스의 기분을 상하게 하는 건 좋은 생각이 아니야."

"그럴 생각은 추호도 없어요." 패트릭이 말했다.

낸시가 나간 뒤 패트릭은 주류 쟁반이 있는 테이블로 가서 메이커스 마크 버번 위스키를 병째 몇 모금 들이켰다. 잔을 더럽히지 않기 위해서였다. 그는 안락의자에 털썩 앉아 창밖을 내다보았다. 나무가 우거진 뉴잉글랜드의 전원 지대는 매우 보기 좋았지만 캄보디아의 습지보다 더 위험한 요소들로 가득했다. 메리는 라임병에 관한 소책자를 이미 여럿 가지고 있으니 그가 뛰어나가 주의를 줄 필요는 없었다. 라임이라는 병명은 그곳에서 몇 마일밖에 떨어지지 않은 마을 이름에서 딴 것이었다.

"항상 위험에 처해 있다고 가정하는 게 더 안전하다는 것이지." 그는 일종의 언어의 경련을 일으키고 "위험에 처해 있지 않은 한, 안전하다고 가정하는 것이 더 안전하다"고 말하고 싶었다. 그러나 곧 그것을 피해망상으로 보는 것이 타당하다고 그는 생각했다. 어쨌든 이제 그는 항상 위험에 처해 있다는 느낌이 들었다. 간 기능이 멈출 위험, 결혼이 깨질 위험, 파멸적 공포의 위험. 그는 자기가 공포로 죽어 가고 있다는 느낌에서 벗어나려 애를 쓰면서 느낌으로 죽은 사람은 없다고 혼잣말했다, 그것을 조금도 믿지 않으면서. 사람이 느낌으로 죽는 일은 비일비재하다. 느낌이 총알이나 술이나 종양으로 물질화되는 절차를 거치면 그렇다. 그는 기초가 걷잡을 수 없이 혼돈되었고, 그 위로 지적 능력은 상당히 튼튼하게 발달했지만, 그 중간에는 거의 아무것도 없는 형태로 이루어졌다. 중간 지점을 개발할 필요가 절실했다. 그게 없기 때문에 그의 정신은 둘로 갈렸다. 숲과 들판의 상공에 떠도는 맹금처럼 경계하는 낮의 정신 상태, 갑판에 뭉개진 해파리처럼 무력한 밤의 정신 상태. '독수리와 해파리'. 이솝은 이것을 중요하게 여기지 않았는지 우화로 남기지는 않았다. 그는 갑자기 약간 미친 사람처럼 너털웃음을 터뜨리고는 자리에서 일어나 버번을 병째 들고 한 모금 더 마셨다. 그렇다, 지금 그 중간 지점은 알코올의 호수가 차지했다. 처음 들어간 술은 약 20분 동안 중심을 잡아 주었지만 그다음 마신 술은 일식의 검은 낫처럼 숲과 들판을 휩쓰는 밤의 정신 상태를 불러왔다.

그 모든 것은 오이디푸스 콤플렉스의 굴욕적 드라마라는 것을 그는 알고 있었다. 엘리너와의 관계에서 피상적인 변환이 일어나고 연민이 혐오에 맞서 지엽적인 승리를 거두었지만, 엘리너가 그에게 끼친 근원적인 영향은 흔들림 없이 그대로 남아 있었다. 그의 근본적인 존재 의식은 자유낙하 같은 것, 한없는 두려움, 밀실공포증이 겹친 광장공포증 같은 것이었다. 물론 공포에는 보편적인 무언가가 있기는 하다. 그의 아이들도 메리가 한없는 애정을 쏟아 키우는데도 공포를 느낄 때가 있었다. 그래도 그 고통은 일시적인 것에 지나지 않았다. 그런데 패트릭은 자기가 서 있는 입지를, 또 자기가 빨려 들어가는 곳을 공포라고 생각했다. 그리고 이 확신을 어머니가 다른 사람에게 전혀 집중하지 못한다는 사실과 결부시켜 생각하지 않을 수 없었다. 그는 어머니의 인생을 규정하는 특징은 무능임을 상기해야 했다. 엘리너는 자식을 가지고 싶어 했고 형편없는 어머니가 되었다. 동화를 쓰고 싶어 했고 형편없는 작가가 되었다. 자선가가 되고 싶어 했고 자기 잇속만 차리는 사기꾼에게 모든 재산을 주었다. 그리고 이제는 죽고 싶어 하는데 그것마저 제대로 하지 못했다. 어머니는 자신들을 '인류애'나 '구원'과 같은 과장된 일반화의 창구라고 소개하는 사람들과 소통할 뿐이었다. 응애응애 울며 먹은 것을 게워 내기나 하는 어린 패트릭은 그런 소통을 할 수 없었던 게 틀림없다. 유아의 문제는 무능과 악의를 구분하기 어렵다는 것이다. 이 어려움은 간혹 한밤중에 술이 취했을 때 그를 다시 엄습하기도 했다. 그리고 이제 그것은 메리를 바라보는 그의 시각에 침범하기 시작했다.

메리는 엄마로서 로버트에게 헌신적이었지만, 처음 한 해 동안 엄마로서의 역할에 전념한 뒤 아내로 다시 부상했다. 그런데 그것은 단지 아이를 하나 더 갖고 싶었기 때문이다. 메리는 토머스를 낳고는 아마도 그것이 마지막이리란 것을 알았는지, 성모자상에 감도는 어떤 힘의 자기장에 갇힌 듯했다. 자신의 처녀성을 재발견하고, 그것을 포함한 일종의 청정 구역 보존에 힘쓰기라도 하는 것 같았다. 견딜 수 없이 너무 오래 지속되는 베들레헴의 요셉이 맡았던 전혀 부럽지 않은 역할이 패트릭에게 주어진 것이다. 메리는 그에게 기울이던 관심을 완전히 거두었다. 그가 관심을 요구하면 할수록 그는 더욱 막내아들의 거짓 경쟁자로 비쳤다. 그는 다른 데로 눈을 돌렸다. 다름 아닌 줄리아에게로. 그것마저 실패하자 알코올의 망각적 포옹에 몸을 맡겼다. 그는 멈추어야 한다. 그는 이제 죽음에 저항하는 운동에 참여하거나 죽음의 부역자가 되거나 둘 중 하나를 선택해야 할 나이였다. 어린 시절의 불멸의 환상이 일단 증발하고 나면 자기 파괴와 희롱할 여유가 없었다.

이크, 메이커스 마크를 너무 많이 마셨다. 그렇다면 이 상황에서 사리에 맞는 행동은 술이 조금밖에 안 남은 병을 위층으로 가져가 백팩에 감춰 둔 빈 버번 병에 따라 놓고 재빨리 시내로 나가 똑같은 술을 사다가 테이블에 갖다 놓는 것이리라. 물론 새 술을 조금 비워 줘야 할 것이다. 그래야 그가 마시기 전에 원래 그 자리에 있던 술처럼 보일 것 아닌가. 사실상 성공적인 알코올 중독자가 되는 것보다 더 복잡한 것은 없다. 제3세계 국가들을 폭격하는 일—그러고 보니 그건 한가한 사람들이 하는 일이다. "그런 게 괜찮은 사람들도 있지." 그는 응접실의 가구 사이로 빠져나가며 중얼거렸다. 그는 이 시간에 그러기에는 분명히 너무 취했다. 그의 폭주하는 생각은 스타카토로 전개되었다. 유력한 패를 집으려는 순간에 끝수 높은 카드에 당한 것이다.

점검. 가족은 정원에 있음. 점검. 복도는 조용함. 위층으로 달려 올라가 문을 닫고, 백팩의 빈 병에 술을 따라 넣는다―손에다 흐른다. 다 따른 병을 벽장 위에 숨긴다. 자동차 열쇠. 내려가 나간다. 식구들에게 말해? 그래. 아니지. 그래. 아니야! 차를 탄다. 딩동댕. 빌어먹을 미국산 자동차의 안전장치 딩동, 딩동. 갑작스런 사고사의 가능성을 가정하는 것이 더 안전하다. 경찰, 안 돼 제발 경찰이 없어야 하는데, 제발, 제발. 영양 과자처럼 아작아작 소리가 나는 자갈길을 따라 슬그머니 달린다. 자동 주행 속도 유지 장치, 조정이 해제된다. 암시받기 쉬운 암시. 탈선한다, 아작아작 음절을 씹어 내는 듯한 길에서 벗어나 햇빛도 밝은 죽음의 덫, 전원 지대로 나간다. 모든 도로가 포장되어 있으면 좋으련만. 전기톱과 콘크리트 혼합기를 쓰는 화난 일반 시민 패거리. "우리는 충분히 오랜 세월 공포 속에 살았다! 우리는 우리 가족을 보호할 권리가 있다! 성경은 '너희는 야생을 정복할 것이다. 그리고 그 백성은 진드기를 지배하리라'라고 한다."

그는 은빛 나는 파란색 뷰익 르세이버를 타고 미국 남부의 시골뜨기 억양으로 소리를 지르며 표류했다. 그는 아무것도 멈출 수 없었다. 차도 멈출 수 없었고, 술을 마시는 것도 멈출 수 없었고, 콘크리트 클럭스 클랜*이 일하는 것을 멈추게 할 수도 없었다. 시내로 가는 한적한 간선 도로로 들어갈 때 빨간불 켜진 신호등을 슬쩍 그냥 지나갔다. 그는 비노베리타스 주류 판매점 앞에 주차했다. 차가 어찌된 일인지 저절로 잠겼다. 만약을 대비한 안전을 위해서일 것이다. 딩동댕. 키는 여전히 점화 스위치에 꽂혀 있다. 그는 허리의 둔통 때문에 몸을 뒤로 뻗었다. 등뼈가 손상된 걸까? 신장이 부어오른 걸까? "습관적 이분법의 고정관념에서 벗어나야 한다." 그는 자기계발 테이프와 같은 점잔 빼는 말씨로 가르랑거리듯 말했다. "그건 등뼈 **또는** 신장 상황의 문제가 아니라, 신장과 등뼈 **둘 다**의 상황 문제다. 고정관념에서 벗어나라! 창의력을 발휘하라!"

그런데 기찻길 건너 저 앞쪽의 운동장에 또 하나의 **둘 다**인 상황이 기다리고 있었다. 주위에 폭신한 나뭇조각들을 깔아 놓은 밝은 색의 터널과 미끄럼틀, 그네가 있는 놀이터에서 펼쳐지는 미국 가정생활의 활력 넘치는 감상적인 상황, 철사망 울타리 안의 넓은 잔디밭에서는 배가 불룩한 경찰관 둘이 뉴밀턴 지역의 평화와 번영을 어지럽힌다고 생각되는 변태 정신병자들을 물어뜯을 셰퍼드를 훈련시키는 상황이 둘 다 동시에 진행되고 있었다. 한 경찰관이 셰퍼드의 목줄을 잡고 있고, 잔디밭 반대편

★ Koncrete Klux Klan, KKK 즉 '큐 클럭스 클랜'(인종차별과 폭력을 옹호하는 미국 남부 백인 비밀 단체)에 대한 말장난이다.

에는 팔뚝에 두터운 보호 패드를 댄 동료 경찰관이 서 있었다. 셰퍼드는 잔디밭을 가로질러 번개처럼 달려가 보호 패드를 물고 좌우로 사납게 흔들어 댔다. 안전을 중시하는 자동차들의 경적 소리와 아이들의 외치는 소리가 개가 으르렁거리는 소리를 꿰뚫었다. 저 아이들은 더 안전하다고 느낄까, 아니면 저렇게 자기들이 항상 위험에 처해 있다고 가정하는 것이 더 안전하다고 느낄까? 보테로의 그림 속 인물들처럼 생긴 한 가족이 모서리가 둥근 피크닉 테이블에 앉아 부드러운 빵을 먹으면서 그걸 구경하고 있었다. 개를 놓아 준 경찰이 풀밭을 가로질러 달려가 동료의 팔뚝을 물고 있는 명민하고 쌩쌩한 셰퍼드를 떼어 놓으려고 애를 썼다. 팔뚝 패드를 한 경찰은 잔디밭에 쓰러져 버둥거리며 자기는 좋은 사람 편이지 변태 정신병자가 아니라고 셰퍼드를 설득하느라 애를 쓰는 듯했다.

비노베리타스에는 세 가지 크기의 메이커스 마크가 있었다. 패트릭은 어떤 것으로 대체해야 할지 몰라 망설이다 세 가지를 다 샀다.

"후회하느니 안전한 게 낫죠." 그는 점원에게 해명하듯 말했다.

"그럼요!" 점원은 패트릭이 뒤로 밀려날 정도로 열렬히 말했다.

그의 취기는 이미 다른 국면에 접어들었다. 더 땀이 나고, 더 슬프고, 더 느릿한 상태. 술과 많은 양의 커피, **둘 다** 필요했다. 월터와 베스의 집에 가도, 아니 실은 어디에 있더라도 그래야 설 수 있을 것 같았다. 사실 그는 자기가 대체해야 할 메이커스 마크는 가장 작은 병이 아님을 잘 알았다. 이 사실을 인정해도 괜찮을 것 같았다. 그는 한 세트를 이룰 작은 병을 사지 않을 수 없었던 것이다. 딩동댕. 그는 빨간색 모조 밀랍 뚜껑을 벗기고 코르크를 땄다. 버번이 목구멍으로 흘러 들어갈 때 그는 불타는 기둥이 어떤 건물의 바닥과 천장을 뚫고 나가 화염과 파멸을 퍼뜨리는 광경을 상상했다. 휴! 이제 살 것 같았다.

'Better Latte Than Never'* 커피숍이 그 불쾌한 이름에 거는 기대를 실망시키지 않았다. 그는 맛있어 보이는 딸기 맛 휘핑크림과 얼음으로 가득한 투명 플라스틱 컵에 든 스키니 캐러멜 그런데 바닐라 프라푸치노의 유혹을 뿌리치고 블랙커피를 주문했다. 그리고 그다음 줄로 이동했다.

"좋은 하루 되십시오Have a great one!" 앞치마를 두른 금발의 금수 같은 주걱턱 피트가 카운터에 커피를 밀어 놓으며 말했다.

"즐거운 하루 보내세요Have a nice day!"가 쓰이기 시작했던 때를 기억할 만한 나이인 패트릭은 "좋은 하루 되십시오!"의 극심한 인플레이션을 보고 놀라지 않을 수 없었다.** 사람을 못살게 구

---

* '늦더라도 안 오는(하는) 것보다는 낫다'라는 속담 'Better late than never'를 응용한 이름.

** 'Have a good one'은 미국 영어로 작별 인사에 쓰인다. 'Have a good (nice) day'와 마찬가지다. 이것을 더 강조해 'Have a great one'이라고 하는 미국식 표현을 가지고 불평하고 있다.

는 이 쾌활한 언행의 자유분방함은 언제 끝이 날 것인가? 그는 거대한 머그잔을 들고 억지웃음을 띠고 들리지 않게 중얼거리면서 매장을 가로질러 비틀비틀 걸어갔다. "기쁨에 넘치는 하루를 보내십시오." 그는 자리를 잡아 앉으며 꾸짖듯 말했다. "전신이 떨리는 오르가즘을 꼭 느끼십시오." 이번에는 남부 지방 억양으로 속삭이듯 말했다. "그리고 그것이 지속되도록 하십시오." 너는 그럴 자격이 있으니까. 자신에게 그래야 할 의무가 있으니까. 너는 유일무이하고 특별한 사람이니까. 결국 커피 한 잔, 그리고 먹기에 적합하지 않은 머핀에서 무엇을 더 기대할 수 있겠다고 그러는가 말이다. 피트는 "냉수 샤워를 하십시오"랄지 "차를 어디 들이받지 마십시오"와 같은, 현실적으로 성취할 수 있는 것에 국한해서 말했으면 좋을 걸 그랬다.

더운 주차장에서 사라졌던 격앙된 정신착란적 취기가 다시 돌았다. 그렇지 그렇지 그렇지. 커피를 몇 잔 마시고 나면 그를 가로막는 것은 아무것도 없을 것이다. 매장 반대편을 보니 분홍색 카디건과 물 빠진 청바지 차림의 관능적인 의대생이 컴퓨터를 쓰고 있었다. 휴대 전화는 히트앤글로 벽난로의 점판암 선반 위에 놓여 있었다. 그 옆에는 워크맨과 복잡한 성분의 음료가 있었다. 그 여학생은 다리를 쫙 벌린 채 두 무릎을 쳐들고 앉아 있었다. 마치 방금 휴렛팩커드 노트북을 출산하기라도 한 듯이. 테이블 가장자리에 두꺼운 병리학 교과서가 놓여 있고 그 밑에는 낱장 메모지들이 깔려 있었다. 그는 그녀를 가져야 한다, 반드시 가져야 한다는 이유로 가져야 한다. 그녀는 몸가짐이 매우 느긋했다. 그는 그녀를 응시했고 그녀는 차분하고 고른 시선으로 그를 마주 보았다. 그녀는 미소를 지었다. 그녀는 얼마나 완벽한지 정말 무서울 정도였다. 그는 눈길을 돌리고 수줍은 미소를 지으며 자기 무릎을 내려다보았다. 그렇게 호의적인 그녀가 너무 벅찼다. 그는 울고 싶은 심정이었다. 그녀는 사실 의사나 다름없었다. 그를 아마 완전히 구해 줄 수 있을 것이다. 두 아들이 그를 그리워하겠지만 결국 이겨 낼 것이다. 여하튼 그들은 그에게 와서 얼마간 머물다 갈 것이다. 그녀는 분명히 마음이 대단히 따뜻하고 다정한 여자일 테니까.

그는 오이디푸스 콤플렉스의 소용돌이에 낙엽처럼 휩쓸렸고 강제된 회전 속에서 위안을 원했다. 욕구와 결핍의 개념을 구분하는 언어가 있는가 하면, 영어처럼 그 두 개념을 want라는 꾸밈없이 친밀한 한 음절에 욱여넣은 언어도 있다. 사랑의 결핍want을 덜어 주는 사랑을 원한다want는 것. 더 많은 것을 원하게want 만드는 결핍want과의 전쟁. 그를 돌봐 주기로 말하자면 위스키는 어머니보다, 또는 아내보다 나을 것이 없었다. 매장을 가로질러 비틀거리며 가서 그녀 앞에 무릎을 꿇고 자비를 구걸한다 해도, 저 분홍색 카디건의 여자도 위스키보다 나을 것이 없기는 마찬가지일 것이다. 그런데 왜 그는 그러기를 원할까? 독수리는 어디 갔지? 그냥 그 성적인 끌림을 차분하게 인식하고, 그것을 현재의 정신 상태에 대한 의식 속으로 재흡수하거나, 더 나아가 지금 살아 있다는 단순한 사실 속으로 재흡수하지 않는 것일까? 생각의 근원에 머물 수 있는데 왜 순진하게 생각의 대상을 향해 돌진하느냐는 말이다. 그는 눈을 감고 구부정하게 자세를 고쳐 앉았다.

그렇게 그는 장엄한 정신의 영역에 들어갔다. 더 이상 분홍색 카디건의 여자들이나 호박색 술병들을 쫓지 않았다. 그 대신 그는 덥고 붐비는 실내의 부채들처럼 생각이 착착 펴지는 모양을 주시했다. 그는 더 이상 공허한 상상 속에 뛰어들지 않았다. 그는 착착 펴지는 소리를 인지했다, 더위를 인지했다, 언어가 지배하는 머리는 취했을 때 인상에 지배된다는 것을 그는 인지했다, 자기가 기대하는 결말은 일시적 의식 상실이나 오르가즘이 아니라 지식과 통찰임을 인지했다. 문제는 추구하는 대상이 바뀌었는데도 추구의 고통은 그대로 남아 있다는 것이었다. 그는 진공 상태에서 나오지 않고 오히려 그 안으로 돌진하는 듯한 기분이 들었다. 그래 봤자 뭐 별거 있겠는가. 결국은 뜨거운 정사의 달콤한 신기루를 쫓아 달려가는 편이 낫다. 그는 눈을 떴다. 그녀는 가고 없었다. 이제 양쪽 방향 모두 결핍되었다. 어차피 방향은 망상인 법. 결핍의 우주. 무한한 우울.

의자가 바닥을 긁는 소리. 늦었다. 가족. 다과회. 생각하지 않도록 노력하자. 생각하자, 생각하지 말자는 것을. 광기. 딩동댕.
자동 주행 속도 유지 장치, 조정이 해제된다. 제발 생각을 멈춰.
생각을 멈추란 건 누구의 요구지? 누구에게 요구하는 것이지?

낸시의 집에 도착했을 때 **타인들**은 한 폭의 비난과 노여움의
구도를 이루고 낸시의 차 주위에 모여 있었다.

"뉴밀턴 시내에서 내게 무슨 일이 있었는지 믿기지 않을 겁니
다." 그는 그렇게 말하면서도 무슨 일이었냐고 누가 물으면 어
떻게 대답해야 하나 하고 생각했다.

"우리는 너 없이 가려던 참이었어." 낸시가 말했다. "베스는
사람들이 약속 시간에 늦는 걸 참지 못해. 한번 늦으면 다음번
손님 명단에서 바로 삭제돼."

"생각만 해도 신이 나네요." 패트릭이 말했다. 그리고 바로 자
기 말을 정정했다. "아니, 정신이 나네요." 그의 말은 자갈이 오
도독거리는 소리와 문을 닫는 소리에 묻혀 어느 것도 다른 사
람들에게 들리지 않았다. 그는 낸시의 차 뒷좌석에 올라 토머스
옆에 털썩 앉았다. 다과를 나누는 동안 마실 작은 병의 메이커
스 마크를 가져왔더라면 좋았을 것을 하고 생각했다. 그곳에 가
는 동안 조는 듯 마는 듯하다 보니 어느새 차가 느려지다 멈추
었다. 차에서 힘들여 내리고 보니 주위는 온통 중단 없는 삼림
지대였다. 버크셔 힐스는 초록과 노랑의 바다에 굽이치는 굵은
놀처럼 사방으로 뻗어 나갔다. 월터와 베스의 하얀 미늘판 외벽

의 방주는 가장 가까운 물마루를 타고 있었다. 그는 땅을 딛고 서 있는데도 뱃멀미가 났다.

"믿을 수 없군." 그가 중얼거렸다.

"그래." 낸시가 말했다. "이들은 저 경치를 소유한 셈이지."

패트릭에게 그 다과회는 뚜렷하지 않은 그림의 중경에서 벌어지는 일 같았다. 텔레비전에서 수족관을 보는 것처럼 흐릿한 기분이 드는가 싶더니 어느새 물에 빠진 듯한 느낌이 들기도 했다. 눈이 아릴 정도로 눈부시게 흰 유니폼을 입은 하인들. 체구가 작은 남미계 집사. 갈색의 달콤한 시나몬 아이스티. 파크가 소문. 사람들은 헨리 키신저가 목요일 만찬에서 이야기한 무언가를 말하며 웃었다.

이윽고 정원 구경이 시작되었다. 월터가 한쪽 손에는 스웨이드 장갑을 끼고 다른 한쪽으로는 낸시와 팔짱을 끼고 앞장서 걸었다. 그러다가 간혹 팔짱을 풀고는 건방지게 삐져나온 어린 가지를 잘랐다. 그는 물론 정원이 가꾸어져 있지 않았다면 그렇게 손수 원예 활동을 하지 않았을 것이다. 그와 정원의 관계는 시장이 주택단지 개발을 직접 하지 않는 것과 마찬가지였다. 시장은 준공식에 참석해 테이프만 끊을 뿐이다. 베스는 메리와 아이들을 데리고 뒤따랐다. 그녀는 정원에 대해 끊임없이 겸손한 태도를 보이다가 어떤 때는 노골적으로 불만을 표했다. 화단 가장자리에 사슴 모양으로 다듬은 나무에 이르러서는 "난 저게 싫어요! 캥거루 같아. 저걸 죽이려고 식초를 붓고 있어요. 이 지방의 기후는 정말 난감해요. 5월 중순에 눈이 허리까지 쌓였다가도 그 2주 뒤에는 베트남에 있는 것 같으니까"라고 말했다.

패트릭은 제일 뒤에 처져 원예의 무아지경에 빠진 척하고 천천히 걸었다. 그들이 그를 보고, 대화에 참여하기를 꺼리는 둔한 술주정뱅이보다는 앤드루 마벌*을 머릿속에 떠올리기를 바라며 그는 몸을 수그리고 이름 모를 꽃을 멍하니 들여다보기도 했다. 방대한 잔디밭에는 회양목의 미로와 각종 동물 모양의 나무들 (사형 선고를 받은 캥거루는 제외되었다), 마지막으로 라임나무 숲이 조성되어 있었다.

"저 봐, 아빠! sanglier 멧돼지!" 털이 구불구불하고 주둥이가 육중한 멧돼지 청동상을 가리키며 토머스가 말했다. 축 늘어진 배와 거대한 엄니가 있는 머리의 무게를 지탱하기에는 동상의 다리가 너무 가늘어 보였다.

"그래!" 패트릭이 말했다.

패트릭에게 멧돼지는 언제나 프랑스어로 기억되었다. 그렇기 때문에 그게 토머스에게도 프랑스어로 남은 것을 보고 비통한 심정이 엄습했다. 그곳에 안 간 지 벌써 1년이 넘었는데 토머스가 어떻게 그 말을 잊지 않았을까? 토머스는 생나제르의 멧돼

★   정원에 관한 시를 쓴 17세기 영국 시인.

지를 생각하고 말했을까? 땅에 떨어진 무화과를 먹으려고 총총 걸음으로 정원을 가로질러 오거나 익은 포도를 찾아 밤이면 쿵 쿵거리며 포도나무 밭을 돌아다니던 그 멧돼지들을? 아니, 그 렇지 않다. 토머스가 금방 청동상을 등지고 비행기 시늉을 내며 라임나무 숲을 달려 내려가는 것을 보면 그에게 sanglier는 그저 그 청동상의 동물을 가리키는 한 단어였을 뿐이다. 패트릭의 비 통한 마음은 혼자만의 것이었고, 그것마저 공허했다. 그는 더 이 상 생나제르를 향한, 마음을 좀먹는 노스탤지어를 느끼지 않았 다. 생나제르의 상실은 진짜 실패가 무엇인지 분명하게 보여 주 었다. 그는 그가 되고자 했던 종류의 아버지가 되지 못하는 것, 조상의 지리멸렬을 벗어나 자기 자식들에게는 괴로움이 없는 사랑을 주는 아버지가 되지 못하는 것이 진짜 실패임을 보여 주 었다. 그는 스스로 제1지역이라고 생각하는 곳, 즉 그가 가장 싫 어했던 것과 똑같은 경험을 자식에게 겪게 하는 운명은 피했다. 그러나 아직 제2지역, 즉 제1지역을 피하려고 애를 쓰다 그만 눈이 멀어 다른 실수를 저지르는 상황에서 빠져나오지 못하고 있었다. 제2지역에서 무엇을 주는 행위는 그것을 주는 사람에게 결핍된 것에 기초한다. 결핍으로 작동되는 과잉 보상 열정보다 더 진을 빼는 것은 없다. 그는 제3지역을 꿈꾸었다. 기름진 계곡 이 있다는 고대의 소문처럼, 그곳은 저기, 저 언덕만 넘으면 있 을 것 같은 예감이 들었다. 어쩌면 현재의 혼돈은 지속 불가능한 존재 방식을 뿌리칠 수 있는 마지막 기회일지도 모른다. 그는 술을 끊어야 한다, 내일이 아니라 오늘 오후, 술을 다시 마실 기회가 생겼을 때 그만 마셔야 한다.

이 번득이는 희망에 이상한 설렘을 느끼며 패트릭은 계속 뒤처져 걸었다. 정원 구경은 정처 없이 계속되었다. 라임나무 숲이 끝나는 곳에 서 있는 다이아나 석상이 그 반대쪽에 있는 멧돼지 청동상을 영원히 사냥하고 있었다. 집 뒤쪽에는 푹신한 나뭇조각을 깐 길이 개량 목재 숲속으로 구불구불 이어졌다. 아람드리 오크나무와 너도밤나무 사이의 헐벗은 땅에 부분적으로 비친 햇빛이 흔들리고 있었다. 그들은 숲에서 벗어나 격납고 같은 건물 앞을 지났다. 작은 마을 전체가 쓸 만큼의 많은 전력을 소비하는 거대한 송풍기들이 겨울에는 아가판투스 꽃을 따뜻하게 해 주는 데 쓰였다. 격납고 옆에는 패트릭의 런던 아파트보다도 조금 큰 듯한 닭장이 있었다. 이상하리만치 너무 깨끗해서 패트릭은 그 닭장의 닭들은 배변하지 못하게 오이와 교배를 시킨다든가 해서 유전자를 변형한 것들인가 하고 의아해하지 않을 수 없었다. 베스는 갓 나온 톱밥이 깔리고 붉은 적외선 등이 켜진 통로로 들어가 알 통에서 얼룩덜룩한 갈색 달걀 세 알을 발견했다. 이 달걀들로 스크램블드에그를 해 먹으면 한 접시에 몇 천 달러가 드는 셈이 될 것이다. 사실 그는 거부들을 싫어했다. 그들과 같은 부자가 못 될 것이기에 특히 더욱 그랬다. 그들은 대개 재산의 호루라기 속에서 빙빙 돌며 날카로운 소리를 내는 작은 알과 같을 뿐이다. 무엇을 할 '여유가 있다'라는 교정 능력을 가진 말이 없다면, 제지할 수 없는 따분한 사람처럼, 그들의 욕망은 수그러들지 않고 변덕마저 부리며 장황하게 지껄일 것이다. 그들은 온갖 종류의 야비한 감정에 너그러움의 형식을 부여할 수 있다―"우리는 우리 네 번째 집에 도무지 갈 시간이 없으니 그걸 빌려 드릴게요. 우리는 거기에 가지 않겠지만 카르멘과 알폰소가 여러분의 편의를 돌봐 줄 겁니다. 아뇨, 정말이에요, 전혀 부담되는 일이 아니에요. 그렇게 해서 우리도 그 두 사람한테 본전을 뽑아야겠어요. 우리한테 월급을 받으면서도 하는 일은 전혀 없거든요."

"너는 뭘 그리 중얼거리고 있는 게야?" 낸시가 물었다. 손님으로서 주인을 극구 칭찬해야 할 기대에 못 미치는 패트릭에게 화가 난 것이 분명했다.

"아 네, 아무것도 아니에요." 패트릭이 말했다.

"닭장이 아주 훌륭하지?" 낸시가 그에게 신호를 주었다.

"여기 산다는 건 특권이겠어요." 패트릭은 갑자기 허겁지겁 사회적 의무를 수행했다.

정원 구경이 끝나자 달걀 선물과 함께 그들의 방문도 그것으로 끝이었다. 낸시의 집으로 돌아가는 길에 패트릭은 술을 더 이상 마시지 않기로 한 결정과 마주했다. 다른 선택의 여지가 없을 때 술을 마시지 않기로 결정한 건 아주 좋은 일이지만, 몇 분만 있으면 그의 개인 전용 주점이 된 뷰익 자동차에 오를 수 있을 것이다. 내일부터 술을 끊기로 한들 뭐가 문제일까? 암만해도 그러면 여지없이 문제가 될 것을 그는 잘 알았다. 오늘 계속해서 술을 마시면 내일 아침 숙취에 시달릴 테고, 그러면 그 여파로 지독히 불쾌한 하루가 될 것이다. 그런 이유 외에도 그는 정원에서 느낀 어렴풋한 희망을 가꾸고 싶었다. 만일 내일 술을 끊는다면 더 불쾌하고 더 믿을 수 없는 동기 부여의 감정인 과도한 수치심 때문일 것이다. 그런데 제3지역은 무엇이었지? 그의 머리는 긴장으로 경색되었다. 그는 정원에서 느꼈던 희망을 복원할 수 없었다.

낸시의 집 응접실로 돌아온 패트릭은 창밖을 응시했다. 그러자니 그가 대체해 놓은 버번 병은 그것대로 그를 응시하는 것 같았다. 원래 있던 병을 비우기 전에 차 있던 만큼만 남도록 새 병의 술을 조금 마시는 것이 훨씬 더 깔끔한 일 처리가 될 것 같았다. 그 생각에 따르려는 찰나, 낸시가 들어오더니 과장된 한숨을 내쉬며 맞은편 안락의자에 털썩 앉았다.

"그리고 보니 네 어머니에 대해 별로 이야기를 나누지 못한 것 같구나." 낸시가 말했다. "지난번에 언니를 봤을 때 너무 충격적이어서 네게 안부를 묻는 게 두려웠던 것 같아."

"낙상을 당하신 이야기는 들으셨어요?"

"뭐라고!"

"엉덩이뼈를 부러뜨려서 입원하셨어요. 병원에 갔더니 죽여 달라고 하시더군요. 그 뒤로 계속 똑같은 말을 하세요. 제가 갈 때마다……"

"에이, 말도 안 돼." 낸시가 말했다. "그건 공평하지 않아! 너무 그리스 신화 같잖아. 자기 부모를 죽이는 자식을 특별히 응징하는 어떤 복수의 여신이 있을 거야."

"네, 웜우드 스크러브스 교도소가 있죠." 패트릭이 말했다.

"오, 하나님!" 낸시는 의자에서 몸을 비틀며 말했다. "그건 정말 까다로운 문제로구나. 난 내가 말도 못 하고, 움직이지도 못하고, 뭘 읽지도 못하고, 영화도 못 보게 되면 더 이상 살고 싶지 않을 거야."

"저는 어머니가 죽는 것을 도와 드리는 게 가장 큰 사랑의 행위일 거라고 믿어 의심치 않아요."

"글쎄다, 어쩌면 말이야, 내 말을 오해하지 말고 들어, 구급차를 대절해서 언니를 네덜란드로 데려가면 어떨까 싶은데."*

"네덜란드에 가는 것만으로는 죽지 못해요." 패트릭이 말했다.

"오, 제발, 이제 그 이야기는 그만하자. 너무 속상하구나. 내가

---

* 네덜란드는 2002년부터 의사가 환자의 요청에 따라 합법적으로 안락사를 시켜 줄 수 있다.

그런 식으로 생을 끝내게 되면 난 정말이지 견딜 수 없을 거야."

"술 한 잔 드릴까요?" 패트릭이 물었다.

"아니, 술은 무슨. 나는 술 안 마셔." 낸시가 말했다. "몰랐어? 나는 우리 아버지가 술로 인생을 망치는 걸 죽 지켜봤거든. 마시고 싶으면 너나 마셔라."

패트릭은 자기 아들이 "나는 우리 아버지가 술로 인생을 망치는 걸 봤거든"이라고 하는 상상을 해 보았다. 그는 의자에서 일어나려다 말고 몸을 앞으로 구부리는 자신을 의식했다.

"저도 저를 위해 마시지 말아야겠어요." 그는 뒤로 기대앉으며 말하고 눈을 감았다.

15

메리는 모텔 방 하나에는 패트릭과 로버트가 들고, 자기와 토머스는 따로 다른 방에 들게 된 것을 믿을 수 없었다. 방에는 얇은 카펫이 깔렸고 플라스틱 봉지에 든 플라스틱 컵이 있고, 화장실 변기의 플라스틱 뚜껑에는 '여러분의 안전을 위해 위생 처리했습니다'라고 쓰인 종이 띠가 둘려 있었다. 복도 끝에 설치된 제빙기가 얼음을 쏟아 낼 때 나는 소름 끼치는 소리가 들려오면 자신의 결혼 생활이 처한 지경을 생각하지 않을 수 없었다. 고속도로에서 일정하게 웅웅거리는 소리가 새벽에는 더 강하게 들려왔다. 그것은 그녀에게 빠르고 매끄럽게 밀려오는 근심과 더없이 잘 어울리는 사운드트랙이었다. 새벽 4시경, 어떤 말이 메트로놈처럼 딸깍대기 시작했다. "고속도로 – 정신 상태, 고속도로 – 정신 상태"라는 말. 메리는 그 소리를 멈추게 할 수 없을 정도로 너무 피곤했다. 제빙기 – 결혼 생활, 고속도로 – 정신 상태. 불면은 그런 냉소적 조화를 이루는 온상이었다. 그것으로 미치기에 충분했다. 아니, 미치지 않게 하기에 충분한 건가? 연관 짓기. 그녀는 자기 가족이 미국의 어딘지 모르는 곳을 방랑하며 끔찍한 시간을 보내는 일에 다른 어느 곳에서보다 더 많은 돈을 출혈하고 있다는 사실이 믿기지 않았다. 길은 그리도 많은데 갈 곳은 그리도 없었다. 친절은 그리도 넘치는데 친근감은 그리도 보기 힘들었다. 향미는 그리도 좋은데 맛은 그리도 없었다. 메리는 아이들을 데리고 런던 집으로 돌아가고 싶은 마음이 간절했다. 미국의 얄팍한 분주함을 떠나 밀도 있는 일상생활로 돌아가고 싶었다.

패트릭은 어느 정도 아름다운 곳은 어디에서든 휴가가 끝나기도 한참 전에 가족과 함께 쫓겨나는 전통을 깨지 않았다. 지난해에는 생나제르에서, 이번에는 헨리의 섬에서. 물론 메리는 그가 술을 끊어서 기뻤다. 하지만 그는 술을 끊고 일주일 동안은 인사불성으로 취한 사람처럼 폭발적이고, 화를 잘 내고, 절망하는 후유증을 보였다. 모든 종기를 한꺼번에 터뜨려서 외과 수술용 받침접시가 넘친 것 같다고나 할까. 헨리는 분명 악몽 같은 사람이었지만 어쨌든 친척이기는 했다. 무엇보다 그는 아이들에게 놀이터를 제공해 주는 집주인이었다. 거기에는 전용 선착장, 해변, 범선, 모터보트가 딸려 있었고, 전용 급유 펌프까지 있어서 토머스는 끝까지 놀라움을 금치 못했다.

"난 정말 믿을 수가 없어. 헨리 아저씨는 급유 펌프도 있어!" 토머스는 양손 손바닥을 벌리고 고개를 흔들면서 하루에도 몇 번씩 그렇게 말했다. 로버트는 흥분해서 헨리가 소유한 광대한 영토가 얼마나 되는지 헤아려 보고, 그곳이 몇 에이커이고 방은 몇 개나 되는지 통계를 냈다. 그러나 두 아이 모두 기본적으로 그곳에서 즐거운 시간을 가졌다. 얼음장처럼 찬물에 몸을 담그기도 하고, 헨리의 모터보트를 타고 나가 일반 섬과 육지를 왕래하는 연락선이 지나간 자국을 따라가기도 했다.

그것 말고는 모든 게 잘못되었다. 첫날 점심시간에 헨리는 메리에게 토머스를 식당에서 나가 있게 해 달라고 했다. 토머스의 급유 펌프 흉내가 이스라엘의 핵 공격 능력을 증강해야 할 도덕적 필요성에 관한 그의 독백에 방해되기 때문이었다.

"지금 시리아인들은 바지에 오줌을 지리고 있을 거야, 또 그래야 마땅하고……" 헨리는 신나게 말하고 있었다.

"ㅂㅂㅂㅂ, ㅂㅂㅂㅂ……" 토머스가 펌프 소리를 흉내 냈다.

"'아이들은 보이되 들리지 않아야 할 것이다'라는 금언, 물론 잘 아시겠죠." 헨리가 말했다.

"그걸 모르는 사람이 어디 있겠어요?" 메리가 말했다.

"나는 그것도 너무 진보적이라고 항상 생각했는데." 헨리가 자신의 재치 있는 말을 강조하기 위해 목을 길게 빼며 말했다.

"토머스가 보이지도 않았으면 좋겠다는 말인가요?"메리는 갑자기 화를 내며 말하고는 토머스를 들어 안고 후다닥 밖으로 나갔다. 그녀가 나가고 헨리의 독백은 방해받지 않고 다시 시작되었다.

"야마모토 제독은 진주만 공격 후에 의기양양하기보다는 현명하게도 이렇게 우려를 표했지. '여러분, 우리는 잠자는 용을 깨웠습니다.' 국제 테러리스트들과 그들을 지원하는 국가들은 가장 먼저 바로 그런 생각을 가져야 할 거야. 이스라엘은 핵 방패뿐만 아니라 전술 핵무기를 가졌으니 그 지역에 분명한 메시지를 보낼 거야, 이스라엘은 우방과 어깨를 나란히……"

메리는 잔디밭으로 뛰쳐나갔다. 토머스는 매듭을 푼 풍선이 공허한 소리를 내며 이리저리 빙빙 돌다가 바람이 다 빠지면 바닥에 툭 떨어져 쭈글쭈글해지는 것을 보기 좋아했는데, 메리는 헨리를 그런 풍선으로 상상했다.

"엄마, 나 풍선 놓을래."토머스가 한 손으로 작은 원을 빙빙 빠르게 그리며 말했다.

"엄마가 풍선 생각하는 걸 어떻게 알았어?"메리가 말했다.

"몰랐어."토머스는 머리를 옆으로 갸우뚱하고 웃었다.

이렇게 서로 통하는 순간들은 메리가 익숙해질 정도로 자주 발생했지만, 그럴 때마다 얼마나 딱 들어맞는지 매번 놀라웠다.

그들은 암묵적으로 동의하고 잔디밭이 끝나는 곳에 있는 바위투성이의 작은 해변까지 걸어갔다. 메리는 거품 묻은 검은 해초가 꽃줄처럼 널린 바위 사이의 은빛 나는 작은 백사장에 앉았다.

　　"엄마, 나 오랫동안 돌봐 줄 거야?" 토머스가 물었다.

　　"그럼."

　　"내가 열네 살 될 때까지?"

　　"네가 원할 때까지. 엄마가 할 수 있을 때까지……" 그녀가 말했다. 토머스는 지난번에는 엄마도 죽냐고 물었다. 그때 메리는 "응, 하지만 한참 동안 살아 있을 거야, 그랬으면 해" 하고 대답했다. 토머스가 엄마도 언젠가는 죽는다는 것을 알게 되었을 때, 메리의 마음의 눈을 흐리게 했던 먼지가 걷히고, 그녀는 자신을 노려보는 죽음의 위협을 다시 의식하기 시작했다. 그녀의 마음속에 죽음의 근원적인 공포가 되살아났다. 메리는 자신의 죽음으로 토머스를 실망시킬까 봐 죽음을 혐오했다. 토머스가 조금 더 오래 놀면 왜 안 될까? 조금 더 오래 안전한 기분을 가지면 왜 안 될까? 메리는 토머스가 죽음에 관심을 가지게 된 것을 유아기에서 유년기로 옮겨 가는 과정 탓으로 돌리고 어느 정도 마음의 안정을 되찾았다. 그러면서도 한편, 그 과정을 빨리 치르고 싶어 하는 패트릭의 성급함 탓에 토머스가 불필요하게 더 일찍 그러는 건 아닌가 하는 생각이 들기도 했다. 로버트는 다섯 살

때 그런 위기를 겪었다. 토머스는 이제 겨우 세 살이었다.

토머스는 엄마의 무릎에 앉아 엄지손가락을 입에 물고 다른 손으로는 턱받이의 매끄러운 라벨을 만지작거렸다. 그는 잠이 들락 말락 했다. 메리는 무릎을 꿇고 편안히 앉아 마음을 차분히 가다듬었다. 그녀는 토머스를 위해서라면, 자신이나 다른 사람은 물론 심지어 로버트를 위해서는 못 할 일도 할 수 있을 것이다. 토머스는 그녀의 보호가 필요했다. 그건 어느 정도 명백한 사실인데, 문제는 메리가 자신의 가치 의식을 위해 토머스를 필요로 한다는 것이었다. 우울할 때는 토머스 때문에 명랑해지고 싶었고, 진이 빠졌을 때는 토머스를 보고 새로운 힘의 원천을 찾으려 했고, 화가 났을 때는 토머스를 생각해서 더 강한 인내심을 찾으려 했다. 메리는 주위의 바위처럼 가만히 앉아 토머스가 잠들기를 기다렸다.

날이 얼마나 덥든 이곳의 바다는 회의적인 바람을 불어 내는 냉장고 같았다. 메리는 메인주의 기본적으로 황량한 느낌이 좋았다. 이곳은 이제 얼마 안 있어 해변의 개가 물을 털듯 피서객들을 털어 낼 것이다. 바다에 반사된 북방의 햇빛은 겨울과 겨울의 틈새에서 주린 듯 열렬히 반짝거렸다. 그것을 보자 엘 그레코 그림의 수척한 성인이 몸을 뻗고 누워 있는 모습이 떠올랐다. 생각이 거기에 미치자 메리는 다시 그림을 그리고 싶었다. 다시 성관계를 갖고 싶었다. 하고 싶은 일의 목록을 만들기 시작한 김에 그녀는 다시 생각하는 사람이 되고 싶었지만, 그녀는 어쩌다 독립을 상실했다. 그녀라는 존재는 토머스와 융합되어 있었다. 그녀는 헤엄치는 동안 옷을 도둑맞은 사람 같았다. 그리고 이제 이 피곤하게 아름다운 연못에서 어떻게 나갈 수 있을지 알지 못했다.

토머스가 잠들고 5분 정도 지났을 때 메리는 좀 더 편한 곳으로 옮겨 갔다. 잔디밭 가장자리의 둔덕에 기대어 앉아 다리 사이에 토머스를 길게 뉘었다. 마치 지금 태어나고 있기라도 한 것처럼. 메리는 턱받침으로 토머스의 얼굴에 그늘을 만들어 주고, 다시 둔덕에 등을 기대고 휴식을 취하려고 눈을 감았다. 그러나 휴식은커녕 그녀의 생각은 어머니의 냉담한 육아 방식에, 그리고 자기가 광적으로 아이 옆에 있으려 하는 마음에 그 방식이 미친 영향에 고리를 걸어 꼭 죄었다. 메리는 자신의 유모, 작은 문제들을 하나씩 차례차례 풀어 나간 친절하고 헌신적인 유모를 생각했다. 섹스도 예술도 알코올도 대화도 없는, 실용적인 친절과 음식만으로 이루어진 육아실에서 살던 유모. 물론 메리는 자기 아이를 돌보면서 자기를 돌보던 유모 같다는 생각이 들었다. 그렇기 때문에 그녀는 자기를 돌봐 주지 않은 어머니를 닮지 않겠다고 마음먹었다. 메리가 보기에 성격이란 부조리하면서 강박적인 것인 듯했다. 그것을 간파하면서도 그녀는 꼼짝없이 그 안에 갇혔다. 어머니와 육아에 대한 메리의 생각은 엉켜 있었다. 어느 한 매듭의 실을 따라가서는 그 엉킨 것을 풀 수 없을 것이다.

조금 쌀쌀한 바람을 불어 내는 거무스름한 바닷가에 앉아 있자니 왠지 모든 것이 분명하게 보이는 느낌이 들었다. 토머스는 잠들었고 아무도 그녀가 정확히 어디에 있는지 모른다. 몇 달 만에 처음으로 누가 그녀에게 어떤 요구를 하려 해도 아무도 어떻게 해야 할지 알 수 없다. 갑자기 그런 요구의 압박이 제거된 상황에 놓이자 메리는 해결되지 않은 의존 상태의 격렬한 가족 분위기를 제대로 인식할 수 있게 되었다. 엘리너는 아픈 어린아이처럼 패트릭에게 "멈추게 해" 달라고 졸랐다. 패트릭이 메리의 무관심한 몸에 가까이 가려 하면 토머스는 주심처럼 그들을 떼어 놓았다. 로버트는 모든 것에서 거리를 두고 일기를 쓸 뿐이었다. 메리는 태풍의 눈에 들어 있었다. 필요한 사람이 될 필요가 그녀를 실제보다 더 자급자족한 사람으로 보이게 만들었기 때문이다. 그녀는 다른 사람들의 불합리한 요구를 충족시켜 주는 일의 영광으로는 사실 살아남을 수 없을 것이다. 그녀의 자기희생의 열정은 자신이 처형될 도랑을 고분고분하게 파는 죄수 같은 기분이 들게 만들었다. 패트릭은 의존의 독재에 저항하는 혁명이 필요한 한편 메리는 자기희생의 독재에 저항하는 혁명이 필요했다. 그녀는 독점되었고 과도한 노력을 경주하는데도, 그녀의 최선의 본능에 호소하는 일이 생기고, 그러면 그만큼 더 깊이 덫에 얽혀 들었다. 형제간 경쟁에서 예상되는 항의는 의외로 로버트가 아니라 상대적으로 불안정한 패트릭에게서 쏟아져 나왔다. 안됐지만, 토머스가 있는 상황에서 패트릭이 자신의 무력감을 활성화할 필요를 보였을 때 메리는 역겨움을 느꼈다. 패트릭은 그녀가 토머스에게 너무 오냐오냐한다고 나무랐다. 하지만 토머스가 엄마라는 어떤 편의시설이 없이 살아갈 준비가 되었다면, 패트릭은 준비가 되고도 남지 않았겠는가. 어쩌면 그는 이제 성숙을 넘어 썩고 있는지 모른다. 어쩌면 마음의 괴저가 일어나기 시작했는지 모른다. 그래서 그 썩는 냄새가 그녀를 역겹게 하는 건지도 모른다.

그날 저녁도 그녀는 토머스를 데리고 저녁 식사에서 나와 있었는데, 패트릭과 로버트는 식탁에 그대로 남아 깨어난 용에 관한 헨리의 이야기를 들었다. 저녁 식사 전, 석양을 받은 유리창이 붉게 물들어 가고 바다에 반사된 빛이 반짝이고 있었을 때, 메리는 내민창 창가의 빛바랜 분홍색 쿠션을 깔고 앉아서 기특하게도 얌전히 노는 아이들과 광천수 잔을 들고 웃는 패트릭을 바라보며 헨리의 대국민 연설을 몇 분 들었다. 메리는 그의 연설이 그렇게 계속된다면 자기는 견디지 못하리라고 생각했다. 헨리는 외교 정책에 관한 이야기를 정신없이 빨리 늘어놓았다. 그의 이야기는 이스라엘에서 시작해 동쪽으로 이동했다. 이름이 '스탄'으로 끝나고 '구소련'이라는 말이 붙는 나라들을 거쳐 중화인

민공화국으로 향해 가다가 잠잘 시간쯤이면 북한에 관한 이야기에 이를 것 같은 끔찍한 생각이 들었다. 그는 북한이 한국과 일본에 핵공격을 하기 전에 핵무기로 북한을 칠 기묘한 계획을 가지고 있을 게 틀림없었다. 메리는 그의 이야기를 듣고 싶지 않았다.

토머스는 목욕을 한 뒤 엄마의 침대에 들어가고 싶어 했다. 메리는 그러지 말라고 할 용기가 나지 않았다. 그들은 서로 몸을 바싹 붙이고 함께 『버드나무에 부는 바람』을 읽었다. 토머스는 두더지 몰과 쥐 래트가 소풍을 갔다가 강물에 떠내려가기 시작하는 부분에서 잠이 들었다. 패트릭이 방에 들어왔을 때 그녀는 책을 무릎에 놓고 돋보기안경을 낀 채 자기도 잠들었다는 것을 알았다.

"헨리랑 싸울 뻔했어." 패트릭은 주먹을 쥐고 성큼성큼 들어와 아직 목적지를 찾지 못한 사람처럼 안절부절못하며 말했다.

"어머나, 무슨 이야기를 했길래 그래?" 메리가 물었다.

패트릭은 항상 자기들의 성생활, 대화하는 생활, 사교 생활은 끝났다고, 자기들은 이제 부모 노릇 하는 관료주의자들에 지나지 않는다고 말하곤 했다. 어떻든 지금 메리는 완전히 지치고 갑자기 잠에서 깼지만, 활기 넘치는 대화를 할 준비가 되어 있었다.

"북한."

"그럴 줄 알았어."

"맨날 그럴 줄 알았대. 그래서 저녁을 걸러도 된다고 생각했나 보군."

그녀가 말하는 건 무엇이든 틀렸다. 그녀가 무엇을 하든 패트릭은 자기가 버려졌다고 느꼈다. 그녀는 다시 시도했다.

"저녁 식사 전에 다음은 북한이겠지 하는 느낌이 들었을 뿐이야."

"바로 그게 헨리가 생각한 거야. 다음은 북한 차례라는 거. 둘이 연합해야겠네."

"당신, 헨리와 싸운 거야, 아니면 대신 나랑 싸워야 하는 거야?"

"우리가 나눈 대화는 동의하지 않아도 되기로 동의하는 민주주의의 기적에 전폭적으로 의존하는 것이었어. 헨리는 언론의 자유를 증오하더군. 하지만 부분적으로는 그렇기 때문에 그런 자기의 입장을 자유롭게 말하지 않지. 그냥 우리가 그릇된 의견을 가졌다는 이유로 총살당하는 나라에 살지 않는 게 얼마나 다행이냐며 열심히 떠들어 댈 뿐."

"당신을 총으로 쏴 죽이고 싶다는 거군."

"바로 그거야."

"대단해. 그걸로 우리의 휴가는 더욱 신나게 되었으니."

"더욱 신나다니? 더욱 신나려면 그전에 이미 신이 나 있어야 하는 거 아냐?"

"아이들은 신나게 지내고 있어."

"그래, 그럼 됐지 뭐." 패트릭은 경직된 신심을 표했다. 그리고 침대 발치에서 왔다 갔다 하며 다시 말을 이었다. "내가 헨리한테 현 행정부의 외교 정책은 추정으로 이루어졌다는 것을 넌지시 알려 주었어. 미국은 근본주의 기독교 신자인 대통령을 가진 테러 지원국이라고, 또 미국은 다른 모든 나라들을 합친 것보다 수천 배나 더 많은 대량 살상 무기를 보유하고 있다는 등의 말을 했지."

"그래서 어떻게 됐어?" 메리는 남편의 공격성을 정치적인 것에 국한시키려고 계속 그 이야기를 하기 원했다.

"안 믿긴다는 웃음. 목을 삐죽 앞으로 뽑는 동작. 억지웃음. '여기 사는 우리에게 적잖은 영향을 끼친 사건'을 내게 상기시키더군. 그래서 내가 9.11은 역사상 가장 충격적인 사건이라고 했지. 하지만 그것을 이용해 먹은 행위, 나는 그걸 9.12라고 부르고 싶은데, 그건 그것 나름대로 역시 충격적이라고도 했어. 9.11 다음날 사용된 '전쟁'이란 말은 예광탄이었지. 전쟁은 국민국가들 간의 활동인데 말이야. 영국 정부만 해도 IRA와 분쟁을 치른 30년 동안 그 말을 쓰지 않으려고 많은 주의를 기울였거든. 그런데 어째서 국민국가의 위상을 몇백 명의 살인광들에게 부여하느냐고. 진짜 국민국가들과 전쟁을 벌일 구실로 그 살인광들을 이용하려는 게 아니라면 말이야. 내가 그러니까 헨리는 일반 노동자들은 그 차이를 이해하지 못할 거라고, 미국은 대중이 받아들일 전쟁을 했다고 하더군. 우리 대화의 문제는 바로 그거였어. 내가 비난하는 것들은 헨리가 당연한 것으로 받아들이는 것들이었지. 미국 대중에게 전쟁을 받아들이게 하는 것, 새 무기를 시험해 보는 것, 군수 산업 복합체를 활성화하는 것, 공금으로 한 나라를 폭파하는 것, 그런 다음 내각의 총애를 받는 기업체들이 그곳을 재건하고 이득을 보는 것, 기타 등등. 헨리는 그 모든 게 아주 좋아 죽어, 그러니까 공허한 변명을 하는 일은 없는 거지."

"로버트는 어쩌고?"

"아주 훌륭한 후배 변호사 노릇을 했지." 패트릭이 말했다. "로버트는 증명된 연관 관계가 없다는 주장을 펴고 '무고한 생명'이라는 생각을 제법 솜씨 있게 전개했어. 오직 미국인만 무고하냐고 헨리에게 묻더군. 다시 말하지만, 문제는 헨리의 대답이 실제로 '응'이라는 거였어. 그러니까, 헨리를 패주시키는 건 상당히 어렵다는 얘기지. 헨리는 별로 가식적으로 행동하려고 애쓰는 것도 없어, 언론의 자유 부분 외에는."

"헨리가 로버트한테 어떻게 대답했어?"

"응, 그냥 로버트가 나한테 '훈련받은' 티가 난다고 하더군. 로버트와 나를 지옥의 2인조 레슬링 팀이라고 생각한 게 분명해. 헨리를 약 오르게 한 건 나의 마지막 폭격이었지. 내가 그랬어,

단순히 힘이 센 국가와는 대조적으로 진짜 '발달한' 선진국이라면, 세계 인구의 2퍼센트밖에 안 되는 나라가 세계 자원의 50퍼센트를 소비하는 현상이 주는 충격, 미국 문화권 외의 모든 문화가 급속히 소멸되고 있다는 사실이 주는 충격이 어떻지 돌아볼 줄 알아야 한다고. 그러다 약간 흥분해서 한 걸음 더 나갔지, 자연의 죽음은 거부들의 인생에 몇몇 마지막 장식적 편리를 위해 치르기에는 너무 큰 대가라고."

"우리가 쫓겨나지 않은 게 놀라워." 메리가 말했다.

"걱정 마. 내일 다시 시도해 볼 테니. 결국 두 손 들게 만들 거야. 어떡하면 헨리의 속을 긁을 수 있는지 이제 알겠으니까. 정치는 신나는 게임이지만 돈은 달라, 신성해."

메리는 그가 진지하다는 것을 알 수 있었다. 그의 긴장 상태는 무언가 파괴해야만 하리만치 극심했다. 이번에는 그 대상이 패트릭 자신은 아닐 것 같았다.

"한 이틀 동안은 쫓겨나지 않게 할 수 있어? 난 이제 겨우 짐을 풀었는데." 메리는 기분 좋게 들리도록 신경 써서 말했다.

"그리고 늘 그렇듯 당신 애인과 편안하게 자리를 잡았고." 패트릭이 말했다.

"어유, 질투는 안 한다는 사람이……"

"질투가 아니라 분노야. 분노는 보다 근본적이지. 상실은 먼저 분노를 생산해. 소유욕은 그다음이고."

"분노 전에는 불안이 있어." 메리는 자기가 무슨 말을 하는지 안다고 느끼며 말했다. "어쨌든, 나는 당신이 셋 모두를 거친다고 생각해, 보통은 그중 하나가 지배적이지만. 무슨 쇼핑을 하는 것도 아니고, 그냥 분노를 선택하면 곤란해."

"모르는 소리."

"난 당신이 분노를 선호한다는 걸 알아, 그게 덜 굴욕적이기 때문에."

"나는 분노를 선호하지 않아!" 패트릭은 소리쳤다. "하지만 당신 말이 무슨 말인지는 알겠어."

"다른 감정들에 비해 그렇다는 거야."

패트릭의 언성이 높아지자 토머스가 뒤척이다 잠결에 무언가 알아들을 수 없는 말을 옹알거렸다.

"당신은 핵심에서 벗어나고 있어." 패트릭은 목소리를 낮췄다. "늘 그렇듯 당신이 세 살 먹은 아들과 함께 자기 때문에 우리가 함께 잘 수가 없잖아."

"함께 잘 수 있어." 메리는 한숨을 쉬며 말했다. "토머스를 옆으로 좀 옮길게."

"나는 죄책감과 체념의 깊은 한숨이 아닌 여자와 사랑을 나누고 싶단 말이야." 패트릭은 속삭이나 마나 한 화난 소리로 말했다.

토머스가 눈을 게슴츠레하게 뜨고 일어나 앉았다.

"그만, 아빠, 바보 같은 말 그만해!" 토머스가 소리쳤다. "엄마도 아빠 그만 속상하게 해!"

할 일을 완수한 토머스는 베개 위로 도로 쓰러져 잠이 들었다. 방 안에 정적이 흘렀다. 패트릭이 가장 먼저 그것을 깨뜨렸다.

"바보 소리가 아니었는데……" 패트릭이 입을 열었다.

"아, 제발 좀 그만해!" 메리가 말했다. "토머스한테까지 이기려고 할 건 없잖아. 애가 하는 말 안 들려? 우리더러 그만 다투라는 거지, 당신과 다투자는 게 아니잖아."

"그래." 패트릭은 갑자기 따분해졌을 때의 그 특유의 말투로 말했다. "내가 애 침대로 갈게. 근데 내가 왜 그걸 '애' 침대라고 하는지 모르겠군. 아닌 척 그만하고 그냥 내 침대라고 하는 게 낫겠어."

"여기서 자도 되는데……"

"아냐―여기서 안 자도 돼." 패트릭은 그렇게 말하고 방에서 휙 나가 버렸다.

그는 갑자기 그녀를 버렸지만 자신이 버림받은 느낌을 메리에게 전달하지는 못했다. 메리는 안도와 분노와 죄책감과 슬픔을 느꼈다. 그녀의 내면생활에서 일어나는 감정은 구름 경치처럼 그리도 너울거리고 급히 바뀌었다. 그렇기 때문에 그녀는 '자신의 감정과 담을 쌓고' 사는 사람들을 보면 놀라웠고, 가끔은 부럽다는 생각이 들었다. 그런 사람들은 어떻게 그러지? 그녀도 지금은 그 방법을 알면 좋을 것 같았다.

그녀의 방에 있는 발코니는 응접실 내민창 바로 위로 나 있었다. 저녁 식사 시간 전에는 바로 그 내민창 창가에 앉아 있었다. 그녀는 발코니로 통하는 유리문 앞으로 갔다. 그리고 문을 활짝 열고 나가 하늘의 별을 관조하며 어떤 직관적 깨달음을 얻는 자신을 상상했다.

그런 일은 없을 것이다. 그녀의 몸은 잠을 향해 산사태를 일으켰다. 그녀는 마지막으로 창문을 한 번 내다보고 그런 것을 금방 후회했다. 가느다란 한 줄기 구름이 달을 가로지르고 있었기 때문이다. 그 모양을 보고 메리는 〈안달루시아의 개〉에 나오는 구름 장면과 면도칼이 안구를 가르는 장면의 전환이 생각났다. 그녀의 시야는 시야의 끝이었다. 보이지 않는 무언가에 가려 앞이 보이지 않는 것일까, 아니면 그녀가 차마 볼 수 없는 무언가를 보고 앞이 보이지 않는 것일까? 너무 피곤해서 끝까지 생각할 수 없었다. 생각은 협박일 뿐이었고, 잠은 불면의 잔해일 뿐이었다.

메리는 침대 속으로 들어갔다. 단속적인 휴식이 얇은 막처럼 그녀를 덮었다. 그리고 얼마 안 있어 그녀는 패트릭이 슬며시 들어오는 소리에 잠을 깼다. 잠이 들었는지 보려는 패트릭의 시선이 느껴졌다. 메리는 잠이 깼다는 표시를 내지 않았다. 그는 그러다 결국 토머스 옆에 누웠다. 토머스는 중세의 미혼 남녀

사이에 놓인 검처럼 두 사람 가운데 위치했다. 그녀는 어째서 패트릭에게 손길을 뻗칠 수 없는 걸까? 베개로 침대 한쪽을 등지처럼 만들어 토머스를 옮겨 누이고 다른 한쪽에서 패트릭과 붙을 수 있을 텐데 왜 그러지 못하는 걸까? 메리에게는 패트릭을 향한 너그러운 마음이 남아 있지 않았다. 사실 그녀는 결혼 후 처음으로, 패트릭이야 어디든, 아무 데든 가서 비참해지든 말든 내버려 두고, 아이들만 데리고 혼자 사는 자신의 모습을 상상했다.

다음 날 메리는 처음에는 자신의 냉정함에 충격을 받았지만 금방 그 생각에 익숙해졌다.

그녀는 그 생각이 존재한다는 것을 줄곧 알고 있었다. 모든 사람들에게 전형적인 것이라고 여겨지는 그 따뜻함 대신 취할 수 있는 생각. 이제 그녀는 동굴로 들어가는 수행자처럼 그것을 채택했다. 그리고 패트릭의 신경질적 매력의 돌연한 출현에도 영향받지 않았다. 급격히 변하는 그의 기분에 맞춰 이리저리 흔들리는 것도 너무 피곤했다. 그녀는 그냥 자신이 있는 자리에 그대로 있는 편이 나을 것 같았다. 그는 그들의 휴가를 망칠 것이다. 그러나 그러기 전에 먼저 헨리와의 싸움은 억제할 수 없는 짜증이 아니라 빛나는 진실성의 표시라는 것을 그녀가 동의해 주기를 그는 원했다. 메리는 그것을 거부했다. 그날 저녁, 헨리와 패트릭 사이에 맺어진, 동의하지 않아도 되기로 한 동의가 깨질 위험에 처한 게 분명했다.

"자네가 내 말을 그렇게 사사건건 비난하는 걸 그치지 않으면 대화를 하기 힘들어질 거야." 직설적인 헨리가 말했다. "우리 계속 대화하는 가족이 되자고."

"그 선의와 화합의 검증된 공식." 패트릭은 짧게 짖는 듯이 웃으며 말했다.

"자네는 예의 없기가 야세르 아라파트 같군." 헨리가 말했다. "자네는 평화와 패배를 같은 것으로 보고 있어. 난 지금 접대하려고 노력하고 있을 뿐이야. 자네한테 그게 이념적으로 문제라면 받아들이지 않아도 되네." 헨리는 '이념적'이라는 자기 말에 끌끌 웃었다. 그에게 그 단어는 '바닥'*이라는 말이 네 살 먹은 어린아이의 상상력을 자극하듯이 본질적으로 우스운 말이었다.

"맞아요." 패트릭이 말했다. "그럴 필요 없죠."

"하지만 우리는 그러고 싶어요." 메리가 재빨리 말했다.

"자기 생각을 말해." 패트릭이 말했다.

"내 생각이야. 그리고 당신과 달리 나는 아이들을 대변하는 말을 하는 거라고."

"그래? 오늘 아침만 해도 토머스는 헨리를 '아주 이상한 사람'이라고 하고, 당신도 알다시피 로버트는 헨리에게 '히틀러'라는

---

* bottom, '바닥'이란 뜻 외에 '엉덩이'라는 뜻이 있다.

별명까지 붙였는데? 난 당신이 당신 자신을 대변하는 건지조차도 의심스러워, 어제 점심을 먹다 말고 쫓겨났는데도 그러니 말이야."

그런 일이 있었던 것이다. 그들은 다음 날 아침에 그곳을 떠났다. 메리는 패트릭이 고집을 굽히지 않고 잘난 체하고 파괴적일 것이라고는 예상했다. 그러나 마지막 폭발적 비난을 퍼부을 때 아이들을 포함시킨 것은 용서하지 않았다.

모텔 복도의 제빙기가 얄팍한 벽 건너편에서 다시 요동치는 소리가 들려왔다. 모기 소리처럼 가늘었던 고속도로의 소음이 어느새 말벌이 날아드는 것 같은 굵은 소리로 바뀌었다. 토머스는 옆에서 꼼지락거리다가 언제나 그렇듯 별안간 활짝 열의를 보이며 일어났다. "나 책 읽어 줘." 메리는 메인주에서 읽기 시작한 『버드나무에 부는 바람』을 순순히 집어 들었다.

"어디까지 읽었는지 기억해?" 메리가 물었다.

"래트가 몰한테 자기는 평범한 돼지라고 말하는 부분." 토머스가 놀랍다는 표정으로 눈을 크게 뜨고 말했다. "그런데 사실 자기가 쥐면서 그래."

"맞아." 메리는 웃었다. 래트와 몰은 12월 오후 어둠이 짙어질 때 강둑으로 돌아가는 길이었다. 몰은 옛집의 흔적을 냄새 맡고 갈망과 향수병에 압도되었다. 래트는 자기의 옛집 강둑을 향해 힘껏 나아갔다. 그는 몰도 그곳에 가고 싶어 하리라고 생각했다.

그러나 몰은 감정을 주체하지 못하고 울며 래트에게 자기의 향수병에 대해 말했다. 메리는 전날 밤에 읽은 문장을 다시 읽었다.

"래트는 아무 말 없이 앞을 똑바로 바라보며 몰의 어깨를 톡톡 두드려 주었습니다. 잠시 후 그는 침울한 얼굴로 중얼거렸습니다. '이제 알겠다! 난 정말 돼지 같았어! 돼지—그게 나야! 돼지에 지나지 않아—평범한 돼지!'"

"그러니까……" 토머스가 무슨 말을 하려는데 문에서 노크 소리가 났다. 메리는 책을 내려놓고 누구냐고 물었다.

"형! 형일 줄 알았어. 왜냐하면—음, 왜냐하면 형이니까!"

로버트는 동생의 말을 무시하고 어깨를 축 늘어뜨리고 침대에 걸터앉았다.

"나 여기 너무 싫어." 로버트가 말했다.

"엄마도 알아. 하지만 오늘 아침에 다른 데로 갈 건데 뭘." 메리가 말했다.

"또!" 로버트는 신음했다. "우리 집 검찰관 때문에 그 멋진 섬에서 쫓겨나고 여기가 벌써 세 번째 모텔인데. 트레일러하우스를 사는 게 낫겠어."

"아침 먹고 엄마가 샐리한테 전화해서 예정보다 며칠 일찍 롱아일랜드에 갈 수 있는지 물어볼게."

"롱아일랜드에 가기 싫어. 그냥 집에 가고 싶어." 로버트가 말했다.

"몰이 자기 집 냄새를 맡고 집에 가고 싶어 해." 토머스가 몸을 앞으로 구부리고 형의 진술을 뒷받침해 주었다.

그들은 바로 롱아일랜드로 갈 수 없으면 패트릭에게 영국으로 돌아가자고 말하기로 했다.

"이제 열린 길의 마법은 그만 봤으면 좋겠어, 제발." 로버트가 말했다.

롱아일랜드로 샐리에게 전화를 했지만 아무도 받지 않았다. 결국 맨해튼에 있는 그녀와 연락이 닿았다.

"우리는 맨해튼으로 돌아오지 않을 수 없었어. 우리 집 물탱크가 터지는 바람에 아래층 집이 물바다가 돼서 말이야. 그 이웃이 우리를 상대로 소송을 제기한대. 그래서 우리도 작년에 그걸 설치한 배관공에게 소송을 제기할 거야. 그 배관공은 설계에 문제가 있다며 탱크 제조업체에 소송을 한대. 아파트 입주자들은 건물을 상대로 소송을 제기한대고. 자기들은 모두 휴가로 다른 데 가 있으면서 말이야. 물이 두 시간도 아니고 이틀 동안 끊겼기 때문에 토스카나나 낸터킷에 가 있는데도 정신적 스트레스가 심했다는 거야 글쎄."

"어머! 그냥 물기를 제거하고 탱크를 새로 갈면 안 돼?"

"**정말** 영국인다운 소리네." 샐리는 메리의 진기한 태연함을 보고 즐거운 듯이 말했다.

메리는 아침을 먹으며 샐리의 뉴욕 아파트에는 그들이 있을 만한 공간이 없지만 좁은 데 비집고 있어도 괜찮다면 오라고 했다는 말을 모두에게 전했다.

"난 비집고 있기 싫어. 난 비행기 타고 떠나고 싶어." 로버트가 말했다.

"우린 지금 비행기 타고 있다!" 토머스가 양팔을 날개처럼 펴고 말했다. "그리고 알라발라는 조정석에 있다!"

"이크!" 로버트가 말했다. "그럼 우린 다음 비행기를 타는 게 좋겠다."

"알라발라는 다음 비행기에도 있다!" 토머스는 다른 사람들 못잖게 스스로 알라발라의 지략에 놀라며 말했다.

"어떻게 그렇게 하나?" 로버트가 물었다.

토머스는 설명할 말을 찾으려고 잠시 옆을 쳐다보았다.

"비상 탈출 좌석을 썼어!" 토머스는 비상 탈출 좌석이 작동하는 소리를 내며 말했다. "그리고 펠란이 다음 비행기를 세우고 알라발라가 거기에 탔어!"

"우리의 비행기 표는 환불이 안 된다는 작은 문제가 있단다." 패트릭이 말했다.

"이 지겨운 모텔들에 쓴 돈이면 새 비행기 표를 살 수 있었을 텐데." 로버트가 말했다.

"아들한테 논쟁하는 법은 아주 잘 가르쳐 줬네, 당신." 메리가 말했다.

"그런데 논쟁 상대가 없잖아." 패트릭이 말했다. "우리 모두 이제 미국이라면 지긋지긋한 것 같군."

16

낙상 사고 이후 엘리너는 끊임없이 죽음을 청했고, 패트릭은 어쩔 수 없이 안락사와 의사의 도움을 받는 자살의 합법성을 조사해 보았다. 상속권을 박탈당했을 때처럼 다시 한번 그는 어머니의 혐오스러운 요구를 처리할 법률 고용인이 되었다. 표면적으로는 생나제르를 잃는 일을 했을 때보다 엘리너를 제거하는 일이 물론 더 매력적일 터였다. 하지만 그가 요청받은 역겨운 일은 제임스 1세 때의 시대극처럼 박력 있게 실질적인 문제의 견고한 방책을 뚫고 나올 것이다. 요양원이 『복수자의 비극』*에서와 같은 사건의 배경이 될 만한 곳은 아닐지라도 복수에 대한

---

* 이탈리아의 궁정을 배경으로 한 제임스 1세 시대의 복수 비극으로 극작가 토머스 미들턴 작으로 알려져 있다.

하나님의 독점권을 찬탈하는 일인 만큼, 그는 어느 이탈리아 성의 지하 묘지에 있었더라면 느꼈을 것과 같은 위험을 깊이 의식했다. 그는 정신을 가다듬고 주도면밀하게 자신의 동기를 점검했다. 죽은 자는 산 자의 죄의식이 없이는 유령이 되어 나타날 만큼 악착스럽지 않다. 그의 어머니는 산길에 굴러 떨어져 통행을 막는 바위와 같았다. 그 바위를 치워 버릴 수는 있어도 그것이 살의에 의한 것이라면 어머니의 유령은 영원히 그 산길에 출몰할 것 같았다.

패트릭은 어머니의 죽음을 계획하고 준비하는 일에는 전혀 관여하지 않기로 했다. 그에게 죽을 수 있게 도와 달라는 것은 그가 태어났을 때부터 줄곧 응원을 받아야 할 사람이 자기라고 우겨 온 여자의 가장 비열한 마지막 술책이었다. 그런 뒤에도 그는 어머니를 다시 보면 자기가 할 수 있는 가장 잔인한 일은 그녀를 그 상태 그대로 내버려 두는 거라는 걸 깨닫곤 했다. 어머니를 도울 마음을 갖지 않기 위해 분노를 유지하려고 애를 써 보아도 연민은 여전히 그를 고문했다. 연민은 훨씬 더 견디기 힘들었다. 그러다 그는 복수심에 불타는 것은 상대적으로 하찮은 정신 상태라고 간주하기에 이르렀다.

"자, 어리석은 소리 작작 하고 살인하는 쪽으로 생각해." 그는 자발적 안락사 협회에 전화를 걸며 혼자 중얼거렸다.

미국에 가기 전에 패트릭은 비밀리에 안락사에 관해 알아보았다. 메리에게는 말하지 않았다. 무엇이든 중요한 문제에 관한 이야기를 하면 늘 말다툼을 하게 되었기 때문이다. 줄리아에게도 말하지 않았다. 그녀와의 불륜도 부패의 마지막 단계에 접어들었기 때문이다. 어쨌든 남의 죽음을 도우면 14년 징역형에 처해지는 나라에서 비밀은 필수였다. 그는 자비의 주사를 놓아 준 간호사들이 수감된 사건에 관한 신문 기사를 읽은 적이 있었다. 자발적 안락사 협회는 기대감을 주는 명칭과는 달리 아무런 도움이 되지 못했다. 그곳은 관련 법규를 바꾸기 위한 운동을 하는 단체였다. 패트릭은 아서 케스틀러*와 그의 아내에 관한 이야기를 읽은 기억이 났다. 그들은 엑시트 단체가 제공한 비닐봉지로 몽펠리에 스퀘어에 있는 집에서 질식사했다. 자발적 안락사 협회에서 전화를 받은 여성은 엑시트라는 단체를 모른다고 했다. 그녀는 그의 질문에 어떤 말도 할 수 없었다. 무슨 의견이든 자살에 대한 '조언'으로 해석될 수 있기 때문이었다. 그것은 자살 보조나 지원에 관한 처벌 법규에 위배되는 범죄였다. 그녀는 디그니타스라는 단체도 들어 본 적이 없으며, 따라서 연락처도 모른다고 했다. 소득 없이 질질 끌던 대화가 끝나 갈 무렵, 패트릭은 신만 '자살에 금하는 법을 제정'**한 게 아니라는 생각을 하지 않을 수 없었다. 몇 분 뒤 그는 법적인 귀결에 개의치 않는

---

* Arthur Koestler(1905~1983). 헝가리 태생 영국 작가.

** 셰익스피어의 『햄릿』에 나오는 햄릿의 독백.

전화국 안내를 통해 디그니타스의 번호를 알아냈다.

패트릭은 안내받은 번호를 가지고 스위스에 전화를 걸었다. 심장이 두근두근했다. 독일어로 전화를 받은 차분한 목소리의 주인공은 영어도 할 줄 알았다. 그는 패트릭에게 안내 자료를 보내 주겠다고 약속했다. 패트릭이 법규에 관해 압박을 가하자, 그것은 의사가 집행하는 안락사 차원이 아니라, 환자 본인이 집행하는 자살을 보조해 주는 차원의 문제라고 담당자는 말했다. 그는 자살 결정이 전적으로 자발적이고, 바르비투르산염의 투약이 타당하다고 스위스의 의사가 확신하면 그 약을 처방할 것이라고 했다. 그는 또한 시간을 단축하고 싶으면 회원 신청서가 도착하기를 기다리는 동안 엘리너의 동의서와 그녀의 건강 상태에 관한 의사의 소견서를 받아 놓으라고 했다. 그러자 패트릭은 어머니가 더 이상 글을 쓰지 못하며 스스로 주사를 놓을 수 있을지도 의문이라고 말했다.

"서명은 하실 수 있겠죠?"

"가까스로."

"음식은 삼키실 수 있어요?"

"가까스로."

"그러면, 저희가 도움이 되어 드릴 수 있겠습니다."

패트릭은 전화를 끊고 온몸을 휩싸는 흥분을 느꼈다. 서명과 삼키는 일, 이는 천국으로 들어가는 열쇠요 미사일 발사에 필요한 암호였다. 시간이 얼마 없었다. 오래지 않아 엘리너는 그 열쇠와 암호를 잃어버릴 것이다. 그는 소중한 바르비투르산염이 그냥 입 밖으로 흘러나와 어머니의 턱을 번들거리게 하는 데 허비되고 말까 봐 두려웠다. 어머니의 서명은 이제 토머스가 무언가 쓰기 시작했을 때를 연상시키는 알프스산의 실루엣과 같았다. 패트릭은 그의 집 거실에서 서성였다. 그는 비밀리에 조사를 수행하고 있었다. 로버트가 학교에 가고 메리가 토머스를 홀랜드 파크에 데려가기를 기다렸다가 드디어 '집에서 일하는 중'이었다. 이제 혼자 집 안을 마음대로 돌아다닐 수 있다. 누군가에게 유능한 사람이 될 필요도, 친절한 사람이 될 필요도 없었다. 다행스러웠다. 그는 계속해서 서성거리지 않을 수 없을 테니까, 복잡한 방구석에서 사슬에 묶인 앵무새처럼 "서명하고 삼켜, 서명하고 삼켜" 하는 말을 반복하는 짓을 그만둘 수 없을 테니까. 그의 신경은 시간이 흐를수록 더 팽팽해졌다. 기절할 것 같은 기분을 떨쳐 버리려고 동작을 멈추고 천천히 심호흡을 했다. 그의 흥분된 기운에는 사악한, 칼을 가는 듯한 측면이 있었다. 그는 어머니가 원하는 대로 해 줄 요량이었다. 하지만 그가 그 일을 그토록 원할 것까지는 없지 않은가?

그는 그 일이 살인을 갈망하는 마음에 서명하는 일임을 인지하고 당연히 심란했다. 새로운 듯해 보이면서도 한편으론 그에게 계속 내재해 있었다고 인정하지 않을 수 없는 것은 패트릭 자신도 바르비투르산염을 한 잔 마시고 싶다는 간절한 마음이었다. "고통 없이 한밤중에 죽는다는 것"*—이 말을 약간 재배열해서 "시스미드노핀"이라고 하면 그 최후의 한 잔을 가리키는 화학명으로 쓸 수 있을지도 모른다.

"어머나, 세상에! 시스미드노핀을 갖고 계시네요! 저도 좀 주시겠어요?" 그는 복도 끝까지 갔을 때 비명을 지르듯 말하고 확 뒤돌아 다시 걸었다. 그의 생각은 사방에 흩어졌다. 아니, 그렇다기보다는 한곳에 있으면서 모든 것을 끌어당기고 있었다. 그는 소규모 가두시위를 상상했다. 불필요한 고통을 추방하고자 하는 도덕주의자 부류 몇 명과 햄스테드에서 시작해서 스위스 코티지 지역으로 이동하며 시위 규모가 급속히 불어난다. 곧 모든 상점이 문을 닫고, 음식점들은 텅텅 비고, 기차는 운행하지 않고, 주유소에는 일하는 사람이 없고, 런던의 전 주민이 화이트홀과 트라팔가르 광장과 국회 광장으로 몰려간다. 불필요한 고통을 저주하고 시스미드노핀을 달라고 절규하면서.

"개나 고양이는 안락사를 시킬 수 있는데 왜 어머니는……" 그는 군중 앞에서 울부짖다 자신의 입을 막았다. 그리고 소파에 털썩 주저앉으며 "에잇, 닥쳐!"라고 외쳤다.

★   존 키츠의 「나이팅게일에 부치는 송가」의 한 행으로 '시스미드노핀' 즉 Sismidnopin 은 'To cease upon the midnight with no pain'의 약강 음보에 따라 빠르게 읽었을 때 나는 소리와 비슷하다.

"난 그저 연로하신 우리 어머니를 도우려는 것뿐인걸." 그는 다른 목소리로 스스로를 구슬렸다. "솔직히 어머니는 유통기한이 조금 넘었어. 그전처럼 인생을 즐기지도 못하고, 텔레비전도 못 보시지. 눈이 다됐어. 책도 읽어 드려 봤자야, 동요되기만 하시니까. 사소한 것이라도 매사에 겁을 먹으셔, 당신 자신의 행복했던 추억까지도. 끔찍한 상황이야, 정말로."

누가 말하고 있는 거지? 누구에게 말하는 것이지? 그는 무언가에 점거된 기분이 들었다.

그는 천천히 숨을 내쉬었다. 신경이 너무 팽팽했다. 자칫 잘못하다가는 스스로 심장마비를 초래해 엉뚱한 사람을 죽이게 생겼다. 그는 자신이 분열되고 있다는 것을 알았다. 어머니에게 죽여 달라는 청을 받은 아들—이 상황의 단순함을 견딜 수 없기 때문에. 자신이 존재하는 매 순간을 두려워하는 어머니—이 상황의 단순함은 더 견딜 수 없기 때문에. 어머니가 겪고 있는 것—생각하면 견딜 수 없는 그것에 생각을 머물게 하려고 그는 애를 썼다. 지금 어머니가 침대에 누워 죽여 달라고 몸부림치며 애원하는 것을 피부로 느꼈다. 그는 별안간 울음을 터뜨렸다. 모든 회피책이 고갈된 것이다.

복수와 연민의 경쟁은 그날 아침 그렇게 집에서 끝났다. 그리고 어머니를 포함해서 그의 가족 모두가 자유로워지기를 바라는 더 솔직한 갈망만이 남았다. 그는 미국으로 여행을 떠나기 전에 의사의 소견서를 받는 일에 착수하기로 결정했다. 요양원의 의사에게 청해 봐야 소용없는 일이었다. 그들의 사명은 환자들이 자살 주사를 원하든 말든 그들을 최대한 살려 두는 것이니까. 페넬론 선생은 패트릭 가족의 주치의였지만 엘리너를 진찰한 적은 없었다. 그는 동정심이 많고 총명한 사람으로, 가톨릭 신자라는 입장에 구애받지 않고 유용한 처방전을 써 주기도 하고 전문의와 약속도 신속히 잡아 주곤 했다. 패트릭은 그를 항상 어른으로서만 생각했기 때문에 그가 앰플포스 학교의 윤리학 시간에 대해 이야기하는 것을 들었을 때 당황하지 않을 수 없었다. 그것은 페넬론 선생이 십 대 때 그린 세상의 스케치에 절대로 오류가 없는 사제의 정착액이 입혀진 것 같았다.

"나는 여전히 자살은 죄악이라고 생각합니다." 페넬론 선생이 말했다. "하지만 자살하는 사람들이 악마의 꾐에 넘어가서 그런다는 것은 이제 믿지 않아요. 우리는 이제 사람들이 우울증이라는 병 때문에 그런다는 걸 아니까요."

"페넬론 선생님," 패트릭은 악마까지 거론된 것에 대한 충격에서 최대한 표 나지 않게 회복하려고 애쓰며 말했다. "몸을 움직이지도 못하고, 말도 못 하고, 글을 읽지도 못하고, 자기가 미쳐 간다는 것을 알 때 인간이 보일 수 있는 유일한 합리적 반응은 그것뿐입니다. 고양된 기분이야말로 선腺 기능장애나 초자연력을 동원해야 설명이 가능하겠죠."

"우울증에 걸린 사람들에게는 항우울제를 주죠." 페넬론 선생은 물러서지 않았다.

"저희 어머니는 이미 그걸 먹고 있어요. 살기를 혐오하는 마음에 그 약이 어느 정도 의욕을 준 건 사실이에요. 그런데 문제는 어머니가 죽여 달라고 하기 시작한 건 바로 그 약을 먹고부터라는 겁니다."

"죽어 가는 사람들과 일하는 건 크게 명예로운 일일 수 있습니다." 페넬론 선생이 말했다.

"저희 어머니가 새삼 이제 와서 죽어 가는 사람들과 일할 것 같지는 않네요." 패트릭은 그의 말을 끊었다. "어머니는 일어서지도 못하시거든요. 그게 아니라 선생님께 명예로운 일이라는 뜻이라면, 저는 선생님보다는 어머니의 삶의 질이 더 걱정된다는 걸 말씀 드리지 않을 수 없군요."

"내 말은 고통은 사람을 고결하게 변모시키는 결과를 낳을 수 있다는 겁니다. 굉장한 고투 끝에 그것을 극복하고 예전엔 몰랐던 일종의 평안을 얻는 분들을 저는 알고 있습니다."

"평안을 경험하는 것도 무슨 자아의식이 있고 난 다음의 일이겠죠—저희 어머니는 바로 그걸 잃고 있습니다."

가죽 안락의자에 앉은 페넬론 선생은 동정하는 듯이 고개를 끄덕이며 뒤로 몸을 쭉 기댔다. 그러자 등 뒤의 선반에 놓인 십자가가 패트릭의 시야에 들어왔다. 그게 거기에 있는지 전에는 몰랐다. 패트릭은 그 십자가가 영광과 고통의 아찔한 도치를 앞세워 그를 조롱하는 것처럼 보였다. 십자가는 우리가 역겹게 여겨야 마땅한 것을 인생에서 가장 중요한 의미를 띤 무엇으로 만들었다. 단순히 우리에게 인생을 더 깊이 생각하게 만든다는 세속적인 의미를 띤 무엇이 아니라, 2000년 전 예수가 위법 행위를 저지르고 인류를 죄에서 구해 냈다는 지극히 신비스러운 의미를 띤 무엇이다. 예수가 인류의 죄를 대속하여 구원했다는 것은 무슨 말인가? 죄가 조금이라도 줄었다는 말이 아닌 것은 분명하다. 누군가 그리스도를 고약하고 변태적인 방식으로 처형했다고 어떻게 인류가 죄의 사함을 받고 구원에 이른다는 말인가? 패트릭이 보는 한 구원은 없었다. 이때까지만 해도 자신의 삶과 기독교가 얼마나 무관한지 그저 놀라울 뿐이었는데, 이제는 정확히 시간을 맞춘 죽음을 맞이하지 못하게 그것이 어머니를 속일 것 같은 생각이 들자, 패트릭은 기독교가 혐오스러웠다. 페넬론 선생은 조금 더 고등학교 시절을 회상한 뒤 엘리너의 건강에 대한 소견서를 준비해 주기로 동의했다. 그것이 무슨 용도로 쓰일 건지는 자기가 알 바 아니라고 스스로 확인하듯 말하고, 이틀 후 요양원에서 패트릭과 만나기로 약속을 잡았다.

패트릭은 어머니에게 희소식을 전하고 의사의 방문에 앞서 마음의 준비를 시켰다.

"내가 원하는 건……" 그녀는 그렇게 울부짖듯 말하고 약 반

시간 뒤 "스위…… 스."

패트릭은 어머니의 짜증에 자기도 짜증을 낼까 봐 마음을 다
잡았다.

"일이 최대한 빨리 진행되도록 하고 있어요." 패트릭은 차분
히 대답했다.

"당신…… 내…… 아들…… 처럼…… 생겼어." 엘리너는 간신
히 말을 마쳤다.

"거기엔 간단한 이유가 있어요. 제가 어머니 아들이에요."

"아냐!" 엘리너는 마침내 확신에 찬 입장을 밝혔다.

패트릭은 조만간 어머니의 노망이 너무 심해져 동의 서명을
못 하리라는 증폭된 긴박감을 안고 요양원을 나섰다.

그다음 날 패트릭이 페넬론 선생을 어머니의 악취 나는 방으
로 데리고 들어갔을 때 그녀는 히스테리를 부리듯 기분이 좋았
다. 패트릭은 그런 모습을 처음 보았지만 왜 그런지 금방 이해
했다. 의사에게 자기는 친절한 처분을 받을 가치가 있는 착한
여자라는 것을 설득시키기 위해 최선의 모습을 보여야 한다고
생각한 것이다. 엘리너는 의사를 숭배하듯이 뚫어지게 쳐다보
았다. 의사는 그녀의 해방자요 죽음의 사자였다. 페넬론은 잘 알
아들을 수 없는 엘리너의 말을 이해할 수 있게 패트릭에게 나가
지 말고 있어 달라고 했다. 반사 신경의 상태가 좋고 욕창이 없
고 피부 상태가 전반적으로 괜찮다는 것이 의사의 눈에 인상적

이었다. 의사가 어머니의 겹쳐진 복부를 살펴볼 때 패트릭은 눈길을 돌렸다. 그러면서 의사가 아들에게 어머니의 몸을 그렇게 많이 보게 하면 안 될 텐데 하는 생각을 했다. 물론 그는 어머니의 그런 부분을 보고 싶지 않았다. 어머니의 열의에 그는 미칠 것 같았다. 지난주에 그가 괴로워하며 말로 표현하던 그 고통을 어머니는 왜 드러낼 수 없는 것일까? 어머니는 그를 실망시키는 일에 지치는 법이 없었다. 패트릭은 페넬론 선생이 진료실로 돌아가 못 견디게 낙관적인 소견서를 비서에게 구술하는 것을 상상했다. 그날 패트릭은 동의서를 작성했다. 하지만 도저히 금방 다시 어머니를 마주할 수는 없을 것 같았다. 어쨌든 페넬론의 소견서는 패트릭이 가족과 함께 휴가를 떠나기 전에는 준비되지 않을 터라서 그는 미국에서 돌아올 때까지 일단 그 일에서 손을 놓기로 했었다.

그는 미국에 있는 동안은 진전시킬 수 없는 상황에 대해 생각하지 않으려고 노력했다. 그러나 죽음에 관여하는 비밀스러운 계획은 그를 다른 가족들로부터 멀어지게 하고 있었다. 술이 깬 뒤, 그는 월터와 베스의 집 정원에서 다소 술에 취한 상태에서 본 제3지역의 환상을 붙들었다. 제3지역이 무엇인지 정의하려고 할 때마다 그는 그것을 보상이나 의무에 기초하지 않은 어떤 너그러움이라고 생각할 뿐이었다. 그게 무엇인지 딱히 설명할 수는 없어도 그는 건강하다는 것이 무엇을 의미하는지에 대한 이 허술한 직관을 붙들었다.

패트릭은 영국으로 돌아가는 비행기를 타고서야 비로소 메리에게 자초지종을 말해 주었다. 토머스는 잠들었고 로버트는 영화를 보고 있었다. 메리는 처음에는 패트릭이 겪었을 고충에 동정하는 말만 했다. 패트릭이 자신의 동기를 살피느라 여념이 없어서 엘리너의 동기는 충분히 생각해 보지 않았을 것이라는 의심을 입 밖에 내야 할지 말지 메리는 판단이 잘 서지 않았다. 죽고 싶다는 마음은 인생의 가장 진부한 측면의 하나다. 그러나 실제로 죽는 건 별개의 문제다. 죽게 도와 달라는 엘리너의 요구는 자기가 방해가 안 되도록 비켜 주겠다는 제안이 아니라, 가족의 관심 그 중심에 있기 위한 그녀에게 남은 유일한 수단이었다. 그렇지 않더라도 엘리너는 죽음의 약을 자기 손으로 마셔야 할 것이란 사실을 알고 있을까? 엘리너는 쏩쓸한 바르비투르산염이 든 컵을 자기 손으로 집어 들어 입에 가져가야 하는 게 아니라, 산속의 호수처럼 그윽한 시선을 가진 무한히 현명한 의사가 몸을 구부려 잘 자라는 죽음의 키스를 해 주리라 상상했을 거라고 메리는 확신했다. 엘리너는 토머스를 포함해서 메리가 아는 사람들 가운데 가장 어린애 같은 사람이었다.

"어머니는 결국 안 하실 거야." 메리는 마침내 입을 열었다. "약을 먹지 않으실 거야. 어머니를 특수 항공 앰뷸런스에 태워 스위스로 모셔 가 그 처방을 받는다 해도 결국은 안 하실 거야."

"만일 나를 시켜 스위스까지 데려가게 해 놓고 그러신다면 내 손으로 죽여 드리겠어." 패트릭이 말했다.

"그럼 어머니야 더할 나위 없이 좋아하시겠지. 어머니는 살인을 직접 하지 않고 다른 사람이 대신 해 주길 원하시니까."

"그러든 말든." 패트릭은 짜증 섞인 한숨을 쉬었다. "하지만 그건 어머니가 간신히 유일하게 할 수 있었던 말이야. 그러니 나는 어머니가 그게 무엇을 의미하는지 알고 하셨다고 생각하고 행동할 수밖에 없어."

"죽고 싶으시다는 건 진심일 거야. 난 그냥, 어머니가 진짜 죽으실 수 있을지 모르겠어."

로버트는 헤드폰을 꼈는데도 부모가 열띤 대화를 나누는 것을 감지했다. 그는 헤드폰을 벗고 무슨 이야기인지 물었다.

"응, 그냥 할머니 이야기야—우리가 어떻게 도움을 드릴까 하는." 메리가 말했다.

로버트는 헤드폰을 도로 꼈다. 그에게 엘리너는 아직 죽지 않은 어떤 사람일 뿐이었다. 그의 부모는 로버트도 토머스도 더 이상 엘리너에게 데려가지 않았다. 그들에게 너무 충격적일 것이기 때문이었다. 할머니와 가까웠던 옛날을 기억하려면 노력이 필요했다. 그런데 그 노력은 기울일 가치가 없어 보였다. 외할머니와 함께 있을 때, 자기가 친할머니에게 무관심했다는 사실이 불시에 그를 엄습할 때가 있었다. 작고 단단한 옹이 같은 케틀의 이기심과는 대조적으로 친할머니와 관련해서는 부드러움과 아울러 그녀가 나름 선의로 한다고 한 일이 식구들에게는 아픈 상처가 된 일이 생각나곤 했다. 그러고 나면 엘리너가 가족의 생나제르 상속권을 박탈한 것이 얼마나 불공평한 처사였는가 하는 것은 잊고, 엘리너에게 자신이 엘리너인 것이, 그 비참한 상황뿐만 아니라 그런 모습의 자신으로 살아가는 것이 얼마나 불공평한 일인지 그는 생각하곤 했다. 결국 모두 자기가 자기 자신이라는 사실은 다른 사람이 될 수 없기 때문에 불공평했다. 그렇다고 그가 다른 사람이 되고 싶은 건 아니었다. 다만 비상시에 다른 사람이 될 수 없다고 생각하면 끔찍했을 뿐이었다. 로버트는 다시 헤드폰을 벗었다, 마치 그것이 그를 제한해서 다른 사람이 못 되게 하기라도 할 것처럼. 어차피 말하는 개가 미국 대통령이 되는, 재미없는 코미디 영화였다. 로버트는 채널을 돌려 지도를 보았다. 그들이 탄 비행기는 아일랜드 코크주의 남쪽 연안 가까이의 상공을 날고 있었다. 지도가 확장되면서 런던과 파리, 비스케만까지 표시되었다. 그다음엔 카사블랑카와 지부티, 바르샤바까지 포함된 지도가 화면에 나타났다. 이 정보의 향연이 얼마나 계속될까? 이 비행기와 달의 상대적 위치를 가르쳐 주지는 않을까? 마침내 모든 사람들이 알고 싶어 하는 정보가 떴다. 목적지까지 52분 남았다. 그들은 어두워지는 표준시간대들로 지도의 폭이 부풀어 길게 팽창된 일곱 시간 동안 여기까지 날아 왔다. 속도, 해발, 기온, 뉴욕 현지 시간, 런던 현지 시간. 비행기의 현지 시간을 제외한 모든 시간이 화면에 나타났다. 시계는 비행기 안의 뒤틀린, 계속 더해지는 시간을 따라잡지 못했다. 공항에 착륙에서 다시 분명히 시간을 맞추기 전까지는 다이얼을 돌려 버리고 시간을 **지금**이라고 말할 수밖에 없었다.

로버트는 어서 비행기에서 내려 런던 집에 가고 싶었다. 생나제르를 잃고 나서 런던은 유일한 집이 되었다. 그는 자신들이 입양아인 척하는 아이들이 있다는 이야기를 들어 보았다. 그들은 친부모는 자기들과 함께 사는 사람들보다 훨씬 더 화려한 사람들인 척했다. 로버트도 그런 것과 비슷하게 생나제르에서 그 집이 자기의 진짜 집인 척했던 적이 있다. 그 집을 잃은 충격을 겪은 뒤 차츰 마음이 누그러진 그는 자기가 있어야 할 곳은 젖은 광고판과 거대한 플라타너스 나무가 있는 모국의 도시라는 생각을 하게 되었다. 조밀한 뉴욕시에 비해 교외 지역 같은 모습과 무질서하게 뻗은 거리들의 개인적인 성격을 보면 과거를 뒤돌아보는 것 같은 런던은 도시의 목적과는 상반되는 곳인 듯했다. 그렇지만 그는 기름 낀 거무스름한 진흙이 있는 공원과 비에 젖은 놀이터, 낙엽이 쌓인 잔디밭, 몸에 닿으면 가려운 교복을 입고 학교 복도의 거울을 흘긋 들여다보는 일, 등굣길에 탄 차의 문이 덜컹 닫히는 소리가 있는 집으로 빨리 돌아가고 싶었다. 그런 기분의 깊이보다 더 이국적인 것은 없는 듯했다.

승무원이 메리에게 착륙을 위해 토머스를 깨우라고 말했다. 메리는 토머스를 깨우고 우유병을 주었다. 토머스는 우유를 반쯤 마시다 꼭지를 빼더니 "알라발라가 조정석에 있다!"라고 말했다. 그리고 눈을 크게 뜨고 형을 올려다보았다. "알라발라가 비행기를 착륙시킨다!"

"이크! 이제 우린 큰일 났네." 로버트가 말했다.

"기장이 말한다, '안 돼, 알라발라, 넌 비행기를 착륙시키면 안 돼!' 토머스가 무릎을 탁 치며 말했다. '하지만 펠란은 비행기를 착륙시켜도 돼.'"

"펠란도 거기 있어?"

"응. 부조종사야."

"그래? 그럼 누가 조종사야?"

"스콧 트레이시."*

"그러니까 이 비행기는 국제 구조기야?"

"응. 우리는 펜타텐턴을 구해야 해."

"펜타텐턴이 뭐야?"

"음, 그건 사실은 고슴도치야. 강에 빠졌어."

"템스강에?"

"응! 그런데 고슴도치는 수영을 할 줄 몰라. 그래서 고든 트레

---

* 영국 텔레비전 애니메이션 〈선더버드〉 시리즈의 주인공. 고든 트레이시는 스콧의 동생이다.

이시는 선더버드 4호를 타고 고슴도치를 구해야 해." 토머스는 손을 내밀어 그 잠수함으로 템스강의 흙탕물 속을 헤쳐 나갔다.

로버트는 그들 사이의 팔걸이를 손으로 두드리며 〈선더버드〉의 주제곡을 흥얼거렸다.

"당신이 어머니에게 동의서를 가져가 서명하시게 하면 어떨까." 패트릭이 말했다.

"알았어." 메리가 말했다.

"그러면 적어도 모든 부분들을 한데 모아서……"

"무슨 부분?" 로버트가 물었다.

"네가 알 거 없어." 메리가 말했다. "봐, 착륙한다." 그녀는 반짝이는 들판과 혼잡한 도로, 옹기종기 모여 있는 불그스레한 집들에 그들 자체로는 불러일으킬 수 없는 흥분을 불어넣었다.

집에 도착해 보니 디그니타스 회원 신청서와 페넬론 선생의 소견서가 현관에 잔뜩 쌓인 우편물 속에 섞여 있었다. 녹초가 된 패트릭은 검은 소파에 몸을 쭉 뻗고 디그니타스 팸플릿을 훑어보았다.

"여기에 인용되는 이 사례들을 보면 모두 고통스러운 불치병이 있거나 한쪽 눈꺼풀만 움직일 수 있는 사람들이야." 패트릭이 말했다. "어머니는 자격 미달일 것 같아 걱정이야."

"그냥 모든 서류를 구비해서 보내고 그들이 어머니에 대해선 어떤 말을 하는지 봐." 메리가 말했다.

메리는 미국에 가기 전에 패트릭이 써 놓은 동의서를 가지고 요양원에 갔다. 청소하는 사람들이 환기를 위해 병실 위층 문이 닫히지 않게 받쳐 놓았다. 열린 문으로 보니 엘리너는 매우 차분한 모습을 하고 있었다. 그러다 다른 새로운 존재가 방에 들어오는 것을 감지했는지 격렬하게 텅 빈 얼굴로 그 방향의 허공을 응시했다. 메리가 자신이 누구라는 것을 말하자 엘리너는 침대 옆 보호대를 잡고 몸을 일으키려고 필사적인 노력을 기울이며 중얼거렸다. 메리는 엘리너가 어딘가, 지구보다는 사정이 나은 다른 영역과 교감하는 것을 자기가 방해한 건 아닌가 하는 생각이 들었다. 그리고 느닷없이 인생은 양 끝이 다 무지 무섭고 그사이도 정말 겁난다는 생각이 들었다. 사람들이 가급적 그곳에서 헤어나려는 것도 무리는 아니었다.

엘리너에게 안부를 묻는 건 소용없는 일이었다, 대화를 하려 해도 소용없었다. 그래서 메리는 거두절미하고 그동안 식구들에게 어떤 일이 있었는지 요약해서 말했다. 엘리너는 그녀의 가족이라는 좌표에 위치하게 되어서 소름이 끼치는 듯했다. 메리는 얼른 방문 목적으로 넘어가 엘리너에게 동의서를 읽어 주겠다고 했다.

"그 내용이 어머니께서 하시고 싶은 말이라면 서명하시면 돼요." 메리가 말했다.

엘리너는 고개를 끄덕했다.

메리는 자리에서 일어나 복도에 그리로 오는 간호사가 없는 것을 확인하고 문을 닫았다. 그녀는 의자를 침대에 가까이 끌어다 놓고 앉아서 보호대 위로 고개를 내밀고 동의서를 엘리너 옆구리 쪽에 들어 보였다. 그리고 의외로 떨리는 마음으로 그것을 읽기 시작했다.

나는 지난 몇 년 동안 여러 차례 뇌졸중을 일으켰습니다. 그럴 때마다 전보다 더 기력을 잃어 갔습니다. 거의 움직이지도 못하고 말도 거의 못 합니다. 지금은 자리보전을 하고 실금하는 상태입니다. 기동을 못 하고 아무런 쓸모도 없어서 끊임없는 고통과 두려움과 좌절감을 느낍니다. 내가 가장 두려워하는 치매에 걸리리라는 것 외에 상태가 호전될 가망은 없습니다. 모든 신체, 정신 기능들이 나를 저버리고 있다는 게 이미 느껴집니다. 나는 죽음을 두려워하지 않고 갈망합니다. 살아 있는 동안의 일상적인 고문에서 해방될 길은 그것밖에 없습니다. 귀 협회에서 가급적 나를 도와주시기 바랍니다.

감사합니다.

"공정해요?" 메리는 울지 않으려고 애쓰며 물었다.
"아니…… 응." 엘리너는 매우 힘들게 말했다.
"제 말은, 묘사가 공정해요?"

"응."

그들은 얼마 동안 아무 말 없이 서로의 손을 꼭 쥐었다. 엘리너는 눈물 없는 갈망의 느낌을 주는 눈으로 메리를 쳐다보았다.

"서명하시겠어요?"

"서명." 엘리너는 침을 삼키고 말했다.

메리는 요양원을 빠져나와 거리로 나갔을 때, 지린내와 양배추 삶는 냄새, 지연된 기차 같은 죽음의 느낌이 팽배한 대기실 분위기에서 벗어난 데서 오는 신체적 안도감을 느낀 한편, 잠시나마 엘리너와 의사소통을 이루어서 감사한 마음이 들었다. 메리는 움켜쥔 그 손에서 호소뿐 아니라 결단을 느꼈다. 그러자 그녀는 엘리너가 자살할 마음의 준비가 되었는지의 여부를 의심하는 것이 옳은가 하고 생각하게 되었다. 하지만 엘리너에게는 무언가 근본적으로 상실된 것이 있었다. 그것은 그녀가 가족과 친구, 정치, 소유와 같은 세속적 영역에도 관계하지 않고, 명상과 영적인 충족의 영역에도 관계하지 않는다는 듯한 느낌이었다. 엘리너는 단지 전자를 후자에게 제물로 바쳤을 뿐이다. 만일 그녀가 어떤 선택을 잃기 직전에 그것이 유혹하는 소리를 듣는 종족의 일원이라면, 그녀는 반드시 일단 자살할 준비가 다 갖춰지면 계속 살아야 할 절대적 필요를 느낄 것이다. 구원은 언제나 다른 곳에 있기 마련이다. 살아 있는 것, 인내를 배우고 정련하는 고통의 불인지 뭔지 속에 남는 것이 더 영적이라는 느닷없는 생각이 들 것이다. 그리고 더 끔찍한 삶이 그녀에게 부과될 것이다. 그러면 죽는 것, 생명의 근원과 하나가 되는 것, 더 이상 주위에 짐이 되지 않는 것, 긴 터널 끝에서 예수를 만나든가 어쩌든가 하는 것이 필연적으로 더 영적으로 보이리라. 엘리너는 나머지 인생 전반과 마찬가지로 정신계에도 실질적인 헌신을 하지 않았기 때문에 정신계는 그 이론적 구심성을 잃지 않고도 얼마든지 변할 수 있었다.

메리가 집에 돌아오자 토머스가 현관으로 달려 나와 그녀를 맞이했다. 접고 펼 수 있는 다색의 12면 구조로 된 호버먼 구체를 헬멧처럼 목까지 뒤집어써서 그녀의 허벅다리를 끌어안으려 했지만 잘 되지 않았다. 손에는 양말을 끼고, 블랙히스 공원에서 하는 중국 서커스단의 공연에서 손에 넣은 전지식 꼬마전구 선풍기를 들고 있었다.

"엄마, 우린 지구에 있지, 그렇지?"

"우리들 대부분은 그렇지." 메리는 병실의 열린 문으로 본 엘리너의 얼굴을 생각하며 말했다.

"응, 나도 그건 알아." 토머스가 영리하게 말했다. "우주에 나가 있는 우주인들 빼고. 우주인들은 중력이 없기 때문에 둥둥 떠 다녀."

"어머니가 서명하셨어?" 패트릭이 문 앞에 나와 물었다.

"응." 메리가 동의서를 내밀었다.

패트릭은 동의서와 회원 신청서와 의사의 소견서를 취합해 스위스로 발송하고 이틀 동안 기다린 뒤, 어머니의 신청서가 받아들여질지 알아보기 위해 전화를 걸었다.

"이런 경우라면 우리가 도움을 드릴 수 있겠습니다"라는 것이 그가 들은 답변이었다. 패트릭은 감정에 휘말리지 않으려고 완강히 저항했다. 극도의 공포, 고양된 기분, 침통한 마음이 문밖에서 초인종을 열심히 누르게 내버려 두고 그는 집에 없는 척하며 커튼 뒤에 숨어 그들을 슬쩍 훔쳐볼 뿐이었다. 그와 가족에게 폭풍처럼 밀어닥친 실질적 요구 사항들은 그다음 주 내내 그런 감정들을 무시하는 데 도움이 되었다. 엘리너는 메리에게 그 소식을 전해 듣고 밝은 미소로 답했다. 패트릭은 다음 주 목요일에 출발하는 비행기편을 알아보았다. 요양원에는 엘리너가 다른 곳으로 이사 간다고 하고 그곳이 어디인지는 말하지 않았다. 스위스 의사와 진료 예약도 잡아 놓았다.

"수요일에 다 함께 가서 작별 인사를 하는 게 어떨까 하는데." 패트릭이 말했다.

"토머스는 안 돼." 메리가 말했다. "할머니를 본 지 너무 오래됐고 마지막으로 봤을 때 자기가 당황했다는 걸 분명히 표현하기도 했고. 로버트는 할머니가 건강하셨을 때를 아직 기억할 수 있지만."

그녀와 가까운 친구들은 아무도 수요일 오후에 시간이 나지 않아서 메리는 결국 어쩔 수 없이 친정어머니에게 토머스를 봐 달라고 부탁해야 했다.

"점심때 이리 데려다 놓거라. 암파로가 맛있는 생선 튀김을 만들어 줄 거야. 그리고 네 가엾은 시어머니와 작별 인사를 한 뒤 모두 여기 와서 차라도 마시고 가."

수요일에 메리는 토머스를 친정어머니 집에 데려갔다.

"토머스 할머니는 지금 안 계세요." 암파로가 말했다.

"어머!" 메리는 놀라면서도 자기가 왜 놀랄까 하고 생각했다.

"차와 함께 먹을 케이크를 사러 나가셨어요."

"하지만 곧 오시겠죠……"

"친구분과 점심 식사를 하고 오실 거예요. 하지만 염려 마세요, 제가 아이를 돌볼 테니까요."

암파로는 어린아이를 탐내는 듯이, 환심을 사려는 듯한 얼굴로 손을 내밀었다. 토머스는 그녀를 전에 단 한 번 보았을 뿐이었다. 메리는 마지못해, 무엇보다 어떻게 할 수 없는 권태를 느끼며 토머스를 맡겼다. 절대로 다시는 어머니에게 도움을 청하지 않을 것이다, 절대로. 이 결정은 바다로 떨어져 나가는 벼랑 조각처럼 최종적이고 이미 내렸어야 할 것인 듯했다. 메리는 암파로를 보고 미소를 지으며 토머스를 맡겼다. 그가 처한 상황에 무언가 걱정할 것이 있다고 생각하지 않도록 지나치게 안심시키는 말은 일부러 하지 않았다.

해야 할 일은 해야 한다, 하고 토머스는 생각하며 응접실의 벽난로 옆에 있는, 접속이 끊긴 초인종으로 갔다. 그는 그 옆의 작은 의자에 올라서서 초인종 버튼을 누르고 벽난로 문으로 누가 들어오는지 보기를 좋아했다. 암파로가 메리와 인사를 나누고 그를 따라 들어왔을 때 토머스는 어떤 방문객을 맞이하고 있었다.

"오소리 씨다!" 토머스가 말했다.

"오소리 씨라니?" 암파로는 놀라서 경계하며 말했다.

"오소리 씨는 담배를 피우는 습관이 없어. 담배를 피우면 크거나 작아지기 때문이야. 그래서 오소리 씨는 시가를 피우는 거야!"

"어유, 저런, 담배를 피우면 안 돼, 애. 건강에 아주 나빠."

토머스는 작은 의자에 올라가 다시 초인종을 눌렀다.

"들어 봐! 문밖에 누가 왔어."

그리고 그는 뛰어 내려와 테이블 주위를 달려서 빙 돌았다.

"문 열러 뛰어가는 거야." 그는 도로 벽난로로 갔다.

"조심해." 암파로가 말했다.

"레이디 페넬로페가 왔어." 토머스가 말했다. "아줌마가 레이디 페넬로페 해!"

"너 내가 진공청소기로 청소하는 거 도와줄래?" 암파로가 말했다.

"네, 마님." 토머스는 파커* 목소리를 흉내 냈다. "모자 상자 속에 코코아가 든 보온병이 있을 겁니다." 그는 기쁨의 환호성을 지르며 소파에 몸을 던졌다.

"아유, 이런! 내가 거기 방금 전에 정돈했는데." 암파로는 애를 끓였다.

"집 지어 줘." 토머스가 쿠션들을 바닥에 끌어내리며 말했다. "집 지어 줘!" 그는 그녀가 쿠션들을 도로 소파로 올려놓기 시작하자 소리를 질렀다. 그리고 고개를 수그리고 험악하게 인상을 썼다. "이거 봐, 암파로, 이건 내 기분 나쁜 얼굴이야."

암파로는 집을 만들어 달라는 토머스의 요구에 굴하고 말았다. 토머스는 쿠션 두 개를 세우고 한 개로 지붕을 덮은 공간 속으로 기어 들어갔다.

"유감스럽게 베아트릭스 포터는 오래전에 죽었어." 그는 그곳에 자리를 잡고 말했다.

"오, 정말 안됐구나." 암파로가 말했다.

토머스는 엄마 아빠가 아주 오래 살았으면 했다. 그는 그들이 불멸하기를 원했다. 불멸은 『어린이 그리스 신화』에서 배운 말이었다. 아리아드네는 디오니소스에 의해 별이 되어 불멸하게 되었다. 불멸은 영원히 산다는 것을 의미했다. 유감스럽게도 그

---

* 파커는 〈선더버드〉에서 레이디 페넬로페가 사는 저택의 집사다.

녀는 별이 되었지만. 그는 엄마 아빠가 별이 되는 것은 바라지 않았다. 별이 돼서 무엇하겠는가? 그냥 끊임없이 반짝이기만 하는데.

"그냥 계속 반짝여." 그는 회의적인 얼굴이 되어 말했다.

"어머나, 애, 화장실에 가자."

그는 암파로가 왜 자기를 변기 앞에 세우고 바지를 벗기려고 하는지 알 수 없었다.

"난 쉬하고 싶지 않아." 그는 딱 잘라 말하고 나갔다. 사실 암파로는 대화하기 정말 어려운 사람이었다. 아무것도 이해하지 못하는 것 같았다. 토머스는 탐험을 떠나기로 했다. 그녀는 무슨 말인지 계속 늘어놓으며 그의 뒤를 졸졸 따라다녔다.

"하지 마, 암파로." 그는 뒤돌아서며 말했다. "나 혼자 있게 내버려 둬!"

"그럴 수 없어, 애. 넌 어른이 옆에 있어야 해."

"아냐! 나는!" 토머스가 말했다. "아줌마가 방해돼!"

암파로는 포복절도했다. "아이구, 어쩌면! 넌 참 할 줄 아는 말도 많구나."

"난 말해야 해, 안 그러면 입이 말 조각과 부스러기로 꽉 막혀."

"너 몇 살이지?"

"세 살. 내가 몇 살인 줄 알았어?"

"난 네가 적어도 다섯 살은 된 줄 알았는데, 너 참 조숙하구나."

"흠." 토머스가 말했다.

그는 암파로를 떼어 놓을 수 있을 것 같지 않자, 그의 부모가 그를 통제하고 싶어 할 때와 같은 방식으로 그녀를 다루기로 했다.

"내가 알라발라 이야기해 줄까?"

그들은 응접실로 돌아왔다. 그는 암파로를 팔걸이의자에 앉히고 자기는 쿠션 동굴 속으로 들어갔다.

"옛날에 알라발라가 캘리포니아에 살았는데 어느 날 자기 엄마와 함께 차를 운전하고 어디를 가는데 지진이 났어!"

"해피엔딩이었으면 좋겠구나." 암파로가 말했다.

"하지 마! 내 말 끊지 마!" 토머스는 한숨을 쉬고 다시 시작했다. "그런데 땅이 갈라지고 캘리포니아가 바닷속으로 빠졌어. 짐작하겠지만 별로 좋은 일은 아니야. 그러더니 굉장히 큰 해일이 왔어. 그래서 알라발라가 엄마한테 '우리 파도 타고 오스트레일리아에 가자!'라고 했어. 그래서 거기 갔는데, 알라발라가 차를 운전하는 허락을 받았어." 그는 영감을 얻으려고 천장을 쳐다보았다. 그러다 갑자기 무언가 생각났을 때의 지극히 자연스러운 표정으로 "오스트레일리아 해변에 도착했더니 앨런 레이저가 거기서 콘서트를 열고 있었어!"라고 덧붙였다.

"앨런 레이저가 누구야?" 암파로가 무슨 이야기인지 종잡지 못하고 물었다.

"작곡가야. 헬리콥터, 바이올린, 트럼펫, 드릴, 모두 가지고 있어. 알라발라는 콘서트에서 연주하고."

"뭘 연주해?"

"그게, 사실은, 진공청소기를 연주해."

케틀은 점심을 먹고 집에 왔을 때 암파로가 배꼽을 잡고 웃는 것을 보았다. 암파로는 콘서트에서 진공청소기를 연주한다는 생각 때문에 웃음을 참지 못하기도 했지만, 사실 그보다는 어린 아이들이란 어때야 한다는 고정관념이 토머스와 함께 있으면서 여지없이 깨져 버렸기 때문에 더 발작적으로 웃음이 나온다는 생각이 들었다.

"아유, 정말이지! 아주 놀라운 아이에요." 암파로는 헐떡거리며 말했다.

두 여자가 그에게 주의를 기울이지 않으려고 애를 쓰면서 토머스는 마침내 혼자만의 시간을 가질 수 있었다. 그는 절대로 어른이 되고 싶지 않다고 생각했다. 어른들의 생김새도 싫었다. 게다가 그가 어른이 되면 엄마 아빠는 어찌 되겠는가? 그들은 엘리너와 케틀처럼 늙지 않겠는가.

인터콤이 울리자 토머스는 벌떡 일어났다.

"내가 열게!" 그가 말했다.

"너무 높아." 케틀이 말했다.

"하지만 내가 하고 싶어!"

케틀은 그 말을 무시하고 인터콤을 눌러 빌딩 안으로 들어오는 문을 열어 주었다. 토머스는 뒤에서 비명을 질렀다.

"그 비명 소리는 뭐야?" 메리가 집에 들어오며 물었다.

"할머니가 내가 버튼을 누르지 못하게 했어." 토머스가 말했다.

"그건 장난감이 아니야." 케틀이 말했다.

"그렇긴 하지만 토머스는 놀이를 하는 어린아이예요." 메리가 말했다. "인터콤 좀 갖고 놀면 어때요?"

케틀은 딸의 논쟁적인 어조에 초연할까 하는 생각을 했다가 마음을 바꾸었다.

"그래, 난 제대로 하는 게 하나도 없지. 그러니 내가 무조건 틀렸다고 가정하는 게 낫겠다. 그러면 뭐가 틀렸다고 일일이 지적할 필요가 없을 거 아니냐. 난 나갔다 들어온 지 얼마 안 돼, 그래서 차는 준비가 안 돼 있다. 난 빠져나오기 힘든 점심 식사 자리에서 나와 서둘러 집에 왔다고."

"그렇군요." 메리는 웃었다. "우리는 차를 세울 자리를 찾다가 어머니가 상점 진열창을 황홀하게 들여다보는 걸 봤어요. 걱정 마세요. 다시는 아이들을 봐 달라고 하지 않을 테니."

"제가 차를 끓일까요?" 암파로가 케틀에게 계속 가족과 함께 있을 기회를 마련해 주려고 제안했다.

"괜찮아." 케틀이 화난 목소리로 잘랐다. "나도 아직은 차를 끓일 수 있으니까."

"내가 어린애처럼 굴었어?" 토머스가 아버지에게 다가가며 물었다.

"아니야." 패트릭이 말했다. "넌 그냥 어린아이 노릇을 했어. 어른들이나 어린애처럼 구는 거야. 이크, 그러고 보니 우리 어른이 그 사실을 이용하고 있네."

"응, 그렇구나." 토머스가 신중하게 고개를 끄덕이며 말했다.

케틀은 비틀거리며 다시 들어가 쟁반을 내려놓으며 끙 하는 소리와 함께 한숨을 돌렸다.

"그래, 자네 어머니는 어떠신가?" 케틀이 패트릭에게 물었다.

"한마디 말만 하셨어요." 그가 대답했다.

"이해할 수 있는 말이었어?"

"분명한 말이었어요. '아무것도 하지 마.'"

"그럼 자네 어머니가…… 스위스에 안 가시겠다는 건가?" 케틀은 자기가 알기로는 아이들은 알지 못하게 제외되어 있는 암호를 강조해서 물었다.

"네." 패트릭이 말했다.

"그건 좀 혼란스럽군." 케틀이 말했다.

메리는 어머니가 좋아하는 '실망'이라는 말을 피하려고 애를 쓴 것을 느꼈다.

"이 일에 대해서는 우리 모두 반대 감정을 동시에 느낄 권리가 있습니다." 패트릭이 말했다. "메리는 이렇게 될 줄 알았어요. 그 결과에 대해 어떻게 될지 좀 더 분명히 알긴 했어도 그다지 상관하지는 않았죠. 아무튼 나는 이 마지막 지시 사항을 정말 진지하게 받아들일 생각입니다. 아무것도 안 할 거라고요."

"아무것도 안 해!?" 토머스가 말했다. "어떻게 아무것도 안 할 수 있어? 아무것도 안 하는 건 무언가를 하는 거잖아!"

패트릭은 웃음을 터뜨렸다. 그리고 토머스를 들어 무릎에 앉히고 이마에 키스를 해 주었다.

"다시는 어머니한테 가지 않을 겁니다." 패트릭이 말했다. "악의에서가 아니라 감사하기 때문에. 어머니가 우리에게 선물을 주셨는데 우리가 그걸 받아들이지 않으면 무례한 짓이 되겠죠."

"선물?" 케틀이 말했다. "자네, 어머니의 그 한마디에 너무 큰 의미를 부여하는 거 아닌가?"

"너무 큰 의미를 부여하지 않으면, 달리 뭘 하죠?" 패트릭은 쾌활하게 말했다. "그러지 않으면 우리가 사는 이 세상은 얼마나 빈곤하고 얄팍하고 따분하겠어요. 게다가, 그러지 않는 게 가능하긴 해요? 세상에는 우리가 파악할 수 있는 것보다 항상 더 많은 의미가 있는데."

케틀은 여러 갈래의 분한 마음이 한꺼번에 몰려들어 아무 소리도 없이 꼼짝도 못 했지만, 대신 토머스가 아버지의 무릎에서 뛰어 내려 외치는 소리가 그 침묵의 공간을 채웠다. 그는 "아무 것도 하지 마! 아무것도 하지 마!"라고 하며 케이크와 차가 가득 한 테이블 주위를 빙빙 돌았다.

불행의 대륙붕

『모유』는 2006년에 맨부커상 최종심에 오른 작품이다. 이 소설이 앞서 출간된 멜로즈 시리즈 세 작품과 연결된 것임을 생각할 때 단일 작품으로 후보작에 올랐다는 건 독립성을 인정받았기 때문일 것이다.

먼저 세 작품을 간략히 살펴보면,『괜찮아』에서 패트릭 멜로즈는 다섯 살에 아버지에게 성폭력을 당한다.『나쁜 소식』은 마약 중독자가 된 그가 뉴욕에서 죽은 아버지의 유해를 모시러 갔을 때 '산비둘기의 목처럼'(65쪽) 부드럽고 윤택한 헤로인을 위주로 한 각종 마약에 취한 이야기를 한다.『일말의 희망』에서는 상류 사회의 파티를 그리고, 그곳에서 얻은 직관으로 과거를, 아버지의 유령을 묻을 수 있을지 모른다는 희망을 엿본다.

『모유』는 그로부터 약 10년이 흐른 시점에서 시작한다. 패트릭은 마흔두 살의 중년으로 두 아이의 아버지가 되어 있다. 세인트 오빈은 원래 패트릭 멜로즈 소설을 3부작으로 끝내려고 했다. 그랬기 때문에 『일말의 희망』 다음에는 6년에 걸쳐 소설 두 권을 출간했는데, 각각 뉴에이지와 의식의 문제를 다루어 멜로즈 시리즈와는 아무런 상관이 없다. 그런 다음 여섯 번째 소설을 쓰기 시작했는데, 이것이 애초의 계획과는 달리 집필 도중에 무의식적으로 네 번째 자전 소설이 되었다. 앞선 3부작이 아버지에 관한 이야기라면 『모유』와 『마침내』는 어머니에 관한 것이다.

『모유』는 2000년에서 2003년에 이르는 4년 동안 매해 8월에 일어나는 이야기를 다룬다. 먼저 2000년 8월은 다섯 살 먹은 로버트의 관점에서 쓰인 것으로 '로버트의 이야기'라고 할 수 있다. 나이가 어리니만큼 어른들의 대화를 이해하지는 못해도 정확히 기록한다. 그리고 2001년 8월은 패트릭의 관점에서 쓴 '패트릭의 이야기', 2002년 8월은 프랑스 프로방스 지방을 배경으로 한 '메리의 이야기'이다. 마지막 2003년 8월의 이야기는 미국을 배경으로 한다.

다섯 살 먹은 로버트 멜로즈는 자기가 태어나던 때를, 그때 체험한 감각을 기억한다. 사람들이 어머니의 '닫힌 자궁 경관에 자꾸 머리를 들이받게 하고, 탯줄로 목을 감아 조르고, 차가운

가위로 어머니의 배를 서걱서걱' 갈랐다는 것까지 기억하고 있다. 로버트는 동생이 겪고 있는 유아기가 자신의 '기억 속으로 들어와 수중 폭탄처럼 작렬하는 느낌'(34쪽)이 든다고 하고 '적란운'(29쪽)이 무엇인지도 식별할 줄 안다. '언어에 맞물리'기 전, '생각이 언어와 뒤섞이기 전'(42쪽)의 세상을 갈구하는 것을 보면 그것은 화자의 어휘만은 아니라는 생각을 하지 않을 수 없다. '언어'를 몰랐을 때의 순수한 시절을 그리워하는 다섯 살 먹은 아이. 로버트에게 언어는 타락, 즉 실낙원을 뜻한다. '일단 말을 배우면 세상은 묘사할 수 있는 모든 것이라고 생각하게 되지만, 세상은 묘사할 수 없는 것이기도 했다. 어찌 보면 세상은 우리가 아무것도 표현할 수 없었을 때 더 완벽'(42쪽)한 것이다. 로버트는, 그의 차례가 되면 토머스도 역시, 라캉의 '자아의 거울 단계'(39쪽)를 지나 '나'라는 주어가 따라붙게 되는 시기를 피할 수 없다고 생각한다. 로버트는 결국 '아버지는 말을 멈출 줄을 몰랐다'(19쪽)라고 하며 어쩔 수 없이 언어의 세계, 아버지의 세계로 들어간다.

『일말의 희망』 이후 약 10년 동안, 엘리너는 변함없이 가정은 돌보지 않고 자선 활동에 힘쓰는 젤리비 부인, '강박 관념에 사로잡힌 망상적 박애주의자'(113쪽)로 남아 있다. 하나뿐인 자식 패트릭에게 가야 마땅한 재산을 엉뚱한 뉴에이지 샤먼에게 물려준다. 뇌졸중으로 거동을 못 하게 되어서도 유산과 관련해서 자신의 고집을 관철시키고 안락사를 희망한다.

그런 것을 보며 패트릭은 더욱더 아버지와 같은 사람이 되어 간다(다행히 아버지처럼 자기 자식을 건드리지는 않는다). 마약은 끊었지만 술과 독설은 그대로다. 아내 메리는 남편을 침대에서 멀리하고 자식에게 모든 애정을 쏟아붓는다. 그전처럼 화난 아이 같은 어른이 아닌, 부모가 된 패트릭은 직업이 변호사이지만, 아버지 데이비드가 의학을 공부하고 일은 거의 하지 않았듯이 패트릭도 변호사 일은 거의 하지 않는 듯하다.

상속권 박탈로 프랑스의 집을 잃은 패트릭 가족은 마지막 4부 2003년 8월에는 미국으로 휴가를 떠난다. 로버트에게 미국은 비만과 맛없는 피자의 나라이다. 그의 눈에 미국인들의 비만은 '에어백'(270쪽) 같고 모든 것이 두리뭉실 흐리멍덩해 보인다.

니체는 인간 본연의 모습을 찾으라고 한다. 이 말에 따르면 글을 쓰는 사람은 자신의 개인적 특성을 문체로 나타내야 한다. 흡사 윤리적 의무와도 같다. 그 결과는 자기 모방인데, 자기 모방을 추구한 결과는 경구 투의 단편적 형식의 자기 생성이다. 그런데 이것이 쇠퇴 또는 타락적인 문체가 될 수밖에 없는 것은 자기는 원하지 않아도 선조 또는 전신의 그늘 속에 있기 때문이다. 결국 니체의 눈에는 니체 자신도 데카당이다. 이는 패트릭의 딜레마와도 같다. 아버지의 기대에 부응하는 삶과 그러지 못하는 삶이 교차하는 비참한 운명. 아버지와 같은 삶을 살지 않고, 자식들에게 똑같은 운명을 물려주지 않으려고 노력하는 가운데 다른 영역에서 다른 형식의 불행을 물려줄지 모른다는 자각과 그로 인한 미래에 대한 불길한 절망감이 작품 전체에 침투해 있다.

『괜찮아』의 근친 강간의 정신 외상은 『나쁜 소식』에서 마약 중독으로 인한 정신 분열로 나타난다. 패트릭은 『일말의 희망』에서 아동 정신과 의사 친구 조니에게 『괜찮아』의 일을 고백하고 치유의 가능성을 모색한다. 그리고 이 소설 『모유』는 처음부터 정신분석 같은 서술로 시작한다. 그러나 문체는 패트릭의 문체, 로버트가 아버지에게 물려받은 것, 아들로서의 패트릭의 것이다. 로버트의 관점에서 패트릭(저자)의 문체로 쓴 글은 로버트의 것이기도 하고 아니기도 하다. 이는 문체의 대물림을 암시하고, 패트릭이 아버지에게 물려받은 것을 자기 자식에게 물려주게 될지도 모른다는 것을 암시한다.

패트릭은 필립 라킨이 말하는 '대륙붕'처럼 서서히 깊어 가는 '불행'을 자기 대에서 끊고 싶어 한다. 필립 라킨은 「이것을 비문으로 새기라」에서 이렇게 충고한다.

너의 어머니와 아버지는 네 인생을 조진다.

그럴 생각은 아닐지 몰라도 그렇다.

그들은 자기들이 물려받은 결점으로 널 채우고

그 위에 조금 더 보태 주지, 오직 널 위하여.

하지만 그들은 그들 나름대로 인생을 조졌지,

절반은 감상에 젖어 자식에게 엄하고

절반은 부부끼리 악다구니하며 살던

구시대의 바보들에게 그들의 인생을 조졌지.

인간은 인간에게 불행을 건넨다.

그 불행은 대륙붕같이 깊어 가지.

가급적 빨리 벗어나라,

그리고 자식을 갖지 말라.

'패트릭은 로버트에게 그랬던 것보다 토머스와 관련해서는 더 슬기롭게 처신했으면 했다. 자신의 걱정거리와 집착이 토머스에게 주입되지 않았으면'(131쪽) 한다면서 로버트와 관련해서는 성공하지 못하고 작은아들에게는 기대를 거는 듯하다. 패트릭은 '자식을 갖지 말라'는 라킨의 충고는 따르지 못했다. '아마' 토머스가 자기와 같은 '신경 쇠약자로 자라나지 않을 것'(142쪽)이라고 희망할 뿐이다. '대대로 흘러 스미는 독'(103 쪽)을 두려워한다. 친가에 흐르는 그 '독'에서 폭력성은 피했지 만 그 외에는 자기가 혐오하는 아버지처럼 되었고, 외가에 흐 르는 '독'은 어머니의 상속권을 끊어 놓았으니 어찌 두려워하지 않을 수 있으랴.

번역을 하는 가운데 저자 에드워드 세인트 오빈은 멜로즈 시 리즈를 쓰고 무엇을 얻었을까 하는 생각을 여러 번 하게 되었 다. 저자는 과거로부터 '해방'되었고 약간의 치유도 얻었다고 하 지만, 정말로 얻은 건 무엇일까? 우리는 어느 정도까지 우리의 사생활을 있는 그대로 보여 줄 수 있을까? 소설가 마거릿 애트 우드는 작가든 누구든 자기 이야기를 할 때 어느 정도는 거짓말 을 한다고 한다. 패트릭 멜로즈 5부작은 소설이라고는 하지만, 저자의 누나가 자기의 어린 시절에 대해 묻는 사람이 있으면 잠 자코 『괜찮아』를 주겠다고 한 걸 보면 상당히 많은 부분이 실제 와 같다는 것을 짐작할 수 있다. 그래도 옮긴이의 의문, 저자는 무엇을 얻었을까, 하는 의문은 남는다. 그리고 우리 독자는 무엇 을 얻을까?

2018년 11월

공진호

패트릭 멜로즈 소설 5부작

PATRICK MELROSE NOVELS

모유

초판 1쇄 펴낸날 2018년 11월 19일

지은이 에드워드 세인트 오빈
옮긴이 공진호
펴낸이 김영정

펴낸곳 (주)현대문학
등록번호 제1-452호
주소 06532 서울시 서초구 신반포로 321(잠원동, 미래엔)
전화 02-2017-0280
팩스 02-516-5433
홈페이지 www.hdmh.co.kr

ⓒ 2018, 현대문학

ISBN 978-89-7275-887-7 04840
ISBN 978-89-7275-883-9(세트)

* 책값은 뒤표지에 있습니다.